香港短篇小說選

2013~2014

潘步釗 編

責任編輯　　劉汝沁

書籍設計　　吳丹娜

書　　名　　**香港短篇小說選** 2013～2014

編　　者　　潘步釗

出　　版　　三聯書店（香港）有限公司

　　　　　　香港北角英皇道 499 號北角工業大廈 20 樓

　　　　　　Joint Publishing (H.K.) Co., Ltd.

　　　　　　20/F., North Point Industrial Building,

　　　　　　499 King's Road, North Point, Hong Kong

香港發行　　香港聯合書刊物流有限公司

　　　　　　香港新界大埔汀麗路 36 號 3 字樓

印　　刷　　美雅印刷製本有限公司

　　　　　　香港九龍觀塘榮業街 6 號 4 樓 A 室

版　　次　　2018 年 3 月香港第一版第一次印刷

規　　格　　大 32 開（137 × 210 mm）352 面

國際書號　　ISBN 978-962-04-4217-9

序：掙扎與遺忘

◎ 潘步釗

一

　　2013 和 2014 兩年，在公在私，竟然都予我不少啟發和聯想。2013 年的最後一季，我因為頸椎出了毛病，在醫院進行了一次不算小的手術，向學校告了兩個月病假，六星期內沒有踏出上水區半步。醫生的吩咐比法庭頒令禁制更震懾人心，叫人不敢偷越半步。然而 2014 年對於香港，變化更大，意義和影響更深遠。政改問題由 2013 年開始醞釀發酵，到 2014 年討論，慢慢呈現劍拔弩張之勢、特區政府成立政改小組，到人大定下框架，再到七十九天佔領行動，果真如那個在大學教法律的「政客」所說：香港從此不一樣 —— 只是明顯地，我們的社會沒有因為不一樣而變得更好更快樂更繁榮更平安。這兩年，爭上台前的人物角色紛繁，由勾結地產商的貪污高官、被強令封刀的名醫、刀手伏擊的名編輯，到說流利粗口的小學教師，教我又再想起電影《城南舊事》中，那可愛而單純的小女孩英子，當那為了供弟弟唸書而偷東西的賊問她，自己是好人還是壞人，英子呆呆地，眼神落在無定點的前方，茫然失神地說：「我不知道，人太多了，我分不清。」是的，人太多了，於是善惡、是非、黑白、正邪，我們一下子都糊塗迷失了。似乎除了法庭，天下間沒有其他去處。道德和溫情，生命中的無奈和美善，在一個又一個傾斜的晚

上流去，只餘下城市生活中的香港人，大家在一邊掙扎，一邊遺忘。

文學方面，受藝術發展局資助的《明報‧明藝》和具宗教背景的《阡陌》，先後在這兩年內出現，算是為文學作品發表的平台增添了空間，儘管版面不多，又或者一兩年就結束了，我們仍然看到文學世界在動盪和叫囂中，努力掙扎，拒絕被遺忘。從文學角度看香港的 2013 和 2014 兩年，雖然不像社會事件的動人心魄，但仍然意義深遠，而且充滿暗示，特別是在這二十四個月的首尾之間，兩位具有非一般地位的作家去世。也斯在 2013 年開始的數天病逝，曾敏之則仙駕於 2014 年結束後數天。曾老是傳統南來作家，一代名報人，左派超級元老；也斯則是戰後出生，代表七十年代以來，文學本土意識和西方文學影響下，理論與創新等等思潮和主義對香港文學的衝擊與影響。兩人的離去，對於思考香港文學，兼具實質和象徵意義。無論南來或本土、傳統與創新，花落花開，香港文學不管河東河西，憤怒與不憤怒，仍然向前發展，無論哪一個時代，趕往長安的少年仍然多着呢！只是作為反映對象的香港社會，未必以平行共速地向前，風光過處，會颳起如刀的烈風，也會交織纏繞的羅網。生活，彷彿是張沒有終結的考卷，笨手笨腳的城市人被逼拿起筆來，緊蹙眉頭，然後一邊掙扎下筆，一邊又不斷遺忘寫下的答案。這彷彿也成為閱讀這本反映這兩年小說作者藝術情思的進口，我們推門而進，努力去分清海和天，盼望着風光溫度，都亮眼怡人。

二

閱讀 2013 和 2014 兩年的香港短篇小說，不一定要循很多人喜歡的套路與習慣，例如「借來的時空」、「消失的空間」、「迷失我城」等一般為論者所喜歡切入的角度。如果客觀世界是多元豐

富，反映在作品亦應如此，希望借這本選集展現這兩年間，不同的平台、不同的形式嘗試和不同年齡層的作者風格，從而拼湊出這兩年的香港短篇小說的創作圖貌。

　　遺忘，伴隨記憶的追尋，是生命中無奈的輾轉流離，成為文學作品中的重要追尋和主題。有時我們遺忘了城市的某些東西，可是更多時候，是我們身處的城市在不斷遺忘。選集中鍾國強的《請小心月台空隙》，寫一個配音員文叔死後，妻子努力記憶，想方設法保存，城市卻漸漸遺忘他的聲音，深刻警策，我非常欣賞和喜歡。生活在城市，我們在不斷遺忘的過程中，有時也會成為被遺忘的一部分。蓬草在《護河人》寫陶大伯在河邊撿拾垃圾，表面是「令他一下子快樂起來，生活像有了意義和目的，有事可做了，不用在家中從早晨呆坐至夜深」，排遣寂寞打發生活，更深藏的是那份不想被遺忘和不能遺忘：「太多的回憶，從四方八面重重的壓下來，陶大伯的頭昏沉沉……猛然一抖身子，他走出屋外，走到河邊」。小說末尾，陶大伯回憶起童年時父母與他在河邊散步，甚至在河邊認識了後來的妻子。護河的象徵意義至此豁然可讀，最後陶大伯失足死在自己守護的河中，又變成寓意豐富的暗示，悲情深刻。相比作者在這兩年內發表的其他小說，例如《遺忘的瓶子》和《美麗的家鄉》，以這一篇最觸動編者。唐睿的《Hi, Dad》把生命和生活的流動與身不由己，在為人子亦為人父的角色疊置中，表現出相當的力度。這種對生命和歲月的悠悠思索，相似的作品還有惟得的《長壽麵之味》和朵拉的《尋枕記》，而且一樣是集中而豐富地運用象徵的手法，引發聯想和感覺。王良和《魅影》的題目定得很好，幾乎把小說要表現的都說了，而且滿有質感。大家都活在情緒、壓力、暴烈等精神陰影下，作者既寫童年居住公屋時，智力不及正常人的鄰居阿全，末尾重筆寫患精神病的弟弟和母親的死，作者自己亦困擾在似有若無的情緒病中。寫夢中阿全妻子把孩子擲下街的小片段，更加令

作品一下子激奔到高點，「魅影」不但廣闊難逃，而且可以暴烈傷人，驚嚇十足。

歲月游移，卻沒有帶走生命的點點記憶，反而在某些人生際遇的渡頭，會或顯或隱地觸動，像開動密室的機關，通向回憶的大道。王璞的《白房子》的故事上溯至「1972 年春天」，可是白房子比喻理想生活，觸起作者今天的回憶是：「在四周殘兵敗將般的破屋爛窟中，在一片污泥濁水中，那座亭亭玉立的白房子，孤獨地、幽傷地，閃着怯怯的白光」，別寫幽懷，不是很明顯嗎？這樣一種年輕歲月與眼前老去交疊重置的困惑猶疑，在周蜜蜜的《時空·少女》與林淇的《語言學》，都有相近的處理，情慾和愛情故事或者只是一種包裝。至於阿谷的《墊子》則有些不同，多年後重逢，不在回憶，在眼前所激起的聯想推測，簡煉有力，收結後讀者仍有許多參與的空間。

在香港這繁榮急速的都市寫作，城市生活的壓力和迷惘，始終形成枷鎖羅網，任何時期的文學作品的題材和意旨，都會受到影響，這兩年的短篇小說，沒有例外。作者們一邊努力重現城市生活的種種綑綁和壓逼，人的消極和逃避，同時也描畫人們生活在當中，如何以不同的形式努力掙扎，尋找出路。潘國靈的《密封，缺口》直接表達城市生活的封閉和困人，手法獨特，在小說的結尾清楚表示要以文字尋找出口。朗天的《自治的天空——2053 地下道雜記》運用大量想像，說的卻是眼前現實社會的投影。梁科慶的《有薯條的地方就有海鷗》敘述城市人想逃避生活的壓逼，卻最終要「回去繼續做一隻習慣追逐薯條的海鷗」，掙扎不脫城市的大羅網，情見乎辭。韓麗珠的《躺臥行動》以靜坐示威者為焦點，躺臥是表達，也是處境，在 2013 和 2014 這兩個靜坐示威之年，特別矚目。海靜的《龜兔賽跑》，由愛情入到帶哲理性的時間思考，城市人理應別有體會，而讀者的所思所感，當又早已溢出愛情錯摸之外。

在社會和周遭世界的大網，也在生命的大網中掙扎。掙扎不一定是動態的，可以是精神心靈和情感意志的，不過總有一種力量。作者的訴說和表達，有時從城市某些特定人物的處境和情感來完成。這些人物都活在壓逼的社會氣氛或節奏中，羅貴祥的《士象》具體寫出同性戀者，與身邊環境和社會的格格不入，小說有一句：「他那時已經知道，真正的亂是來自外面的力量」，讓讀者清楚聽到小說人物掙扎抗議的聲音。李維怡的《累》，寫城市生活壓人，雖是雙線結構，但寫來相當平實易讀，小說中兩姊妹在末尾同場出現，兩線結會，意旨亦豁然開朗，手法純熟。陳德錦的《微波》雖是以澳門為背景，但作者寫來用心，穿梭時空，歷史的憶昔，與香港的發展和身世，映照相生，可以細味的地方不少。許榮輝《世界上最虔誠的眼神》寫主角拍下放生老婦人的神情，或者正是對這份壓抑感的一種註腳：「老婦人臉上的每一條條紋，都像是一雙合什祈禱的手，姜昕由此好像看到了老婦人一生無窮無盡的苦難和委屈。老婦人所有的苦難和辛酸都捂在她的合什雙手裡了。」

無論直接間接，小說理應反映現實社會生活，所以選集中也挑選了數篇反映現實，甚至是緊扣時事為題材的作品。最明顯的一篇是張婉雯的《無需要太多》，這是先進行訪問，後再寫成的同志小說，人情事地，實有其在，很具反映現實的價值和力量。與羅貴祥《士象》並讀，風格和手法，可以互相展現。陳汗的《審死書》，寫青文書店羅志華的悲劇故事，殘酷現實世界的真人真事，文學人讀了萬千滋味在心頭。作者悼念文化友人，寫來充滿怨憤，語語辛酸，同時為數十年文學飄零冷落而致哀。表達雖多變形，但事關莊嚴，所以篇幅雖為選集眾篇之首，編者仍不忍捨割。寫實之作，當然少不了城市話題，香港社會的關注重點常落在住屋與教育，周鳳鳴的《兄弟》，平實之中，表現了香港人如何受到瘋狂樓價壓逼，一屋難求之苦。至於教育，更是文人作者

常掛心懷，在每一年均有相關作品發表。如果說吳美筠的《針孔攝錄機的防盜風波》只是側記學校的某些異化情景，寫來尚見冷靜；鄭炳南的《荒謬就是所有荒謬事物存在的條件》，就肯定是飽含憤懣了，而且批判的筆鋒，直指傳媒和社會的是非不分。雖然沒有道出當前教育的真正困阻，可是為人師者跋前躓後的無奈與悲哀，久在教育界者如我，都點滴在心頭。

　　除了反映現實的內容，選集中也有一些作品藝術手法獨特，匠心別運。例如蔡益懷的《紅燈》，運用強烈的顏色感覺，為作品烘染出刺人的情感色彩，配合內容和主角人物，比起作者這兩年發表的其他小說如《你幸福嗎》、《稻草人》等，更能感染讀者。謝曉虹的《異問》則一路懸疑神秘，引人追讀；葛亮的《照相》雖不是以香港為題材背景，可是針線細密，情味堪嚼，都是可讀性高的作品。至如鄒文律受可洛同名詩作寫成的《失去聯絡》，寫城市生活中人與人的追尋、重逢與失落，趣味與情思兼具；陳惠英以兩個人物的聚散片段，分別寫成《小二與美莉》和《美莉與小二》，分開兩年，相隔十二個月，在《香港文學》的「小說專號」發表，心思有趣。

　　文學獎項從來是讓我們發見寫作新星的平台，證之香港文學，歷歷可見。編者在這兩年挑選了四篇得獎小說，既屬情理之宜，也讓讀者印證一下這說法是否合理。除了數篇冠軍作品，編者多選了黃怡的《擠迫之城的戀愛方法》，作者由內容到手法，例如密集運用長句突顯鬱悶壓逼感，努力表達在這城市生活的擠壓。我一邊閱讀，一邊不敢忘記年輕人的念茲在茲，永遠唸唸有詞，無論是哪一個年齡層的文學或社會讀者，都應該注意和重視。至於幾篇冠軍作品，呂少龍的《搭棚的一代》也扣住了「佔中」，角度和情感處理得很好，結尾一句：「他立在遠方尋親的視線瞬間被隔離在一片傘海之外」，或者是佔領、示威、遊行等等激情背後，叫人不忍回視的一個畫面。至於王証恆的《南歸貨車》

和李梓榮的《海豚街上的穿牆貓》，前者平實，如評審李銳說的「記錄影片式的生活流」，後者則刻意多用手法，轉換敘事角度等，評審韓麗珠指是「像一個可以隨時變出不同景象的萬花筒」。兩篇分別在不同的重要文獎中奪魁，正可見寫作小說之道，存乎一心，並無定法。

三

任何選集的最後定本，所取作品，難免存有編者主觀成份。擁有挑選決定的權力，任何編者都應該珍惜和自重，選篇即使有很多不同的的標準和考慮，不過全都應在情理之內，不難理解。首要當然是作品的文學水平，對於一本選集，跟一切的比賽與獎項相同，所謂文學水平，其實就是指擁有挑選權力者的眼光和口味。我期望選出來的作品能在不同度向，或者是內容意旨，或者是手法技巧，或者是作者情思，予我觸動或思考。挑選作品過程中，形式內容以外，要處理版權的問題，也要照顧篇幅，有時遇到困難阻撓，甚至會被逼放棄選用。身為編者，當然也希望利用這本選集，全面廣泛地反映這兩年內，香港短篇小說的各種形相。可是限於心力和時間，集子中的作品，只以發表在這兩年的文學雜誌和報刊為主；考慮「質」之餘，也期望能「博」，因此每一位作家，只盡量選錄一篇，期望能令多一些不同作家的作品入選，以呈現香港文學中，短篇小說的多樣風格和技巧。

無獨有偶，羅貴祥在《士象》寫：「原來他雙腳從來沒有離開過地面，身體也不曾在半空，那是視象角度的問題。」韓麗珠《躺臥行動》也說：「原來平躺着身子，由下而上地凝視途人，他們的臉龐看起來全都顯得灰暗，鬆弛而且憂心忡忡。」聰明的作者，善於調度和暗示，不同的視象角度，上下左右的凝視，我們看出

來的形態、質地、情感和色調，都不一樣。笨拙的編者，閱讀、挑選，然後編定一本雙年小說選集，原理可能也相同。過程中，我除了感慨城市在憤怒掙扎中有太多的遺忘，或許只能憑藉誠實認真的編選態度，為香港文學說一聲：加油！

目　錄

士象 [1]

◎ 羅貴祥

我困頓在狹小的這一方，無法跨越彼岸，卻被誤為，是在守衛這裡的核心價值。

從巨幅玻璃幕牆外望，沿岸邊都是圍了木板的黃泥地建築地盤，星期天還有不少穿戴了黃色頭盔、紅黃橫條反光背心的工人在趕做工程。泥頭車緩慢的進進出出，但有數十米的距離與巨幅玻璃的阻隔，這邊完全聽不到地盤的噪嚷，由高處看也感覺不着那邊的躁急與繁亂。他沒有特別留意海港的景色，只知道今天的視野難得地清晰。天的藍，讓這個本已巨型的玻璃建築物顯得更宏大。Alex 從三樓的展廊，沿着外圍一直往地面的出口走去。他前前後後都是人，卻沒有逼壓的感覺。是樓底高，還是因為視野沒有遮擋眼睛可以任意望得好遠，他不知道。Alex 只循着路標、圍繩與工作人員的指示，與四周的人群往同一個方向走去，像朝聖者的隊伍。

他那一刻覺得自己猶如在一頭巨大的玻璃大象之內。

Alex 後來想，這麼近海，為甚麼那時他沒有浮起鯨魚的形象。或者，他不是善泳者。其實，他怕海，怕它的無際與無邊，完全超出他的想像疆界。又或者，那時刻四方的朝聖者，絡繹的步伐是這樣整潔，一致地踏着劃好的界線，是穩固的陸地行走的

---

1 本篇向也斯的〈象〉與西西的〈象是笨蛋〉致敬。

生物，就如秩序井然的大象行列。是安靜平和、卻遲慢又體積龐然的溫馴的獸。

他後來告訴 G，其實那天他還在生氣，無謂的爭論，既沒有任何結果，又完全擾亂了他的情緒。Alex 也因為自己太容易被毫無道理的說話困擾，而生自己的氣。內心質問，為甚麼我不可以對陌生人有意或不在意的言語傷害，視而不見，聽而不聞，全不放在心上？我為甚麼這樣笨，生無謂的氣？直至他無故地浮起象的聯想，波動的心情就隨即平復下來，甚至開始感到愉悅舒暢。

是大象拯救了你。G 這麼回應。不過，小心，是不是象的巨大重量，把一切都壓抑下去了。還有，你想想，象遺下的糞便，有多龐大，好難清理喎！

Alex 的愉悅心情沒有受 G 的調侃影響。他的大象是沒有重量、不受地心引力左右的，即使牠也不是曉飛的象。

為了新書的宣傳，他被出版社說服，參加新書座談會和簽名活動。Alex 起初對這些活動是有點抗拒甚至反感的。或許是他有某程度的潔癖，對於這種只為提高知名度以及其他商業化的做法，他不想牽涉，儘管他又不是不關心書的銷情、外界對書的評價。心底裡，他知道自己不是文化界名人，出席這類公開宣傳活動，公眾的反應可能很冷淡，徒令自己沒趣。猶帶點少女味道的編輯卻不斷游說，告訴他書展主辦機構難得地，提供了最佳位置的座談場地與最理想的日期與時段，而且更願意配合出版社的宣傳。

他那天還是有點忐忑，腦裡不斷出現不相干的妄念。他用了往日的方法，嘗試讓心平靜下來。坐升降機時，其他人離開了升降機，剩下他一個。他克制地不按關門的按鈕。一秒、兩秒、三秒、四秒……默數到第六下時，升降機的閘門才徐徐關上，再向上拔升。那幾秒鐘，彷彿已是許多許多年。他盡力按捺自己 —— 不讓手指觸碰那個關門掣。妄動的心，好像也隨秒鐘過去受緩緩

捲起的手掌扼住，漸漸蹲伏收攏。

　　經過那天以後，Alex 索性把自己迷亂盲動的心，安住在象的體內。

　　透明玻璃的象，舒緩舉步，長鼻子與大耳朵，跟小尾巴配合着，有節奏地輕輕搖曳。在難得的藍天下，優雅地收縮接着舒展的閒適的心，顯得更赭紅。上班族的 Alex 有這樣的經驗：周一到周五早上的繁忙時間，車廂與路上都是很擠迫的，但一周裡總有這麼一天，甚至兩天，車廂與路上都突然沒有那樣多人；不知那些人跑到哪裡去了，或許他只不過是踏進了一道擠擁與擠擁之間的隙縫裡，許多許多的人，仍然在之前的時空與未來的時空裡擠壓着。這道罅隙，卻足夠讓他與他的象一起閒心散步。

　　這種緊逼氛圍中的閒心，在另外的場景他也曾有過，是走入還帶點少女味的編輯私人辦公室之內。Alex 曾於雜誌社工作，他熟悉那裡的環境總是有點亂。少女味編輯的房間卻是神奇地整潔。寫字桌上除了一部熒幕頗大的電腦與一部手提的平板閱讀器之外，差不多沒有任何紙張製品。新一代編輯因電子科技而鼓吹的環保化工作室，乾淨得真的有點嚇人。Alex 沒有跟她說，他心底覺得，棄置那些電子產品的殘骸，可能比砍伐樹木，將來製造更大的環境問題。不過，潔淨又空曠的環境是令人愉快的，好像工作不再是工作，而是閒適的生活。幾十歲人的 Alex 當然明白，這種表象優閒的辦公室，內裡的要求與壓力其實極大，在這裡工作的人根本已再分不清甚麼是私人時間了，因為工作已完全佔據了他們的全部生活。

　　事實他也有點懷念那種亂紛紛的工作環境。不盡是因為房間裡堆滿了報紙、刊物、資料和不同的稿件，或因為同事都在不停地講電話、議論是非，多於埋首靜心寫作。他那時已經知道，真正的亂是來自外面的力量。但也不完全是外面的。譬如推廣及廣告部的同事，他們總是說，你們搞甚麼，我們不懂，但請用讓人

聽得懂的語言說清楚，你們搞的是甚麼，讀者是甚麼人，好讓我們做市場推銷。說甚麼編輯自主，大家一提到銷售壓力，許多不被市場接受的意念都得放棄。因此雜誌社在 Alex 眼中只是零亂，沒有秩序的。它要建立的一套，太容易受外面的力量左右了。打散、推倒了，又得再重新來過，沒完沒了的。但在這個紛亂的過程中，Alex 覺得他還是可以找到一些自己的空間。他寧可在亂中尋靜，也不要讓公司為他安排一切看來井然的秩序。

他離開了雜誌社，也沒有放棄寫作。他相信在那些格子內（天啊，他仍然用原稿紙寫作），還是可以體現個人的感情與思想，可以平心靜氣與別人溝通、交換意見。就算外面的力量已經大得可以把人與人的溝通交往任意扭曲，他仍然相信，只要有耐性，能夠平心靜氣聆聽他人的聲音，讓自己的想法與感受得到別人明白，相互的理解與通感還是存在的。當然，他絕對明白，溝通的大前題是，要有人看他的寫作、讀他的書、購買他的作品。

你媽不是說她寧可你身患絕症嗎？G 總是愛潑他冷水。Alex 慣例地沒有反駁。他媽媽最終都是接受他的，接受他的一切，接受他不會與女人在一起。媽媽的怨言，他知道他要以同一樣的接受宏度來承受。但有些東西，他就會將自己變為密封的牆，即使依然有浸漏，他也不會讓外面知道。

那次，他又折返回來，嬉皮笑臉的問他，可真的愛上了另一個。他知道這一次一定要堅決地回答。

是的。

他依然張開着笑臉，但笑容已變得生硬。那是真的嗎？

他的表情令他相信那是事實。他是誰？他問。

你沒有需要知道，而且你也不會認識他。他答。

他對他的答案表現得很不耐煩，不斷以手掌拍打着牆、腳踢着門。他叫他安靜下來。你這樣會吵醒鄰居的。他沒有理會，卻以凌厲的眼神向着他。他是誰？語氣是命令式的。他沒有立刻回

答。他就大聲吼叫：他是誰？他究竟是誰？踢門的聲音更兇狠。

他有點害怕，說出了對方的名字。

他遲疑了一陣。是上次派對見過的？

不是。你從來沒有見過。他扯謊。

他這次吼叫得更大聲。那他究竟是誰？惡相的目光沒有從他身上移開。

他本來有點害怕，現在卻對他的態度感到厭惡。他父親雖然很早離世，但他依然記得父親的說話。絕不能向暴力、惡勢低頭。

不知哪裡來的勇氣，他昂起頭，推開門。你立刻離開。

他趁他轉身，順勢從後掐住他的頸。他身型與力量都比他大。

但不等於他不會反抗。

兩個男人扭打在地上，把牆壁碰撞得砰砰作響。他的氣力還是佔優，把他壓在地上，前陰抵在他兩腿之間，吼叫：他有我那麼大嗎？

鄰居早已通知管理處報警了。滿身酒氣的他被警棍打穿了頭。

他自己也滿身瘀傷，卻不需要住醫院。

G 再沒有一貫的刻薄，只是對他說，你這次真的要放棄他了。他沒有完全為這件事感到懊悔遺憾，反而覺得多懂了自己。他不會攻擊，但對外來的壓逼是有決心與能力反抗的。他曾經懷疑自己是軟弱的。那次之後，他比以前接受自己，多了些自信。因為他現在知道，再軟綿綿的柔弱東西，落到底也會有剛硬的核心。

這些著作，Alex 不以為是攻擊教會的。他不過是為被趕出去的爭取回來，為未被關愛的得到大愛。裡面的理想化內容，有時令他覺得自己是在寫童話故事，是仙女森林，是公主城堡，是不吃人間煙火的桃源。萬萬想不到，有人視它們為惡毒的咒語、無理的謾罵。

戴玳瑁框眼鏡的先生在新書座談會上，不客氣地質問他，為

甚麼要搞我們這些善良溫馴的教徒？你們這群狼所作的惡，最終必會受到嚴酷的懲罰！你們不悔改，也不要搞到我們的羊圈上啊！

座談會上 Alex 也有他的支持者。他們反駁，甚麼狼呀，你們才是披了羊皮的狼！神愛世人，基督愛基人！你們這些扮羊的狼，利用神去行使你們歹毒的惡，排擠你們不喜歡的人，你們才會受到最嚴酷的懲罰！

該下地獄的人，還要在這裡狡辯！我們這些主的羔羊也不會毫無反抗的，你們不要借主之名來侮辱⋯⋯

罵戰一展開，壁壘界線其實不一定清晰分明。有觀眾表明自己是內地的地下信徒，但不認同香港同志的信仰。我們才是受逼害的一群，你們算是甚麼呢？

我們能否不以「我們」、「你們」，或者「羔羊」、「豺狼」來為自己定位呢？Alex 想介入戰團。怎麼敵我不分？一個觀眾冷冷地向他說。就是你這種溫溫吞吞的寫法，表達不出我們真正的痛苦感受，反而令我們更受歧視！

誰有空要歧視你們？戴玳瑁眼鏡的繼續發言，是你們先來進攻，要強逼眾人接受、讚美你們的不道德，那簡直是暴君行為，別要再扮受害者了！

一段時間之後，那些記憶還在 Alex 的腦中出現。但他有了不同的視象。他在一個平面的方格之內，確定的說，是在一格「菲林」膠捲底片之內（唉，又來了，現在哪有人再用「菲林」的）。他那一格底片沒有與其他底片接駁上，孤伶伶在那裡，猶如一張幻燈片，然而投射進來的卻不是溫熱的光，而是教皮膚收縮的凍風。他顫抖了一下，身體自然的一曲，雙腿便離開了地面。

人在半空飄晃？不，他完全沒有脫離地心引力的感覺，而且在這小小的方格內，腳離了地，也不能算在半空。

他並沒有離開過地面。他要做踏實的人，母親一向都這樣教

誨。以母親只受過小學的教育，上大學是好高騖遠。母親總是呢喃，上不了大學不要緊，找份政府工就很好了，鐵飯碗，吃長俸。那時是上世紀的末代。他覺得自己讓母親失望了。他上了大學，還出了國，唸了一個花錢卻不賺錢的碩士，回來亦沒有加入政府。不過母親還是把賣了房子的錢供他交美金的學費。

他決心做一個腳踏實地的人，回來跟母親住在一起，照顧母親的起居飲食，以及母親收養的流浪貓狗，能幹地打點家居生活的一切微小宏大、吃穿臥行、水電煤餉，看護着母親終老。與他離合了無數次的男友從美國追來，發誓這趟決心與他永遠在一起。拉拉扯扯，他們糾纏吵鬧了大半年，母親終於說，好了，我搬去老人院。

原來他雙腳從來沒有離開過地面，身體也不曾在半空。那是視象角度的問題。從天花板向下望，他曲腿側身躺在牀上，胚胎的姿勢，好像在空中晃盪晃盪。雖是胚胎，卻不備受愛護。起初是像綿羊或像雲朵的皮褥子，向他撲過來。他以為是溫暖的，能包裹他單獨的軀殼，可他只覺着褥子揚起的寒風。

寒氣驅使他哆嗦。他發現自己一直赤着腳。不久，羊群般的一堆白襪子湧向他。他提起腳，迎向襪子的口，準備穿上，赫然看見襪口張開得極大，襪筒裡藏有鋒利的牙齒，還有長舌頭正在捲動，是扮襪子的狼吻！他立即猛力把腿縮回來，人向後仰，彷彿在空中翻了個觔斗。

方格正在向上拔升。他又置身在升降機內嗎？他努力找尋門口，想用慣常的方法 —— 眼瞪瞪手不動的看着升降機門自行關上 —— 來平伏自己的情緒。但怎麼沒有門？方格上升一段時刻後，他感覺它開始下降。下降的速度由慢，逐漸愈來愈快。他雙腳微微離地，舌頭向上撬，頭髮往頂端揚起。他伸展四肢與身體，做出奔彈的動作。方格沒有出口，然而他看見框外頭破血流的 Ben 還在哀求他不要走、母親帶着她的貓貓狗狗返回舊居準備與牠們

一起終老、尤帶少女味道的編輯告訴他下一次與讀者會面的時間……他不知方格會否跌向無底深淵，然而在滑落的過程裡，他看見了人生的起落，情緒的高高低低。祈求就會給你，尋覓就會尋見，叩門門便會打開。即使本來沒有門。他依然相信。只是，祈求、尋覓、叩門，都是難事。因為傲慢，因為懶惰，因為懷疑，因為迷惘，不願求幫忙，只好一路掉下去。

之後。

沒有了速度的感覺。

他的身體有節奏地在收縮接着舒展。他看見自己是赭紅色的，方格是透明玻璃。世界就在他身旁。他起動着節拍，怦怦，怦怦，怦怦，讓透明玻璃的身軀開始舒緩舉步，任由長鼻子與大耳朵，跟小尾巴配合着，輕輕搖曳，往前邁進。

原刊《香港文學》2013 年 1 月號

魅影

◎ 王良和

這是我第一次到這間醫務所。妻子斷斷續續和我談過幾次，最後她說：「我實在沒法幫你了，你不如見見黎醫生吧。」她這一次並沒有顯出不耐煩的樣子。我雙眼通紅，眼眶充滿淚水。我的頭又痛了，我說，好像有一雙手正扭動我的腦袋，要把腦汁都擰出來，拜託你，給我一柄斧頭吧。妻子馬上翻手袋，給了我一張名片。她是註冊社工，專業的婚姻輔導員。

推開醫務所的玻璃門，只見裡面坐了十多人，擠滿了整個醫務所。登記資料後，護士問：「你從甚麼地方知道這間醫務所？介紹人是誰？」我只說了四個字：「我的妻子。」正低頭寫字的護士抬頭望了望我，好像青蛙用長舌抹了抹眼睛，雙眼閃着濕亮的帶腥味的光。我知道她心裡嘀咕：嫁了你真慘。

我轉身，掃視這又白又亮，掛了幾塊「杏壇聖手」之類的玻璃鏡面的診所，心裡不勝憂鬱，卻又不勝寬慰：我終於也要到這裡來了，人這麼多。

十來個人，大部分是女人，男人只有兩三個。一個穿紅衣套裝的太太，衣着極為光鮮，她正翻閱診所的婦女雜誌，一舉手一投足都嫻靜優雅。她身旁坐着一個七、八歲的女孩，把玩着一條青白色的蛇，青白色的蛇吐着紅色的蛇信。她一邊搖踢着雙腿，一邊用拈花指輕拔着蛇信，蛇信快斷的時候，她兩指放開，讓蛇信彈回張開的口裡，然後又用兩指把它拉出，來來回回地玩着，玩得呵呵的笑起來。她媽媽仍舊靜靜地看着雜誌，一動也不動。

這女人的丈夫一定是包二奶了，真慘。

坐在牆角的男人，穿着深藍色的西裝，結着紅色白點領帶，黑色的羊皮公事包擱在大腿上，黑皮鞋擦得鋥亮。他兩腿合攏，兩手放在公事包上，像見工面試般，偶然瞥見我望着他，兩肩不自覺輕聳緩移，不知可以靠在哪裡。

你一定失業不久了，長時間睡不着，有點頭痛，對嗎？家人一定不知道你給裁掉了，你倒會騙人，每天還西裝筆挺的上班。你也到這裡來了，不必怕，我只是好奇，並無惡意。我不會對此事張揚，其實也沒甚麼大不了，你看，大家若無其事地坐着，就像一家人，只有我連坐的地方都沒有。

我禮貌地笑一笑，他看見我笑，趕緊別過臉。

居然自命清高，反過來瞧不起我了？

這小子臉色青白，樣子倒有點像我小時候的鄰居阿全。唔，他們說不定是失散了的孿生兄弟，剛出生就給掉了包。最近，不是有一個男人捐血後，發現自己的血型與父母、弟妹全不合，才驚覺出生的時候給掉了包，父母易子而養嗎？他還通過電視媒體尋找親生父母，卻是毫無消息。阿全，會不會是這小子失散了的兄弟？我上星期才見過他。

上星期下午，我和父親回到舊屋。就像過去一樣，我關上鐵閘，打開大門，把門柄的繩子縛在雙層牀的鐵枝上。不同的是，母親並沒有從廚房走出來，用毛巾抹着雙手；她褪盡了色彩，變成了一張黑白的瓷相，放在紅燈幽幽的神龕中層，上層伴着她的是觀音菩薩，下層伴着她的是吳門歷代祖先。父親和我怕她寂寞，特地回來看她，給她上香。

我剛關上鐵閘，縛好門繩，就見到阿全從他家裡直直的走來。他住在1121，在走廊盡頭，剛好對着我家。阿全還是老樣子，白色的汗衣，白色的帶點暗黃的短褲，人字拖鞋。他站在鐵閘外說：「回來啦。」

「回來了。」

「我昨天看見吳力豪。」

吳力豪是我弟弟的姓名，這舊屋，只有他一個人住了。

「哦，是嗎？」

「吳力豪，我昨天見到他，他說要返工。」

「是的，他要返工。」

阿全像從前一樣，扭着身子，好奇地探頭探腦隔着鐵閘窺看我的家。

「你有沒有工開？」

他又來了。

我點點頭：「有的，有的。你不用開工？」

他搖搖頭。

每次看到他，他都問相同的問題。十多年前，我還是中學老師，他依舊是白色的汗衣，白色的帶點暗黃的短褲，人字拖鞋，站在我家門前，響巴巴地說：「我介紹你去黃竹坑做清潔吧，一百塊一天，好容易做，你明天跟我一起出門，我介紹你去……」

「你有沒有工開？」

我有點不耐煩了，把門繩解下來，關上門。阿全的頭就出現在門旁的小窗前，他好奇的目光穿過雙層牀落在我的身上，好像我的身上有些甚麼讓他得到觀看的快感。我不理他，和父親數着香枝，用打火機燃點，拜過後，三枝一炷的插在觀音菩薩、祖先和母親的香爐裡。

父親說：「阿全還在外面。」

「別理他。」

父親說：「他每次都說要介紹你做工。」

「他很久沒開了，自身難保，靠老婆養。」

父親說：「你母親走了，徐家威不能來這裡吃飯了。」

徐家威是阿全的兒子，有一段時間，阿全的母親和阿全要上

幾個小時的清潔工，請我的母親幫忙照顧徐家威，母親像帶孫子似的給徐家威吃午飯。阿全後來沒工開，徐家威應該留在自己的家裡，可他老是啪噠啪噠的穿着拖鞋走到我家門外，抓着鐵閘往裡瞧。母親有時候拉開鐵閘請他進來，仍舊給他吃飯。徐家威吃得搖頭晃腦，對他奶奶說，我母親燒的菜「好好味」。

是的，好好味，青椒炒肉絲、涼瓜炒瘦肉、煎蛋餃、黃芽白肉丸蛋片湯。可是，我和徐家威再嚐不到這樣的好菜了。

父親說：「阿全為甚麼老說要給你介紹工作？」

「我不知道。」

父親說：「他只能做清潔，或者做包裝。」

「清潔也做不長。」

父親說：「那他為甚麼老介紹你做清潔？」

「我不知道。」

我其實是知道的。二十年前，我考畢高等程度會考，等候放榜時，在黃竹坑的工廠區找到一份做電話包裝的暑期工。那時候，工廠缺人，工人若介紹一個人進工廠，能做滿一個月，介紹人就可以得到一百元獎金。我見鄰居阿全老是閒在家裡，就介紹他給工廠，好讓他得到工作，而自己可以多得一百元。

我原本在包裝部做輕省的包裝工作，把米色的長條狀電話放進泡泡袋就行，幾個人圍着做，還可以邊做邊聊。把阿全介紹進去，主管安排阿全接了我的工作，把我調去裝箱——給入了紙皮箱的電話打上包紮的黃帶，然後在紙皮箱的當眼處用箱頭筆寫上付運的英文地址。寫字是輕鬆的，但要把盛得滿滿的電話，一箱一箱疊高、疊好，雙臂又累又痛，還要提醒自己，不要彎腰捧箱，要先蹲下來，雙手捧物緩緩站起，否則很容易弄傷腰骨。這比原來的工作辛苦多了，唯一的安慰，是主管對着領班說：「誰寫的字？那麼漂亮。」領班指着我說：「不就是那個暑期工。」

可是，沒多久，領班猩猩頭（我們背後都這樣喊她）走過來

埋怨我：「你怎麼介紹個傻人給我們？甚麼都做不成！」我不做聲，也不為阿全抗辯，沒想到連最容易的，把電話放進泡泡袋的工作，他都應付不來。阿全的樣子與常人無異，就是說話愛重複，莫非是聊天時讓工友發覺，告訴了領班？我一直覺得，阿全做泡泡袋包裝工作是沒有問題的，問題是他要在社會裡生存，就得面對其他人，跟人合作；可他一說話，就露了底。

高等程度會考放榜，我的成績不錯，似有考上大學的希望，就辭去暑期工，好好準備面試。誰知最後一天上班，我才知道阿全就在那天給辭掉，和我同一時間離開工廠。

阿全問：「你也給人炒魷魚？」

我一時語塞，唯唯諾諾的應着：「唔唔，是……是的。」

阿全說：「他們炒了我魷魚，和你一樣。」

「我是自己辭工的，我和你不同。」

阿全說：「明天再找另一份工作，找到我介紹你。不必怕。」

我語塞了，不想再分辯甚麼。

阿全比我大六、七歲吧，是大哥，下面還有六弟妹。他們家像我們家一樣，一家九口，住最大的廉租房；不同的是，我在家中排行第六，下面只有一個弟弟。我常常在走廊中聽到他的弟妹「大哥」、「大哥」的喊他，可我們幾個小孩子從沒把他看成比我們年長的「大哥哥」，因為他說起話來，簡直像我們的小弟弟。大概是家教吧，儘管知道他智力有點問題，我從沒喊過他「傻佬」，一直喊他「阿全」。

關於阿全的事，我所知不多，我為甚麼要知道他的事呢？我們好像是兩個世界的人。然而，近日我老是想到阿全，奇怪我為甚麼和他同一天離開電話廠，就好像我和他一樣，同一天給主管炒了魷魚。但主管明明稱讚過我的字漂亮，不是嗎？

有一件事我記得很清楚，大概唸小學三年級時，可口可樂舉辦有獎活動，瓶蓋內印上藍色、黃色、紅色的哈哈笑人面，集齊

各款哈哈笑可以換獎品。我們不斷喝可口可樂，但開瓶後，總看見瓶蓋內印着黃色的哈哈笑，藍色的，很少，紅色的，一個都沒有。我發明了一種遊戲，就是把多餘的黃色哈哈笑瓶蓋，用鐵鎚鎚扁，鎚成圓形，然後用剪刀，把圓邊剪成一個個尖角，成為像星星的暗器。我在家中練習放飛鏢，在門後畫上圓形標靶，距離五、六呎，舉手一擲，霍的一聲，星矢暗器刺進木門上，我得意極了。只是，荷蘭水蓋不夠硬，擲了十次八次，尖角變軟屈折，刺不進木門，要做新的飛鏢。鐵鎚、荷蘭水蓋、水泥地「碰碰碰」的撞擊聲，刺激着母親的神經；結果我給趕到門外，要在公共走廊上製作我的暗器。

我坐在地上，叉開雙腿，拿着鐵鎚「碰碰碰」的鎚着，荷蘭水蓋像半開的花，被我的鐵鎚硬生生鎚得向外翻，露出生硬的、虛假的笑臉。那時候對着半袋子的黃色哈哈笑，我感覺中獎無望，用力地鎚着，把着色的笑臉鎚得褪色，不成人臉，變成暗器。

「你幹甚麼呀？」阿全問。

「做飛鏢。」

「好像很好玩。」阿全說。

「是的，很好玩。」

「我也要玩。」阿全笑說。

於是，我拿了幾個黃色哈哈笑給阿全。阿全蹲在我的旁邊，我剪飛鏢的時候他就拿起我的鐵鎚學着鎚蓋子，我鎚蓋子的時候他就拿起我的剪刀學着剪飛鏢。他穿着汗衫、白色的短褲，短褲太小了，或者是褲裡的卵蛋子太大了，擠到褲邊外，皺皺的卵蛋皮，粉紅粉紅的。

我說：「阿全，你走光啦！」

他低頭看看自己的卵蛋子，把卵蛋皮推回褲子裡，繼續剪星星，像個認真創作玩具的孩子。

後來我們走到電梯旁，對着電錶房的木門輪着擲暗器，電錶

房三個白色的字就是我們攻擊的目標。從電梯出來，要回家的王太正要穿過我們的攻擊點，她看見我們手裡的飛鏢和門上動也不動的飛鏢，慌慌的說：「停！停！阿全，玩些甚麼了你？作死了你！多危險呀！我告訴你媽去！」王太走到阿全家門口，嘰嘰呱呱的說了一通，全媽拉開鐵閘，走出來邊罵邊拉了阿全回去，然後又走到我家，嘰嘰呱呱的跟我媽說了一通，我媽拉開鐵閘，走出來邊罵邊拉了我回去，把我的荷蘭水蓋飛鏢全部扔掉。

是不是這一次之後，我和阿全有過一段短暫的遊戲歲月？我記不清了，在我模模糊糊的記憶裡，阿全和我們（包括他的弟妹）在電梯大堂跳過橡筋繩，玩一二三紅綠燈過馬路要小心，還玩過公仔紙。對了，阿全玩公仔紙特別厲害。我們用白粉筆在地上畫了幾個方框，寫上不同的數目字，然後在十呎外畫一條橫線，大家站在橫線外，輪着把一小疊公仔紙（或摺成一顆）擲向框中。阿全比我們高，他拿着一小疊公仔紙，用中指按壓，使兩邊微微翹起，然後，他全神貫注盯着某個方框，舉手，瞄準，身子前傾，前傾，好像要跌倒的樣子，「啪」的一聲，我們才看見他的手做出投擲的動作，那一小疊公仔紙已躺在地上的方框裡。我們看得傻了眼，不願賠公仔紙，就起哄說他身子出了界才擲中，不算數，還沒收了他的公仔紙。阿全說他是先擲中的，要我們賠；他說話哪裡是我們的敵手？最後，他的公仔紙全數落入我們的手裡，我盛公仔紙的曲奇餅罐總是盤滿砵滿。

考上中文大學後，我住在沙田的宿舍，很少回家，也就很少見到阿全。那時香港只有兩所大學，能考上大學，日後很容易找到工作。在宿舍偶然會想念母親燒的菜，也會記掛她常常一個人在家，會不會跌倒。她跟弟弟到海邊的路天停車場買菜，在上斜路的時候跌倒過一次，人和手上一袋一袋的蔬菜都爬在地上。後來她見到街坊，談起這件事，總是說：「有沒有這樣的人？阿娘跌倒了，扶都不來扶，還笑着問：『阿娘，你玩泥沙嗎？』這樣

呆！」一邊說一邊呵呵笑。她說的是我的弟弟，傻頭傻腦的，讀書不成。我和他唸同一所小學，老師見家長，我和弟弟帶着母親走到教員室，他的老師總是向母親投訴弟弟懶惰、成績差，請母親好好管教他；在旁邊改着簿的陳老師插口說：「哥哥就好，用功得多，人又聰明，兩兄弟，差得遠了！」

這件事之後，我偶然就會在宿舍打電話給母親，問她近況怎樣，叮囑她早上買菜小心走路。可是有一次，打了兩天電話都打不通，電話總是「嘟嘟」響。我慌了，想到家裡可能出了事，就連忙乘了火車、地鐵、小巴回家。打開家門，看見母親坐在沙發上看電視，就問：「怎麼搞的？電話打了兩天都打不通！」母親說：「房屋署說，有人把電話線剪斷了，在維修。」

「誰那麼無聊？」

電話線駁好後沒多久，母親家裡的電話又打不通了。她後來說：「外面的電話線又給人剪斷了。」

「會不會是力豪做的？跟他說一說，不要玩了。」

母親說：「阿仔怎會做出這種事情？」

「怎麼不會？幾年前，他晚上不是在華安樓的斜坡擲玻璃瓶，給一個男人抓住，打電話來投訴嗎？我和爸爸去見那個男人，被他罵了一頓，要我們好好管教他，說下一次要報警！」

母親說：「他還小？」

「他不小，可老是長不大！」

母親說：「你做阿哥的，怎麼不好好教他？」

「你做阿娘的，怎麼不好好教他？只會寵！」

母親咆哮了：「我連自己的名字都不會寫，教個屁！」

我沉默了。

母親後來說，抓到剪電話線的人了，原來是：阿全。他剪了一次又一次，房屋署暗中派人監視，終於逮個正着──他拿着剪刀，第三次下手。電話線就在電錶房的門邊，也就是我和阿全擲

飛鏢的地方，後來房屋署的工作人員用玻璃罩住電話線，以防有人再剪。我以為阿全會給警察抓去，卻見他好好的在走廊擦着拖鞋走來走去。母親和鄰居打麻將的時候，談到這件事，王太邊搓着牌邊說：「原來是阿全做的，弄得我們的電話都打不通。他傻的呀，可以怎樣？徐太前世不知做了甚麼陰騭事，生了個傻仔。」

　　大學畢業後，我當了中學老師，結了婚，搬離了舊屋；學校就在舊屋附近，我可以常常在中午回家吃到母親的好菜。某天中午，在母親的家裡看到一個圓臉、剪了陸軍頭的小孩。

　　「誰家的小孩？」

　　「阿全的兒子。」

　　「阿全？他結了婚？」

　　「是的。」

　　「還生了兒子？」

　　「是的。」

　　「他怎麼會生兒子？」

　　「怎麼不會？」

　　「他傻的呀！也會做？」

　　「你會生，他也會生呀。」

　　「誰肯嫁他？」

　　「徐太幫他在大陸找的。」

　　「一定是為了來香港。」

　　「當然是為了來香港。」

　　「慘囉！」

　　我坐下，問小孩：「你叫甚麼名字？」

　　「徐家威。」聲音小小的，尖尖的，像小雞叫。

　　「幾歲？」

　　「三歲。」

　　「爸爸、媽媽呢？」

「返工。」

徐家威的樣子不像有蒙古症，精靈精靈的，與一般小孩無異，對答流暢，沒有重複，似乎沒有遺傳父親的病，讓人鬆一口氣。然而，這樣的婚姻，這樣的結合，令我聽後有一種奇怪的感覺。眼前浮現赤裸的阿全，青白的屁股一縱一縱，呵呵的發出狼叫的聲音。

我們住的是井字型的廉租屋，家家戶戶的門外，中空的天井採光十足，我家和阿全家都在走廊的盡頭，經常拉上鐵閘開了門。住廉租屋有這樣的好處，鄰里之間總是熟門熟戶，所以徐家威可以讓母親免費照看幾小時，吃美味的午飯。

有一天，我下午不用上課，在母親家吃過午飯，就躺在沙發上小睡。不久，大門傳來輕柔的刷刷的聲音，睜開眼，迷糊間，只見徐家威站在我家門外，雙手抓着鐵閘，輕輕搖着。我起身，走到鐵閘前問：「想進來玩？」徐家威點點頭，我就把鐵閘拉開，讓他進來，還在玻璃櫃中找出幾個超人公仔給他玩。

「這是超人吉田。」

「這是幪面超人。」

「這是鐵甲萬能俠。」

這些超人是我弟弟的，這麼大個人，還喜歡花無謂的錢買模型砌，全是日本卡通片、電視劇的各式超人。我升上中學就不再玩這些玩意了。

「超人，這些都是超人，會飛的，會騎電單車的，會分身和合體的，你懂不懂？」

徐家威認真地點頭，說：「超人變身！超人會把怪獸打死！」

徐家威在我家玩了一會，徐家威的家突然傳出爭吵的聲音，愈來愈響；我走到鐵閘前張望。「刷」的一聲，只見阿全急急拉開鐵閘，剛竄出走廊，就給一隻手抓住，然後被一隻拖鞋啪啪啪的打在頭上臉上。阿全一把搶過拖鞋，擲到圍欄外，頭髮馬上給另

一隻手抓着。阿全想用手把頭上的手推開，推不開，就抓住，想抓開那隻手，抓不開。阿全的頭髮像一堆亂草，給一隻拔草的手死死抓着。

這時，我媽午睡給驚醒了，從房間跋了拖鞋出來，走到我身旁問：「誰吵得那麼厲害？」

她從鐵閘的空隙看到全媽從家中走出來，走到阿全的身邊，一隻手抓住抓着阿全頭髮的手猛拉猛搖，一隻手啪啪的打在一個女人的臉上，邊打邊大聲說：「放手！放手！」

全媽的手給女人的另一隻手撥開了，全媽的頭髮倏地給抓住，她只得低下頭，好減輕痛楚，一隻手從女人的手腕間鬆開，抓住抓着自己頭髮的手猛拉猛搖，一隻手在空氣中亂攞亂擂。

我媽聽到全媽低着頭歇斯底里地厲聲罵道：「癲婆！癲婆！」

我媽在我身旁說：「要不要幫手？」

我在她的身旁說：「那就變成六國大封相了，老師打架會失業的。」

這時，我看到阿全忽然蹬左腳，一縮一撐的踩在女人的肚子上。女人「唭」的叫了一聲，抓着兩人頭髮的手同時鬆開了。忽然，她轉身，把自己的頭撞到牆上，邊撞邊嗚嗚哭着。我聽到她歇斯底里地對着牆壁厲聲哭罵：「死傻佬！死傻佬！」

然後，她給全媽硬生生地扯進屋子裡，「砰」的一聲，關了門。

幾個開了門，在走廊惝惝觀看事態發展，像我一樣猶豫着要不要幫手的鄰居，一個一個返回自己的家，拉上鐵閘。走廊中接連傳來「刷刷」的關鐵閘的聲音。

母親說：「徐家威暫時不要回家了。」

我說：「徐家威暫時不要回家了。」

母親返回房間繼續午睡，我躺回沙發上繼續午睡，偶然睜眼看看徐家威。

徐家威暫時在我家和超人玩耍。他抓着超人吉田，讓超人吉田在半空中做着飛的動作，徐家威神氣地說：「超人來啦！」

「阿威，阿威，回家啦！」再睜開眼時，不知甚麼時候，剛才打架的女人站在我家的鐵閘外，探頭探腦的往裡瞧，邊瞧邊喊。母親從房間出來，拉開鐵閘，問候了一聲：「全嫂，沒事了？沒事就好啦！冚頭打架冚尾和。」

阿全的老婆進了我家，走到我的面前，這時，我才看清這個女人的樣子——二十多歲，皮膚白皙細滑，像張曼玉般漂亮；可惜額頭碰得瘀青，腫起了，眼睛紅紅的。一朵鮮花插在牛糞上，我幾乎衝口而出。

我禮貌地一笑，從沙發上坐起來；她也禮貌地一笑，然後，她對着徐家威說：「阿威，玩夠了，要回家了。」

徐家威不捨地放下手上的超人。

「要說甚麼呀？謝謝叔叔啦。」女人教導孩子。

「謝謝叔叔。」徐家威對着我說。

「那邊是誰呀？要說甚麼呀？」女人教導孩子。

「謝謝。」徐家威對着我母親說。

然後，阿全的老婆抱起徐家威，走出我的家門。

阿全的老婆走出我的家門，把徐家威往欄杆外用力擲出去，然後攀過欄杆躍下。

我見到一團小東西往下掉，再見到一個人影往下掉。

「噢！」母親驚呼。

「慘囉！」我如夢初醒，炸開肺大叫，然後我聽到走廊此起彼落的尖聲呼喊：「有細路跌落街！」

「阿媽揞仔落街！」

「個老母跳埋出去！」

我被這些此起彼落的淒厲呼喊嚇得當場暈倒。

醒來的時候，我看見徐家威站在我的面前，小小的一個影子。

「叔叔，我會像超人一樣飛了，你會不會飛呢？你陪我一起飛吧。」徐家威說。

「走開！小鬼！」我大喊，嚇得出了一身汗。

醒來的時候，只見房子明亮，家具都安安靜靜，空氣中一點血腥都沒有。我看見徐家威坐在地上，手裡抓着超人吉田，奇怪地望着我，地上躺着矇面超人和鐵甲萬能俠。

看看牆上的鐘，三點二十一分，不知不覺睡了一個多小時。正自恍惚，聽見鐵閘外有人喊：「阿威，要回家了。」

母親從房間出來，拉開鐵閘，說：「全嫂，放工啦。」

「放工了，謝謝你。」

阿全的老婆進了我家，走到我的面前，這時，我才看清這個女人的樣子 —— 三十多歲，有點胖，短髮圓臉，戴着沒有雕花的素身金耳環，短花衣，長褲，紫色厚底塑料拖鞋，像六十年代在街市買菜的女人。

我禮貌地一笑，從沙發上坐起來；她沒有和我打招呼，對着徐家威說：「阿威，玩夠了，要回家了。」

然後，阿全的老婆抱起徐家威，走出我的家門。

「我送你們回家吧。」我說。

「不用啦。」

「我也想走走，我睡得太多了。」

阿全的老婆走出我的家門，我跟着他們走出了我的家門，一直走到他們的家，望着他們進屋。

我為甚麼老是想到阿全呢？

妻子說：「你怎麼老是穿着汗衣短褲走到露台？我們住最低的一層，平台的人看見一個大學老師穿成這樣子，好看？快點進來！小心《八卦周刊》的記者偷拍你！」

「我又不是名人、電視明星。哎，我的頭又痛了，也許明天，我會突然死去。我患了青春癡呆症了，很多字我都記不起怎樣

寫，我很快就會給學校炒魷魚的了。」

妻子說：「我實在沒法幫你了，你不如見見黎醫生吧。」

所以我一個人來到黎醫生的醫務所了。

黎醫生問：「和家人的關係怎樣？」

「不錯。」

「和其他人的關係怎樣？最近有甚麼不開心的事？」

「和其他人的關係都不錯，沒有甚麼不開心的事。」

「晚上睡得着嗎？」

「睡得很好。」

「沒有失眠、反覆做噩夢？」

「沒有。」

「工作壓力大嗎？你做甚麼工作？」

「我在大學教書，工作壓力有一點，但不大，很有滿足感。」

黎醫生顯出疑惑的樣子，我知道他想我答些甚麼，他的眼神催促我合作些，外面有很多病人輪候。

我說：「是這樣的，我母親死了。我母親死前，常常頭痛，記性愈來愈差，頭腦不靈清。她炒的菜很好吃，但有一次她竟然用洗潔精炒菜，愈炒愈多泡。她老是說心慌慌，老是說死給你們看，她就突然死了。她死前好像患了精神病。母親死後，我出現她死前的各種徵狀，還會無端流淚，我想我患了精神病了。」

「這不是精神病，這只是 grief reaction。」

「我要吃藥嗎？」

「不用吃藥。」

踏出醫務所，我覺得自己的身子輕得會飛，我變了另一個人。

「九百元，值得吧。」妻子知道我不藥而癒，笑着說。

「只問了幾個問題，給了一個答案，不足三分鐘，藥都不給一粒。九百元，太容易賺了！真是吸血鬼！」

「貴就貴在這裡，讓你知道自己沒病。」

「但我總覺得是我害死了母親。」

「你又來了！不是你，要數的第一個是你弟弟，拿她的棺材本去做生意！」

「是我在電話中很大聲地罵她，把她嚇傻了。她要我感受她死前的痛苦。」

「你又來了！你們全家都有問題！」

如果我的弟弟在深圳相睇後，娶了那個從老家飛到深圳來相睇，叫梅花的女人，我弟和我母，能否避過這一劫呢？我的弟弟，相睇回來笑眯眯的，說梅花好漂亮，還說兩個人在房間裡的時候就嘴了她。我說：「有沒有搞錯？第一次見面就嘴人，你這色狼！」

他嘻嘻笑着說：「她 kiss 的時候閉上眼睛呀！」

幾天後，下班回家，他跟母親說，「那個女人，我不要了。」

母親忙問為甚麼。他就說：「公司的阿黃說，你不是殘廢，又不是傻，幹嘛娶大陸妹，給你戴綠帽的呀！」

母親氣死了，說給梅花和她爸媽出錢買飛機票，在深圳包食包住一星期，花了萬多元，到頭來一場空，前世欠了這小鬼頭！

小鬼頭結識了兩個女人，都慫恿他做生意。兩次生意失敗，兩個女人都溜了。

父親說是第一個女人搞砸了他和梅花的婚事，害死他。

四姐說是第二個精明的女人，騙去他所有錢，害死他。

母親死前，慨嘆着說：「你兩兄弟，只差一歲，你，甚麼都有；你弟，做王老五一直做到死。」

她在一個早上突然倒下，天還未亮。父親說：「有沒有這樣的人？阿娘跌倒，他叫：『爸爸，爸爸！阿娘跌倒！』我起牀扶你娘，他卻蓋被子想再睡！那麼呆！」父親說的時候，臉寒寒的。

我一直覺得，是我害死了母親，我在電話中很大聲地罵她不聽我勸，拿棺材本給從沒碰過餐飲業的弟弟開餐廳，沒有在她患

病的時候帶她見黎醫生。

　　我的頭又痛起來了。

　　我眼淚汪汪地對妻子說：「我是阿全！我是阿全！有一天，你會和我離婚！」

2012 年 12 月 12 日

原刊《香港文學》2013 年 1 月號

躺臥行動

◎ 韓麗珠

「當你看見那男人的時候，他大概就是那樣子躺在地上。白天，他幾乎都維持着相同的姿勢，因為那是不由自主的舉動，並沒有任何可以選擇的餘地，要是得不到旁人的協助，他甚至沒法進食或上洗手間。」凡這樣描述那個即將抵達汽球工作室向賣汽球的男人求助的病患。他的聲音透過電話傳到賣汽球的男人的耳膜，像涼颼颼的風經過他鬧烘烘的腦袋。令賣汽球的男人感到意外的卻是，凡的嗓音竟然並不像以往那樣令他厭惡或苦惱。他認為那是炎熱天氣的影響，使人放鬆了管束自己的規條。那個早上，汗不斷自他的毛孔滲出，使他覺得自己是一塊一直處於融化狀態的奶油，邊界便變得模糊不清。

「他總是穿着藍色的衣服，深深淺淺的藍交替配搭，沒有任何藍以外的顏色。他躺在地上時，便更像一攤傾瀉的顏料，範圍不斷擴大，卻沒有辦法讓他凝固。」他沉浸在凡的語調裡，進入了凡描述的畫面之中，似乎也看到一個穿藍衣的男人倒臥在地面，手和腳奇怪地反向彎曲，因為意識清醒而神情痛苦。那使他想起另一些令人透不過氣來的事情，但那全是含混而朦朧的印象。他這才發現，凡的聲音之所以能牽引着他，是由於內在前所未有的茫然，他所說出的字詞便都柔軟起來。

「不過，你並沒有擔憂的必要。」短暫的停頓以後，凡就像想起了重要的事情似的突然說話，那聲線又回復了事務性的冷硬，像尖椎穿破了平靜的湖面。賣汽球的男人知道，他忽然記起的

是，自己的身份。

「打從日落開始，那男人僵直麻痺的四肢，便會逐漸恢復感覺。天色全黑以後，他身體的各部分便可以緩慢地活動、揮手，坐在一張椅子上跟你談話，甚至站立或在室內踱步直至日照再次出現。」凡一邊說，一邊從說出的句子之間整理出較清晰的頭緒，當他說出掛線前最後一句話之前，終於能肯定，他已把必須的指令下達給賣汽球的男人。

賣汽球的男人放下電話筒，良久，仍然無法重獲變換姿勢的力氣。他感到自己一直往下沉，沉進那個被凡擊碎了的湖裡。湖底藏着許多被活埋已久的片段，那些片段全是尖削的，像快速轉動的螺旋槳，帶着一種蓄勢待發的攻擊力，使他感到身體各部分的神經被硬生生地往外拉扯而幾乎悉數折斷，為了減低那衝擊的速度和破壞力，他嘗試理順自己急促而節奏混亂的呼吸，強迫自己邁開腳步，從陽台走到大門，但他仍然覺得外面的世界在急速地旋轉，彷彿無數細小的昆蟲在他全身各處急速亂竄，多年來跟各種病患者共處的經驗使他想到，自己已經被捲進某個灰澀的漩渦裡，他使盡僅餘的氣力把身體朝向一柄椅子挪動，然後坐在上面，至此，他不得不承認，他再次滑進過去某段泥沼般的時光之中。他唯一能做的只是，張開緊縮的肩膀迎向它並把它包納。他又希望能展示一個從容的微笑，就像「支援病人指引」的其中一項「在任何困窘或備受打擊、威脅、危險的情況下，仍然保持處變不驚的寬慰態度」，但他的臉面像冷藏過久的凍肉那樣僵硬，唯一值得慶幸的是，他看不見自己的模樣，同時，並沒有任何人看見他。

他無法迴避地想起，曾經有許多個下午，當他躺在乾硬而凹凸不平的柏油路上，面前都是那刺亮得令人不願張開眼睛的天空，和偶爾出現的幾張朝他們俯視的臉孔，使他發現，原來平躺着身子，由下而上地凝視途人，他們的臉龐看起來全都顯得灰暗、鬆弛而且憂心忡忡。他原以為，事隔多年，留在身體裡的記

憶，就像曾經出現在報章上的頭條新聞，早已灰飛煙滅。新陳代謝的系統本就是為了使昨天的自己彷彿從不曾存在過。可是就在那個猝不及防的時刻，他竟然察覺到當下的自己跟以往的那一個自己，仍然在某方面密不可分地緊緊繫在一起，彷彿那之間建起了一條幽秘的管道，趁他一不留神便把他吸吮進去。他甚至還想起了，那時候躺在他身旁的同伴，汗濕的掌心的黏膩感。他湧起了要把這種種使他難堪的記憶，以及由此引起的生理反應，一一阻擋到自己的邊界以外去的衝動。但他還來不及閉上眼睛或掩着耳朵，便已經洞悉了，那些像洪水般湧進他感官之內的，並非來自外界的物質，而是自他的內部迸發出來，於是他只能像遇溺的人，聽天由命地等待即將降臨的一切。

他已經完全忘掉了那一批同伴的臉。（即使他在躺臥行動失敗的多年以後，曾經和凡碰面，但凡的神情和皮膚已經成了一幅使他難以辨析的地圖），然而他們的手掌的觸感始終黏附在他的神經上，像一道無法褪落的疤痕，在他跟前開啟了一扇又一扇通往過去的門。

「為了抵擋外面的衝擊或自我懷疑，我們需要一張最堅固的網。」躺臥行動展開後的第二天早上，天空澄藍而高遠，凡站在人群的中央以那把因長期咳嗽而受損的嗓子向他們發表講話，他破破爛爛的聲音就像一團被搓揉的舊報紙：「可是，最耐用的網並非由鐵製成。」他頓了一頓再說：「而是無數彼此緊握不放的手。」他認為，幾天以後，執法者便會以令他們意想不到的理由把他們的聚集定義為非法的集結，甚至以層出不窮的理由把他們逐一驅趕，然後逮捕。「那時候，戴着面罩和盾牌的執法者會組成一個半圓形，把我們重重圍困，報章和新聞報道會把我們描述成發動暴亂的人，而在街上來往經過的途人，他們之中沒有一個會關心這所工廠的死活以及我們以後如何過活，他們只是事不關己地驚懼，甚至以責備的眼神打量我們。直至我們的身子因飢餓或欠缺

信心而日漸虛弱，執法者便會闖進我們之間，把我們強行拉走，或抬進囚車和救護車內，送進醫院或監獄，那時候，我們唯一的希望只是，互相緊握的手。」凡以描述往事的悲哀語氣預言接下來將會發生的一切，他的話說到最後，走調的嗓音就像以許多鬆弛的琴弦奏出的樂章。

賣汽球的男人記得，當時他的目光掠過每一個坐在工廠外空地上的工人，發現他們的眼睛裡都閃爍着怪異的亮光，像一群過分耀目的星，或飢餓太久的動物。他們已被拖欠薪金九個月，無力支付房租、藥費和購買足夠的糧食，他們的皮膚不約而同地顯出一種營養不良的青白。工廠的負責人向法庭申請破產之後，失去工作的工人便在那裡靜靜地躺着，搭起了帳幕，夜幕垂到他們的頭上，他們就睡在那裡。他感到，跟他一同聚集的人（包括他自己），迫在眉睫的需要並非盼望，而是趕快逃離絕望的機會。

那並不是一個有組織和計劃周詳的行動。那天早上，他們陸續抵達工廠，打算開始一天的工作，可是森嚴的閘門已經鎖上，只有一張軟乎乎的紙貼在門上，寫着幾句意思簡單明確的句子。工人聚攏在緊閉的閘門前，把紙上的字句看了又看，為了找到自己所理解的內容中存在謬誤，他們跟不同的人互相求證，可是只得到一個相同的答案，工廠突然宣佈結業。

有些人沿着街道一直往外走，不久後消失在街的盡頭，有些人坐在工廠門外，呆怔地瞪着面前喧鬧的馬路和經過的人潮，他們坐在空地上，並非為了堵路，只是他們剛剛體認到一個事實，原來他們對於自己身處的城市並不具備足夠的方向感，多年以來，工廠就是他們在日間主要的坐標，當他們被厚重的鐵閘拒諸門外，便再也找不到可以前往的方向，最初他們只是坐在那裡沉思，只是時間不斷溜走，車輛在他們的不遠處往來穿梭，他們都吸入了過多廢氣，卻沒有歸納出任何結果，而痿軟的骨骼使他們再也無法遏抑長久以來超時工作所帶來的疲憊，沉重的眼皮快要完全覆蓋他們

的視線，使他們的身體生出一種迫切的需要，躺下來。

到了夜闌人靜的時分，凡和幾個在夜裡失眠的人（也有可能他們剛剛自夢裡醒來，急不及待地宣佈睡眠使他們得到的覺悟），向空地上好夢正酣的群眾發表講話，只是他們的聲線沙啞而微弱，像一支荒腔走板的搖籃曲。賣汽球的男人睜開惺忪的睡眼，便聽到雙手因長期勞損而得了類風濕關節炎，所有指頭向內彎曲的南說：「工廠應該屬於我們。」南因憤怒或某種激烈的情緒而節奏急促的呼吸，以及從聲音裡傾瀉而出的惶惑，使賣汽球的男人感到，入夜後的空氣益發冷冽而刺人。「這些年來，為了工廠日以繼夜不斷趕工的是我們，在假期時輪流回來值班以確保貨物能依時抵達彼岸巷口的也是我們，在生產線上耗光了所有青春歲月的也是我們。既然工廠的負責人已經沒法償還我們那筆拖欠已久的薪金，那麼應該以工廠作抵押，讓我們走進工廠內，繼續生產和運送貨物，恢復交易使工廠重新營運，讓我們當上工廠的主人，成為自己的僱主，賺取應得的報酬。讓每個人都擁有工作和房子。這，原是合理的要求！」他為自己所說的話，激動地振起了雙臂，說話的餘音在空寂的街上迴盪，可是躺在地上的人，要不就是缺乏運動的肢體無法敏捷自如地伸展，要不就是仍然處於混沌的狀態，他們只是翻了一下身子，打了幾個呵欠和揉了揉眼睛。賣汽球的男人已經完全清醒過來，他直勾勾地瞪着沒有星的紫藍色夜空，想到在他身旁的工廠，是這城市最後一個大量出產汽球的地方，他便坐了起來，跟那幾個站在眾人面前，停止了發言而顯得尷尬無措的人遙遙對望。

接近破曉的時候，凡把假寐的人逐一喚醒，提醒他們在早上做體操的必要。他們首先要鍛煉的是，手部的靈活度和肌肉的力量。「我們集結，是為了連成一張無法輕易衝破的網，我們必須有一雙強而有力的手，在關鍵時刻，才能把對方抓緊，以免這裡有任何一人掉進了由孤單築成的陷阱裡。」他站在空地的中央，示

範放鬆手腕的動作，伸直手臂，把左掌扳向內再扳向外，然後又以相同的方法使右腕的筋骨得到鬆弛的機會。最後，他和同伴一起出其不意地躺在地上，向群眾展示，躺着的身子如何伸出雙手與觸手可及旳人緊緊地扣連。

很可能那是來自身體深處對於付諸行動的呼喚，但更可能，躺在地上的工人都過於熟悉街道上的規律和不明文的守則，他們幾乎能預見，不久之後，斑馬線和人行道都會被上班的人潮淹沒，那些穿戴整齊得一絲不苟的人，踏着皮鞋或高跟鞋，他們一致的步伐甚至把柏油路敲打得微微震動。路人即使行色忽忽，卻也必然會扭過頭去，打量通宵留守在空地上的工人，以一種俯視露宿者或流浪漢的目光。工人便陸續抖擻因為長期坐姿不良而微微佝僂的身子，搖晃或蒼白瘦伶、或皮肉鬆垮的臂胳。凡帶領工人高舉張開的雙手，深深地吸進一口佈滿塵埃的空氣，把上半身彎下，直至指尖垂至地面，視線能在分開站立的兩腿之間碰到那個已經倒了過來的世界。賣汽球的男人感到，四周的樓宇、樹木、汽車或天橋，都快要跟自己的頭顱，一併掉進陰鬱的藍天裡去。凡的聲音就在這時候響起：「接下來的日子，你們將會看到的是一個相反的世界，它其實並不比你以往身處的世界更真實，只是另一副面相。」賣汽球的男人記得，血液在剎那間全都湧往他的頭部，使他產生急欲嘔吐的衝動。

或許是恢復循環的血液使他們的思緒清晰起來，或許是運動帶來的刺激使他們的感官格外敏銳，大部分的工人漸漸發現，失去了工廠那些由鋼筋和水泥建起來的牆壁的保護，雖然他們的身體仍然被足夠的衣服嚴實地包裹，但缺乏所有最基本的保障和制度的維護，他們依然是脆弱而不堪一擊的個體。他們下意識地朝向彼此靠近了一點，大概保留張開手臂，指頭便能觸碰到對方的距離。從那時開始，他們頻繁地操練一個自我保護的動作，在千鈞一髮之際，伸出雙手準確而迅速地逮着身旁同伴的指掌，並使

雙方的指頭密不可分地交纏在一起。「想像那就是唯一的抵禦外界的網。」凡對他們作出這樣的提示。在反覆不斷的練習過程裡，賣汽球的男人漸漸熟知那一批曾經跟他一起工作的人擁有怎樣的手掌。那些手掌或柔軟、或黏濕、或皮膚龜裂、或長滿厚厚的繭、或冰冷、或指骨的關節突起，或粗大渾厚，都一一埋在他感覺的記憶裡，有時候，它會無緣無故被牽扯出來，化成了一片鬱悶的氣氛把他圍困起來。

　　凡和南為聚集在空地上的工人制訂了當值時間表，讓他們輪流值班，休息或到附近的公共衛生間梳洗，並給他們分配了不同的工作崗位，購買食物和日用品的、吶喊的、帶領早操或冥想的，負責急救或治理傷口的、聯絡和點算人數的、製作單張和接受媒體採訪的⋯⋯賣汽球的男人跟別的工人其實無法一一指出那些崗位的名目和職責，但他們樂於參與其中。雖然在他們面前並沒有工作的桌椅、生產線或任何等待完成的貨物、指令或死線（那曾經使他們深痛惡絕），可是在空地上值班和肩負不同的責任，對他們來說，彷彿再次走進堅實的外殼之中，被熟悉的管理模式保護，那跟他們仍然停留在工廠內的時期比較，最重要的分別在於，他們再也不只是被操控的人，同時也是操縱者。他們一起在空地上徘徊，投在地上的深灰色影子便成了彼此的護蔭，那使他們都抱着一種過於樂觀的想法，臨到頭上的太陽，其實並沒有他們所感受到的那麼毒烈和兇猛。

　　從那時開始，他們正式展開了在街上躺臥的生活，賣汽球的男人曾經認為那並不是他的選擇。他只是必得追隨着汽球的路向，否則便會失去穩住自己的位置。當他偶爾轉過頭去，偷偷地察看那些曾經跟他一起坐在密封的室內趕製貨物的人，躺在那偌大而充斥着煙霞和塵埃的路上，臉上都是無法掩飾的茫然和疲憊，他無從估計，那使他們難以輕易捨棄的是甚麼，是一幢房子、精美可口的餐點、假期、身份，還是擁有一份職業的想像。

每個早上他們從粗硬冰冷的地上醒來，嘴巴腥澀，面目呆滯，但迅即投入晨操，上午冥想、靜坐、擬定請願的口號和訴求，下午唱歌和等候終於關注他們的人。他們反覆討論、協商甚至爭辯，行動要在甚麼時候以及如何升級，賣汽球的男人總是難以控制自己亂竄的目光，從躺在他兩側的人的頭髮或衣領之間溜到他們的身子以外的街上，車子如常地根據交通燈的指示行駛或停頓，人們依舊從四面八方湧出，在他們身旁經過，又趕快到了別的地方，他從路人的眼睛裡辨認出一抹熟悉的東西——忙碌以至輕微惱恨，那使他們看不到四周的事物，除了那條日常固定往返的路線。他曾經是他們的一分子，但再也不是，這使他感到奇怪而悵惘。他早已發現，當他們失去了工廠，便走進荒廢了的工廠和繁忙的鬧市之間一道最偏僻的狹縫之內，他們坐在那裡呼喊，但沒有一個人真正看見他們或聽到他們的聲音。賣汽球的男人從不打算告訴他的同伴這一點，正如當他瞥見躺在身旁的人的視線抵達了很遠的地方，而眼神出現了複雜而微妙的變化，他便心領神會。他模糊地體認到，他們就像一艘在濃重的霧中航行的船，而羅盤已經失靈，那就是他們仍然逗留在原地的唯一原因。但他始終沒有在工人之間發表過任何想法，只是像大部分的參與者靜默地遵從各種指示，附和各種建議，偶爾讓疑狐溢滿了自己的眼睛。

因此，賣汽球的男人從不認為，行動潰敗的起因是執法者遲遲沒有到場驅散和拘捕他們，沒有任何媒體對他們投以好奇的目光和製造任何話題，或，每天在他們之間穿梭經過的途人甚至不願停下腳步留神細讀他們印製的關於工廠和他們的歷史的單張。起碼，對他來說，這全是無關重要的事，許多年來，他始終驅之不去的一個幻想就是，終於有某個個性執拗的新聞從業員挖掘出當年的往事，而且找到他，渴望從他身上得到更多資料，那麼，賣汽球的男人便會對他說：是飢餓。飢餓使人們的腦袋和身體都處於極度清明的狀態，人們便更容易聽到，從地下傳來的急欲對

他們訴說的聲音。

　　可是從沒有一個堅執的人來找他，也沒有任何一個人向他提及當年的事情，否則，他就可以告訴另一個人，他是在集體靜坐的第四十三天加入絕食，那是一個絕食的馬拉松，自願進行絕食的人被編派到不同的組別，一個接着一個拒絕進食。

　　「空腹是無聲的，但同時，它的音頻最容易引起共鳴。」在多年以後，賣汽球的男人耳畔仍然時常響起這一句話，雖然他已完全忘掉了這是由誰所說的話，也有可能，這其實出自他的嘴巴，他也無法記起自己隸屬於哪一組，只是當抗拒食物的責任落到他頭上，他便蜷縮着身子，側身躺在地上，為了減省體力的虛耗，幾乎停止所有的活動，甚至不多說一句話，只是感到來自地底的各種聲音，沿着緊貼地面的右耳，紛紛爬進他的腦子，他無法從聲音辨別另一個空間的狀況，或許那來自正在吸水的樹根，也有可能那是搬運食物的蟑螂或老鼠、把軀體鑽進泥土更深處的蚯蚓，漸漸地，他卻發現，那些蠕動、摩擦和碰撞的聲響之所以那樣清晰可聞，其實是因為，聲音的源頭，就在被土地連接着的另一端，那很可能，是潺潺作聲的下水道，是在空地上來回踱步的工人，猶豫不決的足音，或，他們佈滿憂懼的心跳，也有可能，是在馬路的左方，那些燈火通明的商業大廈裡，熬夜工作的人，轆轆作響的飢腸。他便把身子翻到另一側，從左耳聽到某幢大廈的單位裡，蔬菜和肉類掉進鍋子裡仿如小型爆炸一般的巨響，他懷疑那其實是一場永遠沒有結果的爭吵或把大型家具從窗口扔到外面去的破碎的聲音，也有可能，那是某個人終於沒法抑止的叫喊，或，某個人徒勞無功的呼救。他睜開了眼睛，觸目所及，是一個滿佈灰塵的紫灰色的夜空，並沒有任何一顆星，就在那時候，他再也無法否認，那些聽起來非常遙遠的聲音，其實全都來自他的身體之內，而他難以確認，出現混亂的究竟是血管、心臟、肺部、胰臟、腸胃、還是腎，但愈來愈昂揚澎湃的聲音中卻

有一種脅迫的力量，像一支震耳欲聾的大合奏。他看見本來躺在附近的人，一個接着一個站了起來，魚貫地，向着被厚甸甸的霧所籠罩的縱橫交錯的街道走去。他躊躇了一會，不久，便也支起了身子，加入了他們的隊伍之中，他們的步伐非常緩慢，終於，在街的某個分岔口，他獨自走上了那條靜寂得像死了一樣的路，他一直走，本來打算走到路的最深處，但路通向了更廣闊也更錯綜複雜的地方。

來自他的想像裡那個尋根究柢的人非常年輕，那時候，他會發出這樣的提問：「這是來自遠方的召喚嗎？」

「不。」賣汽球的男人確實渴望能擁有這樣的一個機會作出澄清：「那必定是過度飢餓而引起的幻覺。」

「所以，那是一個技術性的錯誤。」年輕人的眼角和嘴角都出現了嘲諷的斜度：「他們應當選擇一個體魄強健的人負起絕食的工作，確保那人能熬過飢餓的折磨。」

賣汽球的男人確信自己能夠氣定神閒地反駁：「從來沒有停止進食的人，總是無法明白，當身體內等待消化的食物或殘渣都一掃而空以後，人們能處於一種如何澄澈的狀態，而且能藉着幻覺、透視被現實遮蔽了的真相。」他必定會直勾勾地瞪着年輕人圓亮的眼睛說：「很可能，從那時開始，我就一直在那尖銳的幻覺之中，而且鑽進了內裡許多冷僻的角落，並因此而避過了從現實掉進來的種種危機。」

他唯一不打算跟年輕人和盤托出的是：「幻覺的出現，只是為了使人們再也無法蒙騙自己。」

可是這些年來，賣汽球的男人始終沒有遇上如此熱中於追尋答案的眼睛。他只能在許多寂靜的下午，盯着陽台外隨風搖曳而且反射着光芒的榕樹葉子出神，延續一場不可能出現的對話。

原刊《香港文學》2013 年 1 月號

密封，缺口

◎ 潘國靈

1. 電梯大堂

NANA，你總是先我而行，一步之隔，或者兩步之遙，不近，也不遠。當我迷失於名利場上，你已去了修道院中。我在街上喊着或喊不出口號當兒，你已悄悄地離開了人群。當我仍耽逸於安樂窩中抱着粉紅攬枕，你已鑽進了幽黯無光的寫作洞穴，隨地撿拾荊棘以編織花冠。我在疑幻疑真的夢鄉徘徊，你甦醒過來而夢境不翼而飛。我站立於原地，你不住撤退。你離開了，我沒有。

鏡頭拉闊，我步出了家門。一個只剩下一個人叫作「家」的地方。我懸浮半空，同時踩在實地之上，我渾然不覺。這個城市，大部分人都住在一塊塊騰雲駕霧的樂高積木，多座橫扣成一道屏風圍牆，單幢存在則像一枝直插天空的埃及尖碑。城市再無畏高，或者應該說，畏高的人不適宜於此城生活。你選擇從高處跳下墮向深淵，而我只能走進升降機內，依靠它高速下滑時產生的一點離心力，方才嚐到一點不真實的「暈眩」感覺。但也只是一瞬間。升降機的下墮非常穩定，我沒有扣上安全帶，但其實我又被升降機不為所見的暗室軚糟裡不斷鑽動的繩索滑輪牽引着。除非真是跳樓，否則無重墜落或英文所說的「free fall」是無從知曉的。

NANA，當你在不知名地方遊走時，我在密室空間中下墮；或者整個城市也只是一個密室，身在其中，沒有橫向的遊走，只有垂直的升降。

　　步出電梯，大堂玄關有幾個身穿黑禮服黑禮帽結着紅啾啾領帶的人向我請安，彼此交換了一個像是儀式的點頭動作。如果將他們頭上那頂元寶狀禮帽換成高筒禮帽，他們會更像從馬格列特畫作中走出來的神秘紳士們。其中一個微微躬身把手曲放在腰背，另一隻手給我拉開大門，我注意到他手上戴了一對白手套。這些畫面你也曾見過，就在你發現生活荒誕得那麼近乎超現實畫作時，你皺了皺眉，看出了其中的破綻。

2. 平台花園

　　我步出了大堂。外面陽光充沛，一個巴洛克風格的法式庭園。庭院中央有一個噴水池，噴水池一邊放着一個大衛像，另一邊放着一個由貝殼爆出來的維納斯女神，經這庭院不知名的建築師發揮天馬行空的拼湊創意，聖經的大衛與羅馬神話的維納斯，成了「天空之城」的一對「金童玉女」。這噴水池是庭院中央這海峽花園的一個標誌，兩邊有長長的散步徑，左邊叫法國長廊（French Promenade），右邊叫英國長廊（English Promenade），海峽花園就夾在其中，要穿越英倫海峽，一點也不費勁。那噴水池可以隨電腦系統調節發出不同形狀高低的水柱，一首首古典樂曲隨着水柱的噴灑起伏而演奏播放，巴哈的奏鳴曲、莫札特的歌劇、蕭邦的夜曲，自然都是少不了的。你曾經就站在這光潔明亮的法式庭園，聽到音樂噴泉不分四季地奏出韋華第的《四季》時，你停下腳步，幽幽跟我耳語又像喃喃自語：「從沒見過這麼光亮的黑暗世紀。乍看還以為自己處身天堂。」我記得當時我是有點氣你的。NANA，你在埋怨我嗎，在埋怨我把你推入這個一塵不

染的世界，錯把它當為幸福的天地嗎？這刻陽光大剌剌近乎狠毒地灑落頭上，你這句話卻像暗影突然襲來。那麼「光明的黑暗世紀」，Bright Dark Age，Evil Paradise。就在你發現生活精緻得那麼近乎模型時，你看出了其中的破綻，撕出了一個缺口──包括在你與我之間。

3.「蛋糕」商場

你離開後，我一個人在這屋苑中如遊魂野鬼般閒蕩（也許以往的你正是如是），有時聽到自己的心音有時踩着自己寂寞的影子（還是你的影子呢？），你話語的碎片隱形地在空中翻轉，我又逐漸領會你所說的話，或者話中的控訴，以及其中對這光亮世界的疑懼。

穿過平台花園，再乘另一條升降機沉降，來到一個蛋糕型狀的商場。由於是環迴立體的，因此並無邊角。「蛋糕」商場一端設有放狗場（它們叫「狗狗公園」），一端設有兒童遊樂場（它們叫「寶寶樂園」），兩邊都是充滿繽紛歡樂的，一邊小狗大狗在追逐玩具骨頭，吠叫聲此起彼落，一邊小孩在騎着顏色鮮艷的坐騎玩具，鹿兒或馬匹給彈弓鎖死地上但身軀可以上下擺動，給騎在其上的孩童煉製快樂，天真爛漫地發出卡卡卡卡的笑聲。寶寶樂園的書包由祖父母挽着或揹着，有父母教牙牙學語的嬰孩說話，把手放在他手心上時說：「Hand」，把手放在手臂上時說：「Arm」，遙相呼應着另一邊狗狗公園狗狗主人向寵物「仔仔女女」發出的號令：「Hand」，「Sit」，而寵物小狗的反應智商看來並不比社會未來主人翁的嬰孩低。看到如此情狀，恍若有催眠作用般，曾幾何時我失神地想：生一個這樣的小寶貝也不錯。你胃裡隨即湧起一股想嘔吐的感覺，虛脫得近乎強壯。就在你發現生活幸福得那麼近乎幻覺時，你轉臉對我說：「NADA，重要的是在這世界撕出

一個缺口。」

4. 生命迴圈

　　忘了甚麼時候你告訴我，城堡不斷在進行着一個密封的工程，表面上架設橋樑、海岸、機場，但實則所有曾經可以讓人逃竄的邊界、縫隙都在慢慢消融，所有的開鑿、鑽挖與爆破，最後其實都是縫接、融合的工程，將原來分離的陸地如破布般接連，將原本穿了一個窟窿的天空以一個亭亭的華蓋遮補，將原本個體的人偶包裹成一個集體眾數。把世上所有被遺忘閒置的地帶圈出，以消除偏離份子在其中製造任何「異托邦」的可能。

　　你試過很多趟了，從懸浮半空的斗室進入升降機中，隨升降機下墜抵達大廈大堂，從大廈大堂中步出平台花園，穿過平台花園再乘電梯進入蛋糕型商場，在商場中隨意蹓躂，奇怪地所有的蹓躂都自動變成繞圈，它最終會以倒帶式的次序把你帶回平台花園、大廈大堂，至大廈升降機中，再至升降機持反方向上升，把你帶回你以一罐青春汗水淚水置換回來的安樂窩中。

　　你也試過走進地下世界。你發覺地下世界異常光亮，不再是無產階級暗無天日的勞役場，也不再是繚繞着大麻、揮發着酒精、燃燒着青春的樂與怒場。地下世界變得井然有序，除了地下商場外就是不斷行駛的地下管道列車。你在地下管道列車中穿梭接駁，發覺它循環不息堪可媲美人體複雜的血液循環系統，無論你從哪裡上車，它都會把你這顆小血滴安全送返原來的起點。列車幕門很多，沒有一道改變命運把你帶到意料之外的滑動門。

　　將橫向行走的管道列車垂直反轉，它就成了一道道上下川流不息的升降機。遊行隊伍中途離場馬上加入購物隊伍，無縫交接得不留痕跡。許多的 punk 頭變回端莊的秀髮，布爾喬亞易裝成波希米亞。生命迴圈如旋轉木馬、迴轉壽司、老鼠滑輪，或者薛西

弗斯，都很相似。抽刀斷水水更流，你無法在所有裂口自動癒合的液態乳膠世界上劈出一道缺口如上帝為摩西分隔紅海，奇跡在這世界上已經沒有了。

我追尋着你的腳跡，以上一一我都走過了。我走出了「天空之城」，也走進了地下世界，地下管道列車把我帶到「羅浮宮」、「比華利山」、「曼克頓山」、「奧林匹斯山」、「西奈山」，最後我連「伊甸園」也到過了。我企圖在沿站路軌漆黑處找出一道裂縫或者缺口，把我從「一九八四」帶到另一個「1Q84」的世界，但月亮終歸只有一個。模型之外仍是模型，結構之外仍是結構。歷史被送到資源回收站。蛋糕增生如細胞分裂般。街景移形換影成反光的櫥窗世界。蛇頭追咬着自己的蛇尾打轉。所有 Exit 都是No-Exit。一如你所料也曾所經歷的，循環管道把我這顆小血滴，帶回到原先登上列車的起點。

3. 商場蛋糕

那些小寶貝和小狗們仍樂此不疲地玩耍着。小寶貝們被一群跟他們不同膚色的傭工照料着，有的在盪鞦韆，有的在乘滑梯，曾經在室外的東西，都走進室內了。鞦韆也不再是我小時候那些由兩條長長鐵索吊着一塊簡陋木板，可以把人盪到半空中拋弧線的那種鞦韆，而是整個座墊如一個車輪護套般牢牢把屁股包着，鐵索的長度大大縮短了，小孩幾乎不太可能跌在地上，即使不慎跌下來也有厚厚的安全地墊托着，再不是一個只由細沙築成的簡陋沙地，而其實，小孩子看來也失去了靠着自己擺動腰肢臀部用腳抵着木板用手臂撐着鐵索來使勁地把鞦韆搖動飄飛的本事，而是靠着祖父母們在鞦韆後面有節奏地輕力推搡晃搖，套在車輪中的孩子或者會感到如置身搖籃中說不定還會打起瞌睡來。滑梯的高度也通通縮短了，再沒有旋轉彎曲或高聳筆直給太陽灼得火熱

的鐵板滑梯，短小而寬直的滑梯全變成塑膠物料，滑梯底部不用說也是鋪着厚厚的安全地墊。狗狗樂園中有寵物主人給他們心愛的「仔仔女女」在餵蛋糕，狗兒狠狠地在蛋糕上咬了一口，在地上跌落許多碎屑。

2. 花園平台

　　然後我又回到巴洛克的法式庭園中央。「英倫海峽」兩旁長廊上依四季轉換種植着不同的花卉，有專業花王悉心料理；這裡，每年夏季「天空之城」委員會更會為居民舉辦「城市綠洲賞花節」，我記得某一年，我在這裡看見一生人見過的最大最紅的杜鵑花，一時心花怒放，你低頭在我身旁低吟：「杜鵑夜半猶啼血」。一朵鮮花，盛放時盡情向外綻開，過了盛放期，花瓣向內收縮、內摺，繼而把整個花蕊包裹，如人封閉自己的心。開到荼蘼，這也是物事必然的一種密封嗎？就在你發現生活精緻得那麼近乎模型時，你看出了其中的破綻，撕出了一個缺口。

1. 大堂電梯

　　從平台花園走到大廈門前，一如既往，大堂大門不用我推，因為當我站近時，一個戴白手套穿黑禮服的男子已經有禮貌地為我拉開了。大堂地上鋪的是花崗岩地磚，服務櫃枱鋪的是雲石，牆身柱廊鋪的是大理石，全都光可鑒人可以把它們當成鏡面。天花吊着一盞大型貝殼葉水晶吊燈，一刻我想像它跌下來震碎一地的畫面，然而這樣的場面並沒有發生。

　　唯獨走到電梯門前，才赫然發現了一點異樣。電梯的按鈕消失了。一時之間我束手無策，一個女子適時出現，她在電梯感應器上「拍卡」，「嘟」的一聲，電梯讀取了她的住戶資料，知道她

所住的樓層，隨即在電梯液晶屏幕上顯示為她分配的電梯號碼。巧合地她所住樓層跟我一樣，我便尾隨她走進電梯了。電梯門內兩側按鈕排也沒有了。電梯關門，還差一道縫隙沒完全關閉前，我瞥見大堂玄關的黑禮服男子跟我點頭敬禮，真的換上了一頂高筒禮帽。

　　女子轉臉看看我。我轉臉看看女子。透過電梯內的玻璃鏡子，我跟你打了一個久違的照面。「我親密但猶如影子的NANA。」「我分離但無以割捨的NADA。」「你終於回來了。」「我一直沒有離開。」

＊＊

○. 文字城堡

　　回到家中，我逕自走進書房，把自己反鎖其中。我伏在書桌上，桌面留下你經年累月雕刻書頁的筆尖痕跡。我也拿起了筆，試行以筆尖雕刻生命，忘了外邊世界的日換星移。我一直感覺到你的存在，隱伏在我的上、下、裡、外，但沉默不語。寫滿了字的書頁吐落地上，最後如牆紙般貼在給我迴響的牆壁之上。我甚至把書頁當成百葉窗，把房中的門窗以書頁嚴密覆蓋。書房變成了寫作的洞穴，我潛進了洞穴之底，如你所曾做過的。我住進了自己一手築起的文字城堡。我不知道這文字城堡是否比那個叫「家」的地方更廣大、更堅實，還是更虛幻，更似泡沫般一觸即破。直至擺擺的書頁把整個房間鋪滿，只剩下一扇僅可溜進微弱陽光的窗櫳，你在我身旁喊停。你開始把書頁從牆壁上剝落，又撿拾起地上的一些，把它們一一撕成碎片。每一片書頁被撕成兩半時，都發出猶如秋天黃葉被踏碎時那鏗鏘脆裂的響聲。黃葉片片落下，漫天飛舞，文字城堡逐漸變成文字廢墟。月亮寒光透

過窗櫺的縫隙照進來。你總是先我而行，一步之隔，或者兩步之遙。當我在陣痛時你在狂嘯，轉臉對我說：「是的，對於一個作家來說，唯一的缺口在書頁上」。

原刊《字花》2013 年 1-2 月號

小二與美莉

◎ 陳惠英

一

　　星期二，小二會到山上去，他沿斜路走上去可以是一口氣衝上去，也可以是邊行邊停，看會遇上甚麼。有時候給師母罵過了，便一口氣的往上跑。

　　「不是已星期二了嗎？怎麼還在這裡？」

　　「我馬上去！」

　　工具是一大箱的，不覺重，從他人的眼神，小二推想這箱子令其他人對他留了神，怎麼可以提這麼重的箱子走這麼陡的斜路！小二心中有點高興，溫柔地看着街上的人。

　　「我出去了。高太太。」

　　走到街上，左右鄰舍小二小二的喊他，他記得旁邊一家姓雷，雷先生常會在他外出工作時追上他，說店裡這個壞了那個不靈了，小二會簡單來一句：沒問題。雷先生笑了，說幾時有空來弄弄，眨眨眼。小二知道，又有一頓好吃的等着他。雷太太的廣東糖水非常味美，葱花蛋炒飯分外香。小二便一路帶着點點餓的意識走上斜路，這一回，一定是邊走邊停，好像要細細回味上一回的美味感覺，以便下一回吃得更真切。

　　修院的門常開，接待處瓊姑娘卻有一雙銳利精神的眼，不會放過任何走過的人。她遠遠看見小二來，早已拿起電話傳話。小

二進去，把箱子放下，沉沉的撞地聲，瓊姐會和應地把肩頭一縮：「好重啊！」算是招呼。

美莉修女下樓來。小二會在靠近窗邊樓梯下方的地方等，往上看，美莉修女走下來，上一個星期二也是這樣的下來，再上一個星期二同樣也是這樣走下來，小二記得真切，白袍真白，多層的褶皺，白與暗影交錯。

「現在好多了，我們的會袍改了設計，走起來方便多了。」美莉修女歡快的說。

小二往她的袍擺看去，留意她穿了白襪子，一雙有橫帶的黑皮鞋。黑與白。她的臉是粉色的胭紅。

「小二，樓上廁所的水箱有點滲水，廚房的電掣鬆了，院長室的窗框油漆有點剝落⋯⋯」修女，是美莉修女、一口氣的說，小二聽着，想起酒樓夥計數點各式點心。

提起工具箱，小二表現尚有無比力量的樣子，一口氣衝上樓梯，美莉修女跟在後面，一雙手遠遠的擺出護着箱子的動作。

小二喜歡星期二，他可以留在修院直到中午，細細的鈴聲響起，修院的午飯時間到了，他便會在會客室慢慢收拾，今天做過的工程包括：1、2、3、4、5、⋯⋯他慢慢的記下來，一筆一畫清清楚楚的寫到印有誠記工程的單據上，他寫得很慢很慢，這裡出奇寧靜的氣氛讓他留戀，要是茶几上有新的雜誌，小二會多留一陣，把雜誌由頭到尾翻一遍。那雜誌上有許多他不知道的事情，但他喜歡看，有時看上好一陣，直到瓊姑娘進來問是不是還有其他事情，小二才不好意思的笑着離開。

算一算，工程共有四樣，但油漆不是誠記的範圍，小二毫不猶豫的把前三項寫好，油漆就不算了。剛才美莉修女把用剩的油漆拿出來，小二想要是有一點綠色油漆沾上白袍，可怎麼辦。

二

　　這天早上下了一場很大的雨，師母一般晏起，小二先把洗臉水送到房間，低頭見一隻拖鞋翻轉了，便俯身放整齊，平平整整的把一雙拖鞋置於牀沿，師母等刻起來，不用以腳尖亂掏一頓。他偷偷朝牀上一看，師母看來還有一頓好睡⋯⋯

　　「小二，」想不到師母翻過身來，沒有睜眼，迷迷糊糊的說：「叫梅姨把昨晚的飯泡一泡 —— 馬上。」小二道聲好，這「馬上」的聲音好熟，他想起家裡人明快的「馬上、馬上」的話來，馬上，揚聲說好。

　　雨仍下着，既沒有特別的任務，小二把工具箱整個的翻過來，把大中小號的工具一排一排放到地上，小二很喜歡這樣的時刻，他的眼前呈現一個平和乾淨的世界，自成方圓。錘子可圓可方，旋動力度講究角度；銼子近方，但可研磨成圓滑的配件；螺釘旋具是圓的競步；研磨砂輪會有歌唱的快感；用上水砂紙時，一陣鐵腥氣衝上來，小二忘了方圓，只想快點完工。至於鑽頭，電焊等用上電力的工具，小二不大喜歡，他以為是無從着力，沒他的份。

　　師父，不，高先生 —— 他喜歡我們在外頭這樣稱呼他 ——幾天不在，帶了兩位小師傅到新界的廠房去了。

　　記得有一個星期二，遲到了足有好半天。他在上山的路上給追來的小師傅叫回去，說師母忘了一家姓符的維修，要馬上去做。

　　小二實在不情願，回到店裡問：「修院那邊怎麼辦？」「反正是每星期去的，這卻是新客人啊。」師母有點不耐煩。

　　小二出去後，拐個彎，往山上看去，心裡覺得有點不自在。

　　那天再去，已是修院的午禱及吃飯時間，美莉修女沒有來，卻給他留了飲品。一位未曾碰面的姨娘，把汽水遞過來時說：

　　「師傅，美莉修女吩咐的。等刻你自己上去，這條子上寫的是

今天的工程。」

小二喝一口汽水，不似汽水，原來叫作維他奶。冷飲品，小二最愛。

那位新來的姨娘剛才稱我做「師傅」？小二不覺挺一挺胸膛，「師傅」二字不斷在耳際迴旋——

十五歲到十八歲，學了點功夫，高先生罵我比罵別人少，算是獎賞，店裡及顧客一直喊我小二小二，年來長得高了，比起店裡兩位小師傅，高度倒是差不多的。

維他奶的味道，非常可口。

雨聲漸瀝。山上有一面很大的玻璃窗，銅製的窗把手閃亮閃亮。這時候看出去雨中的海應是淡灰色的吧，他看過許多許多次那樣海的顏色。至於記憶中的山城雨景，反覺模糊了。

三

快到聖誕節，修院照例大事佈置。高先生一早告訴小二整個星期比平時忙上一倍，小二便提早半小時起來，幫忙梅姨做早飯，開動店裡的機器。高先生進店看見小二，露出少見的笑容。

修院進門處有一臨時搭建的馬槽，圍着一閃一閃的小燈，中間有幾個塑膠人兒，女的披着藍色斗篷，男的拄着手杖，嬰兒躺着，比例上有點不對。小二細細看着，美莉修女來了，沒有理會小二，把大束大束的百合花放在馬槽前，靜靜地站着。小二等美莉修女回過頭來，百合花恰恰在美莉修女裙襬下方，兩種白色一前一後，邊線混和了。

「小二，」美莉修女回過頭來，略頓一頓：「做完工作，在會客室等我一下。」

這天會客室几上有一份包得很漂亮的禮物，小二才坐下，美莉修女來了，拿起禮物，說：「這個給你。」小二不肯定是否應該

說謝謝。

　　「聖誕過後，我到意大利進修去啦！雜務改由羅娜修女負責。你見過她的。」美莉修女伸出手來：「聖誕快樂，小二，願主保佑你！」

　　一陣風吹過，她走了。一陣風回轉來：

　　「小二，好好的，做個大師傅。」

　　打開的工具箱整齊放着與小二相依的大小工具，小二把箱子合上，慢慢的站起來，慢慢的走出去，下山的路，要走好久啊。

原刊《香港文學》2013 年 1 月號

美莉與小二

◎ 陳惠英

　　美莉修女把行李放上輸送帶，拍拍手，問航空公司櫃位小姐：可以了吧？櫃位小姐是胖小姐，美莉忽然想告訴她意大利是很美麗的地方，她喜歡得很，不想離開哩。她看着櫃位小姐，想着好不好說哩，胖小姐抬起頭，沒表情的說：可以了！帶濃重意大利腔的英語，美莉馬上縮縮肩：喔，謝謝啊。尾音拖得長，算是表達了好意，把原先想說的說過了。

　　當小二在店裡聽到別人大聲呼叫要茶要飯同時低聲笑說畢竟是店小二時，感到臉上一陣熱，原來我的名字是沒甚麼體面的名字。他低頭把飯大口大口的吃下去，感到南方小島的初冬跟家裡的秋天沒兩樣。不冷，不過癮。

　　一九四八年春天，小二跟師父到了這座小城，等待師母把子女都帶來以後，已是一年以後的事。小二跟人說，師父師母是恩人。小二懂得的詞語不很多，簡簡單單的忠孝節義，他會，升上五年級，在美國人辦的學校唸書，喜歡英語，成績好，免學費。家裡農忙，趕回去幫忙，母親的憂心無法隱藏，小二是長男，不能不管，忠孝節義排第二的是孝，小二最容易明白，晚上找母親商量，說不回鎮上唸美國人學校，要出城外找生活。母親好像早有這個意思，淚眼中把一顆金子掏出來，給小二縫在衣服內層。像許多小說提及過的，也像電影橋段，可以推想，小二是摸黑離開的。小二父親經常與戲子到處去，給他們吹奏嗩吶，沿着鄉間一路走出去，農忙總是由家裡居小的，一眾弟們擔當。小二沒

有流淚，他知道這回出去為的是甚麼——家人的安樂，母親的笑靨。

美莉問小二，怎麼會到香港來，他知道他的口音早露了底，即使他如何沉默，只要一發聲，別人總會望着他，像以眼睛說：哦，你是外來的！小二不情不願地把自己的來歷簡單說了一遍，想不到美莉修女竟然笑眯眯的留神聽着，甚至後來有一次，拿出一張地圖，指着其中一片很大的綠色，是這兒啊。小二看過世界地圖，美國人學校見過的，但美莉修女給他指出家鄉的這幅地圖，卻讓他難過死了，他忍着淚，忍着忍着，跟平日的沉默沒兩樣，空氣中有電扇攪動的聲音，美莉修女忽然快速地把地圖收起來，輕輕的說：「噢，今天好熱。」小二記得美莉修女走出去，端了一瓶可樂進來。

小二覺得自己是真正的孤身一人了！平日走這鄉間的路，約兩個小時左右，便看見校門，他住的樓房有燈光，是等着住宿學生回去的明燈。小二後來跟人說，那年，我已經有牛仔褲穿啦，一件僅有的光榮記憶，讓小二說了不知多少趟。這一次走相反方向，不知要走多遠。

美莉回到原來修院的房間，一切跟她離開時沒兩樣，瓊姐添了外孫，帶來了紅雞蛋。她跟院長報到時，院長告訴她，羅娜修女接手她原有的工作，已熟習了，不好改動。「你到檔案中心幫忙吧，把修會早期到香港的資料整理一下。」院長像她的姨母，有一雙壯大的手，美莉看着院長的手，微笑點頭。整理修會的資料，她太樂意了，剛離開那座小城，離米蘭很近，兩次出遊經過的田野，淺褐色調，如印象派畫活現眼前，她記起小二家鄉的綠色，有田野的地方，便有農家，有數不完的忙碌，不分彼此的忙碌，尤其忙過後，可以一起吃熱騰騰的由壯大的手做出來的食物，美莉記得剛烘好的麵包，香草的，純味的，乾果的，她喜歡純味的，一片一片的撕開蘸橄欖油來吃，最是歡快。

走到城裡的路沒有想像辛苦，甚至沒怎麼害怕，鄉間零星的村落有許多有心人，給他住的吃的，小人兒，小人兒的叫他，家裡叫他小二，他就告訴人家他是小二。許多年後，他會記得鄉間這段路，那遠處的燈光，那長及腰間的草，那睡醒便起行的自由。他覺得是從來沒有的自由，不見母親愁苦的臉容，在惦念中是興奮多於擔憂，其實他不大知道擔憂，似乎能夠離家是愉快且必然的事，他已長大，是大個子了，天生有強健胳膊，可以保護女子，路上有女子要跟他到城裡（記憶中是長得十分漂亮的女孩），問：城裡是怎樣的地方？他沒答應，但讓她陪他走一段路。許多年後，這也成為一件光榮的事，甚且把這事告訴了女兒：那可是長得很漂亮的女孩。

　　羅娜告訴美莉，誠記工程不來修院了，早三個月搬到九龍開發的工業區去。九龍？真是遠。美莉打開香港地圖，看着由西區到九龍的路，中間一道海，要坐天星小輪過去。美莉到過尖沙咀，彌敦道，那兒少山路，走在路上感覺寬敞。有些大街兩邊是樹，矮矮兩行樹，看上去甚是整齊，美莉很想有機會多到九龍走走。

　　小二在新的廠房有自己一角工作間，一台機器與他日夜相伴，高先生給他一個月放一天假，他趁這天給家裡匯錢，家裡人有信來，現在不叫他小二，叫他二兄，母親搭着幾句，叫他多吃多睡，他把信看完又看，在日曆上記下下次匯錢的日子。

　　冬天來了，美莉到檔案中心去，臨行，院長遞給美莉一件寶藍色大衫，說：小心着涼。美莉看着院長那伸過來的大手，笑了。

　　小二也給自己買了棉襖。廠房外的影樹，早已落盡葉子。

有薯條的地方就有海鷗　◎ 梁科慶

有薯條的地方就有海鷗。

這句話儘管有點不合邏輯，甚或以偏概全，你隨時可以舉出一百幾十個辯證加以反駁；然而，這是我在澳洲西岸柏斯（Perth）河邊的觀察結果。我相信自己的觀察，固執地認為，有薯條的地方就有海鷗。

現在，是我來到柏斯的第三個早晨。

一如先前的兩個朝早，我九時正離開那間浴室水龍頭不斷滴水的古老廉價酒店房間，到樓下的酒店餐廳吃食物款式長年不變的自助早餐，取了烘多士、香腸、焓蛋、粟米粒、鮮奶，獨自坐在靠窗的桌前，一邊慢慢咀嚼，一邊用指頭慢慢掃着 iPhone 屏幕閱讀網上新聞，至十一時正早餐時間結束，才收起 iPhone，攜着村上春樹的《1Q84》英文版，以一種膩多於飽的狀態，離開酒店，在 Hay Street 的步行道上走了一小段紅磚路，然後左轉沿 Barrack Street 走過長長的向下斜坡路，經過可以透過玻璃幕牆在街上看見建築物內齒輪轉動的天鵝塔，來到河邊的渡輪碼頭，身心的膩和飽剛好消減一半，便伸個懶腰，盤腿坐在綿軟軟的青草地上，面迎着風，讓冬日陽光射在背上，風帶着河水的濕潤，暖和的日光在腳下焙起野草的氣味，大大地深呼吸，空氣的味道跟在香港的大有分別。

風的氣息，被風搖曳的綠樹，太陽的光輝，被陽光潤澤的青草，雲的形狀，海鷗的叫聲，在河邊遛狗、跑步的陌生人，一切

一切在告訴我，這是一個不颳風、沒羽絨外套的冬天，跟我所習慣的四季，截然不同，卻又似曾相識。

我猶豫片刻，開始掀開《1Q84》。

新聞還可以在 iPhone 屏幕上閱讀，小說則萬萬不能。小說要白紙黑字的捧在手上，逐頁掀，逐頁看，才具質感，才有小說的味道。這本《1Q84》在柏斯的機場書店買的，來得匆忙，忘了帶書，《1Q84》中譯本早就讀過，這種一、二、三部合訂英譯本，頭一遭看見，不知在此逗留多久，反正要看書，便把它買下來。

由於小說內容已經瞭解，這兩天每次捧起《1Q84》，我總是隨意翻開，翻到哪頁，便由該頁讀起。這頁是 —— 遊樂場的滑梯 —— 天空浮着一大一小的月亮 —— 青豆與天吾的相會 —— 又一次失諸交臂 —— 唉！緣份！

餓了。

闔上書，吃 fish and chips 去。

柏斯的炸魚店像香港的雲吞麵店，街頭巷尾總有一間。來了兩天，已光顧了兩間，都滿意。今天打算找第三間，希望不會失望。

從草地站起，彎腰拂去沾在褲襠和褲管的草屑，沿河堤的緩跑徑信步而行。左邊是看似前後延伸不見盡頭的青草地，右邊是藍湛湛的天鵝河，一隻嘴巴大大的鷺鷥浮在河面順流而下，樣子挺逍遙自在。

炸魚和薯條挺容易找，因為，有薯條的地方就有海鷗。

大大小小的海鷗或在炸魚店的露天桌椅周圍徘徊，或在上空盤旋，或在枝頭監視，每當客人離座，店員未及清理，海鷗便飛臨桌上，搶啄客人吃剩的薯條。若有淘氣的小孩把薯條拋出，海鷗以其銳利的目力、頻密的拍翼，高速的短途疾飛，一起撲過去，總有一隻在薯條着地前準確無誤地用尖硬的長嘴把薯條銜走。決不讓食物糟蹋。

但，海鷗的本能或本領，不是應用於捉魚吃的嗎？

習慣吃薯條的海鷗，還懂得捉魚嗎？

習慣吃薯條的海鷗，會不會患有高血壓、高脂肪、高膽固醇、消化不良等毛病，像可憐的人類一般？

問題，倒也有趣。

前面，海鷗飛處，便有一間炸魚店了。我徐徐步近，先看一遍貼在玻璃門上的餐牌，選了今天的 special dish，走進店內，在收銀處點餐付錢，然後回到店外，安坐陽光之下，看書，等吃。客人不多，沒多久，店員送上食物，滿滿的一盤，有三塊紐西蘭青衣魚柳、大堆薯條、十個魷魚圈、兩隻老虎蝦，全是即叫即炸，油香撲鼻。海鷗開始圍在附近，也在陽光下等吃。牠們彷彿懂得遊戲規則，知所進退，只在旁邊眈眈虎視，不會騷擾客人。

炸魚很好吃。炸皮薄而脆，肉質嫩滑多汁。美中不足的是，沒茄汁伴碟。這處的規矩未免太小器，客人要茄汁嗎？請額外購買，兩澳元一小碟。我不服氣，不買。這並非金錢的問題，而是一個關乎基本權利的問題，吃薯條，蘸茄汁，天公地道，就等於小籠包的浙醋、車仔麵的咖喱汁、三文魚壽司的青芥末、出前一丁的味粉，幾乎是「與生俱來」的配搭，不能硬生生的把兩者拆開。不過，入鄉隨俗，我無意向店員爭取，只選擇不買茄汁，以示不認同、不妥協，畢竟世事無所謂絕對，包括基本權利，尤其身處制度不同的社會，沒有就是沒有。

我拿起桌上的鹽樽，均勻地把幼鹽撒在炸魚和薯條之上，用拇指和食指拈起一根薯條，放進口裡。沒茄汁的薯條，味道還可以。好吃不好？能否接受？習慣而已，正如本來習慣吃魚的海鷗，改吃薯條，不可能是一夜之間的轉變，也需要時間適應。

海鷗仍在附近監視我和我的薯條。牠們怎不回身看看背後寬闊的天鵝河？河裡有很多魚呢！像那隻大嘴鷺鷥一樣，自食其力，不用仰人鼻息，不是很好嗎？或許，這些海鷗已經喪失捉魚

的能力，勉強下海操勞，不若留守岸上的炸魚店以逸待勞。

　　吃了六根薯條、一塊魚柳，輕輕打了個飽嗝。Excuse me。我掩着嘴巴低聲致歉。坐得最近的客人雖隔三張空桌，不可能聽見我的「嗝」聲，但基本禮貌仍需保持。放下刀叉，用餐紙抹抹嘴巴，再翻開《1Q84》，這次掀到第一部 —— 青豆假扮酒店職員 —— 成功賺門入房 —— 暗殺酒店客人 —— 喜歡村上春樹的讀者，對他的「三部曲」小說一定不會陌生，除了《1Q84》，還有《發條鳥年代記》，當然《聽風的歌》、《一九七三年的彈珠玩具》和《尋羊的冒險》也是另一組著名「村上三部曲」。

　　「三部曲」處理得好，能產生一浪接一浪的效果，動人心弦，令讀者如癡如醉地追看。

　　在文學世界裡，有不少著名的小說「三部曲」，例如，托爾金的「魔戒三部曲」、韋伯的「螞蟻三部曲」、克蘭西的「追擊三部曲」、柯林斯的「飢餓遊戲三部曲」、金庸的「射鵰三部曲」、巴金的「激流三部曲」。按我的閱讀經驗，巴金的《家》、《春》、《秋》最具挑戰，把這三冊巨著讀完，就像完成「渣打馬拉松」一般，有充分理由，為自己的耐力而驕傲。

　　在青豆殺人的同一時間，天吾正埋頭埋腦的當幕後小說代筆。殺手、代筆至少有一個共通點，都在暗地裡工作，不能曝光。

　　村上春樹筆下的男主角似乎都有一些共通點：煮意大利麵、喝威士忌、聽爵士樂、無聊地到處跑來跑去。

　　我絕不一樣，我是個「飯桶」，正餐無飯不歡，這次淪落柏斯，唯有屈就，但寧吃薯條也不吃意大利麵，其次，我愛喝鮮奶不愛喝酒，喜歡新詩，對爵士樂不感興趣，更加不會無聊地到處跑來跑去……

　　「呱 ——」

　　左邊一隻體形較大的海鷗高聲抗議。

　　不知是嫌我吃得太慢，等得不耐煩？還是質疑我從香港乘七

個半小時航機到這裡來甚麼也沒做只是坐在河邊看《1Q84》和吃薯條，不是無聊透頂嗎？

Okay，此行是為了……一句承諾……

「呱——」

「阿 Lam，二十年後的今天，這個時間，不管我們有沒有結婚，或者已經分開，不論身在何地，我們在這個吃早餐的地方，見面。」

提議的是 Ann。她是個 N 年前第 N 個女友。

當年，我答應了。若干年後，這句承諾，忘得一乾二淨，直至四天前，我跟分居兩年的妻子正式離婚，我的工作建議在公司會議上被其他如狼似虎的部門主管批評得體無完膚，我的心情壞透，下班時間過後，把自己關在辦公室裡，面對窗外的維港夜景，胡思亂想，不知怎的，想起 Ann，想起二十年前答應了這個約會，於是把心一橫，立即傳一個「緊急休假」申請給上司，上網訂了機票、酒店，回家執行李，不顧上司會否批准，不理會手頭上的工作，豁出去，一走了之。

難得當年我與 Ann 入住的廉價酒店仍然營業。

其實，我有沒有弄錯日子？ Ann 是否記得年輕時的無聊情話？都是疑問。

「呱——」

Okay，要你等個太久，不好意思。有本事就吃吧！

我在盤裡抓起一根薯條扣在指間。海鷗開始騷動。我左右掃視一眼，腕一抖，指一彈，薯條向天鵝河直線射去。薯條快，海鷗的反應更快。「噼啪」亂響，炸魚店周圍三、四十隻海鷗拍翼齊飛，「追擊」薯條去了。牠們在店前快速掠過，鼓起一陣腥鹹的亂流，飄下幾根羽毛。

身後有人拍掌，但聽得出，掌聲寥落而冷淡。

回頭，是店員，他的表情古怪。

「It's very interesting, but, for the prevention of infectious diseases, please don't feed those birds.」

其餘的客人亦投以冷眼，對一個不守規矩的外國遊客。

「Sorry......」我窘極了，唯有低頭進食，不敢跟他們的目光相接。

下午，乘渡輪往 Fremantle 島，在島上胡亂逛了一圈，最後回到碼頭附近的水果店買了一盒士多啤梨，坐在河畔的長椅上，繼續讀小說。邊讀邊吃，青豆加上士多啤梨，消磨一個下午。

乘船返回對岸的市中心區，登岸已是下午五時，白人經營的店舖，一到五時，準時關門，有生意也不做，未完成的工作明天待續，半小時內，下班的人潮，載着下班一族的車流，統統跑光，馬路空蕩蕩的，街燈一行一行的亮起，天夜漸暗，霓虹燈招牌在放下捲閘的店舖外面大放光明，為支撐都市的繁華景象默默發熱發光。

在 Hay Street 步行道末段，我找到一間供應白米飯的中東食店。晚餐的配搭毫不匹配，熱騰騰的炒雞丁、生冷的雜菜絲、口感偏硬的碎米飯，平均分佈在一個金屬圓碟之內，吃着，令我想起魏蜀吳三分天下。蜀國像雞丁，最熱最火，不滿足於偏安一隅，年年北伐中原，今年無功而還，明年再度出師。魏國則像雜菜絲，曹氏的著名祖訓「寧我負天下人，莫教天下人負我」，冷得教人心寒；他們用人亦雜，不問出身，不管品格，有能力又肯歸順的，就給他一官半職。至於吳國，國力頗像碎硬的米飯，謀臣和武將都是「碎料」，及不上魏、蜀的人材濟濟，最出色的，亦不過是那個小器短命的周瑜，卻得天獨厚，擁有長江天險，硬仗如曹操或劉備親領幾十萬大軍東征，吳軍據險拒敵，不論魏、蜀，都吞它不下。

眼前這碟三國鼎立似的雞、菜、飯，端給一個講究鑊氣的香

港人吃，無疑是一份不及格的晚餐。不過並非沒法改善。我邊吃邊想，明晚再來，隔着櫃枱，指導廚師把雞、菜、飯一起倒在鐵板之上，混入雞蛋汁，加些少清水、醬油，爆香炒勻，把三分天下變成全國統一、求同存異，不是更好嗎？

好，明晚再來。

I will be back！

飯後，把刀叉空碟推開一旁，拿出 iPhone，想了想，還是放心不下，登入公司內聯網查閱 email。

果然積了一大堆。

這趟，上司最有人情味，體諒我家庭、事業兩不遂意，批准我這次「先斬後奏」的假期申請，聲明下不為例。

其餘的，盡是「垃圾」郵件。大小部門主管黨同伐異，有責互卸，有功互搶，有機會攻擊對方便把小事化大，大事化成無限大，比三國更詐，比戰國更亂。讀了幾封，想起他們在會議桌上的嘴臉，討厭之極，每天在職場忙這忙那，一半以上的功夫，就是跟這些人明爭暗鬥，簡直浪費生命，忙得毫無價值。

可惜，不管有無價值，忙是都市人的死症，轉工跳槽嗎？天下烏鴉一樣黑，有人的地方就有人事鬥爭，逃不了，躲不掉，身處醬缸之內，無可避免地花時間、費心力去跟他們打泥漿摔角。

我與前妻、與 Ann 分開的原因，都是各有各忙，溝通減少，感情轉淡，誤會頻生，天天吵鬧，不由你不分開。

Ann 年輕時很任性，熱愛攝影，有一年，儲了旅費，打算到澳洲西部沙漠去拍攝 Wave Rock，邀我相伴。那時，我大學畢業不久，跟 Ann 開始拍拖不久，沒家累，事業基礎等於零，老闆不准請假便辭工，從澳洲歸來再從零開始。

甚麼都沒有，人可以很灑脫，現在有樓有車有股票有年終花紅，壓力與顧慮也相對增多，因為擁有了不想失去，沒法子，人在職場身不由己，發個短訊給上司，簡單交代幾句，衷心感謝他

的包容。

按下 Enter 鍵，把短訊送出，拍拍屁股離開中東食店，走路回酒店。

今晚終於有飯落肚，雖不好吃，但吃得飽，勉強稱得上滿意。

沿路所見，落閘的落閘，關門的關門，閉窗的閉窗，市中心區的夜生活絕無僅有，本來飯氣攻心，已有點眼瞓，走在悶氣沉沉的街頭，就更加眼瞓，腳步像拖着濕毛氈般的沉重，回到酒店房間，支撐不住，一個轉身，大字形的躺在牀上。

此刻我的軀體像座孤城，睡意像攻破城門的敵軍，敵軍一進城，便往四方八面鑽，兵貴神速，睡意瞬間遍襲全身，眼皮沉重，四肢倦怠，未幾，悠悠入睡。不過，人雖累，意識仍舊清醒，這時我的睡眠狀態，猶如乘搭長途航機屈在經濟客位上淺睡，既不安舒，又不深沉，夢境開始在腦海中浮現，耳朵仍聽見浴室的滴水嗒嗒，所不同的是，聲音像被甚麼東西過濾，似在遙遠的他鄉傳來。

滲漏在水龍頭積少成滴，滴落洗臉盆，發出一聲又一聲的「嗒」，在兩聲「嗒」之間相隔的時間完全一樣，極有規律，證明滲漏沒變差，亦沒改善。

夢境也清楚，是天鵝河邊的炸魚店，我變成一隻海鷗，其他部門主管變成別的海鷗，雖然大家都長了同一款尖嘴、同一色羽毛，但我認得他們每一個，化了灰也認得。坐着吃薯條的人，是我們的上司，他一邊搖腳，一邊看色情網頁，一邊「嗒嗒嗒」的吃薯條。當我們正等得納悶，他把一條油淋淋的薯條高高舉起。鷗群躁動，我準備起飛。他作勢把薯條拋向左，其實拋向右，我知道他的伎倆，其他海鷗朝左側湧去，我一早飛到右側，張開嘴巴，一口咬住那份簽署確認的工作建議。於是，我由海鷗變成一個拋薯條的人，簇擁着我的，統統是低級主管。雖然他們的外形同樣是海鷗，但我認得每一張勢利的嘴臉，阿諛奉承，哈哈哈，

我執着雞毛當令箭，好不威風……

　　不知過了多久，薯條吃盡，海鷗飛散，炸魚店不見了，天鵝河亦不見了。我躺在 Criterion Hotel 103 號房的睡牀上，浴室傳出一聲聲的「嗒」，我仍舊閉上雙眼，不想夢醒，奈何夢已醒。夢醒了無痕，只剩若有若無的虛榮殘留在腦海裡。我無奈地張開眼睛，日光從窗簾的縫隙溢進來，瞄一眼牀頭鐘，早上八時三十分，戀戀不捨地起牀，拖着腳步，踱進浴室，痛快的淋個花灑浴，梳理過後，換過乾淨的卡其褲、短袖棉質 T 恤，仍舊穿上昨日踏青的網球鞋，外披連帽風衣外套，準時到餐廳吃早餐。

　　在餐廳門前遇見男侍應 Sean，Sean 為我開門。首天吃早餐時，跟 Sean 聊了一會，他是新加坡華人，本因工作關係到柏斯一星期，期間愛上柏斯的氣候和現時的女朋友，便留下來，一留便八年。

　　「自助早餐吃厭了嗎？」Sean 領我到窗前的空桌，「今早，我可以替你到廚房取一些不同的食物。」

　　「最好不過呢！」我向他鞠躬致謝，「Sean，你真是個大好人。」

　　「不用客氣，請稍等。」他眨一下左眼，跑開了。

　　我沒坐下，到擺放食物的長枱，斟了一杯鮮奶，不再碰別的東西。Sean 的個子比我稍微高一點，嘴角經常露出愉快的微笑，是個典型的陽光青年。他告訴我，不用上班的日子，定必出海滑浪、釣魚，曬得一身古銅色，微笑時，左臉有個酒窩，有他在，室內彷彿充滿海灘的陽光氣息。

　　我返回靠窗的座位不久，一個年輕女子從街外進來。她多半不是酒店住客，因為住客光顧餐廳會使用通往接待大堂的側門。女子二十出頭，把一頭金色的長髮束成馬尾，身穿褪色的藍牛仔褲、淺綠色的長袖 T 恤，在她胸前的抱嬰帶裡，一個 BB 睡得正甜。她一進門，不注視食物，也不尋找侍應，只是咬着下唇，用

一雙棕色大眼不住打量食客。食客寥寥無幾，五秒鐘之內，她鎖定了我，毫不猶豫地走到我的桌前，問：「Are you Mr. Lam？」

「Yes, I am.」

「From Ann.」她打開掛在右肩上的帆布袋扣子，不弄醒 BB 的，聲聲從袋裡取出一個雞皮紙信封，放在桌上。

「Really？」我不敢相信這是事實，Ann 沒忘記二十年前的話，「Where's Ann？」

她以抿抿嘴巴、聳聳肩頭，代替回答，然後轉身離去，不多留一秒鐘，也不多說半句話。

低頭看時，信封 170mm 乘 100mm，用環保物料製成，沒封口。打開，裡面只得一張照片，是爸爸、媽媽和三名子女的「全家福」。那位媽媽就是 Ann，我認得她的輪廓，二十年了，外表變化甚大，例如當年的她，腰圍二十二吋，相中人至少三十二吋。爸爸是個白人，樣子和體格有點像二十年前的史泰龍，遺憾的是髮線嚴重後移，記得 Ann 是 Rocky 迷，每次看完電影，都嫌我瘦削，今天她終於找到她的 Rocky 了。兩個男孩、一個女孩，全是 mix。女孩是妹妹，大約三、四歲，嬌滴滴的挨在媽媽懷裡。抱着小孩的 Ann，之前，沒法想像。兩個哥哥，十歲左右，看樣子，很能幹，一個替爸爸拿工具箱，另一個牽着牧羊犬。照片的背景是一望無際的大草坡，數不盡的綿羊在草坡上吃草。拍攝日期是昨天。照片裡，每個人的感覺都很幸福。最重要的是，Ann 的生活過得幸福。我可以放心。

「請慢用。」Sean 把一碟食物放在我跟前。

那是半碟揚州炒飯、兩顆乾蒸牛肉、兩顆蟹籽燒賣，兩隻滷水雞翼、一條炸春捲、一個奶黃包。

「你跑到唐人街買回來的？」我連忙拿起湯匙，吃了一口炒飯。地道的香港口味，在異鄉品嚐，特別好吃。我感動得幾乎掉下眼淚。

「從香港來的廚師今早上班，這些是他弄給老闆試吃的 samples。」Sean 道。

縱有千般缺點，還是香港最好，因為我已經習慣了。

Ann 現在很幸福。

我們都沒忘記對方。

算了吧，還是返香港，今晚乘搭十一時五十五分的夜機。

回去繼續做一隻習慣追逐薯條的海鷗。

原刊《香港文學》2013 年 2 月號，經作者修訂。

龜兔賽跑

◎ 海靜

一

　　常常有人在舊機場附近的山頭大喊，叫的是為了甚麼？或者是緬懷往昔的美好時光，在飛機掠過的一刻大叫了無牽掛。那片平坦的土地很快就變得高樓林立，自從搬來九龍之後，我連西環也沒去過一次，等到列車貫穿西東的時候，我應該還是不會回去的。如果我一息尚存，等到2046，已經七、八十歲，還說甚麼從前？很多事情都會過去的，電視劇《天梯》早已經播完，現實中的女主人翁亦已離世，開始無人談論。我仍然不時對着一台電腦發愣，別耍我了，如果是真的，為甚麼又會觸不到摸不着？如果是假的，為甚麼又會有那麼的上心？我竟然為了鍵盤上的幾下觸動失了神，不管怎樣，鍵盤上諧音的我不愛你、不不愛確是令人傷心，只能說是我太盲目，縱使我寧可自己麻木一點，或者會好過些。

　　我當然明白發出更多的帖子來取分以求刪帖是本末倒置的行為，但是人世間教人不由自主愈陷愈深而又自相矛盾的事情不是多着嗎？就當是在不惑之年遇上一件困惑之事，以為不能夠下一站天后，那麼退而求其次下一站彩虹也好，結果還是未能如願，我要忍讓到甚麼時候？

　　我無休止想着的那個人，他寧可消失在人海。有一個很重要

的問題我一直沒有問，就是他到底是一個怎樣的人？時間過得很快，好長的一段日子，我再也沒有甚麼想法，只有迷糊散亂的思緒。我好不了，不好就是不好，也沒有甚麼不好，就好似一個高舉在空中沒有繫緊的汽球，一放手，洩了氣，空空蕩蕩，像歌詞寫的從此飄於世間像夢遊，就好似這個世間根本沒有我一樣，我是誰呢？不存在。

一個人太癡情就是不好，癡心不是一種與時並進的態度，偏偏太喜愛就是沉迷，我努力的說服自己我真的忘了，正所謂貴人善忘，寫了便忘卻，寫的愈多，忘卻的更多，好像不是自己的事，凡人如我，試問又怎能承受那許許多多？日曆上面清清楚楚印着 2012，我逐漸過着每日如是的生活，認為金錢比人可靠，雖然金錢會隨着外在的因素貶值，但不會因為內在的本質變心，他走得義無反顧，我應該恨他，但是弔詭的是我連恨他的資格也沒有，這使得一切都不能成立，只剩下一種遲緩的感覺，恍若老花，一切都模糊不清，像他曾經給予的錯覺。列車顛簸了一下，千鶴齊轉，重心南移，我也想有雄圖偉略，偏沒有。

二

萬聖節的早上，我在九龍塘車站遇到的不是南瓜，而是那個我日思夜想的人，他正小心翼翼留意月台空隙，守秩序的隨人群步入車廂。我一瞥見他就心頭一凜，火速的閃躲在車廂的另一邊，再也不敢望他一眼。其實，我好想細看他一眼，但是我還是趁他未抬頭的一刻轉身就走，避開任何眼神接觸。我曾經猜想他搬去哪兒，萬一我再見到他我會有甚麼反應；不用再迷茫猜度了，答案全都擺在眼前。我以為我是不會走的，但是我還是走了大半節車廂，赤裸裸的反應就是害怕，我們還真是彼此彼此，不同的是他逃走得比我乾淨俐落，已經在車頭居然還向前逃，再沒

有比我更愚蠢的人了。列車到站的時候停得特別慢，我又站在門口，他理應見到我，為甚麼他還要進來呢？他會故意帶一個女伴來羞辱我嗎？我想起有一次，他步進升降機，有一個女人在他身旁，雖然他們明明是不認識的，而他明明是跟着我而來，我還是感到渾身的不自在。此時此刻的他知道我的存在嗎？是有心的安排還是無意的碰見？到底是飛蛾來看我，還是我在看飛蛾，飛蛾撲火，最後停留在某個地方，一忽兒就不見了，敢情我才是那一隻飛蛾？請別又再來這一套，現在又不是黑夜，我還看得見光明。

快兩年了，在漫長的追逐之中，他已經掌握了我的慣性，他應該知道我在這邊，他的出現是為了甚麼還是不為甚麼？我不自覺的皺起眉頭背向他，我知道這樣的舉動只會「趕客」，但是我一早已經害怕了，難道不容許有些人在期待之中沒有期待嗎？我再也不想讓他甚麼都知道，我不想他知道我把頭髮剪掉，我不想他知道他走了我不快樂，我不想他知道我兩年來都沒能把他忘掉。於是，管不得他看不看見我或者有甚麼反應，我不得已在車廂實行了一個鴕鳥政策，從九龍塘一直閉目，在旺角筆直的行到暗角轉車，不看不看到中環，然後眼睛濕濕的去上班。

我已經不能夠再像從前那樣接過他的眼神了，我們由偷偷看到並排而坐，由遠而近到一起站立，追逐追隨到最後分開疏遠，已經隨着時間落幕。龜兔賽跑，龜很願意等，兔卻跑來跑去，現在輪到龜要冬眠了。究竟龜兔賽跑有沒有終點的呢？彼此的軌跡不同會錯過吧？我不知道怎麼解釋過去那不曾遇上的六百天，是一直差了五分鐘，一前一後的走了所以不遇；還是我們互相躲避？我不知道自己能否再次放下身段，光是站在一起就很快樂的美好時光還會再回來嗎？

三

　　我家的大鐘走快了五分鐘，這個問題我早已顧及，但是不知怎的，這兩天我還是早了五分鐘回到公司。打從港鐵改革，我就痛恨列車的班次變得頻密，那個好心的司機還偏要不關門好讓我進入車廂，就別佯裝上不了車在等了，整個月台明明就只有我一個，這顯得不走沒有藉口。難道是我的腳程變快了？還是他逃起來？要我一直聽白光的《我等着你回來》、《如果沒有你》排遣嗎？是不是你也要一些心理準備？可是怎麼辦呀？你已經令到我滿腦子有壞思想了。難道是我錯了？天呀！此心可昭日月。到了第三天，好心的司機又讓我進入車廂，我不進入也不走近，因為我要等；然而我想等的人始終沒有出現，甚至於我沒有早五分鐘回到公司他也沒有再出現。我總是在車廂不停的張望那個人有沒有來，焦急得其他乘客都可以輕易察覺。

　　星期四，我意外地從收音機的廣播發現家中的大鐘走快了十分鐘，於是我又按着那大鐘的指引再遲五分鐘出門，但是我仍然見不着他，而最令我大惑不解的是，每次我從中環站的行人自動電梯上大堂時，上面的時間仍然是不偏不倚的九時四十五分。又過了兩個星期，他真的沒有再出現，我不得不放棄了，何況我也要放兩個星期大假？愛與不愛是一種態度，對於他，在人群中湮沒似乎就是最好的答案，以後遇上像這種似是而非的人是不是要格外提防呢？我自我解嘲，之所以看見我要黑夜狂奔，難道說他就是傳說中的狼人，怕在樓台見月變身？想來想去，就只有這種解釋最為合理。

　　沒有用的，即使我瘋狂的把鍵盤弄成很多很多的「2」，都會被弄成「512」、「3820」、「4820」、「842」，可是再過些時候一看，又會變成「334320」、「221」、「5568481」。我逐漸不知不覺變成一個數字控了，無論是鍵盤上的數字或是馬路上的車牌都使

我暈眩，倒不如把我賜死。他還在一直躲我嗎？我很想告訴他我放大假，十四天都不用上班是不會遇見的，然而這種想法不透過文字又怎麼表達？難道要重蹈覆轍發一張帖自說自話來自討苦吃嗎？這種不良的壞習慣該如何戒掉？那些數字一忽兒說不愛，一忽兒說愛，真叫人瘋掉了，我要怎麼樣才可以回到現實世界？好奇怪，我總覺得有一個人在和我伏匿匿的玩數字遊戲，好像是有人以數字拼音來傳言，在頭版打個「2010000」（愛你一萬年）會有人在舊帖那一版回應「20110」（愛你一億年），到底是真的嗎？與此同時，列車又再一次加密班次，能夠遇上的機會豈不是更加渺茫？龜兔賽跑，最後不一定相遇，或者是彼此出發的時間、路線和終點不同。我想起兒時有一次傍晚在公園玩捉伊人，天未黑小朋友都回家吃飯了，只剩下我一個以為需要找到他們為止，你看你看，認真會弄得一切都不好玩的，不是嗎？

四

據我所知，他已經徹徹底底的躲起來，躲到一個我永遠無法找到他的安全地方，務求彼此永不相見眼不見為淨。萬聖節尚且過得如此失敗，我的聖誕節又怎會過得快樂呢？分明就是一次感情的滯留，回不到起點又尋不着出處。一年好快就要過去了，我也想刻意的不去想，偏偏就是有口難言的想想想。

自從萬聖節再驚鴻一瞥，就又怎樣也揮之不去；他想要成為我的陰影，既然是不可望不可即，又為甚麼要閃耀在眼前？在以前相遇時，比較鎮定、能夠既來之則安之的總是我；但是事到如今落荒而逃的卻是我。不是我想和過去過不去，而是未來的未有來，先生你想怎樣就怎樣吧！就當是我遇見一件違禁品好了，這裡面沒有我的事，我的反叛意識又來了，而且猶如暗病，我也怕被人知道。

好想令感覺縮短，別像列車一樣的拉長，他會一直潛藏在五至十五分鐘後的車尾，對於此事，我撮要式的總結是好遺憾、好難過。

原刊《香港文學》2013 年 3 月號

紅燈

◎ 蔡益懷

又是跑馬日，整個下午都沒有一個男人來按鐘。看來今天又要吃白果了。

走廊的紅色光管一直亮着，偶爾有一兩個住客上樓下樓。這是一座戰前唐樓，已經很破舊了，二樓和三樓都是一樓一鳳的架步。四樓、五樓的租客大都是南亞裔人士，一家大大小小，拖兒帶女，似乎日子都過得不容易。他們對做我們這一行的人，不像本地人那樣抗拒，也沒有那麼多冷眼和投訴。都是淪落異鄉為異客的漂零人，可能更能夠包容一些吧，畢竟各自都有不足以為人道的苦楚。我和阿紅合租三樓前座這個劏房，月租七千元，她做夜班，我做白班，但現在生意難做，只能勉強撐持。人老色衰，哪能同那些小妖精比？

報告出來了，乳腺癌，醫生說要盡快做手術，排期在下月三號。

乳腺癌？我早就猜到了，接近腋下的位置有硬塊，乳頭還流水。好諷刺呀，一個靠這兩團肉搵食的女人，偏偏患上了乳腺癌。我這是造了甚麼孽，要遭這樣的罪？莫非就因為我是一個不光彩的女人，就該受這樣的懲罰？莫非命該如此，這樣的下場，多麼的折墮?!

閉路電視的屏幕出現一個男人的身影，他已經走上樓梯，停在三樓前座的門外。門鐘響了，這還是今天的第一個客。

來了！我整理了一下衣物，露出深深的事業線，輕輕開啟木

門，半倚着木框。

你好。個頭不高的男人，四眼，模樣斯文，好面善。

三百元，全套。我說。

阿紅在嗎？男人問。

她沒上班。我想起來了，他是阿紅的朋友，那個作家。我說，進來坐坐吧。

他的眼睛注視着我的乳溝。通常男人都無法抗拒我的這對乳房，38F，在中國女人中絕對無敵。但是，今天我驕傲不起來。我已經沒有吸引男人的本錢。

哦，不好意思，打擾了。他揚揚手，表示歉意，準備離去。

進來坐坐吧。我打開門，側身示意他進屋。

這可不好，影響你做事。他猶豫着。

我見過你，你是阿紅的老鄉，對吧？她跟我講過你。

真的？他笑的時候露出了兩顆虎牙，怪可愛的。

你是作家，叫蔡益懷，對吧。我想起他的名字了。阿紅老在我面前提起他，說他是一個寫小說的人，有點傻，不像那些精明蠱惑的香港人。我對香港的作家沒甚麼認識，對文學也沒甚麼興趣，這麼多年我就看過幾本金庸的小說，還知道一個叫陶甚麼的才子，也不知道他寫些甚麼東西，只記得他有一次跟一個女子開房，被人捉姦，他用廁紙將自己包得像個木乃伊似的落荒而逃，十分的搞笑。不知道眼前這人在香港有多大的名氣。看他這模樣，大概也不是太有名堂吧？管他是甚麼樣的作家，我今天想找個人聊聊天，就跟他侃一陣吧。往常，我睬佢都傻。

原來阿紅還向你講過我，說我壞話吧？他說，我不進來了，晚上再來。

她上賭船了，出公海，明天才回來，今晚上也是我在這裡，我今天不回家。我說，進來坐坐吧，你是我今天的第一個客人，就這樣走了，一天都沒生意。進來吧，幫我旺旺場。

好吧，坐坐吧。他回頭望望，才遲疑地走進門來。

看甚麼，怕被人看見？我打趣地問。有些男人就是這樣，到這種地方來，總是鬼鬼祟祟的，像做了甚麼見不得人的事。這有啥？不就是尋歡嗎？男人嘛，拈花惹草是天性，偷吃關鍵是要懂得抹嘴，別搞得家嘈屋閉、妻離子散就行。

可以開開燈嗎？這裡面好暗。他說。

屋子裡確實有點暗。我和阿紅都不習慣光燦燦，所以平時都只點一盞紅燈，像紫外燈一樣，讓屋子裡有點氣氛。阿紅怕被人看到她臉上的皺紋，紅燈可以掩蓋歲月的痕跡，在陽光底下，皮膚會出賣我們的年齡，但我比她多一點自信，我的這個胸脯，不管甚麼時候都是吸引男人眼球的聚光燈，不知羨慕死多少同行的姊妹，連阿紅都說我這「兇（胸）器」是男人剋星，殺人於無形。我按下燈掣，白熾燈的強光一下子刺得我睜不開眼。行了吧，夠光吧，讓你看清楚我的身段，怎麼樣，夠厲害吧？

他又看了一眼我的胸，有些不自在地說，我還是走吧？不浪費你的時間。

放心吧，我不會屈你！老娘今天只想找個人說說話。我沒有這樣對他說話，只是淡然地說，坐吧，聊一會，阿紅說你們兩個很談得來，好像你們都是六零後的，都是吃辣椒長大的，有相似的經歷。我比你們小不了多少，應該跟你也能聊幾句吧？

聽你的口音，好像是東北人？他坐在椅子上，眼睛老盯着我的乳房。這個鹹濕佬！

是呀，哈爾濱的。

我去過，很好的地方。他問，知道蕭紅嗎？

哪能不知道呢？我讀過她的《呼蘭河傳》，高中就讀了，寫得真好！我愛看她的書。她就我們那邊的人，一個苦命的女人。

他一聽說我讀過蕭紅，來勁了：你講得不錯！蕭紅是我最欽佩的女作家，可惜紅顏薄命呀！

紅顏？這兩個字好像有點不適合用來形容她。我說，她也是一個敢愛敢恨的女人呀，可惜總是沒有好的歸宿。我解下披風，僅穿着半透明的睡裙，走到雪櫃前，取出一瓶維他奶。喝點水吧，滋潤滋潤。

　　他接過去，但又放到了牀頭櫃上。他說，我不渴。

　　他這人也太拘謹了，怎麼會跟阿紅談得來？阿紅可是一個豪爽的女人。看這傢伙，好像我的維他奶裡有蒙汗藥一樣，要劫他的財物，要他的命。我問，你跟阿紅很熟絡呀。認識多久了？我有一點明知故問，我知道阿紅從油麻地搬到這邊，就認識了這個四眼仔。阿紅是個心地很好的女人，可惜就是爛賭，掙一個就賭掉一個，我真不知道她心裡是怎麼想的，或許她已經感覺到這是一種沒有明天的生活，過一天算一天吧，賭博興許還能夠給她一點活着的樂趣。對，是樂趣，她總是勸我，賭一把吧，太刺激了。我不想賭，那玩意像毒品一樣，太害人。我辛苦賺回來的血汗錢，就那樣捵入鹹水海，太不值了。我不能像她那樣，賭得精光，回來又死做爛做，這不是作賤自己嗎？我說，你們不像是有共同語言的人，聊甚麼呀，她可不會跟你聊蕭紅，說不定她連蕭紅是誰都不知道，莫非你們談賭博心得？

　　他笑笑說，我怎會走到這裡來跟她聊文學，我喜歡她按摩的手勢，她學過中醫，做過護士，推拿按摩很有一套，拿捏得很到位。而且她這人有人情味，我愛跟她侃侃我們那邊的事，我們挺談得來。

　　試試我的手勢吧，我的按摩也很有一手哦。

　　不了，改天吧。他的眼睛又盯着我的胸。

　　要不，我給你表演制服騷？我以前在內地做空姐，就穿國航空姐的制服給你看，讓你看看我的制服 look？我指着牆上掛着的幾套制服，有空姐服，有學生裝，有軍裝，應有盡有。香港有很多變態佬，僅僅是肉帛相見，真刀真槍，已經不能滿足他們千奇

百怪的慾念。

我沒有這個嗜好，我們就談談蕭紅吧。他說。

還談蕭紅呀？對她念念不忘？看來你真的喜歡她！我常去她當年住過的那間旅館。

東興順旅館？他問。

你真的挺瞭解蕭紅，讀完她所有的書吧？我說，我小時候就住在道外區，那座旅館後來成了百貨商場，我常在那裡流連。

蕭紅住在那裡，正遇到發大水，窮途末路，差點被賣到妓……他的話沒有說完，止住了。

妓院，這有甚麼顧忌的？對着妓女，忌提妓院二字？怕傷害了我？做得婊子，還怕別人罵娼婦？這有甚麼忌諱的？莫非賣得身還想立貞節牌坊？我知道蕭紅的這段經歷。蕭紅有一個蕭軍來救她，我呢？有誰會來救我？誰會成為我的蕭軍？我說，女人，各有各的命，但結局都是一樣的吧，總是逃不脫命運的嘲弄。

可不是，她最終流落香港，臨終的時候，竟沒有一個人在她的身邊，死得真慘！他不無慨嘆地說。

不要再說她了，我們聊一點別的事吧。我想起梅艷芳，得子宮頸癌而死，又是紅顏薄命吧？怎麼今天盡想到這些早逝的女人？像梅艷芳這麼有錢的女人都救不了自己，我還有甚麼希望，也是死路一條吧？我哪裡去找到一筆錢來治這個病？這要花去我多少錢？我問，在香港公營醫療的免費藥物名單，好像不包括治癌的藥物，對吧？

不太清楚。他說，不過，應該有些基本的藥物是免費的吧，只是一些貴價特效藥可能要自費。

現在這個世界，沒錢就沒命，病不起呀！

可不是！他說，你問這個做甚麼？誰生病了？

沒啥，瞭解一下吧。

電話響了。是我哥的來電。喂，你還沒死呀？啥事呀！

我哥跟我同住，他從老家出來，沒有一技之長，一直沒找到一份正經的工作。我掙的錢都交給他保管，由他每月寄一些回去給家裡的老父老母，還有兩個弟弟，多餘的由他幫我搞點小小的投資，買一點股票債券啥的。昨晚，我告訴他，手術需要用錢，要他取一點出來。他說，剛在深圳買了一個房子，一點都拿不出來。這個雜種，把我的錢私下拿去買了房子，竟然沒跟我說一聲，他存的是甚麼心，打的是甚麼主意？我說你把房產證拿來給我看看，他支支吾吾的，一會說還沒辦好，一會說放在深圳了。見鬼去吧，我的錢給我吐出來，我現在等着錢救命！他在電話中問，兩萬塊錢夠不夠，現在家裡就拿得出兩萬塊錢。如果不行，就找阿紅或其他姊妹借一點。

　　放你的狗屁！我歇斯底里地嚎叫起來，你把房子賣了，也要給我把錢吐出來！我將電話狠狠地摔下，胸口裡像堵着一塊鐵。他們都是吸血鬼！我算是看清了他們的面目。我賺錢養活我自己，也養了一群吸血鬼。外面的男人是把我當玩物，吃我的肉，享受過後即扔，玩弄過後即棄，都是這兩團無用的肉造的孽；原來，連家裡的人也在吃我的肉，將我當作搖錢樹，他們哪裡在乎我的死活？我這是造了甚麼孽呀，該成為人家砧板上的肉？

　　電話鈴又響了，我再拿起話筒，還是他！去死吧！我「啪」一下把電話摔到地上，又把電線拔掉，可是還不能解我心中的氣。去死吧！去死吧！

　　那四眼仔作家呆呆地望着我，面露不解之色。他不知道我家發生了甚麼事，怎會不疑惑？在外人眼中，我可能是一個瘋婆子，可誰知道我的心有多苦？我在作賤自己，對吧？在你的眼裡，我是一個不正經的女人，就算落得如今這個下場也是自己找來的，對吧？誰叫你當初不懂得潔身自愛，活該！

　　我不該在你面前這樣癲，我控制不了自己，對不起⋯⋯

　　這時候，門鈴響了，有人按鐘。閉路電視裡有一個麻甩佬，

對着鏡頭揮手。

　　有客！我對着門口大聲地叫道。麻甩佬離去，轉向後座，又去按別人的鐘。剛才忘了在門外掛一塊牌子。我打開門，掛上「工作中」的牌子，重新關上木門。

　　他站起身來，想離去。

　　別走，幫我解一個夢。我按着他的肩膀，讓他坐下，順勢坐在了他的腿上。我突然有一個念頭，想知道他是假正經還是急色鬼，我說，我的身材怎麼樣？

　　他的手搭在我的腰間，但並沒有動作。他說，身材真棒。

　　這樣的讚賞，我聽得太多了。我的第一個男人就是這樣讚賞我的，第一次聽到這樣的讚美，我喜孜孜輕飄飄如在雲裡霧裡，稀裡糊塗就成了他的人。可是婚後，也又去讚美別人的乳房了，讚美一個又一個，也佔有一個又一個。我怎能忍受這樣的男人，我離開了他，我以為我會遇到一個真正欣賞我的人，真正愛我的人，但我一次又一次地上當了。他們都是衝着我這兩團肉來的，都是想吃我的肉的豺狼，一當上了手，吃過了我的肉，就逃得遠遠的，去追逐別的肉彈，別的獵物了。女人呀，可別太天真，別太輕信別人的讚賞。現在我對別人的讚賞一點感覺都沒有。不就是兩團肉嗎，美在哪裡？可是，就是這兩團肉迷倒了那麼多的男人，而我的命運也因為這兩團肉而不斷改寫，改寫，結局一次比一次的差。豪乳、豪乳，成也豪乳，敗也豪乳呀！如今，我就要失去這世界上最好的乳房了，看來連老天爺都嫉妒我的這一副好乳房呀！上天，如果你也欣賞這對好乳，那就拿去吧，別讓我再因為這兩團肉而受罪。拿去吧，統統都拿去，我寧願做一個沒有乳房的女人。可是，一個女人一旦失去了乳房，就甚麼都不是了，這不是要我的命嗎？乳房就是我的驕傲，就是我的命根子，但也是我的催命符呀！從此以後誰還會來讚賞我的好身段，我的好乳房？誰來欣賞我這魔鬼的身材？是你嗎？這個作家，這個不

見經傳的傻佬？他根本不懂得欣賞我的美！不會有了，再不會有人來欣賞我的乳房了。沒有了乳房，也就一切都沒有了。我站起身來，對他說，我給你跳個熱舞吧，包你從來沒有欣賞過，世界上最美的艷舞，好嗎？

他，這個傻佬作家對我似乎有一點戒心，搞不清我的葫蘆裡賣的是甚麼藥，遲疑地說，下次吧。

擔心被屈？我可不是那樣的人。老娘做皮肉生意這麼多年，還從來沒有屈過人，你把我當甚麼人？我不偷不搶，靠自己的美好身材養活自己，我掙的錢比那些去貪去騙的人搞回來的錢都乾淨。你這個傻佬作家，也在用一種有色眼鏡看我吧？你嘴上不說，心裡卻在嘀咕，這個女人就想賺我的錢吧，玩甚麼花招？呸，出不得色的無用傢伙。下次，還有下次嗎？誰知道我還有沒有下次。這個傻佬，枉你是一個作家，連起碼的觀察力都沒有。我再也沒有機會向人展示我的身材了，這該是我最後的機會了吧？曾幾何時，我是多麼自豪擁有這樣的身材，又多麼享受被男人讚美，以及受到注視的快慰呀。這樣的日子不會再有了，下個月三號，還有幾天了，我就要做手術了，到時候就沒有男人可以看到這麼好的一對乳房了。你懂嗎？你不會懂的，傻佬！我真的想再坦蕩蕩地在男人面前展示一場，讓你看個夠，看看這天底下最美的乳房，讓你一世都忘不了這鬼斧神工的創造，這天下無雙的美乳呀，讓你為我寫一篇乳房頌，也讓這篇頌禱文成為哀悼乳房的祭文吧。可是你卻完全誤解了我的好意，你這個不解人意的傻瓜。你這個假正經，明明想看個夠，偏偏要扮成坐懷不亂的柳下惠，何苦呢，假正經！枉你做一個作家，連這麼美的乳房都不敢面對，如何面對你自己真實的內心？你是作家，人家蕭紅也是作家，你看人家多率真呀，敢愛敢恨，活得真實坦蕩，那才是作家呢！我說，你太假了，不像個男人。

也許吧。他說，實話實說，你有那麼好的身材，真不應該幹

這一行，你應該有更好的發展。

應該，甚麼是應該？我應該有更好的發展，應該像甚麼范冰冰、李冰冰一樣，成為萬眾矚目的偶像，應該成為一個超模，光芒四射，對吧？我自己何嘗不是這樣想的，何嘗不想利用這天賦的身材實現別人達不到的目標和願望？我早就知道這兩團肉的價值，也知道它們是所向無敵的「兇（胸）器」，男人們見到它都會自動投降，拜倒在我的石榴裙下。我確實利用它們達成我種種的願望，我當上了空姐，我也釣到了如意郎君，但是憑這兩團肉得到的東西都是靠不住的，它可以為我換來一切我所想要的東西，卻不能為我換來愛情，不能為我找到一生一世的男人。被這兩團肉吸引過來的男人都不是好東西。我靠這兩團肉掙回來的是錢，失去的卻是更寶貴的青春和尊嚴。你是不會懂得的，雖然你是作家，但你不會懂得我為這兩團肉所付出的代價。我說，你不知道，現在我真希望自己是一個身材普普通通的女子，如果有下一世，可以重新選擇，我唯一的祈求是不要讓我再變成為一個肉彈。你明白吧？

我理解你的想法。他似懂非懂地點着頭。他這樣說，但我相信他並非真懂。

這個傻佬，他不會懂的，他沒經歷過我的生活我的處境，怎會懂得我的心情？算了，不跟他說這些了。我說，我聽阿紅講過，你會解夢，你也幫我解析一下我昨晚做的一個夢吧。

他說，我不會解夢，但我願意聽聽你的故事。

我殺死了我的哥哥。我趁他與我同桌吃飯的時候，一錘把他打死了。我一點感覺都沒有，不慌也不怕，看着他倒在桌上，好像他是一個跟我毫無關係的人。我的心是坦然的。可是當我一覺醒來再看到他時，卻迷惑了，他不是死了嗎？怎麼又出現在我的眼前，還跟我同桌吃飯。我開始懷疑自己是不是在做夢，我明明殺死了他，怎麼他還活着，這是夢，是夢，一定是夢。

直到今天早晨起牀後，看到窗外的陽光，想起昨天的事，我

才終於相信，自己做了一個夢中夢，他沒有死，還活着。你說說，這個夢意味着甚麼？他為甚麼還活着？我想殺了他，他為甚麼不死？

他，這個傻佬作家不解地望着我。他說，你有甚麼心結吧，能說來聽聽嗎？

是的，我有一個解不開的心結，但這個結該從何說起，又如何解開呢？我的故事太長太長了，如果我是蕭紅，一定會寫一部我自己的《呼蘭河傳》。

他說，我相信你一定有一段不平凡的經歷，你剛才講你做過空姐，後來為甚麼又到了香港，做起現在的這個行當來了？這中間一定有很多故事吧？

是的，太多太多的經歷，太多太多的故事。現在一切都變得不重要了，你說一個人的命是不是整定的，是好是壞根本由不得自己，是老天一早安排好的，不然我為甚麼一點都沒辦法把握好自己的命，阿紅也一樣，大家都不能把握住自己的命。好命，歹命，天注定，歌仔都是這樣唱的。現在，我徹底相信了，一切都是命中注定呀，命中注定！

他似乎不知道我在說甚麼，或者他並不同意我的說法，所以顯得心不在焉，敷衍着應喏。

看着那副模樣，我不想再說下去。我真不該對你說這些廢話。我說。

哪裡哪裡，你是很有想法的人。他說有事要走，等下次有空閒時間再來聽我講故事。他從錢包裡取出三百元，遞給我。

這是做甚麼？我不要你的錢，你以為我要你進來，說幾句話，是想賺你的錢嗎？話說回來，你肯陪我說說話，我已很開心，謝謝你！

我將他送出門，拜拜！

拜拜！他回頭又不自覺地看了一眼我敞亮的胸脯。

我關上了木門，並沒有取下「工作中」的牌子。我關上白熾燈，屋子裡只剩下那盞幽暗的紅燈。我取下了門鈴的電池，不想讓任何人來打擾。我只想一個人安安靜靜地呆在這間屋裡。

鏡子裡的我是多麼的動人呀！高高挺起的雙乳，像兩隻振翅欲飛的鴿子，就要升騰起來了。我脫去了身上所有衣物，讓自己赤裸裸無絲無掛地袒露在鏡子前，讓我自己欣賞讚美這美麗的身段。我真想跳一場裸舞給他欣賞，可是他，那個作家沒有眼光，不懂得我的心意，那就讓我自己跳給自己看吧！放飛吧，我的乳鴿，看呀，我飛起來了，我展開了自己的翅羽，我飛上了天空，飛進了雲端，我自由了，這就是最後的歸宿了吧。我看到了你，天上的仙女，讓我也成為你們中的一個散花女吧。你們不會拒絕我的，對吧？地上已經沒有我活着的地方，沒有人懂得我，也沒有人可以幫我，我已經生無可戀，我為誰而存，又為誰而活，生命對我還有甚麼意義？

這是我在這裡的最後日子了，就讓這間暗房成為我的墳墓吧。再見了，阿紅，別怪我不辭而別。再見了，傻佬作家，謝謝你陪我度過這人生中的最後一刻。這個世界已沒有我的位置，我對這個世界也不再有甚麼依戀和幻想。

我取出注射針筒，扎進了自己的血管……

那個站在我面前的女人是誰，是蕭紅吧，你怎麼也來到我的這間陰暗的小屋子？莫非你不忍看到我這個老鄉像你當年一樣，獨自在一間冰冷的空屋子裡含恨而去？謝謝你，這個時候來陪伴我。

燈是紅的，牆壁是紅的，是血管裡的血液染紅了這間屋子吧？這一次不會再是做夢了吧，我不會再醒來，不會再見到那些人世間的吸血鬼……

原刊《百家》2013 年 4 月號

自治的天空 ——
2053 地下道雜記

◎ 朗天

一

「布先生！布先生！」那女子的聲音不斷在耳邊響起。星期一早上的地下道，我被喚醒了。

我來不及審視自己的裝束，大抵該還是整齊的上班西服。領帶可能緊了點，我喉頭的乾涸部分與此有關，部分則該基於我昏睡了的時間。

「這次我睡了多久？」我沙啞的嗓子連自己也覺得難聽。

「約四小時。」女子很小心地回應，我這時才發現她年紀很輕，居然還留了劉海。鼻上架着的銀絲眼鏡可能讓她看來比平時斯文了百分之二十七。我是從她的眼神看到那隱隱的不羈與不甘。

我沒有計量在我失去知覺時她是否一直守在我身邊。她也許是剛換班的，對不起，我其實真的連之前助手的樣子和聲線也記不清。她們該都是差不多的，如果有人告訴我她們其實是人造人以至機械人，我一點也不會感到意外。

時間永遠不夠，當下我不再打話，立即從她送上的皮夾裡拿出配對裝置，調校好頻率，用手比了比面前的鋁合金牆，對準該只有我才能確定的位置，安上了探測儀，開始新一輪「收集」

程序。

　　共振頻率無差，我的腦海裡幾乎立即「被注入」了一束信息流，我如常仔細辨認，在裝置附設的鍵盤高速鍵入了一串文字。

　　女子居然一直在旁看着，還輕輕唸了出聲：「那人不會就此罷休／從樓上的酒吧一直喝到地窖／昏天暗地闇地通天的／上窮六合彩虹分合再合分……」

　　不諱言我的確有點驚訝，這種流水作業的工作連我自己都不再去留意記下來的文字怎麼樣了，精細以至太精細的分工，令大家都習慣只做好份內的事便好，我負責「收集」，之後的事交由專業數據分析員去做便成了。我雖然手沒有停下來，但不由得多看了女子數眼，看能否發現她做過「評論人」的痕跡。

　　根據特別自治區基本法，我的老闆級統一叫「詩人」，我這一級叫「副詩人」，分析員叫「評論人」。像女子這樣的助手沒有銜頭，街外人有時謔稱他們為「副詩人之副」或「副副詩人」——

　　而我一直弄不清，我反覆作着的，而且因過多信息流通過身體、腦幹而帶來負荷反應，不得不每工作三小時便進入昏睡三至六小時的狀態，這樣子的程序，與詩究竟有何關係，為何自治委員會會通過這種不無反諷的命名。

　　我鍵入的字串每滿了一個檔案容量便要加封存檔。我把這一輪的工作成果依規矩標上 2053070712a 的編號，代表了二零五三年自治七年七月十二日 a 份。

　　我期待着三輪「收集」後的假期。那該有四十八小時的個人時間休息。我再偷了看面前的小妞，她的半個臉龐被劉海遮掩了。是誰說的？專心工作的人最可愛。我別回臉，忽然興起休班後約會她的念頭。

二

　　我們是何時開始進入地下道的？有時一種前自治時期的思緒會襲來，要求我向自己或暗裡的不知誰人作一些交代，我不知應該覺得羞恥、慶幸還是有股與罪疚分離不了的奇異快感，總是揮之不去。

　　我不曉得為甚麼會這樣。數字上只不過經過了七年，但可能自治區成立之後，香港和境外區隔的效率，比事前想像高了好幾以至好幾十倍。大家很快便習慣被啟動的自治程式，包括外在的和內在的。

　　自治超科學家在南中國海仿百慕達三角地帶逆造的磁場保護罩，全方位封鎖了境外所有電磁波（包括光波，光子可以穿透，但自治區很少人有如此高科技的光子接收及解讀器），而任何要進入自治區的物理事件，都會經過委員會特種部隊多重嚴格檢查和過濾，確保有害物質和信息先得到適當處理。

　　進出自治區，無論是有形的或虛擬的，都須通過繁複的密碼程序，繁複到這麼一個地步，普通人不是忘記了其中一個關卡的密碼或相關操作，便是被挑動起煩躁情緒，情願放棄原本有需要離開的念頭。

　　新紀元學制的小學生亦已人手一本基本生存手冊，裡面除了提供在自治區活動的必須資料，還有觀念學習，務求讓孩子紮好根基。我挺喜歡其中第二十一條：「雙重拒絕的邏輯是純粹美學創造的根源。」另外第五條近日愈來愈多教育家喜歡引用：「主題上人們對客觀等級制度提出質疑，但這只是出於恢復地位或進行報復的考慮，是為了顛倒過來，而不是為了消除它，因而這是不徹底的。」

　　「完美區隔」，他們是這樣形容這套機制的。觀念上，我裝出一副不容侵犯的臉孔，拒人於千里之外，並不是最有效的絕交方

式。我愈不讓你進來，你可能愈是想進來，甚至用盡一切方法，破解、破壞自治超科學家嘔心瀝血研發出來的密碼系統。所以我們要在觀念上杜絕別人要進來的動機，消除反區隔的大部分慾望。

歷史上的鎖國（滿清和日本德川幕府的例子是常用的反面教材）都是行政上的強施力行，內部則向國民灌輸外面世界如何像洪水猛獸，這便是所謂單純的顛倒，不徹底的做法。你看不起我，你比我高？呸！是我看不起你，我比你高才對！——典型的阿Q，自我感覺良好，對事情沒幫助。因為被顛倒的總可能再顛倒回來，負負得正，一切淪為權力遊戲，誰有權誰作主，誰高據等級的尖位，沒甚麼意思。

又或者，即使要玩權力，也該玩進階一點的。恐懼同性戀的人看見同性戀者，不必立即避之則吉，更毋須露出厭惡以至歧視的表情；相反，他該上前表示友好，展示自己開放的態度，但對方當然看出那不是真正的開放。「我不會反對你們。愛不該分性別。我最討厭那些歧視你們的人，其實關上門幹自己喜歡的事，關他們屁事！」類似這些說話，最好用浮誇的語氣擲到對方頭上。

明確的訊息：我尊重你們，你們也最好尊重我。你搞你的同性戀，但請勿搞到我這裡來！

不要過來！不要進來！不是我在封鎖，是你們該封鎖自己！

動物園裡，人在籠外觀看動物，他們當然不想和動物一起關在裡面，而他們也沒有想到，籠內的動物，並不一定覺得在裡面失去自由，誰說牠們不也在觀看人類，驚奇人類為何被困於籠外的世界？——有甚麼比這種「雙重拒絕」更有效地讓動物不想出來，人類不想進去？

於是我們便有了地下道，我這種人也被發掘了出來。

三

離開地下道的時候，地面的世界以一場驟雨歡迎我。

我身旁早換了男孩子，年紀比劉海少女大不了多少，該都是自治委員會蓄意培育的未來接棒班子。有些無聊份子改圖改歌諷刺這一代，熟諳自治內在程式，擅於開發及協助開放體內異能，如果身為尖子的話，本身可能擁有強大的「超能力」。

坦白一點說吧，「地下道」其實不算外面人或前代人所想像的地下道。它確實位於地面之「下」，佈滿錯綜交匯的通道和連接點也不錯。但與其字面地理解它，不如把它視為一種換喻。鄰接大地的，本來便是天空，但在完美區隔之下，天空再不是區隔前的意義，它並不通接大氣層，加速朝之運動不能離開，不說離開地球，離開自治區三百公里都不成。有人也開始提出自治區不該再有天空的說法。完美區隔造成了一層徹底包裹香港的「膜場」，那是球體顛倒過來的形態，亦即空心球。人不該設想站在球面上，而是「站」在空心球的裡層，球心才是天空，因而其實也無所謂天空。

正是從七年前開始，我們把自治區的天地觀倒轉來說，本來是上的，如今是下，又或者，再沒有「上」了，統統是地下便對了。自治區是被大地之母好好保藏，得天獨厚（不，該說得地獨厚才政治正確）的地方。自治委員會在原本稱為自治區上空的地方設置了磁浮站，委派像我這些「副詩人」收集地母的「啟示」。地母是高智能生命體的宗教喻稱，祂或祂們用可以轉化為詩般語言的符號，發放能穿越保護罩和「膜場」的信息流。自治委員會初步分析那不能來自「外世界」，有超科學家提出了一個頗驚人的理論：「外世界」可能在不知甚麼時候已經毀滅了！很可能便是被地母（們）摧毀的，因為罪惡，因為環境破壞，因為不尊重香港……總之，不難找到要送他們上路的理由。現在地母（們）可

能傳來與我們溝通的信息，在解除保護罩前，不得不好好收集、分析這些信息。

於是，一群被稱為「詩人」的老香港人，開始遴選了一批他們認為天生對詩敏感的「副詩人」，讓自治委員會把他們送上磁浮站工作。而我的感官構作，並不足以持續工作八小時，於是只能收集一輪，便昏睡若干小時，醒來又再繼續，直至輪班結束。

是以，我拖着透支身軀離開地下道時，其實我是乘坐飛行器「降」（不政治正確地使用前區隔語）回地面的。驟雨令我和小夥子都全身濕透了。我向他笑了笑，他禮貌地向我展示了可人的酒窩。

「你喜歡地面的感覺嗎？我是指腳接觸實地，它有一種反撞你腳底的實在性，而這，是在地下道工作接近二十四小時後特別渴求的。」我低聲地問，不期望得到回覆。我甚至已打算朝前面不知是上班，抑或下班的人潮裡鑽了。

「不，那不是地的實在性，是天。以前的人把天和形而上，看不見的東西扯上關係，他們當然不能像我們如今這樣曉得，超越性其實就在腳下。」

我抬起頭，碰見他澄明的眸子，有點不知如何應對。然後，我才肯定他的聲音很有種磁性，有種反覆吸你進去的力度。

「你需要喝點甚麼嗎？」出乎意料，是他首先邀約我。

原刊《字花》2013 年 7-8 月號

針孔攝錄機的防盜風波　　◎ 吳美筠

　　我差點以為自己當了差。

　　大好的一個清晨不叫孩子做早操，或者整整齊齊地魚貫上課室，卻叫他們直勾勾地站在操場集會活生生的曬魚乾，實在說不過去。本來聽校長訓話十五分鐘也沒甚麼大不了，最要命的偏還要留下學生檢查校服。說是循例檢查，卻像海關搜查，非要嚴拿不可；所謂循例，不代表懷疑所有人不守校規，只意味着若有人干法，必然因為這檢測而被舉報，或收威嚇作用，或殺雞儆猴，使知法犯法者知難而退，是故循例云云。

　　問題是，不查猶自可，一查非要個把小時才了得，第一節的課多數泡湯。偏生語文課多數編排在第一節，下午飯氣攻心，甚麼也不好上，通常是體育美術音樂工藝科搭配一節歷史、通識、地理之類的閒科。語文課程愈來愈緊迫，趕課趕得要命，連批改也趕不上了，也不省點時間給老師。新來的訓導 Miss Lam 身材矮小，留着一把油亮的黑髮，給抓在項背上的髮圈內，走路時扒搭扒搭地永遠都彷彿在追巴士似的。為人兇巴巴，又堅持己見，加上是校長的新寵，誰都怕她三分。小小的眼珠烏黑溜啾，像一隻鸚鵡，沒有眼神的，給她盯上，給嚇唬了，便不得不腿瘓。她這道命令真生奇怪，查校服自己不來幹，偏要由班主任來查。差不多一個禮拜一次的折騰，弄得民怨沸騰。

　　既然不滿，為何不反映？我得首先說明一下，我呆在這兒的職責：我是渾海中學 3D 班的班主任。工作範圍：教三班中三英

文，兼教中一通識和中四經濟各一班。我之所以落難到這所三流野雞中學，全因為貪和貧兩個只差一撇的字。當年慕頂尖大學學府的名牌效應，再兼新種學科聽聞極有市場，出身隨時年薪過百萬，乃報讀江城大學炙手可熱的國際企業傳訊及管理。幻想早日脫貧離開公屋生活，自當不作他想。可惜畢業時剛遇上金融風暴，我這科既不能考會計師牌，又沒有商業實務知識，如工商或人事管理之類，空有一身理論，也無用武力之地。發出過百封求職信，自薦的居多，回音渺茫。最後在一家中學落腳，算是不幸中之大幸。聞說校方等人發急，退而求其次。校長跟我簽約那天，苦口婆心向我解釋：難為你了，大學畢業，這個空缺是一年合約，一年後沒有資源便不續約。我連說不相干不相干，作育英才是我的夢想之類的虛偽得連自己也直冒汗的謊話。這種市道，二流也罷三流也罷，教師薪不高但糧準，我這叫老姑婆出嫁，還敢挑？

　　是以對我來說，任何事最好是多一事不如少一事，少一事不如無一事。校服是最不起眼最不相干的行頭，又不是名校，何必要求嚴格得像吃人的禮教，何況，青少年長得快，不出兩個月，男生褲管和女生裙裾都不斷往上褪，何必斤斤計較？女的，雪亮的白色校服裙不得映照內衣的顏色，必須穿純白或肉色內衣，必須穿「遮光褲」，裙長不得高於膝蓋五厘米。男的，褲管不得高於腳踝五厘米，穿黑或棕色皮帶，襯衣務必收在褲頭內。所有學生一律嚴禁頭髮擦髮泥、定型液之流。理由是：學校不是打扮引誘異性的地方。真不明白，時下流行的護髮產品，哪位老師沒用上，否則成天塌陷的劉海，完全與嚴肅沾不上邊。有一回，不知從哪兒跑來黃毛小子，眉飛色舞比手劃腳，嬉皮笑臉地指着我的頭顱說：「看！撻屎也定型！撻屎也犯校規！」我本能地想搧他一記耳光，但又找不出藉口，再細想，又覺這小子不無道理，也就作罷。

鄰班 3C 班主任教體育的陳 Sir，總能十分省事，索性在操場點名，沒把學生看清楚便放人，還老是向我打眼色示威。給訓導抓到班上違規的女生，他振振有詞：我怎麼曉得她裡面有沒有穿個甚麼甚麼的，男老師老是朝女生的裙裾左看右望，成何體統？要麼逮住個男的，他自有辯解：我自己也不穿皮帶襯衣白襪，怎麼好意思挑剔他們。陳 Sir 天天都是汗衣，外加一件運動風褸，皮膚黝黑，眼睛瞇成一線，樣子毫不起眼，活像把皮球誤打入別人球場的鄰家小老弟，要不，差點以為來送外賣。訓導就拿他這副不思上進的模樣沒法，竟不跟他糾纏。

偏把注意力轉嫁在我班身上，不！分明對着我來幹。誰叫我班學生是黑五類，成績長期偏低，大抵拿他們兩三節課來做其他不相干的事兒根本不礙事，也不會延誤他們的學習。橫豎他們壓根兒不是來學習的 —— 十二年免費教育製造了這批被迫滯留教室、專門聊惹事端、等待遣散的冒失少年。無論是老師或學生，在這種象徵文明進步的機制下，大家都沒有選擇地、瘋狂地討厭教室和課本，對於抽調課堂……唉！也是無可如何。

我和林訓導彼此心裡有疙瘩，後來才曉得原來源於當天檢查校服的爭議。我揪出兩個把襯衣拋出褲頭外的傻小子，外加一個明顯把垂在前額的劉海染成雞冠紅的女孩。叫她站出來，她還噓一口哨，給我打個眼色，暗示給訓導折騰一番，上午的課大可罷免，正中下懷，她根本就想「休假」。她那沾沾自喜的表情不知就裡的肯定以為我是她同黨。罷了罷了，這所學校每天都混雜着諸式人等各取各需，君子有成人之美，一家便宜兩家着，我倒也接受了現實。正信步登樓返回班房時，冷不防林訓導從後撲出，攔截了去路。

「Miss Kwan，請稍留步。讓我們聊聊。」語氣這麼友善怎能拒絕。我立定，回頭顧盼她的表情，咦？一副來者不善的模樣。林訓導晃動背後的辮子，大搖大擺地走到我面前，一五一十數列

今晨的漏網：

「Miss Kwan，你沒有把違規的同學查出來，我在此通知你補充受罰名單：程強今天穿了藍色皮帶回校；莫秋心，穿了有娃娃圖案的內衣；曾小米，校服裙子比校方規定的短了半吋……」

「慢着，你怎麼肯定曾小米裙擺欠了四分？」

「我把疑犯一一拉去量度。」

我睜圓杏眼，驚疑她不慎吐出的兩字：「疑犯？」林訓導只教英文，經常用詞不當，借中文不夠好暴露了心腸。腼腆地搶答：「女孩子露出大截腿瓜，一看便知不妥當，我可十分客觀，叫她們一字排開，度量清楚才記手冊。」

「量度？」我的眼睛竟可以再放大。找甚麼來度？她陰滋滋地翹起嘴角，低聲告訴我：「我叫她們在操場上跪下，裙子不能及地的就算犯了。」我連嘴巴也放大了，跪地？她給我連珠砲追問，受了壓，手遙遙指向有蓋操場，不再說話。逕自離開。我看看那些放在有蓋操場上的、體操用的毯子，想像女學生跪膝等候發落的情景，活像書裡看到的文革揕批的知識分子，心頭抽搐，冷不防林訓轉回來跟我說：「還有，曾小米今天特別不合作，我給她記了缺點，你得好好教訓她。Miss Kwan，請你以後不要那麼寬鬆。裙子有可疑的請量一量。我每天都把毯子放在操場上。」

這機制算是哪門子的檢查校服呢？我委實無法置信。如何能想像，像曾小米這種不知天高地厚心高氣傲的黃毛丫頭，甘心跪在「惡」貫滿盈的訓導面前？心裡不知怎的，對平素反叛的曾小米，泛起一絲同情。

每早我不肯要求疑似裙裾過短的學生下跪，因而經常走漏了，與訓導產生的嫌隙便無日無之。直至有一天，她來勢洶洶的找我，警告我要用地毯子查裙，否則全班女生每天都要跪下檢查。我不知哪來的氣，堅持不屈，為了捍衛學生的尊嚴，誓死不肯。兩人僵持了一會，林訓倏忽軟化，柔聲說：「Miss Kwan，

以後你忙你的，3D 班全校最皮，他們的校服由我親自查。」我立時愣住，料不到她有此一着。再細想也無妨，便嬉皮笑臉應道：「有勞了。」

自此以後，我總覺得她那雙烏眼老吊在我背後啄磨我的背項。同事說她已向校長參了我一本，告我甚麼？告我不肯合作？聽說，Miss Lam 的意思是，我不肯負班主任應付的責任。老師執行訓導任務，有權把學生當成罪犯嗎？即使我那 3D 班是弱班是壞孩子，我們也沒有權利羞辱他們。只是，別人傳來的聽聞，我又豈能完全當真，信耳朵而不信眼睛。

我當然沒有資本發難，這點連學生也看穿了，跟着我一同啞忍着，竟顯得分外合作。如是相安無事了一段短暫的日子，直至有一天，第一節英語默書，呆等了差不多半句鐘，學生還未回來，教室空蕩蕩的，當下焦慮不夠時間先跟他們溫習。空槍默寫，必定全軍覆沒，怎不教人心頭忐忑？我朝操場探看，不看猶自可，一看就窩火。遙見十數名女學生排排跪在地毯上，林訓導就在前面逐一審查。這鏡頭很眼熟啊！我想起中學時看過一齣南京大屠殺的紀錄片，片中中國人跪在地上，兩手垂扣在後頭，毫無國家尊嚴的等候槍斃。憑我如何鐵石心腸明哲保身，也斷不能淪為魯迅筆下所謂看客。愈想愈氣，急欲拯救學生，或許用默書作理由，請求暫緩檢查，但緩兵之計今天用上了，明天呢？如何應付林訓的嘴臉？

正在躊躇，一個小老鼠頭似的學生沒頭沒腦地跑回來，嘀嘀咕咕：「熱死了，快熱死了。」我問：「檢查完了？」他短髮尖上攢着汗珠，煞有介事地回話：「沒有，校長找訓導老師，神色凝重，叫我們先回來。」眼珠閃閃爍爍，輕聲補充一句：「似有不可告人的事發生了。」我愣住了，稍一失神，已不察覺大夥兒已返回課室，鬧鬧哄哄。我正要發號施令，所有人回歸座位，卻發現班中最高個子的歐陽振鴻不見了。這崽子生得高大俊俏，虎背熊

腰，若不開口，以為他是快畢業的領袖生。但人不可以貌相，他事實上卻是 3D 班最爛的壞分子，天生欠揍型：所有習作逢四進一，四份家課總欠三份；那部英語文法作業，同學在寫第九課的答案，他還停留在第二課。此外，八成上課時間都在睡覺；兩成清醒時段總在騷擾同學或擾亂課堂秩序；小息經常跟人打架，所以老師們寧願他打盹。除了因為每天有專用司機管接送，不會遲到早退之外，恐怕沒有哪條校規他是沒干犯過的。他缺席倒好，課堂輕鬆了一半。

我揚聲問：「歐陽振鴻呢？」

「給警察揪住了。」程強人如其名，好勝逞強，凡事愛出頭，迫不及待彷彿爆料熱線。我來不及消化理解，莫秋心已搶先一步把話往我的耳朵送：「真的，我看見警察進入校務處，不久，校務處的王太便氣急敗壞的找 Miss Lam，Miss Lam 叫了歐陽振鴻跟她見校長去。」給青少年們你一言我一語，即使看來事有蹊蹺，我也得裝作若無其事，反正姓歐陽這小子不在場，課堂的秩序便正常得多了。

果然，課罷沿教室外走廊信步返回教員室時，遙遙便目睹兩名軍裝站在校長室門外，神情嚴肅，像裡頭是甚麼重犯要把守住。整個上午，不曾見過歐陽振鴻的蹤影。歐陽振鴻在校園打架欺凌，早就不是新聞 —— 就算他是械鬥，也犯不着濫用警力對付。看氣氛似乎非比尋常，難道歐陽振鴻打傷了同學？搞出人命？愈想愈不敢想下去，他這崽做事不顧後果，甚麼做不出？只是，出動警察似乎有點……

我經過教員室旁的會客室，從玻璃窗側望，隱約看見一名軍裝警員向着歐陽振鴻訓話。雄糾糾的警察比他高出一個頭，從未見過歐陽振鴻垂頭喪氣，終於縮成學生的模樣。到底他犯了甚麼事？平時討人厭的歐陽那副滿不在乎、趾高氣揚的模樣消失殆盡，如今讓人倒有幾分同情。午飯時林訓導終於前來解開謎團。

用她少見的義正嚴辭，跟我細陳歐陽振鴻被警察扣查的經過，由於案情嚴重，我怕複述會錯失當中關鍵細節，直接引錄她的言詞如下：

「上個月學校為慈善團體賣旗的活動，事後該團體發現部分錢箱有撬開的痕跡，而且這批錢箱特別輕，懷疑有人偷去善款，於是報警，並通知了學校。由於錢箱編了號碼，警方按我們提供的名單順藤摸瓜，查出錢箱一批負責的同學姓名及班別，親到學校審查。」她連珠砲的交代案情，忽然讓人覺得校園變成了差館，我們變成了差館同僚。她手把手拉着我，詳細闡述查案經過，好像視我為忠實聽眾，挺有與我交心的傾向。

「我把涉案的同學逐一召來讓警方查問，起初沒有一個肯承認。他們當場抓住個最軟弱最怕事的容國業，拉開隔離一個小時，再跟他說警方已掃了指模，得到有力罪證，疑犯難逃法網，他也別想脫身，除非轉做污點證人，指證主腦，則可免死罪。」她眼睛本來也不算小，講到「主腦」一詞，眼珠瞪大，教我不知如何應對，只好默默傾聽承認一切。我其實早已被她的形容詞搞得瞠目結舌，還可以怎樣回應。學生受不住引誘偷竊，在這種三流中學屢見不鮮，問題是弄到警察入校查案，倒是第一次聽聞，而且，所涉金額無非數百元，卻勞師動眾。在她口中，更是宗涉及疑犯、罪證、死罪的盜竊案，我委實無詞以對。

「好厲害，這隔離法我將來也可以仿效。那個容國業嚇得面無人色，一句鐘後見到警察叔叔馬上直認不諱，同黨人數又比名單上多出數人，包括龍頭歐陽振鴻——」

「怎麼可能？歐陽振鴻家境富裕，天天有司機開名車來接——」

「你有所不知，Miss Kwan，歐陽振鴻這種敗家子，當然不在乎錢財，他只想在同學面前耀武揚威，把偷來的錢發散給同學，自己一毛錢也不屑拿掉，還每人加送一瓶汽水慰勞，以示大哥風

範。警方查出，歐陽振鴻是幕後主腦，其他只是聽令於他的幫兇。他教他們撬錢箱不果，又大力把錢箱敲，最後用尺子把錢摳出來，然後分給負責錢箱的同學。以為錢箱較輕，別人只當是滯銷，神不知鬼不覺，卻不為意錢箱蓋口撬花了，留下蛛絲馬跡。」這時，林訓導嘴臉露出實在難以言喻的陰冷，似乎對警力的介入甚感愜意。平素倨傲不馴的黃毛小子給警察盤問，不知作何感想？

「大家都招認了，因為只是歐陽振鴻一個人摳錢，他們頂多是使用贓款，大家為求自保，都一一把歐陽供出來。歐陽振鴻盜取他人財物，照例要拘捕上法庭，但剛巧他尚差十多天才夠十五歲，偷竊時只有十四，警方念他初犯，年紀又小，決定不落案起訴；但必須給警方口頭警告，把善款全數賠還，並通知家長，校內作嚴厲紀律處分。」

真沒想到，經上次衝突，竟然還可以與林訓導面對面詳談。可是剛把案情釋述後，她馬上又回復鸚鵡眼神，緊瞧着我，厲聲說：「Miss Kwan，剛才歐陽振鴻在錢包裡已掏出一張金牛，說足

以填補善款有餘，希望老師手下留情，結案後不要告訴家長。」甚麼？身懷的巨款根本就夠他用來分給同學，偷錢只為了表現自己，貪圖英雄美譽？這傻小子倒有幾分天真，幾分可愛，幾分無知，幾分可憐。「事情告一段落，也不必驚動他的父母吧？記大過寫手冊便了事。」「不行，要見父母，動用警察審問，可得向父母交代。」我已記不起我們是怎樣結束對話，只記得她最後拋下的一句，來不及琢磨她的吩咐，只得默默消化整件事的匪夷所思。紈綺子弟偷錢演豪氣，驚動警方妙計套真言。簡直是八卦雜誌的命題。

每回歐陽出事，約見家長，只來了一位顫巍巍的老公公，拿着黑色鋼骨長雨傘，穿着灰色筆挺西裝，說是他的外祖父，父母忙於生意不能來。來到學校總是左一句請老師多多包涵孫兒，右

一句多謝老師悉心教導，像重播錄音，毫無真誠，卻彬彬有禮，無可指責，大筆一揮把大名簽在手冊及大過記錄表的家長確認一欄，不忘最後押上「我回去得好好教訓振鴻」的空頭支票，如沒事人般了結。這次林訓堅持要見父母任何一方，理由是驚動了警察，不親見家長恐遭投訴。唉！心想，若非慈善團體報警，便只屬歐陽振鴻校園生活的點滴而已。當天下午，我打了不下二十通電話到歐陽家，又嘗試致電學校記錄的家長手機，若非無法接通便是聯絡不上。一會兒有印傭聲稱歐陽先生和歐陽太太不在家，一會兒有疑似歐陽太的女聲回話：「打錯。」晚上再聯絡，對話更是離奇：

「喂，我是渾海中學 3D 班的班主任，請問歐陽振鴻的父母在嗎？」

「甚麼？等一等 ——」

電話那邊明顯在商量，然後回覆：「他們不在，我叫他的外公來學校吧。」

「我是歐陽振鴻的班主任，有關他的一件重要事，務必請父母來見一見訓導主任和本人。」

「電話裡講不行嗎？」她的身份暴露了，我立刻乘勝追擊。

「你想我在電話向你交代振鴻的事嗎，歐陽太太？」

「我不是！你打錯了！」電話給掛斷了，非常突兀。

這種欲蓋彌彰的閃躲，勾起了我的好奇心，更不想單單見外公。我構思了一個計策，就是在深夜十二時再致電，先不現身：

「請問歐陽太太在嗎？」

「你是誰？」果然十分謹慎，生怕別人認出身份。

「我姓關，有重要事找歐陽太太，你是歐陽太太嗎？」

「嗯 —— 我是。」

這招逼供成功，我馬上殺她一個措手不及：「我是渾海中學的關老師，代表校長通知你，貴子弟參與賣旗籌款時私取錢箱

款項，被警察查出，證據確鑿。校長要求父母明天下午來學校一趟。」我沒有空間讓她拒絕，只容許她回我一個明確時間，翌日下午下課後三時四十五分將首度與歐陽太太相見。竟然，約見家長，比緝拿偷錢賊還吃力，簡直以為自己當了差。

以為有機會與林訓導共患難，一同面對歐陽的真正父母是何方神聖，卻原來只是一廂情願。林訓導沒打算陪同我見家長，只囑咐另一位訓導主任程老師來支援。程主任是著名的好好先生，對誰都不會產生威脅，天生一副慈眉佛目，對付傳聞是江湖大佬的歐陽家族，不知可不可靠。

我硬着頭皮，向歐陽太太陳述振鴻的犯罪經過作開場白。只見歐陽母親曲髮染了朱紅色，身穿的緊身衣釘上閃閃生輝的片子，構成一副妙齡少女搔手弄姿的彩圖，包裹在臃腫發胖的身軀，十分觸目。她目露兇光，一副來者不善的架勢，與這身打扮滑稽地毫不相稱，沒等我把話說畢便橫插一句髒話：

「他媽的，我兒子犯了甚麼法？要找警察來『盤』他！他會偷錢？我告訴你，他絕對不會偷錢！絕對不會！他爸爸每天給他五百元零用，要買甚麼吃甚麼都一一供應齊全，從沒有推搪。我告訴你，他根本不需要偷錢。可憐他年紀輕輕，你們犯不着要找警察來『兇』他。堂堂男子漢，回家哭成淚人。我孩子是有點頑皮，你們就一直針對他，你們『屈』他，要當心你的下場！我認識和勝安的龍頭，我也認識這『環頭』的高級警司，我有親戚是教育局的高官，你整他！以後上街要當心。我要投訴，要報警，叫你校長來見我！」她粗暴巨吼中夾雜着背語，像黑社會在講數，彷彿黑白兩道都要怕她三分，我瞠目結舌，一籌莫展，不知如何運用溝通藝術。想不到平素溫吞的程老師竟發揮了作用，本來一直不發一言，保持嘴巴微微上翹，這時柔聲說了一句：「歐陽太，我現在便帶你見校長，不過，也請你先冷靜下來。」真有四兩撥千斤的法門，那女子竟願意按兵不動，閉口靜待我們有甚麼

板斧。

　　「令郎當然不需要這筆善款，但根據警方查證，確實查出歐陽振鴻同學偷了錢箱的善款，用來派給友好同學，一共七百三十六元四角。警方在學校當場把歐陽振鴻拘捕，記了口供，振鴻在警察面前認了罪。警方若要落案起訴他，我們也阻止不來。我們請你來，就是一起商量商量，看看有甚麼辦法幫助振鴻。」那歐陽太愣在當場，張口講不出話。真是有眼不識泰山，平時訓導工作馬虎了事的程主任，巡視排隊秩序，總看不見學生聊天，現在卻露出真功夫來。結果，我從容地承接上文，交代警方姑念初犯，暫時只作口頭警告，就是她口中所謂的「兇」。當然為免振鴻重犯，學校記過示傲是少不免的。但望盡快結束對話，讓她簽署大過記錄表兩不拖欠。那歐陽太太聽聞只記大過一次，緊蹙的眉頭馬上放鬆，連聲道謝。臨走前不忘回頭跟我保證：「我老公平時帶領手下過百，沒有一個不服氣。我回去叫老公教兒子，無論如何，一世都不再沾『黃氣』，放心。」她像輕舟已過萬重山，挺起胸膛自信地大踏步離開時，我一面疑惑，向身旁的程老師問：「他家做甚麼生意？」程老師似笑非笑，聳肩打趣說：「黑社會。」怪不得三句不離本行，我開始明白為甚麼林訓導不肯在場，事前之所以跟我詳談，都在於為她不想收拾殘局鋪墊。那麼可怕的怪獸家長，見一面也嫌太多。這事以後，歐陽振鴻當然還是故態復萌，無甚改變。只是我對他多了一分同情、理解。

　　聽聞警司曾提醒校長，不能忽視校園罪案，若有學生犯法，必須通知警方。警校合作，防止罪案云云。校內的盜竊事件卻並未因警察入校而受阻嚇，相反更變本加厲，不時傳出學生給偷了銀包或手機的事件。

　　有一天，教數學的張 Sir 手拿數本禁書掩掩映映，包括甚麼漫畫書《新龍虎門》、色情書《砵蘭一夜情》，拋在桌上大叫：「又有傑作！」陳 Sir 好奇地探頭過問，像發現新大陸，把書拿來翻

掀，手不釋卷，邊看邊自言自語：「哪班傻小子當災，給你沒收得乾淨？」我睥睨他們的言行，在教員室毫不檢點，不想跟他們搭訕。「不是沒收，是賊贓！2A 班的錢梓洋偷了別班的手提電腦，在他書包檢獲電腦外還有這些刊物。他聲稱不是他的，是今晨從操場上一個不知名的書包潛取，根本查不出也不知物主是誰。」教美術的 Peter Ko 剛巧經過，手中拿着兩支球拍，扔一支給張 Sir，說：「沒收了就自用，查？哪查得出來，打球吧！」兩人竟在教員室打起羽毛球來，球來球往，又不是教體育的，忽然愛上運動來，還大聲討論近來從學生回收的熱門色情書刊，一點也不臉紅。

　　我心惦記着班內曾發生學生錢包不翼而飛的事件，正惆悵不已。因為我讓他們先回家，給林訓導責備：「要是把學生關在教室中，把每名學生的書包搜查，便知道誰是偷竊者，現在放虎歸山，怎樣查！」她要求我一個星期內查出真兇，否則學生那錢包凶多吉少，何況家長追究起來也教人頭疼。我開始深深感受到，現在教學與當差無異，成天諸多案件要查，真叫人疲憊！

　　「聽聞近來最大宗的盜竊案，是甚麼？」張 Sir 忽然大驚小怪，嚇人一跳：「教員室列印機失竊事件啊！」陳 Sir 不參與球事，卻又探頭打岔：「Miss Lam 開始懷疑校內有慣犯，向校長呈報，要求撥款裝置針孔攝錄機，務求人贓並獲。」Peter Ko 不知何時，停止了打球，憑窗向外張望：「這教員室設在二樓，要攀越圍牆偷入教員室也不難。要逮住這種街賊 —— 難啊 —— 」張 Sir 活像熟知情報的線人，急着補充：「我肯定，是家賊！你不見圍牆上裝置了鐵鈎網嗎？再專業的賊也知難而退。我認為是自己人幹的，我們常忘記關窗，只要在校園範圍內，爬進教員室有何難。」陳 Sir 插話：「那可能是學生所為。」他們你一言我一語討論針孔裝置，一致認為訓導管到老師頭上來，借防盜為名，攝錄教員一言一行，監管教員為實。我覺得不能理解，加上辦公室傳聞，不能當真，故沉默不語。

直至 Miss Lam 發急告收集意見，方知 Miss Lam 也並非盡得校長歡心。校長認為在教員室安裝針孔攝錄機，須徵詢老師同意，以每人一票，少數服從多數的方法表決老師意向。這陣子但見 Miss Lam 四處奔走，爭取票源，務求支持方案。我對這事本無甚意見，最不明白為甚麼她這麼着緊，非要裝設攝錄機不可。Miss Lam 藉口快要考試了，課業為重，竟停止了所有校服檢查，連排隊早會也改在教室裡聽報告，簡直皇恩浩蕩，不似她的作風。她似乎一股兒集中火力，專心拉票，誓保成功爭取安裝為止。你看，她每天可憐兮兮，低三下四地跟每一名老師解釋利害，完全一洗往日高傲兇猛作風。以下是她說服我的理由：

　　「Miss Kwan，我希望你支持我的想法。安裝了攝錄機，可以防止教員室的失竊案。這政策無非保護老師的財物。無論是街外人或校內學生做的，我們都不想有大額損失。」

　　「通知老師不要放太多財物在教員室不行嗎？」我曉得插嘴是無禮的行為，惹得她瞪視我數秒也是活該，只是沒想她換上柔和臉色，繼續以三寸不爛之舌游說，看來不到黃河心不死。

　　「其實也是一個防衛措施，學校撥款，對你沒有損失。」

　　她看見我稍為猶疑，馬上遞出一盒巧克力，笑吟吟地說：「你支持我吧，我常在學校工作到夜深，所以把很多私人物品放在學校，也怕失竊。」

　　「校長會不時看我們的錄影。」我又插嘴了。

　　「讓我告訴你一個秘密。校長本來就不想安裝，假裝民主讓我們反對了事。我建議的型號也是最便宜那種，根本不夠安裝連線和接收台。我忿恨校長慳吝，才跟你說。」如是，我在半推半就下彷彿答允了。

　　可是，後來我又反悔了。因為快將投票前夕，教員室傳出令人憤怒的內幕消息。林訓導如此努力說服同事，是為了以成功裝置攝錄機換取副校一職。更駭人聽聞的是，投票無非是校長假

民主的緩兵略謀，待大家習慣了攝錄機，他再偷偷在校長室安裝接收器。當時在教師之間瘋傳，甚至有林訓導甘為鷹犬的講法。作為一個初出茅廬的人，無才可恃，無勢可倚，對是非毫無抗逆力，加上某天親眼目睹林訓導從校長室出來，手裡拿着一疊文件，神神秘秘，我便下了他們枱底交易的判斷，下了阻止助紂為虐的血氣決定。

結果只差一票，林訓導落敗，以為事件告一段落，之後趕上試期，校園也再無校服可查，盜匪個案要捉。我那票算是關鍵票嗎？我不知道。只知記名投票，肯定是校長秋後算帳的陰謀。此事之後，林訓導再沒有跟我對話，每次在教室外走廊相遇也視同陌路，有時碰上她的烏眼，迸射出一道視我殺父仇人的銳光。

本來自覺有點愧疚，沒有生氣的資格，但她竟公報私仇，私下把我交出的試卷題目以文法不通為由全部修改，及至開考當天才發現。不用說，沒有針對性複習下的 3D 英語期終考全軍覆沒，我裡頭吃了苦，也就更不屑跟她和好了。

完約之後，我自然沒有續約的機會。難以想像，我剛離開，Miss Lam 就放棄了訓導，轉戰德育組。一年後，聞說她也離職。至於我，金融風暴捱過了，由浮浮沉沉到正式走入商界大展拳腳，也要好幾年的掙扎，因為際遇，也真的有點後悔當天投票的決定，所以下意識把這年攝錄機的風波撥入黑洞，視為不想記憶無法遺忘的人生黑點，以後也別向人提起。若干年後香港經濟全面復甦，我在報章上看到 Miss Lam 的名字：新一屆特首辦公室的高級行政人員。換了一頭麻利的短髮，名牌套裝，拿着公文包，意氣風發，高薪厚祿。唯一沒變的，就是那雙沒有感情交出的鸚鵡眼睛。我想，我和她一樣，根本就不該吃教書這行飯。

寫於 2013 年 6 月 4 日

原刊《香港文學》2013 年 8 月號，經作者修訂。

無需要太多

◎ 張婉雯

　　早上，睜開眼睛的時候，球叔見到露台外滿滿的陽光，心情便不由自主地好起來了。去年在垃圾站撿來的朱頂蘭，今天終於盛放了，粗壯的花莖從泥土裡向上伸展，橙紅色的、碗大的花朵探出晨光中，搖搖地迎風站立着；花盆旁邊是一雙洗乾淨的球鞋，鞋跟有點磨蝕了，一雙鞋便往左右兩邊稍稍傾斜，像一個小男孩，拚命要踮起腳尖，看看前面有甚麼似的。前一天晾的衣服都乾了，灰藍色的汗衫晾在衣架上，肩膀的部分撐起，衫尾的部分不時往上飄，那是鞦韆架上的另一個頑童，不住地想往上攀。高一點，再高一點……

　　球叔坐起身來，往牀頭摸着眼鏡戴上。今天的天氣是這樣的好，趕緊把衣服洗了，然後到街上走走去！於是球叔起牀梳洗。他仔細地洗了頭，洗了澡，洗了臉，刷了牙；又把頭梳好，把浴室和馬桶擦乾。之後，他把剛才換下來的睡衣，連同昨日穿過的衣服，一股腦兒丟進膠盆中，放水浸了。衣服得浸一會兒，這樣才洗得乾淨。球叔趁這段時間，在廚房弄早餐。麵包在冰箱的第二層。雞蛋在冰箱門的架上。芝士在麵包旁邊的膠盒裡。蕃茄在最低層的抽屜裡。球叔把材料拿出來，做了三文治，盛在碟上，又給自己沖了杯咖啡。電視播的都是吵吵鬧鬧的新聞，球叔看着不解，便把電視關上，專心吃早餐。以前當送外賣時，球叔習慣吃一份豐富的早餐，好應付一天的勞碌，也省點午飯錢。如今這個習慣也沒有改。

吃過三文治，洗過衣服，晾好，也把乾了的衣服收起摺好，澆了花。球叔換過衣服，便出門了。上班上學的時間已過，樓下公園都是些公公婆婆，有的在聊天，有的在賭錢，也有的只是坐在那裡發呆。球叔信步走着，忽然有人在身後拉着他的手臂：

　　「阿叔，一百蚊，你鍾意點都得！」

　　球叔回頭一望，是一個中年女子，穿吊帶裙，一張臉沒化妝，卻只塗了大紅的唇膏，顯得兩頰的暗瘡更是密麻麻。球叔搖搖頭，推開她的手，她也就識趣走開了，轉而向球叔身後的另一個中年男人兜搭。那個男人停下腳步，彷彿和女人討價還價起來。球叔又搖搖頭。這滿臉的暗瘡！看上去真齷齪啊！

　　不知不覺走到巴士站。剛巧往油麻地的巴士來了，球叔便上了車，把女人忘記了。

　　彌敦道是另外一個世界：繁忙、悶熱、潮濕。迎面而來的路人不住碰上球叔的肩膀。有些人會回頭看他一眼。當中有一個，高高大大的，身上穿的也是灰藍色的汗衣，看上去比自己年輕，大約四十多歲，腋下夾着報紙。公廁就在拐彎的不遠處；球叔看着他的背影，想看看他要到甚麼地方。結果這個人走進一家茶樓裡去了。球叔有點失望，只好繼續往前走。時候尚早，信和中心裡營業的店舖不多，不過那家二手唱片店倒是開門了。球叔走進去，發現張國榮和梅艷芳又出了新的精選唱片。球叔把梅艷芳的那張翻到背面看 —— 還是沒有〈似是故人來〉。球叔嘆口氣，放下唱片。

　　剛踏出信和中心，電話便響起來了。是姊姊。

　　「在幹甚麼？」姊姊問。這是她慣常的開場白。「吃過飯沒有？」

　　球叔看看錶，原來已是中午十二點。

　　「沒甚麼啦，周圍逛逛。」球叔答。

　　「有甚麼好逛？天氣這麼熱。」姊姊慣常地批評，「今個星期

日上來食飯啦，我煲湯。」

姊姊每個星期都叫他上她家吃飯。姊姊是球叔最親密的女人。

「哦。」球叔答。他習慣聽姊姊的話。

中午過後，街上愈來愈多人，氣溫也愈來愈高了，球叔覺得身上開始有點汗味，便連忙走進商場吹空調。走在前面的是幾個說普通話的旅客，有男有女，還有一個小女孩。他們忽然在一家珠寶店的櫥窗前停下，對住那些鑽飾指指點點。小女孩大概有點無聊，便在大人身旁自個兒唱起歌來，揪起裙擺旋轉，一不小心便撞在球叔的腿上。她抬起頭，看了球叔一眼，也不道歉，只退後兩步，然後繼續自己的表演。球叔皺起眉頭。這世上，除了兩個外甥，所有小孩子都是煩人的，球叔想。

早餐吃得飽，午餐只吃個麵包就夠了。球叔涼夠了空調，便走到新填地街的那家麵包店買了個紅豆包。商場裡的麵包店太貴了。球叔慢慢走，免得又出一身汗。他不喜歡自己的身上有汗味，怕不招人歡喜。

街逛過了，麵包吃過了，心裡踏實些了，球叔在慣常的長椅上坐下來。長椅的對面的是公廁。坐下不久，他便看見一個白淨的年輕男人走進公廁去；然而男人很快便出來了。倒是一個光頭的，進去後久久還沒出來。不住有人進進出出，等了一會，球叔覺得差不多了，嗅嗅自己，汗味也不大，便起來走進公廁去。尿兜那邊沒人；果然，第二個廁格門後有半個光頭露了出來；球叔覺得好笑，連忙掩着嘴巴。第三個廁格的門也是虛掩的。球叔瞄進去，竟見到一件灰藍色的汗衫──球叔覺得自己的運氣真是太好了。

他連忙走上去，指着自己張開的嘴巴。

那天傍晚，球叔回到自己的家，疲倦但滿足地倚在沙發上。他知道自己年紀大了，這樣的好事不會常常發生。球叔心裡禱告：希望過幾次再遇見！不要下一次，不要太快，太快再來就不

好玩了 —— 遊戲規則是如此的。

　　球叔任由自己再陶醉了一會；朱頂蘭在夕陽中彷彿有點疲態，卻又更嬌艷些。然後，整個的太陽終於下沉了；夜幕在「東張西望」的背景音樂中，無人為意又完完整整地降落人間。在沒有開燈的客廳裡，球叔捧着湯碗，痛快地把蝦子麵啜進嘴裡。吃到一半，他忽然想起，便放下湯碗，摸着摺枱的邊緣，伸手攀到電視櫃，借着外面的光線，找到之前買的，張國榮的精選唱片。他把唱片放進光碟機裡，藍色的跳字燈便亮起來了；像一點藍色的、煤氣的小火焰，卻是冷冷的，只有光，沒有熱。唱片在光碟機裡轉動，「沙沙」地響，終於轉到某一處，響起熟悉的歌聲。那是球叔最喜歡的一首歌，無需要太多。

原刊《字花》2013 年 9-10 月號

審死書

◎ 陳汗

　　農曆年的除夕夜香港發生了一宗世界級命案：書店老闆羅志華 2 月 4 日在九龍西部的大角咀合桃街貨倉整理書籍時，被二十多箱圖書壓倒活埋，不幸失救致死，屍體腐爛 14 日後才被發現。

　　這是已知的人類歷史上從未發生過的慘劇。羅志華英年僅四十五，學歷不高唯一生愛書，從三聯書店店員做起到承辦青文書屋二十多年，一直與書為伴，訂書、收書、包書，給書分類上架，給書印發宣傳單張，以前賣書還要繁瑣的用筆記簿把書名逐一記錄的，直至書有了條形碼……他還出版書，物色作家、主編、找設計，發行，先後有十二部書拿了香港文學雙年獎，他創下了香港一項紀錄，然後他破產了，書店倒閉了，他連手機月費也交不了，可是仍然不放棄不捨得放棄不捨得把書當廢紙賣掉，把可憐的又笨重的書一箱箱搬到工廠區一個小貨倉，他的腰曾經因為搬書傷過……那天快過大新年了，家裡人等不到他回來吃團年飯，老打電話沒人接，然後工廠大廈放假了，然後為了迎接戊子鼠年及北京奧運的來臨，這年的新春國際匯演特別隆重，尖沙咀鬧市出現了美輪美奐的花車，還有來自世界各地的步操銀樂隊、舞蹈團、小丑，以及本地的舞龍舞獅……然後維多利亞港上空煙花盛放……在他失蹤兩星期後，隔壁聞到了惡臭，報了案，然後。

　　誰也想不到這事件引發了社會尤其是文化界巨大的反響，報章上罕有地大篇幅登載了悼念的新聞，緬懷、哀嘆、悲憤、荒

誕！他死的太諷刺了、太離奇了、也太卑屈了太慘了。

警方調查後認為並無他殺的可疑，家屬也接受這殘酷的事實了，可是三個月後我接到了法庭的傳召要出庭作供！難道抓到了兇嫌？他一個人在狹窄的貨倉裡，難道他被黑社會追債？有人推倒了書架？書架沒有倒，只是書倒了，有其他傷痕嗎？門一帶上便鎖了，會不會他沒關嚴，誰偷偷的尾隨⋯⋯

我看漏了眼了，是羅志華的死因研訊！

通常，犯人或疑犯在政府看管下死亡需要向公眾交代，家屬因醫療事故要追討責任，這才開死因庭的。難道貨倉管理疏忽，可能牽涉賠償？有可能。

不會是自殺吧？

我離開香港文化圈有好一段日子了，當然這事情上我義不容辭。打了些電話，原來很多朋友作家、教授、主編、報社社長、書商、出版商、詩人、電視台主持⋯⋯都在證人名單上。剛好我完成了手裡一個電影項目，其實項目並沒完成，只是我不被需要了。公司在深圳租給我的一套二居室我暫時不用搬走，羅志華曾經上來過，在他出事前兩個月吧，說他的太極師傅想讓他也去南非還是甚麼地方的武館幫忙，他好像動心了，可我不相信，他仍然活在他重開青文書屋的夢想裡，也許他真的出國了便能避過一劫，可是去了的話，他沒有死卻死了現在死了卻沒有死。這次，因羅志華之名，我們多年不見的文藝中老年將會從破碎和自憐中完成後現代的一張文化拼圖。

「前往柴灣方向的乘客請在北角或鰂魚涌轉乘柴灣線。」

我選擇了電車。

時間尚早，法庭書記通知我了，今天開庭肯定輪不到我作供。很久沒有回香港了，很陌生，很不真實。我以前住過北角，靠海那政府物料供應處倉庫一直頑固地拒絕拆卸，那是殖民地時

代的一座荒涼且正在層層剝落的美。是我的潛意識在抗拒嗎？電車在往後倒退……它不是往前去西灣河，而是逆時光的迎合着我的懷舊症。曾經是全球商舖吸租排行第三的銅鑼灣羅素街，那裡有一家豆腐店專賣各式風味的炸豆腐、水煎豆腐、釀豆腐、豆漿、豆腐花……半山上曾經是一條龍，現在還原為虎豹的萬金油別墅，那座突兀的浮屠白塔，那幼稚、庸俗、卻已經成為我們歷史和身體一部分的十八層地獄。跑馬地天主教墳場門口一副對仗不工的輓聯：

今日吾軀歸故土，
他朝君體也相同。

巴路士街口在英皇證券大樓金碧輝煌的照射下，以前，你可以聞到熱氣騰騰那大排檔的絲襪鴛鴦、蛋治西多士，另一檔八角牛腩麵飄香，有人埋單，瘦骨嶙峋的道友夥計引頸一喊：「開嚟十六個八！」

電車經過，看到青文書屋在二樓亮了燈。送貨的坐電梯上二字，還得爬半層樓梯，沿牆邊貼的各式海報拾級而上：青年文學獎徵文比賽、灣仔藝術中心詩朗誦會、雲門舞集來港演出《水月》《竹夢》、馬賽·馬素藝術人生最後一場啞劇……青文書屋的墨綠色燈箱在門口恭迎，墨綠色地毯，天花白色的木條間隔垂下些藤蔓，排排座座墨綠色的書架白色的櫃門，一扇拱形白框玻璃窗投入安靜的午後陽光……新書到了！從中港台以至歐美遠道而來，就好像作家、教授、詩人……入住一間小旅館，親切、雜亂、狹仄而空間無限。深夜時分，疲倦、邋遢，嘴角卻含着幸福感的羅志華伏案假寐，他手上校對的稿件永遠完成不了似的，當夢想照進了現實，書架上的精靈下來寒暄，或高談闊論，或演說，或爭辯，沉思着文學、歷史、哲學、藝術、社科、政治、環保、商

業、電影……

「為甚麼不賣教科書？教科書賺錢呀。」

第一個出庭的是大廈當值的管理員，他作供稱，當日九點吧，他巡更到上述樓層，聞到像死老鼠的劇烈臭味……

「不是鄰居一個清潔女工先聞到，向你投訴你才上樓巡查的嗎？」

「啊是的，一樣嘛。保障大廈的安全是我責任！……我按門鈴、拍門沒人應，我馬上報警咯。」

「農曆年你放假嗎？」

「不，新年爆竊案最多的。」

「你在年初一巡更時，沒聽到貨倉裡傳出甚麼聲響，喊救命？」

「沒有。」

我錯過了法官開庭陳詞，旁聽的除了家屬記者還有很多人都是文化界的，一位老詩人形容我們這次是參加「以死亡為主題的、沒有戴面具的嘉年華」。五名陪審團在法官左側，律師反覆的盤問管理員，也許想找到他們失責的證據吧。

「不可能吧，出事後兩個星期你們才發現有異味？你知道嗎？如果你在年初一到年初三這期間內及時把羅志華送院，他是有得救的。」

下午，律師和管理員還繼續纏個不休，原本安排好的出庭次序給打亂了，法官在今天聆訊結束前不得不提醒陪審團：

「本席知道，在座各位都是知識分子，高級知識分子，而本案也是關乎文化界一名備受尊重的圖書商人的不幸事故，查明其死因對社會大眾、尤其是我們這個被喻為文化沙漠的香港，有重大意義。本席希望陪審團的注意力集中在羅志華的致死原因上，而非事故的責任上。嗯……比方說，電影《莫札特傳》裡面天才的

莫札特英年早逝，原來是一名宮廷音樂家出於妒忌，出錢聘請莫札特寫《哀思彌撒曲》，甚至在他病重時還不斷催促他，結果把他逼死了，這個事實終於被揭發。各位，找出真相是本法庭召開的最大和唯一的目的，陪審團可以向社會提出建議，以避免往後再發生同類事件。」

旁聽席上引起了一陣哄動，居然連法官也附庸風雅一番，看來，老詩人所形容的嘉年華會確乎有先知般的預見力。

這晚上我們幾個，社長、教授、女小說家，電台台長久違了，在附近碼頭吃東西聚聚舊，海風吹不散悶熱，大家都避談羅志華，有話就留在法庭上說吧，可是法官剛才用「備受尊重」一詞來形容他，反而令人傷感憤懣。老詩人罵髒話了，羅志華生前受×××到多少尊重？他不善經營，嘮嘮叨叨，整天做白日夢，借錢借到人見人怕，青文書屋就毀在他手裡……

「不能這樣說，香港舖租這麼貴，二樓書店已經沒生存空間了。」

「對，是時代的悲劇。」

「他盡力了……盡力被淘汰了。」

電台台長曾經是第六屆青年文學獎籌委，他有份創辦青文書屋的，「青文」就是青年文學獎的簡稱，很多人都忘了吧。

「我們還年青嗎？」

老詩人為了抗議，借醉在碼頭向大海撒尿，對岸是東九龍的油塘吧，算不上燈火璀璨，我聽到身後電車的叮嚀，入夜回廠了。

香港的死因庭從來沒試過有一宗案件裁定誰要負責任的，死因庭就是個溫溫吞吞不癢不痛的法庭，所有醫療事故結論必然是「死於意外」、「死於不幸」，「死於自然」。病人手術後肚子裡留下了手術刀，中學生被記大過跳樓身亡，美容因靜脈注射不治……唉！該死的該死嘛！李小龍的死因研訊全港轟動，最為大眾

所關心，結果都差不多，只是湊湊熱鬧八八卦卦所謂有個交代。

　　第二天，警察 PC48710 作證，他是第一個到達現場的目擊者，當時他接到環頭指示到達上址大廈，在報案人 —— 也就是管理員帶同下上樓，業主已經打開了貨倉的鎖，門開了一半吧，被書還是甚麼東西頂死了，燈是亮着的，我看見裡面很多書，有些是從紙皮箱掉出來的，亂堆在一個人身上，是，是受害人。很臭！肯定是屍體的臭，我以前駐守過邊區，大雨或打風之後，經常發現有非法入境者在引水道被沖走，溺死了全身佈滿蛆蟲腫脹發臭，臭的唉怎麼說……很冤很冤你懂不懂？那種惡臭撲進你氣管裡氣管馬上收縮、咽喉窒息、肺抽搐、反胃……

　　旁聽的家屬爆出了哭聲！

　　法官和陪審團接過了律師遞過來的現場照片。

　　對不起，嗯，當時我也猶豫要不要進去，因為可以肯定裡面躺在地上被箱子和書埋葬的受害人不可能活了，血水都發黑了……但職責所在，我閉上了呼吸正準備……剛好白車到，救護員抬着擔架跑過來，進去了，不一會出來說沒了，真的沒了。他們另外召黑廂車來處理。按照守則，我必須留守，等法醫來驗證是否涉及謀殺或其他可疑的。他身體大部分被書堆掩蓋，很難說，如果腹部或要害地方插了一把刀或者有子彈傷口，那就斷正了！對吧？一定要法醫來驗證來我才完成任務。

　　「書架有傾斜或鬆脫的情況嗎？」

　　「甚麼意思？」

　　「書架有傾斜或鬆脫的情況嗎？請回答。」

　　「……沒有吧，你的意思是可能有人推倒書架？……那貨倉才一百來呎，白癡嗎有人進來也不知道？」

　　感謝法醫的作供平復了旁聽席的情緒，他很客觀很數字化：死亡時間 2 月 4 日到 5 日之間。死者 71 公斤左右，堆棧的書箱平均一箱 20 公斤，20 箱估計 400 公斤倒下來壓在他胸部和頭部。長

時間失血。一部巨型畫冊。手機。

手機因為積欠月費停用了，這是關鍵，對。他腰部長期勞傷難以發力。

餓。解剖胃裡是空的。

剛好除夕新年，他掙扎叫喊沒有被鄰居發現。對，連續七天假期。

離開貨倉門一米。

為甚麼選擇除夕回貨倉整理書籍。

合理的推測是這樣的，他打算挑選一部分書參加春節後的台灣書展，正當他蹬上梯子去夠高處的書時，書箱坍塌，直瀉下來，他被壓在書堆下，後腦重重着地，有可能當場昏迷了。

家裡人都等着他吃年夜飯，他卻回貨倉了，有這個急切性嗎？

這是個價值問題不是醫學問題。

老詩人宣誓完畢，急不及待的口占詩句：

「層層疊疊的書箱坍塌在他身上，

掙扎，十四天，

在書堆中喘氣、流血，

然後憫憫喘最後一口氣，離開人世。

他還有直覺時，試圖推開在身上的書。

他把青文書店關上了，將書運到老遠的貨倉去，他不捨得書，其情可見。

母親和姊姊、弟弟在家中等他回來吃團年飯……

電話不通。

唉，書呀輸呀，馬仔唔聽話！

煙花直射，盛世繁榮恭喜你恭喜你：

財色兼收，不勞而獲。」

當然他不是在庭上作證，他並沒有牽涉到羅志華事件裡，不在出庭名單上。

我們幾個人的經濟都有點問題，素常都是社長埋單的。剛才，七嘴八舌的分批高論，一時間全默住：六七瓶紅酒空了，或立或頹……

鼎沸人生中的靜物畫。

老詩人七十多歲了，離了婚一個人住公屋。煙照抽，馬照賭、詩照寫，喝醉了吐得一塌糊塗。他家裡還藏着一堆一疊歪歪斜斜發黃發霉的雜誌和剪報，星島日報新浪潮的詩作，王無邪的插畫……曾幾何時青文書屋上址舉辦過詩歌朗誦，老中青詩人咸集，書架間甚至樓梯口都擠得水洩不通，他慷慨抑揚高吟低頌把朗誦會帶入了高潮。那些美好的、浪漫的、激情的歲月伴隨着青文倒閉而湮沒無聞了。他眼睛不好，在報館看大版時視網膜脫落了，做過大手術，還：煙照抽，馬照賭、詩照寫，喝醉了吐得一塌糊塗。當年，他追求一個教會雜誌社的女編輯，跟我們說，她是他的女神，還別出心裁送給了她示愛的禮物 —— 一打女裝拖鞋！

哈哈哈哈……老詩人證明自己年青過，在柏拉圖鄙視的文學理想國裡他的童真和詩心不守規矩不按常理出牌不甘於寂寞，可是皮囊筋力大大衰退了，如今親人不在身邊，女神已老，朋友一個一個死去，只有詩、文學或文字的迷陷，只有社會繁榮富裕的淘汰與背棄，只有法庭公正或不公正的審判！

青文書屋曾經是一個小小的麥加聖城，曾經是我們青春的壇場。羅志華背負的不是十字架，是一箱一箱的書，他的寶血白流了，他沒有在三天後復活，他在十四天後腐爛發臭！他還沒有吃

他的最後晚餐。誰出賣了他？

　　我發現報紙傳媒都不怎麼重視這案子，不就如駕車三十五年的司機車禍死了，紮鐵工摔下被鐵枝插死，鱷魚先生在一次錄製節目時遭鱷魚咬死了，黑社會尋仇老大被砍十多刀送院不治，都是獵犬終須山上喪的例子，沒甚麼特別的。人死了還有甚麼好研究的？最後裁決的原因一定是死於不幸。法官面對在座的文化界教授、報社社長、雜誌總編輯、曾經提名諾貝爾文學獎的老詩人、小說家、香港電台普通話台長、DJ、鳳凰衛視主持人、大律師、無國界醫生組織總幹事、前 BBC 播音員、導演……他興奮得面紅耳赤、每個表情都特別有內涵、有文化深度、有創意。他在引導陪審團傾向一個更偉大、更震撼的判決。他提到了甚麼薩特的人類處境，旁聽席上發出了嘲笑，他臉黑了，他覺得被一群高層次的文化人小覷了，他要證明自己不比我們低，至少，他的判決要令我們信服、佩服。合理不合理誰說的準？

　　今天出庭作供的是我一生最好的朋友，他也是這次聆訊最重量級的人物，是青文書屋的真正發起人，也是背後青年文學獎的總工程師——人們叫他「老鬼」，這些年他失蹤了。大學時期，青年文學獎停辦了，是他重新召喚理想、把我們聚在一起為文學而戰，啊不，他心目中上下求索的不是文學，是文學運動，甚或是社會運動。可是這天他遲到了，還是早退了？自從幾年前他離開了一家新聞雜誌社，聽說一直失業，所有文學活動或社會活動都不見影蹤了。

　　今天先由青文書屋的前總經理出庭，82 年創辦青文，他是從旺角一家二樓書店——南山書店挖過來的。

　　「你現在還從事書業嗎？」

　　「不了。我退休了。我六十二了。」

「你在書業這一行前後四十多年了，剛好見證了香港二樓書店的興衰。青文書屋當年算不算一個成功的文化體現？」

「我不懂你意思，我是做生意的。當年由香港大學和中文大學學生會合辦的青年文學獎可以說是學運的表表者，嗯，我的意思是……你想想啊，看書買書的不就是知識分子嗎？由青年文學獎的人出來搞書店，會有幾多粉絲？我做青文書屋之前給他們發過書，他們在校內辦書展，每次都火爆，這是有力的數據。第五、六屆的『老鬼』畢業後跟我談開書店，延續青年文學獎在社會上的影響力，我一口答應了。我是做生意的，但也試過跟他們，一起去貼海報，還有些中學生『細路』，沿着灣仔電車路分幾隊出發。周末貼銀行外牆都沒人干涉的，但只能用膠紙；最痛快是地盤或者是倒閉的店舖，一大片！多壯觀啊！我們專找那些夜總會色情宣傳，用文學海報把那些裸女蓋過了，市容乾淨多了！哈哈，塗上漿糊，一邊貼，一邊唱《我的祖國》。嗨，老兄，你能不感動嗎？這是社會的正氣啊！文學的力量、文學的執着，這是青文書屋的精神……唉，我只是做生意的。」

「你為甚麼把青文書屋賣給羅志華？」

「這是董事會的決定。他很有熱情啊。」

「你看到書業財團入侵灣仔了，你所以激流勇退，讓羅志華踩進了一個經濟轉型的陷阱。」

「法官大人，我告訴你，我已經退休了。事實上，我退出了青文書屋，還另外在旺角鬧市開了一家樓上書店，一直慘澹經營。我看到香港的年輕人不愛看書了，青年文學獎的社會影響愈來愈低了，那些『老鬼』失業的失業，移民的移民，當了教授講師當了社會賢達但對文學文化普及運動無能為力了，香港有幾個作家能靠寫作生存？一本詩集能賣到 100 本嗎？老兄，我早就從大陸訂書，開拓另外一個市場了，可是這麼多年下來還是做不住，結束了一切都結束了你知道嗎？青年文學獎都變了老年文學獎了。」

我們聽着笑出了眼淚，眼淚中又笑出了當年。

羅志華是最後的武士道吧。當年啊，他以雙倍於其他投標人出價等於是以自殺性方式承接了青文書屋。對對對，不少文藝青年對青文或者是背後的青年文學獎都抱有文化憧憬，事實上，前總經理當年還以高價租下了樓上由青年文學獎得獎者籌辦的青年作者協會單位裡晾衣服的走廊作為小貨倉，變相給文藝青年補貼補貼。他能幫的都幫了，但文學是死路一條啊！

「你是否認為羅志華在經營上經驗不足，犯了錯誤？」

「我跟他意見不同，唉……我是做生意的。」

「老鬼」還沒有出現，也即是說青文書屋的創始歷史未能確認了。另一重要證人登場，他是青文書屋的分租人，專賣英文文史哲藝書籍，跟羅志華的青文一樣，同為一人書店。他跟羅志華獨立而又並肩作戰了好幾年，終於自己因中風而無力經營下去。

「羅志華中學沒有畢業，在三聯書店做店員，存了些錢和經驗，便貿貿然頂了青文書屋來做，你不覺得很冒險、甚至乎近於瘋狂嗎？」

「所有偉大事業都源自於瘋狂，不是嗎？」

旁聽的好像得到了一種「喜劇釋放」，笑聲擴散開去，大家都大大提振了精神，雖然後面挺理論化的，法官律師聽得有點傻。「是的，初期生意還可以，往後青文書屋和青年文學獎脫鈎了，理想和熱情銳減，試想，缺乏一群青年的活力、缺乏理想和熱情，對抗商業社會的建制性偽文化、後殖民時代的排洩價值……」

「他有女朋友，開小巴的。」

「有關係嗎？」

「社會變了，二樓書店的生存空間更小了，新華、城邦等大型連鎖書店相繼殺入灣仔，在每個月入不敷支的情況下羅志華也力圖在變。他借着青文書屋多年來建立的人脈，用最低廉的成本搞

手作出版，仿效當年的《詩潮》，租了複印機，自己學計算機 Mac 排版，找來了大學教授、報社社長當主編，他一人排版一人印刷一人釘裝一人搬運，《文化視野叢書》出了二十一本本地學者、作家的社科論著，結合後來以文學為主的《青年評論叢書》十幾本，大部分都拿獎，我認為這才是羅志華最輝煌的貢獻！」

「可是作為一個文化人，他沒發表過甚麼作品——」

「誰說的！他創辦了《香港武藝》雜誌，用『吳知』筆名發表過。」

「他懂功夫的？」

「他打陳家太極，十幾年了，青文結束後他曾經去過意大利，幫師兄教拳，沒報酬的。很多人說羅志華是一個『傻人』，對。知其不可為而為之，結果大家都能預想到了。但他不是空談，人在做，天在看啊！」

法庭靜下來了，突然間沒人問也沒人答。

羅志華彷彿是在我們中間的，他在法庭裡，真的，低着頭坐在門口一角做校對，排版，還堅持着出書，本來被人叫做「肥仔」的羅志華經營了青文二十年，最後落得有一天沒一天的吃飯盒、啃麵包，憔悴地戴着黑框近視鏡。

好像作供似的，他說：「我傻傻地，才會做這樣的書店，才會自己搞出版。」

明天我出庭了。

灣仔變遷很大，舊區重建項目一項緊接一項的登場，連青文所在的下一條街茂羅街亦即將拆遷。我曾經在 82 年借書屋之便凝聚了一眾青年文學獎得獎者，在樓上成立香港青年作者協會，住了兩年，而且在灣仔道的《文匯報》報社任職記者，經常和文人墨客在樓下大排檔喝杯甚麼的，有時光顧巴路士餐廳，去加油站附近的文具店買原稿紙，難得有時間在國泰戲院看場電影，噢，

都拆的拆搬的搬了。沒有改變的唯有跑馬地那天主教墳場，我想孤獨一下便去那裡閒坐，墓碑和雕塑給日曬雨淋而斑駁留痕，我常常看見小天使，長出了翅膀卻飛不起來。有一天我去國泰戲院看電影，原來電影院不復存在了！路的盡頭開闢了小公園，一座新蓋的公廁頂層是公共浴室，這公廁廁格裡躲着些皮包骨頭的道友。羅志華後來每天揸十塊錢的飯盒，要在公廁洗澡就是這裡了。收廢紙的角落，大老鼠招搖過市。深夜我無聊像個遊魂飄蕩，電車回北角車廠了但我還聽到叮叮噹噹跌跌宕宕的鈴聲。很多曾經為文學、文化或文字的確信而奮鬥的朋友各方四散。前總經理結束了大半輩子經營的書店，五十多歲才在深圳娶妻生兒，他手上的錢除了養老還要養家、供書教學。你不趕時間就被時間趕了。

「老鬼」還沒有出現。

法庭傳召青文書屋最後一個顧客，他回憶那天羅志華給他電話，那是 2006 年 8 月 31 日，青文書屋因租約期滿要結業了，為他訂購的《錢鍾書全集》來取吧，不然要去大角咀找他。還有⋯⋯誰呀，不是想買高居翰的《氣勢撼人》嗎？也一併吧⋯⋯沒錢交租、欠月費手機停了，更欠了複印機租賃公司債務遭到清盤，執達吏提出過把書當廢紙拍賣。

「為甚麼不來個清倉大甩賣？」

「賣你個死人頭。」羅志華毫不客氣，「我把書全部搬去貨倉，等有機會重新開店時，再來賣過。」

他還做夢有一天青文書屋會復活，暫時只是委屈寄身於 100 多平方的小貨倉，還有這麼多的書，可以參加台灣書展，七月香港書展⋯⋯總有一天會捲土重來的。天！青文書屋成了永恆的帕特農神廟了。

羅志華從來都是平頭裝，臉上掛着傻傻笑臉，愛跟人耍耍嘴皮子，從不談甚麼大理論大思維的，卻滿嘴絮絮不休的大夢想大

計劃。這天，最後一個顧客黯然下樓去了，羅志華連眼皮都沒抬，他正忙着用螺絲刀卸下招牌，小心翼翼抬到店裡，再仔細抹乾淨。

一個人到了自己拆自己招牌的地步了，甚麼感受啊？

愛書，不肯把書當廢紙賣，留着，最後書恩將仇報把他壓死了。

「賣書者死於書堆中，是一種黑色幽默。」

社長形容他搞青文書屋是「一人戰爭」。他是殉道、殉書、殉葬！

電台主持人說：「羅志華的死其實是一個象徵；象徵我們的過去；如果不幸的話，甚至象徵我們的未來。」

「……為甚麼不賣教科書？」

當然還可以賣新年十二生肖運程、食譜、漫畫、股神三十六計，還有《花花公子》！《龍虎豹》！馬經、《壹周刊》，送彩色裸女月曆！送避孕套！法官大人，你是不是想說羅志華賣這些就會發達，賣嚴肅書就是自挖墳墓?!是不是？是不是！

老鬼沒有出現。

我出庭的身份是青文出版最後一本書的作者，是小說，是的，拿了香港文學雙年獎，也代表羅志華領取了政府頒給青文書屋的出版獎。獲獎那天他已經不在了，我把代領的獎座帶到靈堂還給他家屬，建議翌日出殯，在火葬時一併燒給他吧。他給書陪葬了，這是屬於他的光榮也讓它給陪葬吧。可是後來我知道，負責火化的人不同意，因為燒塑料會對骨灰有影響。

「當年青文書屋的設計是我負責的。我剛大學畢業，老鬼他們發起了創辦青文書屋，我只負責室內設計，還有一個很有天分的中學生，都是義務幫忙的，事後拿了點乾股也進了董事會。書屋定調是綠白色，後來樓上的青年作者協會是藍白色。原來的宏圖

大計是聯合中大港大校內的青年文學獎、青文書屋、青年作者協會組成青年文學協會，把文學運動從校內擴展到社會去。對，從中學生入手，介紹課餘讀物，培養人文關懷，進大學後透過徵文比賽、講座、讀書會、生活營，積極參與校園和小區文化事務，踏入了社會，又由這批文化精英連同全港的青年作家推動更縱深的文學運動⋯⋯」

「噢噢，還可以選區議員啊，甚至立法會。」

「⋯⋯」

「那為甚麼？」

「不為甚麼。成住壞空，總是必然的。」

「你算不算是羅志華的朋友？」

「不算。說老實話，我懷疑他根本沒甚麼朋友，尤其臨近他出事的那段日子，敢情一個朋友也沒有。」

「為甚麼，根據之前很多人的供述，他樂觀、勤勞、謙虛，平易近人⋯⋯」

「書店倒閉了，他臉上的笑容已經變得牽強，長貧難顧啊，朋友能幫他的都盡量幫，譬如說我們出書，都是自費的或申請到政府資助的，他出版都不用掏錢，賣了書不付版稅給作者，從來沒作者跟他要，大家都明白都諒解，可是他還到處借錢，他還做夢讓每人湊幾千塊錢籌謀青文書屋的復興大業！他整天絮絮叨叨，別人不是怕了他，是痛苦，明明是絕無希望了，甚麼東山復出？你聽着會心裡流淚，想狠狠抽他幾個耳光讓他清醒，想喊破喉嚨在他耳邊吼：青文書屋死了！一切都完了！你別裝你不知道，你別裝你還在夢裡還像一個長不大的孩子！他來深圳找我，我給了他三千塊錢，他欠了所有印刷廠的錢，誰也不會幫他印書了，我說先還一些吧，可他竟然把錢花掉了，我的書沒法付梓，只能複

印了二十本算了。我當然生氣，我的工作也不如意啊！之前每次見到他都是聽他講他的春秋大夢，你知道嗎？這個春秋大夢是青獎『老鬼』在二十幾年前留下來的，原來這些夢想害慘了自己也迷惑了天真的文藝青年，但凡是青年都會長大，天啊！他還相信！他還相信！」

「你也是『老鬼』之一吧？」

「不，『老鬼』只有一個，他是第五、六屆青年文學獎的籌委，他從不當主席，但青獎的新意念是他提出的，我和不少人都是因他而參加的，青文書屋作為社會運動的延伸概念也出自於他。」

青文書店開張前，「老鬼」寫下了這段豪情壯語：「我們有一個宏願，要建築一座堅固的大橋。橋的這端是中華民族的文化傳統；橋的另一端是通向人類終極的理想。我們堅信，文學能導人思索、發人深省，更能開拓人類的創造力，改變不合理的現實，建立理想的世界。」

「他創造了這個夢想，這個夢想太大了，年青人受到宗教一樣的感召，但香港和任何一個物質化城市都一樣，都會慢慢的把年青人摔醒，或者說，讓他們更聰明地和社會的庸俗和無知繼續在建制內對抗，但羅志華沒有醒，他也不可能在建制內 ── 」

「他是否有點……嗯，不自量力？」

「你有沒有看過張藝謀的《一個也不能少》？」

法官自詡這麼愛看電影，卻沒看過。

「那，《奇情異想的紳士唐·吉柯德·台·拉·曼查》呢？小說的主人翁是鄉下一名窮紳士，整日胡思亂想成為一名正義的騎士，自以為雙臂有神力，於是披甲執銳，把羊群當作軍隊，把銅盤當作頭盔，把胯下的瘦馬當作神駿，把風車當作邪惡的巨魔，沒頭沒腦的提矛衝殺，結果鬧出了很多笑話，並且吃了不少苦頭，可是他始終執迷不悟。」

「哈哈，唐‧吉柯德，那是個傻瓜！」

「高爾基說：『把人稱為唐‧吉柯德是對此人最高的讚譽。』」

律師認為應該是他負責提問的⋯⋯

羅志華的悲劇不是希臘式的，不是莎士比亞式的，是叔本華式的，可惜存在主義也死了，世界荒誕無常，這法庭應該是「上帝的死因研訊」才對，「死於自然」？「工業／職業疾病」？「自殺」？「被非法殺害」？「意外」？「自我疏忽」？「死因不明」？⋯⋯如果在中國，嘿！悲劇會得到道德的心理彌補的，仗義但傲慢的關公戰敗被砍頭，千秋以後卻被老百姓奉為神明；屈原終生是個失敗者，投江自盡，歷代被懷念不衰；鍾馗考不到狀元自殺，死後成了辟邪捉鬼的偶像。羅志華他哈哈如果真的在廟裡受到供奉，譬如說他是個「書神」，拜他的會讀書聰明，考試及第！

書中自有黃金屋，書中自有顏如玉⋯⋯

那晚上我夢見了羅志華，他不再釘板似的釘在門口收銀櫃低頭做校對了，他在那 100 呎的貨倉裡，不知從哪裡搬來很多很多箱書，一個人抬進來、彎腰、發力、舉起，擱在架子上；然後下一箱，同樣，一個人抬進來、彎腰、發力、舉起，擱在架子上；然後下一箱，同樣，一個人抬進來、彎腰、發力、舉起，擱在架子上；⋯⋯然後書架上的書箱全倒下來了！他嘆口氣又從新收拾，然後下一箱，同樣，一個人抬進來、彎腰、發力、舉起，擱在架子上；然後下一箱，同樣，一個人抬進來、彎腰、發力、舉起，擱在架子上⋯⋯然後書架上的書箱全倒下來了！他嘆口氣又從新收拾，然後下一箱，同樣，一個人抬進來、彎腰、發力、舉起⋯⋯

為甚麼？書呀你們幹甚麼？你們到底想幹甚麼？

萬有引力？

文明累積得過高必然會倒下！

呸！何人擊鼓鳴冤？威——武——

「書！汝來前！」

除夕那夜把羅志華壓死的書統統出來應訊，別裝了，身上有血跡的發臭的摔過砸過的身子不乾淨的果然！果然！主要就是他一人排版一人校對一人釘裝一人運送的那兩套《文化評論視野》和《青年評論》叢書，大部分賣不出，他卻不捨得當廢紙賣。

《我們如此很好》。

《越界書簡》《空間的文化》《浮城後記》《另起爐竈》
□□□□□□□□□□□□□□

《狂城亂馬》/《滴水觀音》/《情色地圖》/《如此》?《甚麼都沒有發生》?《寧靜的獸》?《魚咒》?

《一人觀眾》:

《生長的房子》……

《好鬱》《好黑》!《飛天棺材》!!《地的門》!!!

有人看的書才是活的，沒人看的……

「反對！可能將來出土成為重要文獻。」

哈哈 ×××！聽着！經過鑒定，諸位身上的血和死者的 DNA 吻合。至於一直有重大嫌疑的，嗯，高居翰的《氣勢撼人》、李若瑟的《中國科技史》、《徐訏全集》雖然是大部頭書，很沉重很有殺傷力，可是沒參與同謀，無罪釋放！

他是被自己編造的書謀殺的。

「甚麼？」

甚麼？上帝被人類坑了，道理一樣。

「反對！有甚麼動機呀？」

「我們這樣做有甚麼好處？」

「文明的精靈會做這等事兒？」

「天！這是文字獄的年代嗎？」

難說，書沒人看，放久了，就等於肉會分解出毒素，狗被遺棄了會變成狼。泰國一張精緻舒適的馬臣席太久沒人睡它它把經過坐一坐的人捲起來像食人花一樣把人消化了。

書都大呼冤枉！

「其實我撲下去是為了救他，沒想到我太重了反而害了他！」

《飛天棺材》示範她怎麼從高處跳下來……

《狂城亂馬》想衝出重圍被庭警控制……

《滴水觀音》企圖自焚……

《地的門》打開了……

書哭了說：

香港愈繁榮，我們的空間愈小。我們是珍珠啊，可是肚餓的時候不能當飯吃！在其他書店賣不出去，被退回青文書屋我們的出生地，哈！像不像鮭魚游回河流的源頭產卵，然後等死？我們每本平均剩餘三四十本，文化的力量轉換為物質的重量而在每一次搬運中加倍了，羅志華你就放下我們吧。沒用的，愛賭馬、賭股票、賭期貨金匯的香港人最討厭「輸」的，這才是宿命啊電車叮噹叮噹入廠了大老鼠在公廁出沒。文字是原罪：

我們如此情色

觀眾越界　書簡好黑

寧靜的文化　一人浮城

魚的房子另起

狂城地圖　觀音後記

如此的爐竈發生很空間的獸

亂馬甚麼都沒有生長

滴水門魚咒

好鬱地　棺材飛天

家屬整理羅志華的遺物，發現一張 4716 元租金的收據，才知原來他已租下了石硤尾賽馬會創意藝術中心一個 700 多呎的單位，又買了四台新計算機，準備再開青文，重新為作家出書。

　　「我的服裝是甲冑，而我的休息是戰爭。」

原刊《香港文學》2013 年 9 月號

微波

◎ 陳德錦

在一個往日稱為蠔鏡澳的南方小鎮，一個脊背微彎的老人，用手撥打一隻繞着他頭上飛的蒼蠅，推開一扇褐色木門，走進一所矮小的平房。這平房瑟縮於一條小巷中，安穩自足，外間小販和人力車夫的喧嚷，一概不能打擾。

這老人把石階前的吊扇門關了，任大門敞開。他是這裡的僕役，他趕走了蒼蠅，就走進廚間，端着一杯茶出來，又走進一間房子，把茶杯放在一張特別寬大的桌子上。桌邊坐着的，是一個年紀不相上下的老年人。

「不早了，少爺，還作畫嗎？」

「不，寫點文章。找到議事亭那幹雜務的嗎？你有請他抄幾段《澳門人報》新聞嗎？」

「有，少爺看。」老僕人遞給少爺一張紙說：「他還把新聞譯了漢字。」

主人看看裡面有一則消息，說西洋人現在研發一種自動車子，不需再用人力或牛馬了。他對老僕人講述這則新聞。

「報紙上就是有這些奇怪的新聞。不用人力用甚麼，少爺？」

「用一種叫汽油的東西。還有一種更犀利的東西，叫電。可以點燈。西洋城市已經有用電的街燈。」主人說，深深的喝了半杯。

「新聞！就是好歹不要太過相信的事情。早陣子他們還說：外國人已發明一種藥，吃了可以戒鴉片呢。」老僕人再把茶杯斟滿，望望桌子上的文稿：「少爺不作畫，那睡一會吧，還在寫那卷《濠

鏡手記》？」

「不要再叫我少爺了，壽明。我已六十八了。你也七十了？」

「虛齡七十二。少爺前天講到稿子有個問題，是關於張二的下場麼？還有，欽差大臣的水師，最後來澳門沒有？也許我去問問三街會館的一個熟人，他在河邊街當過苦力。」壽明一邊回答，一邊奉上另一杯茶。

「不用問了。我想到了。人人後來皆知張二是個煙販，最後給官府緝拿，坐了牢，從此沒消息。」

「老爺生前誤信了他。」壽明搖搖頭。

這位給叫做少爺卻年事已高的人，沒回答老僕人的話，呷了一口濃濃的普洱，翻開他線裝的文稿，一邊看，一邊用毛筆做修改。在書案上還有一張淡色水墨，是他在沙梨頭所作的寫生。畫作點描細密，內港的微波都顯現出來。

老人挪開手稿，卻在另一張紙上寫道：

「世人不知實相與虛幻之別。丹青一事，略可為鑒。吾國繪畫，大多寫意。有志文士，趁公餘之便，抒寫性情，無可厚非。經濟與藝文，本非同科。然而工匠之於斧斤繩墨，能只務華美，不究尺寸短長而隨意抒寫乎？」

那天雨下得很大，似乎快要颳風。我心裡納悶，獨自跑去河邊新街。我不知道因甚麼事煩惱，卻又很清楚眼下有兩件事困擾我，要我馬上處理。我應該請求桑翠絲小姐教我西洋畫法，還是聽從老師的話，一心一意學習山水畫？第二件事，我應該答應我爹，在澳娶親，然後隨他到廣州省城經營瓷器買賣？

桑翠絲，我認識這位葡籍少女也是偶然。她來店裡購買碗碟，指定要中國款式，就連我們最新來貨釉上「大清乾隆年製」的西式糖壺、奶茶壺也不買。她拿了幾個大碗看了看，覺得合適，便付了錢，還用不流利的廣州話對我說：「謝謝你，這些東西

很好。」

我要描述一下這女孩的相貌：她約十七八歲，油黑的頭髮微鬈，束了一條馬尾，鼻樑挺直，下頜尖短，身材高而瘦，清純但不算漂亮，一對藍眼珠倒是圓渾流轉，真似曉得說話一般。那天她穿了一襲白紗長裙，背上搭了一件土棕色的披風。她走時，眼角四下打量，我不知道這是不是一個畫家的天性，對眼底一切都要細心記認。

「教我作畫的老師託我買的，寫生用。」

第二天她又到店子來，手上拿着一幅畫，她好像曉得我有興趣知道這是甚麼，在我面前放着。

「王先生（我向她介紹了自己），這是一幅西洋畫，老師畫的。他喜歡你的瓷器，我對他說，你雖是賣瓷器的，但懂得繪畫，他聽了便感到興趣，要你也看看他的手筆。」

我拿起畫紙看，是一幅尺方的炭筆畫，畫的是一間茶莊門面，看去有點像十月初五街的店。店員拿着秤子，掂量茶葉份量，在他後面是三四排架子，二三十隻排列整齊的馬口鐵茶罐，招紙上的茶種也能看見：普洱、壽眉、茉莉。一絲光線，一點暗影，對比着看，不但真實，而且和諧悅目。何以老師從來沒有教我用這種畫法，描畫那些普通的巷子和店舖？要是我能畫出這樣真實感的便好了。

她好像知道我的意思：你要多看看？你喜歡西洋畫？可惜這幅我不能借給你。我手上有這幅，嗯，是習作。畫南灣，海和屋，我在天台就可以望見，跟老師畫的有很大分別。我畫得不好，糟塌了大好的風景。

我又看着這幅畫，真是羞愧，怎麼我從來不曉得跑上天台，依着相同的方向打稿底？那些山，那些樓，那些看似活動的波紋……

我看畫片刻，桑翠絲小姐不久便拿了一些畫具來。這是一個

同畫布大小相近的金色花紋木框，背後有一塊四方形的內框，桑翠絲小姐熟練地把畫布的四邊用釘子釘牢，繃緊在框上，再把花紋木框套在外面，即席把她這幅習作裝好，還教我怎樣掛畫。

「不管是中國畫或西洋畫，都要畫得好看。」桑翠絲小姐說：「都是幾尺見方，掛在牆上，有甚麼分別？」

真的沒有分別？我忽然想到可以讓她看看我的畫作，卻感到自己的作品寒傖、沒生氣。但猶豫間，桑翠絲小姐卻開口，向我提議參觀我的畫室：「我也想學一點中國畫。」

參觀畫室，這提議是相當荒唐的。即便我跟桑翠絲小姐在店子門口閒談，也恐怕會惹來坊眾非議，何況是兩個人一起走進一棟房子裡？我說不太方便。正當她轉身離去時，我心裡忽然有了一個想法，便叫住她。

「其實，你要看畫室，可以自己跑上去看一下。」

我告訴店裡長工我要到外面一會，拿過鎖匙便同她一同走。我走在前面，她走在後面。我需說明一下我的「畫室」是甚麼一回事。其實這是伯父在搬去新大宅前的居所，位於店子後面不遠的一座房子上，多年前給爹挪用，放置雜貨。有一陣子，這裡總是亂糟糟的，沒人打理，放置了從佛山、廣州送來的缸瓦瓷器。木框架子放着一疊疊碗碟，有時也有一些羅漢、觀音、福祿壽星之類的瓷像。近日市面買賣不景氣，爹有時大發嚕囌，說欠了幾家批發商的貨款還未清還。我的畫室，就是跟這小貨倉一板之隔，爹說，反正地方寬裕，你愛學畫，可以請老師過來教你，在上面隨你掛畫、放畫、擺設小書齋。

我請桑翠絲小姐在樓下等我一會，先走上畫室打點一下。我把畫室裡散亂的《石譜》、《菊譜》、《芥子園畫譜》等等放好。兩三天前，我剛畫好一幅淡色水畫還掛在壁間，日光從窗外照出一個淡淡的荷塘。

我走下來把鎖匙交給桑翠絲小姐：「我不能跟你一起看我畫的

東西，實在抱歉。我看我也不便站在樓下等你。你上樓後，可以看看掛起的畫，有一幅荷塘，是我最近畫的。這時候沒有人會跑上來的。你慢慢看，離開時把門鎖好。我先回店子去。」

她笑了笑，取了匙，拾級而上。然而，當她交回鑰匙給我，我走上畫室，看見一面牆上赫然掛着她那幅風景習作，不覺怦怦心動，思緒紛亂。

怎樣說呢？是畫室多了一面向海的窗子？是我忽然領悟了觀看風景的正確方法？但更要緊的是，我對整個伴隨着學畫日子而消逝的年輕歲月，感到無法挽留，如泡影般虛空。我彷彿一直活在一個孤絕的世界裡。天宇的淡藍，帆影的暗褐，牆壁的暖黃，單獨把它們抽取出來，不過是我常用的色彩，我曾經把這些色彩加深、淡化、疊用、三染，但從來沒有如此效果，何以它們綜合在桑翠絲小姐的畫布上就成為我不能掌握的現實？

這天我打着傘到河邊街，本來是要看看西洋畫的寫生法。桑翠絲小姐說她會到那兒作畫，但不用說，這樣的天氣她是不會來的。我閒着沒事，來看一下風浪。河邊街這時還不見停泊了太多的艇，我相信要快是颱風，出海的船艇就會紛紛揚帆而歸，密集岸邊。除了漁船，我看不見一艘鴉片船，要是船上有煙土，英國人早已把它們藏好，以免颱風翻艇。

在岸邊，一個蜑家女孩看見我走過，馬上害羞地跑回船裡。她在船上回頭朝我一望，又馬上把身子縮回艙裡。她的臉孔娟秀，膚色黝黑中透露亮澤，像魚兒在水面翻動的閃光。我忽然想起爹娘為我準備的那門親事，他們說到那待字閨中的女兒樣貌不俗，雖然不是出身大宅，也算得上是門當戶對。蜑戶的嫁娶跟我們就不一樣了，他們是這條船上作人女兒，那條船上作人妻室，總還是在水上，夫家的船和娘家的船總是在渡頭岸邊相遇，看見家人，可以隔水相呼，彼此還是打魚結網、開船燒飯過一生。陸上人就不同了，出嫁的總是不常回娘家。我的一個表姐，去年夫

家用轎子接她過門，她穿起一身的紅綢褂，沒久就繞過關前街，鑼鼓聲漸行漸遠。我可以想見表姐坐在轎裡，搖搖晃晃，眼泛淚光，向一片陌生的土地前行，她少女日子就這樣消逝。

我走過關前街，街上有一面張貼公告的圍牆，這時有三五坊眾在讀一張公告，一邊看一邊閒談。

「要是我知道哪兒有人私藏煙土，我就跑去領賞。」一個挑夫說着，把手上的扁擔朝地上搗了一下。

「一百現洋，我可以在大街蓋棟房子了！」說的是個出海打魚的。

一個種菜的不慌不忙地搭腔：「作了七品官，娶個老婆也比別人的漂亮啊。」

同知府的頒令十分罕見，還是近月來逐漸頻繁，我還記得有幾條命令是這樣的：

（一）凡本澳民眾，能設計焚燒英兵船者，以桅之多寡為定，每桅賞洋銀一萬元；

（二）能拿獲私運煙土之夥長賞銀一百元，能拿獲其船者則賞二千元；

（三）凡本澳民眾，不得與外夷私通買賣煙土，違者正法。凡拿獲之人，給予七品頂戴，另從優加賞；

（四）沿海居民子弟，有為漢奸者，其父兄先行出首，概不連坐。道光十九年五月頒佈。

欽差大人快要到濠鏡澳了。不知何故，這裡氣氛有點不同往日。忽然之間，附近的街巷好像靜如鬼域，不要說沒人走過，就連狗吠貓叫也聽不到。但一個深夜，我睡得不深，聽到門外彷彿有輕微的腳步聲傳來，一聲遙遠的狗吠應和着。吠聲停止了，又彷彿有幾十條腿子在街上疾走，窸窸窣窣的，似乎擔抬着一點甚麼，運送着甚麼。然而當我聽見聲音，推窗看看，就連影兒也瞧不到。後來這些聲音就減少了，直至欽差大人來澳的時節，這些

在街上奇怪的疾走聲彷彿才完全消失。

彷彿看倦了，喝了口茶，老人挪開手記，又在剛寫了字的毛邊紙上另開一段，續寫下去：「蓋繪事不在於原物上增華添彩，圖令觀者嘩然；反之，繪事在能引導觀者領會畫家如何見物，進而把握其心中之妙想。」

我要怎樣答覆爹媽經常掛在口中的婚事？我不能以經營生意為理由，恰好做生意這正是應盡快成婚，讓生活安頓的原因。我只能提出一個理由推卻，學習西畫是一個理由？

我跟隨陸靜齋老師學畫，本來是要學懂一點構圖技巧，提高我在花鳥圖案上的認識，好等我能往廣州辦一些上價瓷器，在澳門經營也好招徠新客或熟客。但我對繪畫的興趣日漸加深，陸老師也開始教我更多畫法。他教畫時，往往拿着一杯花雕，侃侃而談。他教我要帶點醉意看山看水，那麼山水就充滿了我的情感，但蘸墨揮毫時要保持清醒，以明察秋毫的眼目，捕捉景物，逐筆勾描，他經常提及跟蘇六朋的交往，可是後來他就不愛跟我說話。有一次，他見我書枱上有一枝西洋水彩畫筆，臉上變了色，執問我畫筆從何而來。我佯說是洋貨店的朋友送給我的。他當然不相信。其實，是那天桑翠絲小姐給我的。她還答應改天給我看一些仿製西洋畫。

門外來了張二。這人一臉邪氣，枯瘦得像個煙鬼，卻裝作很有見識，在爹面前嘴子爽快，拉攏了幾手買賣，爹常問他：「不是英國人買的吧？」張二把頭搖得像撥浪鼓：「王老爺，你當我這般不識時務？」他湊到爹的耳邊說了些話。後來爹對我說：同知府派了一些探子到這裡，若查出澳門人與外國人作買賣，就會上報府裡。消息還說，欽差大人批示沿海地方需建立一支團練，隨時緝查走私船隻。

消息傳得真快，一定是有突發的事情。欽差大人過兩天就要巡察濠鏡澳，不知道為何我整日內心惶惶？街道上卻是一片靜。是不是他要中國人聚居的地方都得打掃乾淨，讓他和他的隨從仔細看清楚？又或是煙販早已聰明地偃旗息鼓，躲藏起來，換來一片乾淨的土地？

　　桑翠絲小姐的畫掛在小閣裡，跟我平時畫的山水習作一起，形成了奇怪的對比。我國繪畫傳統不是沒有寫真，但沒有嚴格意義下的臨摹真像。那時我覺得一切所謂美的事物根本不存在，它們是藝術品，但最終會失去感動人的力量。倒是那些罕見的寫實作品，能勾起我對一時一地記憶，那些能無端激發我的情緒的一磚一瓦、一草一木，一抹陽光和習習涼風，那些無人走過的小巷，更接近美的定義。我當時沒有這種感覺，因為我沒有那份真知灼見，那份人生歷練。

　　晚上，我跑上畫室，嘗試用西洋畫的構圖法勾畫了幾張風景圖。我用舊畫為藍本，以類似桑翠絲小姐的筆觸來點染。

　　最初我好像畫出了一點西洋畫的風格，但後來我發覺自己徹底失敗。我把畫稿撕成碎紙，惱恨自己的愚昧。

　　我只懂塗抹，不懂觀看。我徒有一對眼珠。

　　但世情感知愈深，丹青就能不朽嗎？我十分懷疑。

　　假若當年目睹欽差大臣來澳的人還在，必定常時記起和談及這件盛事。那是處暑後快半個月，拂曉時分，秋風送爽，我還在享受着將醒未醒前的淺寐，忽然聽到遠處傳來一連串爆竹聲。我這時才意會是否應該去看看欽差大臣南巡的情況。畢竟，這是濠鏡澳開埠以來破天荒的大事。後來史冊所記，說那天葡人文官軍官，共十多人，率同士兵一百人在關閘列隊恭迎。我可以想像官兵穿起整齊的灰色戎裝，站在三巴門的城門旁，一組七八人的軍樂儀仗隊聽候指揮。欽差大人的四名近身隨從走在前面，把着腰間的佩刀，昂首挺胸，聲威不凡。林大人穿戴謙遜，只是一身平

常的官服，捋着淺灰色的短鬚，儀態從容不迫，臉容卻透露一絲威嚴，像綿裡藏針。葡方儀仗隊裡那佩着軍刀的，舉刀喊了一聲口令，登時鼓樂齊鳴，在遠處觀望的望廈村一帶的村民，不覺心頭一震，聆聽着這從未聽過有點怪異的音樂。這半年來，欽差大人下旨，嚴辦在澳私煙買賣，成績可觀，因此這次南來，話不多說，馬上打道，要到澳門大街小巷裡走一趟。

在轎子裡的林大人，想必聽到響亮的禮砲聲從大三巴砲台傳來。這也許是我一生僅有一次看見澳門砲台起着某種軍事和政治用途。諷刺的是，這些禮砲，這些軍樂，這些畢恭畢敬的迎迓，彷彿是為稍後一場真正的戰爭展開序幕。這一天，從關口回來的人對我說，林大人那邊還送贈了不少禮物給這群租借澳門的西歐人。這裡面有綢緞，柔細輕滑如春水，據說是江南上品；也有摺扇，洋官太太在酷熱的夏季必定很喜愛；還有茶葉和冰糖，都是廣東名產。林大人要馴服洋夷，也許心理上同乾隆皇帝當年勒令英使馬戛爾尼必須三跪九叩一般。如今他們不必叩跪，但我可以想見，他們向大人打恭作揖的樣子，必定十分可笑。葡萄牙人無法掌握政治情態的變化，竟然在日後坐享戰事的成果，在這裡永遠擁有管治權。那年我趁熱鬧跑去窺看欽差大人風采的地點——望廈村——還是一片荒野，現在從聖米基墳場那兒望去，塔石山後菜田的盡頭，竟不覺多了許多村舍，與那些西式房屋漸漸連成一氣。

我又想到那夜裡的聲音，這到底是怎麼一回事？這事蹊蹺，那時候我差不多忘記了。但因與家事攸關，在這裡我不得不提到，欽差大人巡察濠鏡澳當天發生在街上的一件事。就是在畫室所在的那條橫街上，兩個惡狠狠的大漢，一高一胖，押着一個挑夫模樣的瘦子，一邊走一邊叫道：

「你說吧，是甚麼地方有煙土？你坦白的說，說了就放你！」

那瘦子給人扭着手臂，不斷以呻吟作為受了冤屈的表達方

式：「我是在街邊吃粥時，聽一個挑夫說的。他說月前有一晚上漏夜挑了一些箱子。不知那人是說真說假！大概是這兒附近，說不準。」他看見一排房子，抓抓頭，指着房子說：「是這裡吧？」

兩個漢子中的一個高的，面露疑難之色：「這裡有二三十戶人家，難道每家都去搜？」

另一個胖一點的漢子說：「你看，那葡國女孩在那邊做甚麼？」

「畫東西，甚麼日子，跑到這裡來！」

「葡國女孩」張開畫架，用心描畫這街巷。她用炭畫勾出每棟房子的界線，大門的紋理，對聯上的大字，窗子的通風格子，一絲不苟。幾個小孩子圍在身邊觀看，卻因畫裡並沒有孩子，很聰慧地讓開前面的空間。畫中的焦點，正是我在上面作畫的小樓。

被押着的瘦子也湊趣挪近看桑翠絲小姐，她沒去理會，繼續用心作畫。瘦子搖頭說：「鬼子玩意！不過挺漂亮！」他望望畫裡的房子，又舉頭望望真實的房子，但仍斜着眼看桑翠絲小姐。桑翠絲小姐的長髮，鬆散地搭在一襲土棕色的披風上。兩個漢子的目光也被吸引過去，放開了扭住瘦子的手。瘦子對兩個漢子說：「見鬼！不是這裡！走吧，是在賣草地那兒 —— 」他被人押着找罪證，一步一踉蹌地走着，還回頭望望：「鬼子玩意！漂亮！」

我追隨看熱鬧的人來到店子附近，聽聞是有人要在欽差大人面前邀功，派了幾個剛招募的義勇，要當下捉拿一些私藏煙土的人。

我看見桑翠絲小姐正收拾畫具，便走近去看那幅畫。

她見到我，臉容平靜，拿出一張畫紙給我看，紙上寫了一首小令：「常記溪亭日暮，沉醉不知歸路。興盡晚回舟，誤入藕花深處。爭渡，爭渡，驚起一灘鷗鷺。」

「在你畫的荷塘旁邊，寫了這些字，是甚麼意思？」桑翠絲小姐問道。她那天到我的畫室，把它抄寫下來。

「中國人作畫，常常題些詩詞在上面。」

「這我知道，我只想知道這首詞說甚麼。」

我忽然啞口無語。易安居士的詞句是我心境的一個倒影。那荷塘是我的困惱，爹把我成年以後的生活都安排好了。我可以到省城做工，逛西關，去感受十三行的繁華熱鬧，還有妻室兒女常伴左右。我曾經這樣相信自己如此安身立命。但我想到表姐，想到小時候的友伴，就迷惘若失。那誤入藕花深處的舟子就是自己嗎？乘興而來，好應興盡而返；沉醉於丹青的世界，或做一個能養活妻兒的小店東，大夢小夢，畢竟也是一場虛妄？

我不曉得如何向桑翠絲小姐解釋我的心情。但不等我開口，她四下張望，見街上的人都走遠了，湊近我耳邊，輕聲說了幾句話。

我沒有意會桑翠絲小姐收拾畫具離開。她跟我說的話好像一股火藥，在我耳邊爆發，直衝四肢百骸。我不知道我在街上站了多久，那些禮砲聲和軍樂聲帶着恫嚇的音調把我懾住。我不知道自己身處何地。我彷彿看見一隊義勇，押解着一個人，到欽差大人面前討賞。那個人竟然是面目慈祥的爹！

我記得最後見到桑翠絲小姐的日子已是一個月後。有一天早上，她來訂購了一些瓷碗，說再過一個月就要回國。我拿過她掛在畫室裡的那幅油畫，打算還給她。她沒有收回，說聊當送給我的禮物。我同時沒有收下她付瓷器的錢。臨別時她抄下我家的門牌，小心在街口的碑石上核對葡文名稱，然後離去。

「少爺，要出外，不睡個覺？」老僕壽明見主人拿過一支手杖，裝作好奇地問：「這些稿子 ——」

「我回來會再寫一下的。」

老人離開了宅門，往大街走去。他記得整整五十年前，這裡還是一片村野之地，如今街巷井然，繁華日甚。很多城牆已拆

毀，很多軍事設施已廢弛，成為旅人玩賞的景點。他記得當年欽差大人巡察濠鏡澳的熱鬧情形。欽差大人頒下禁止販賣煙土的公告，肅清了煙販在澳的不法活動。巡查行動過了年後就鬆懈了，聽說一個叫張二或張義的煙販給逮捕，這人公然在城外作買賣，逃不過巡捕的眼光。這張二從前跟他的爹有點交往，因得悉瓷器店貸款周轉不動，竟說動他爹私藏一批煙土，躲避緝查，日後能有報酬。那好幾個夜裡出現的腳步聲，搬運貨物的聲音，大概就來自張二這群走私的煙販，其中部分煙土就從一道小樓梯給搬到畫室裡，用包墊瓷器的碎紙遮封，放置到其他大小瓷器間，掩人耳目。他還記得那天桑翠絲小姐在他耳邊說的話；那時他急出一頭冷汗但最後還是奔走回家，跟爹坦言直說私藏煙土的利害，而幸運地，在一個晚上這批煙土迅速地轉移到別處。這事叫他爹順從他，不再堅持他必須聘娶媳婦。

　　這三十年來，他在省城的瓷器店當過掌櫃，把釉上「大清乾隆年製」的更精巧的糖壺、奶茶壺，賣給西關的大戶人家，在大小詩社、畫社裡結識了一群藝文朋友，也在西洋畫師門下學了一點畫技。他在廣州畫過沙面的鷗鷺，在香港畫過維多利亞港的洋船，但總是不稱心。意興闌珊時，還是拿起一管毛筆，一塘風荷或一叢幽蘭便躍然紙上。五十歲那年自號居士，終生不娶。這時候，他收到桑翠絲小姐第一封越洋信件。他說過自己不懂葡語，也不打算學習，桑翠絲小姐的來信便用英文。她說，在里斯本要找個通曉中文的人實在困難，但知道他從前學習過英語，想必一定能看得明白。她還說，那天她在畫室一個角落看見一隻小木箱，箱裡放了一批碗碟，以碎紙包封，但看來是倉卒間擺放的。她沒有發現煙土，哪怕是一小包。但她認得那木箱，是運載煙土的那種，不會出錯。她知道這裡一定藏着違禁品。她在她爸爸的貨倉見過這種箱子，箱子有特別的記號表示貨物的性質。她爸爸是經辦外貿的商人，也有時在碼頭轉運煙土到澳門圖利。

他手裡捏着一個寫上葡文地址的紙片，再拿出另一封已寫好的信件 —— 他的英文寫作程度僅可跟她問好，談談拆去城牆後濠鏡澳的面貌，恭賀她開了一個畫展。

摸摸口袋裡足夠買郵票的洋錢，核對了信上的里斯本地址，老人朝着郵電局走去。

煤油街燈快點亮了。他想，不久，它們都要換成電燈，把街道照得更明亮。

原刊《城市文藝》2013 年 12 月號

2014 年 2 月修訂

請小心月台空隙

◎ 鍾國強

一

陸文夫太太差點便從出口那邊進閘，直至迎面而來、幾乎與她碰個正着的乘客狠狠地瞪了她一眼，她才醒覺到問題。看了看閘口下的顯示屏，果然是紅色的×。另一邊才是入口呀。她拐過去，彎着腰瞧了兩眼，認清了是斜斜指向閘口的綠色箭嘴，才從夾口邊已經剝脫了一層黑皮、露出底下淺灰色襯裡的假皮皮包裡掏出八達通來。

她來到月台上。六月四點鐘的陽光還是那麼猛烈。長長的月台上一個人影也沒有。這種情況顯然是上一班火車剛剛開走了。她在一張長椅的右邊坐下來——那是靠近車站出入口的一邊。她坐下來的動作比之前的一切動作麻利了一點，好像跟這張長椅、這個位置已經是很多年的老朋友一樣——老朋友不會騙她，也不會隨便改換位置。她坐下便安下心來，隨便把皮包丟在一邊，開始環看四周的風景，看人。不是一個人也沒有嗎？她看着看着竟也看到了人：原來有人站在月台遮陽篷蓋的一根石柱後；原來，有人半隱在那邊信號燈投下的長長黑影裡……

火車還沒有來。

她側着耳朵，彷彿聽到遠處鐵輪敲打路軌的聲音。待聽得仔細了，方覺察到那該是她走來時所經過的建築工地的打樁聲——

那隆隆悶響遠遠傳來，聲音有點虛幻，但她心裡還是一下一下的跟隨那節奏顫動着。

忽然傳來一陣鳥鳴。她從來不知道那是甚麼雀鳥的叫聲，牠們一次也沒有從那邊山樹高枝間探出頭來讓她細認；而低低地從鐵絲網圍飛進來的灰褐色麻雀，這時都忙着在她腳邊蹦來跳去，不知在啄食水泥地上的甚麼。牠們一隻也沒有朝她鳴叫，雖然她清楚知道，牠們的叫聲是不一樣的。

麻雀的叫聲是怎樣的呢？她一時竟想不起來 —— 是吱吱還是唧唧呢？都好像是，又好像兩者都不是。她想牠們其中一隻鳴叫一下，便用左腳掃了掃走得最接近的一隻，但那麻雀只惶急地跳開了幾步，便又立刻跳回來了，哼也沒哼一聲，還是把那黑色的尖喙不斷埋向水泥地上的縫隙去。她瞇着眼凝望那縫隙，那尖喙，卻是甚麼也沒有看到。

當她從出神狀態驀地驚醒時，火車已差不多停定了。車門打開。乘客走出。乘客走進。她沒有離開長椅。黑色皮包也任它放在一旁，一點也沒有拿起來的意思。唯一跟先前不一樣的就是從灰鬢中露出的右耳，這時微微向上傾側。她在等待甚麼呢？她好像因剛才的出神而忘掉了一些甚麼。突然擴音器響起 —— 噢，對了，她記起來了，她就是等待這一把聲音。

火車鳴嗚着離開後那把聲音好像還在，飄過遮陽篷蓋的每一根柱子，又打那邊的信號燈柱繞回來。

「請小心月台空隙，列車即將開出，請勿靠近車門，多謝合作！」

她仍坐在那裡，耳朵仍保持向右微側。三三兩兩的麻雀，仍悄然無聲地在原地啄食。稍稍移了些許位置的六月陽光，把她和長椅裁出一個十分好看的剪影。

二

「還可以再好一點。文叔，行嗎？要不要喝點水？」

隔着晦暗的玻璃我看不清陸文夫的表情。只看見他大力地搖手，彷彿有甚麼不潔的細菌依附着要慌忙揮走似的。

「不用了，不用了！再來一次！」

然後是微微一下吞嚥口水的聲音。這聲音雖小，但透過麥克風傳來，立時被放大了好幾倍，讓我腦海裡浮現出一大團卡在喉嚨裡的痰涎在上下奔突卻怎也奔突不出去的噁心光景。

已經是晚上九時多了。下一 Take 剛好是第九十 Take。H 城鐵路這廣告片的旁白不過是二十來個字罷了，就有這麼難麼？然而難處也可能就在於字數太少，因為字數多了，注意力容易分散，H 城鐵路這廣告主還不至於會放大來聽；字數少了卻顯得字字都重要，不容易蒙混過去，尤其是開首那兩句、客戶明確表示「要有時代感、要有真摯感情」的旁白。

「理想，跟隨我哋嘅軌跡邁向未來……」

文叔又在被黑色隔音棉包圍着、僅亮着一盞暗燈的密封斗室裡揮拳了。他喜歡在配音時隨着聲音的節奏揮動緊握着拳頭的右手，彷彿這樣做便會令句子唸起來更加抑揚頓挫，更有感情。我也不記得他在甚麼時候開始這樣做，只記得以前他沒有這些大動作，旁白唸起來卻比現在自然和有感情得多。

第九十一 Take 了。

我已不懂得如何再給文叔一些有用的意見了。文叔的聲音，老實說，還是一把極其沉厚、帶磁性的男中音，語氣委婉間有時還會滲發着一派男性的溫柔。放在以前，他甚麼也不用做，只要一開腔即能征服所有電視屏幕前的男女老少。但現在，不知是時代變了還是甚麼的，說不出來。有時我想，一個人的聲音會不會隨時代轉變而有所變化的呢，就像病菌的變種，要生存就得自我

調節變化？抑或每一個時代都有不同的代表性聲音，時代會無情地挑選最能表現它的精神的聲音，過了氣的，跟時代脫了節的，就自然會遭受淘汰？

「剛才聲音還有點沙，再來一次吧，文叔。要加多一點感情。」我沒好氣地說。

文叔又說好好好，不以為忤。他已懂得不再尋問有甚麼地方需要改進。換着早幾年，他總會在十 Take 之後微微笑着、但明顯以帶點挑釁的口吻「回敬」在監督錄音工作的廣告公司創作人員：「請問，還有甚麼地方不妥當呢？」那時是專業配音人的黃金年代，像擁有一把金嗓子的文叔等當紅配音人，工作簡直應接不暇，每次配音，若然收錄超過十 Take，那肯定是廣告公司的創作人員有問題：他們不知道要甚麼東西，所以胡亂要求配音人去試不同的演繹方式；這種形同碰運氣的做法讓剛出道的新人嘗試還說得過去，要求文叔這等資深配音人去試，則簡直是侮辱。

「我們歇一歇。先吃飯去吧，文叔。」

幸好有先見之明，配音製作公司的人早安排了外賣盒飯。其實這時已差不多可以說是吃消夜了。我打開飯盒，是西炒飯。每一次做事不順遂的時候我都點這個，因為這時候我都會一邊吃飯，一邊想事情，這炒飯連肉帶飯甚麼都一顆一顆的毫無差別，不用看，只管一下一下用膠匙扒進嘴裡，保證任何時候也不會噎死。

文叔吃甚麼呢？沒看清楚。只見他拿了兩個盒飯走到外面的接待大廳。啊，對了，剛才去洗手間的時候不是瞥見陸太太在外面嗎？那時我還暗中取笑她即使靠在沙發上打盹，雙手還是把那黑色皮包抱得緊一緊。兩個多小時了，該不是還沒有走吧？

「叫你先回去就先回去。」隔着只是半開的錄音室門，還是清楚聽到文叔刻意壓低了的、明顯有點焦躁的聲音。

「不用等我了。待在這裡也沒用。沒用呀。……吃完了就回

去，嗬？……聽見了嗎？……我哪裡知道甚麼時候完結呢？我哪裡知道甚麼時候……」

文叔後面的話漸漸就聽不見了。陸太太的聲音則自始至終消隱，彷彿文叔一直都是自言自語似的。

我出去沖咖啡的時候陸太太已經不見了。文叔看見我，臉容立轉，笑着迎上來跟我說話。我瞥見他的盒飯只吃了一半，另一個擺在茶几上的則好像完全沒有動過。我提議一起到後梯抽煙。他笑着擺一擺手。噢，我忘了，他上個月終於成功戒了煙，說醫生千叮萬囑他不要再抽，否則會影響聲帶。

「陸太走了嗎？」

「噢，她嗎？走了。她有點事。」

停下工作的時候我們都不談公事。無論剛才的配音順利與否，或在黑暗中大家曾為甚麼嘔過氣，到了明燦燦的地方大家都變得十分平靜，就像這一刻，我和文叔彷彿老朋友那樣，無拘無束地，有一句沒一句地聊。

聊起過去文叔就特別來勁，說話生動而滔滔。這時我想，為甚麼這種勁頭就一點也沒有移植、感染到在黑暗的配音室裡去呢？廣告主一再申明聲音要有「時代感」，聽上去好像很玄，無從掌握，無法判斷，但回想起來，不就是要求聲音裡有一種與時代脈搏緊扣的味道，這個時代，不就是個充滿能量、靈活百變、proactive、dynamic 的時代嗎？聲音帶有這種味道，不就行了嗎？而聲音的主人自己有沒有信心 —— 有信心自會流露出這種味道 —— 就是關鍵所在。而文叔，一旦在晦暗的密封斗室裡，就像走進時光隧道，從腔喉發出的聲音總是讓人想起逝去的年代 —— 儘管美好，卻早已不是今日善變的廣告主所求的了。

「Take ninety-nine。」

文叔又在黑暗中揮動右拳了，看上去像是個驍勇異常、卻屢戰屢敗的鬥士。「剛才那一 Take 還不夠好，再來一次。」這一次

未待我開口，竟自我要求了。好，再來一次。我在等待着那看不見有任何回歸跡象的已然失落的信心。在第三遍重聽剛才所錄的聲音時我驀地分神，想，是不是旁白的性質和重要性影響了文叔的信心呢？當要配的是一種沒有要求的、類似「行貨」的旁白時，文叔的表現卻是出奇的好。記得一年前 H 城鐵路要一次過收錄近二百條標準車站廣播，全都是平鋪直敘式的樣板內容，不外是「請小心月台空隙」、「請勿靠近車門」、「車門即將關上」之類，只要語調四平八穩，帶一點親切感便可，沒有太多的要求。那次以為文叔要錄上一整天，誰知他半天不到便錄完了。本來還可以更早一些，因為起初我們都沒有要求其中哪些報站聲要逐條收錄，例如「下一站係 ×××，車門將會喺左邊開啟」之類的內容，只須收錄一條 master 母帶即可，那數十個站名其實可以分開收錄，稍後用電腦逐一合成即可。但文叔說這樣不好，合成的效果不夠自然，堅持要逐一全條收錄。但那也花不了他多少功夫，文叔那天狀態奇佳，逐一收錄比預期更快完成，而且每一條的語氣還極其專業地保持一致，若不細心，簡直聽不出有甚麼不同。記得錄音那一天，陸太太也有到來，還帶了一本厚厚的長篇古典小說，但在錄音的間隙，瞥見她也沒有怎麼看，大多時候都只是緊緊地攬在胸前，不時垂下打盹的頭顱還差點埋到雪白的書頁裡去。我想，裝模作樣罷了。但即使有看，也看不了多少頁，因為文叔不消半天便推開了錄音室的大門，那時，陽光因剛從暗室裡走出去而分外猛烈，我只在令人睜不開眼的光暈裡隱約看見兩張模糊了的臉漸漸遠去。

　　文叔的笑容忽然僵在我面前。甚麼？啊，對了，我剛才聽得不大真切，可不可以讓我重聽一次。錄音室的技術員阿海應了一聲，聲帶又再回捲：「理想，跟隨我哋嘅軌跡邁向未來。」當我看見文叔在晦暗的角落偷偷掏出後褲袋裡的錫製小酒壺時，那幾句旁白就開始一字一字彼此毫不相干地虛浮在暗燈映照的半空。

三

陸太太又回到原來的地方。她其實也不大清楚是不是原來的地方。剛才這商場十字路口的對面好像是大家樂，現在卻是星巴克了。

還是以前沒有商場時的路易記。儘管下雨時沒帶傘會很狼狽，路旁的樹蔭在停雨後也會毫無預兆地急灑一陣樹葉積存的雨水，但總比現在鑽來鑽去還是離不開這個冷颼颼的商場好得多。

她下意識地拉了拉衣襟。忽然她又想起那時候，她來到一個叫甚麼仙館的山頭也好像感到這般冷。到處都是瓷磚或雲石造的靈位，像植物一路蔓延上去，密密麻麻的，早掩蓋了山的原來輪廓。而處身其中，沒有聽見任何風聲、樹聲，路旁腳下，連一隻麻雀也沒有。四周所有聲音都好像全部收攝起來，深藏在磚石後面那萬萬千千的暗黑洞穴中。那次她還以為自己去錯了地方，因為在她的記憶中，還殘存着一座只有一片小山亭的空曠山頭，在那山亭憑欄眺望，會看見底下葱葱蘢蘢中半露着三五殿角和塔頂，再遠一些，便是浮在一片青靄之中的小鎮了。

那漸漸消隱了的小鎮叫甚麼名字呢？那次，她又在靈位上確然刻鑿的無數名字中尋覓甚麼呢？她好像已經記不起來了。就像她在皮包裡一直藏着的一本老讀不完的當代小說，每次停讀時她都用書籤做記認，但下次續讀時，她又懷疑那書籤是不是曾經掉落過，然後甚麼人撿起來隨便夾在其中的書頁間。

現在這座宏偉的現代商場就像那座沒有山頭的山頭了。她想立即從這裡走出去，走出那些無邊無際看來看去也差不多全然一樣的名字。

商場忽然響起廣播的聲音。甚麼甚麼人請注意，有人在甚麼甚麼地方等你。那些在等待的人聽起來都像是小孩子的名字。這時，陸太太忽然陷進一陣無端襲來的巨大沉思裡：家裡如今還有

沒有人在等她呢？那些小孩子的名字跟那時候人人一窩蜂喜好的名字好像完全不一樣了。她記得他曾經在一張白紙上草擬了好一些名字。那是甚麼時候呢？只記得那時他的頭髮還是黑黑的，唸着那些名字，每一字都是那麼鏗鏘，又那麼溫柔。然後他為甚麼突然收起了笑容，久久不說話了呢？

陸太太想了好久，也想不起自此以後他的任何說話來。腦海裡盡是他皺眉、搔頭、揮拳的樣子。而那張臉，到這時已經更感模糊了。頭髮、眼睛、眉毛、耳朵、鼻子，那些細節都好像完全記不起來了。腮幫下究竟有沒有一塊褐色的胎記呢？在左邊還是右邊呢？那讓她想起麻雀頰下的特別斑記。但到底是他的胎記讓她想起麻雀，還是她根本將麻雀的記憶跟他的混淆了呢？她覺得腦海裡一片空白，甚麼都好像忘得一乾二淨，只有他的嘴巴還有點印象：那是一張好像向下微彎的、不斷開開合合的嘴巴，但沒有發出任何聲音，只有把嘴巴的殘餘印象疊合到那個晦暗得有如一個無底深淵的斗室時，她才聽到一大堆品牌名字從那張嘴巴裡連珠砲發地轟出來。

啊，就是這些名字了。她在商場的迷陣裡一邊走，一邊數算着：P&G、肯德基、麥當勞、諾基亞、護舒寶、可口可樂、蜜絲佛陀、喜力啤酒、蘋果電腦……就是這些名字了，就是這些名字跟另外一些現在還沒有記起來的名字，讓她慢慢想起他的一些細節，慢慢還原他頰下的胎記，他的嘴角，他嘴角上鼻翼旁的一顆痣，再上一些，眼皮是有點塌，而眼神，眼神是怎樣的呢？她這時無論如何也想不起他的眼神來，無論是喜悅的或是恚怒的，她都完全想不起。她知道，能幫助她恢復記憶的絕對不是這些品牌名字。她需要的是那些她現在已全然忘了的，只記得是充滿喜悅的、懷有希望的、或溫柔或深情的抑揚有致的語句。但是這些語句卻是一句也想不起來。是因時間相隔太久了嗎？正懊惱間，抬頭忽見商場的一個大屏幕上正播放廣告 —— 那不就是他往日經常

配音的 H 城鐵路的廣告嗎？她在等着，中段果然響起一把男聲。但她知道那早已不是他的聲音了。她來這裡無非是再一次證實這個早已知悉的答案——不！她記起了她還另有目的。她忽然記起了對面不遠處的一個路口。那個路口會讓她走到她要去的地方。

一刻鐘之後陸太太已經坐在月台的長椅上。她的右耳向上微微傾側。她在等待一把聲音。火車開來了。聲音響起。陸太太臉色陡地一變。那不是他的聲音呀！那不是「人」的聲音！陸太太差點驚叫起來。

四

「文叔死了多久了？」錄音室的技術主任阿海問我。

「都快五年了吧。」我拿着旁白稿，靠着晦暗的燈光校對着。

「想不到終於要換了。那，我們從此以後，就不會再聽到文叔的任何聲音了。」阿海在控制台後低頭忙着。我抬頭看他，看不到他的表情。

「對啊。聽不到了。」

我想，文叔還是幸運的，他的聲音原本早在六年前已經要全部換掉，至少，在他離世的時候客戶也已經趁機換掉，但就是一直拖下來。

其實那時廣告公司已不斷受到 H 城鐵路公司的壓力。他們換了新主席，作風更加強硬，甚麼也要講求成效，計量化，規格化。他們對所有廣告都要求劃一風格，聲音親切之餘還要有時代感。這樣，文叔再也不能為 H 城鐵路的廣告配旁白了。新一輯的形象廣告片旁白換了當紅 DJ 鄺大輝，他是一個聰明人，聲音雖然沒有文叔那樣沉厚，但懂得壓沉聲線，加上靈活跳脫的演繹風格，讓客戶十分滿意；加上他當紅，穿的用的都走在潮流尖端，客戶看了看他，再聽他錄下的聲音，便覺得十分有時代感。

當然，這是很主觀的，也是先入為主的，但字音可分對錯，主觀卻沒有對錯，何況客戶的嘴巴是最大的，他們覺得他好，廣告公司便樂得順水推舟了。其實我是十分討厭他的，他在廣告公司的人面前從來沒半句好話，經常板着那副少年得志、不可一世的面孔，錄音遲到了半句鐘，連一句對不起也沒有；但客戶到來時他卻又變臉，立時談笑風生，平易近人。我最討厭這種兩面派了，但沒法，工作時還得沉着氣跟他打交道，誰叫客戶喜歡他呢。本來，客戶想連文叔的車站廣播也換掉，但鄺大輝的高昂收費鐵價不二，近二百條聲帶合計，金額十分驚人。上了市的 H 城鐵路公司說要向股東負責，唯有作罷，車站廣播還是用回文叔的聲音。

但換人危機還是接踵而至。五年前隨着「自由行」擴大規模，來 H 城的大陸乘客迅速增加，普通話廣播已變得愈來愈重要了。鐵路公司想統一用一人來作中英兩文三語廣播，如做不到，至少在中文方面，粵語和普通話的配音要劃一，讓人感到鐵路公司甚麼也講求規範，就如它的所有其他服務一樣，全部統一標準，無論乘客身在每一站、每一處，都可享受到完全一致的高質服務。

145

但最終鐵路公司還是不了了之，因為文叔錄不了普通話，在這之前不久找來加錄了普通話廣播的北京大叔閻明又不諳粵語，所以別無他法。鐵路公司曾建議找一個能操普粵雙語的人，人選是有了，但聲音不如陸閻兩人好，重新配音，又是一大筆花費，而現在每年沿用陸閻兩人聲音，只需付為數不多的續約版權費，對鐵路公司來說更為划算，所以換人之議，一直都沒有實行。

「幾年來都沒換，現在為甚麼又要換呢？」阿海又問，還是低着頭。

「你上司沒有通知你嗎？他們要換上電腦聲音啊。」

「就是那些難聽的機械怪獸聲嗎？」阿海咕嚕着。

「聽慣了就好。先入為主啊，你聽慣了文叔的聲音，當然覺得換上甚麼都不好了。」

我其實知道，鐵路公司的中層管理人員也不是十分喜歡電腦聲音的，他們曾經不無猶豫地認為那把稍嫌冰冷和平板的聲音會影響廣大乘客對鐵路公司的觀感，但聽說當他們呈示給市務總監和財務總監，解釋說電腦聲音的其中一個好處是可以長期而靈活地使用，軟件的版權費且是一次過付清，比過往用真人發聲的續約版權費更划算的時候，那兩位總監本來板着的臉容便立時寬鬆下來，連說電腦聲好呀、我們要隨時代進步呀之類的說話。

　　「不假嗎？」這時我看到阿海終於仰起那滿是疑惑的臉。

　　「不假不假。」我是在複述還是虛擬那兩位總監的說話呢，這時我也分不清楚了。

六

敬啟者：

　　先夫陸文夫先生為專業配音員，自八十年代起，即為此城不少著名公營機構及商業品牌的廣告片作旁白配音，其沉厚而獨特的嗓子，可謂深入民心。

　　十年前開始，先夫亦開始為　貴公司的形象廣告片配旁白；稍後，亦為所有鐵路沿線的車站及列車內的標準廣播內容進行配音，憑藉莊重、親切而具時代感的演繹，深得　貴公司的管理層及廣大乘客讚賞。

　　不幸地，先夫痛於五年前因突患惡疾匆匆離世。為了紀念亡夫，我每天都親往最近家居的 ×× 火車站，在月台上重溫先夫的廣播聲音，風雨不改。聞聲思人，成了我每日必做的心靈課業。

　　然而，在上周五下午，我卻發覺站裡的廣播不同了 —— 那已不是先夫的聲音了，我頓即嗒然若失。特此來函，敬希　貴公司能明白先夫的聲音於我有莫大意義；且因近年我的記憶力日漸衰退，很多事情都在迅速遺忘中，先夫的聲音，實乃挽救我僅餘的

記憶的重要憑藉。

　　謹此懇請　貴公司能恢復使用先夫的廣播聲音，讓我可以繼續在月台上聞聲追念；如不得已，亦希望　貴公司能複製他的錄音原聲給我，以作留念為盼。

　　套用先夫遺下的那一句提示：「請小心月台空隙！」我只怕一失去他的聲音，無所憑依，舊日的一切美好記憶便會一下子跌落在那看不見的歲月空隙裡。

　　耑此奉達。敬候
賜覆。

　　此致
H 城鐵路公司

葉萍謹啟

七

　　【本報記者方奕圓報道】H 城鐵路 ×× 月台上常見一個孤獨女人的身影。她名叫葉萍，她默默等待的不是隆隆而至的列車，而是亡夫的「遺言」，一句可慰解喪夫之痛的親切話語：「請小心月台空隙！」

　　葉萍的丈夫陸文夫為資深的專業配音員，多年前曾為 H 城鐵路錄下了不少廣告旁白，而我們日常聽慣了的車站及列車廣播，亦為其聲音。自從陸文夫五年前因病離世後，葉萍便風雨不改的每天前往 ×× 車站的月台上，親聆亡夫遺下的聲音，這是她化解對亡夫思念的唯一途徑。

　　「我會坐在月台的長椅上，有時甚至會待到十幾班車都駛過了，為的就是能夠多聽他的聲音。」葉萍邊說邊懷想，繾綣之情溢於言表。

　　「我的記憶力開始不行了。如若沒有他的聲音，恐怕會更

糟。」

「直至六月初的某一天，有如晴天霹靂，我聽到不到他的聲音了。」原來 H 城鐵路為配合時代發展，改用更先進的電腦錄音，取代了她丈夫的聲音。

為挽救記憶迅速亡失的危機，葉萍寫信給鐵路公司，希望可取得丈夫的錄音以作留念。沒想到 H 城鐵路的回應，讓她喜出望外。

H 城鐵路公司市務總監袁進仁表示：「我們被她的故事深深打動，所以我們翻查檔案，不但找回她丈夫的原聲錄音，複製成光碟送給她保存，還決定在 ×× 車站用回陸文夫先生的原聲廣播。」

「這不但對葉女士饒具意義，我們亦藉此傳達了一個重要訊息：在追求進步的同時，我們亦為乘客提供了一些不一樣的選擇。」

「今日，在 H 城與珠三角地區漸漸融成一片的高速發展中，我們一直謹記在心不要丟失的，就是我們 H 城人一直引以為傲的濃厚人情味。」

五

這幾天壓力大到不得了，上司十分擔心 H 城鐵路這個大客戶會炒掉我們。失去這個大客戶，我們的廣告公司肯定會像沙士期間那樣，再一次大裁員。記得沙士期間大家原也沒想過公司會裁員，因為公司一向引以為傲的，就是以員工為最寶貴的資產，從來沒有裁員的舉措。後來的事大家都想不到。為保住飯碗，剩下來的同事都只管默默地埋首工作，當一天和尚敲一天鐘。

事緣 H 城鐵路今年又換了新主席，他上任後的首要任務就是加票價。加價的建議很快獲得政府通過，但公眾的反對聲音異常強烈，民意調查說乘客對鐵路公司的印象轉向負面，說它跟地產

商一樣為富不仁，每年賺那麼多錢還要向市民開刀。H 城鐵路的回應當然是指加價是合情合理合法，是政府訂立的加價機制所容許的。但 H 城鐵路最後還是決定要在公司形象上做點補救功夫，以圖挽回一點民意，讓下次申請加價時的阻力不致再度增加。辦法，當然是交給廣告公司了。

於是，上個月我們為他們策劃了一輯全新企業形象廣告，但出來的效果卻差強人意。公眾的反應很直接：「太假了！」先前對我們的創意提案讚賞有加的市務總監，到後來當然是「反轉豬肚」了，並責成我們「將功補過」，盡快另想辦法。

因此這個星期，我幾乎天天與同事進行「腦震盪」，但想出的點子依然不多，也無太大新意。昨天更在公司工作至深宵，回家睡了十多個小時。今天醒來已是下午了 —— 啊，原來已是星期天的下午了！突然想到郊外走走，希望那裡的新鮮空氣能給我一些新點子的靈感。

搭乘的，當然是 H 城鐵路了。離開市區，發覺也好像未離開市區似的。因為 H 城的郊區其實早已不像郊區了；鐵路沿線的城鎮，以前一個接一個都很分明，現在則全讓不斷繁殖的高樓巨廈無縫地連接起來，沒有任何間隙。我在其中一站下車，不知不覺便走在回母校的路上。

為甚麼會回母校呢？不知道，就像這次自己會不會被公司裁掉一樣，腳下要走的路無人知曉。到達母校，發現方正平實的校舍，如今都被四周的玻璃商場全擋去了視野。星期天的校園杳無人跡，想當年的老師，如今恐怕已全部退休了。隔着網欄，只見三三兩兩的麻雀在操場的水泥地上跳來跳去，牠們都喜歡把尖喙往那些縫隙裡鑽，但遠遠看去，無論喙上，地上，都完全瞧不見有任何東西。

就像我已被掏空的腦袋裡如今已無任何東西了吧。當年老師們所教的，若沒有歸還的如今都沒有甚麼東西可以歸還了吧。若

老師如今還在，他們會教我如何面對這形勢的改變、這社會的改變嗎？如今做廣告的一如此城很多幹其他的，都是夕陽行業了，北上也沒前途，而電腦終將會取代人腦——還有誰仍相信人腦是不可取代的呢，就像前幾年還相信此城累積的經驗和智慧實非國內其他地區可比——他們縱有更先進的硬件，可絕對取代不了軟件呀，我們有的是「人」的靈活性，懂得隨機應變，見慣大風浪的 H 城人，出了名是處變不驚的。

就像那些麻雀，總會在沒有的地方找到有，只是我們站遠了看不見，就像我們看不見空隙裡暗藏着的無盡可能。而麻雀，啊，想起來了，昔日老師不是說過牠們是人類的好朋友、好鄰居嗎？牠們不會出現在山區，只會出現在人類群居活動的地方。

「就像老鼠。」老師說。「有人很形象化地稱牠們為會飛的老鼠。」

我也會飛嗎？我從老師身上學到的本領就只餘下文字了。像麻雀腳跡的、倉頡留下來的文字。文字讓我寫起那些不盡不實的廣告文案，也寫下那些讓人以為是真實的文字。那些文字，如今就是那些錯落在偌大操場上的疑問，此刻只會在地上蹦來跳去，下一刻，真會飛嗎？

趁暮色未來前我回到往市區去的月台上。在那裡，我竟發現一個熟悉的身影迎面而來——那不就是多年不見的陸文夫太太葉萍嗎？

行色匆匆的陸太太一眼便認出我，急步走來後劈頭第一句話竟是向我質問：為甚麼車站廣播不用文叔的聲音了？我只好如實回答。她說聽不到文叔的聲音，實在牽掛，夜裡也睡不安穩。我安慰了她幾句，對她還是說個沒完有點不耐煩。

「你看，還有沒有機會再用文叔的聲音呢？」

我說機會比較渺茫，但有機會時我會盡量想辦法，又說，我畢竟喜歡文叔的聲音。她頻說多謝，拜託，還是說個沒完。我說

要趕時間，她才問我這個最後的問題：

「文叔的續約版權費，今年沒有了，對嗎？你看有沒有辦法……」

「沒有。」我說。「我真的要走了。再見。」

我轉身走到候車的黃色警戒線前，看着月台邊上的空隙。說趕時間，但火車明顯還沒有到來——這個小小的謊言今天其實已經沒有甚麼人會介意，所以隨便說說也無妨。這時我又趁空檔構想那個早已苦無良策的 H 城鐵路廣告，正在懊惱之際，無端瞥見月台邊上也如我一樣站着的，一隻無視周遭環境正不斷埋頭啄食的麻雀——驀地腦中一聲轟響，立即急忙回身，高聲叫住這時剛好踏出月台的陸太太。

原刊《百家》2013 年 12 月號，經作者修訂。

異問

◎ 謝曉虹

　　當教授在一堆雜草叢生的垃圾郵件（那些充滿了色情網站、援交服務、偽造文件、賑災、整形，各式各樣的廣告）之中，發現那封題為「遺物」的電郵，他就知道，這是他無法迴避的一個約會，即使電郵沒有上款，內容也語義含糊：

　　臨行有東西給你。

　　在你的辦公室等。今晚務必出現。

　　學生：鷹頭貓

　　「鷹頭貓」當然不是一個真實的名字。教授眼前浮現出一個狡猾的鷹嘴，以及兩隻被渴睡填滿的，無法閉合的圓滾眼睛，然後閃過幾張課上的臉，但無法把之與「鷹頭貓」投射出的形象連繫起來。

　　即使教授如何用心把這個電郵遺忘，他還是在午夜以後想起了它。其時，時間變得很薄，彷彿無聲的蟬，那用舊了，褪去的褐黃色外殼一樣。獨自在狹窄的街巷裡穿過，教授感覺或許因此，四周才會如此幽暗而小，卻同時空蕩蕩的。走出了巷子，一道螢亮、恬不知恥的污水沿着凹陷的地面，蛇形在他的腳前爬過，他抬頭，看到天空的眼睛連最後那道縫也已經緊閉起來。

　　教授穿過的，是城市的舊區。房子都有五六十年的歷史。基本上只有十多層高。上層是住戶，地下是店面。現在已經看不到日裡品字形疊起來的木質棺材，也看不到那些一隻隻掛在鐵鈎上，被剖開來的新死豬體，牠們弧形的，傘一樣向兩邊張開的肋

骨，以及那些被拋擲在木頭桌上，燦爛的內臟。落下了的鐵閘，一律是骯髒的銀灰色。在這裡，城市已經背過身去。氣若游絲，偷工減料的黑暗籠罩着眼前的世界。鼓起翅膀的蟑螂竄出了溝渠。

教授閉上眼睛也能記起這些街道的每一個拐彎處，向左，或是轉右，但在陌生的空氣裡，他忽然意識到，即使來到這個城市已經二十多年，他其實未踏足它夜深的地域。他想像人們已經各自沿着夢，走上日裡無法看到的岔路，城市因此而脹大了好幾倍，像一個蜂巢狀的物體，變得更輕，一不小心，任何人也可以隨時掉失在某個無法辨別時空的陷阱（就像掉進「垃圾郵件箱」的黑暗洞穴裡），永遠無法回來。

現在，教授不是憑着記憶，而是一種信念，漸漸走上了山坡路（他明明記得，回學校的路要更遠一些）。天空發放着一種求救般的藍光，山和樹的暗影晃動着，彷彿在交換着秘密的耳語。學校所在的山頭，只有教授工作的那座灰色大樓，大堂裡仍亮着一盞黃燈。玻璃門已經鎖上，門上伏着一隻淡綠的，比手掌還要大的蛾。

「這個並不是我們的世界。」教授想着，便繞到大樓的後門去。辦公室在五樓，一層一層往上爬，梯間的自動感應的燈漸次亮起，教授便看到那些伏在牆上，扶手上，暗紅色的飛蟻逐一暴露於赤裸的光線中。但牠們似乎沒有被驚動，一切都是靜止的。五樓走廊的燈亮起。

教授以一個偷竊者的心情走到自己的辦公室門前。鎖匙的轉動在寂靜的大樓裡發出的聲音幾乎把他自己嚇了一跳。推開門，一切就像他中午離開時的模樣，只是教授很少像現在這樣安靜地注視它。清教徒顏色的牆上甚麼都沒有。沒有畫，也沒照片。教授知道這是一種寡情的投射，他甚至不願意在辦公室留下任何與自己有關的痕跡。成排書架上放滿了那些簇新的，被他撥歸為次等的書。主要是那些以中原語寫成文學理論選編，以及好些當代

本土作家的選集。有兩隻飛蟻停在桌面那張申請研究經費的表格上，長長的翅膀像新娘的長紗。牠們一動不動。就像某種封印似的，把甚麼凍結起了來，使辦公室失去了真實感。

辦公室內唯一有生命的，似乎只有牆上那團灰黑的物種，由教授那日漸胖大的身體所投下影子正在發放着一種黑色的光芒。就在那邊緣上，一種聲音顫動起來，最初是一種空洞的迴聲，慢慢便有了厚度。

教授走到門邊，把臉貼上去。

「是鷹頭貓？」教授試着壓低聲音，叫喚那個大概是虛構的名字。

教授原來覺得自己的行徑有點好笑，但當「鷹頭貓」成了一個實在音頻，它的存在便變得真實起來。教授稍稍提高聲線，門後似乎有一陣腳步聲漸漸接近。

教授推開門，重新走進幽暗隧道似的走廊。隨着腳步向走廊的更深處移動，便有一組的燈亮起。走廊兩邊是緊閉的門，那些門上都鑲了銀光閃閃的，沉默無言的名牌。

教授一直向前走，像神一樣。「要有光，就有了光。」直至走廊每一個角落都被照亮。

走廊盡處是一扇鎖上了的窗，教授在玻璃上看到自己微微發綠的臉龐。當他回過頭去，便看到遠處牆上一個灰黑的影子。是的，只有影子，身體不知道躲到哪裡去了。那個黑影小小的，頭髮似乎剪得很短，坦露出整個圓圓的頭顱，幾乎像個軍人，尤其身上還披了一件巨大的斗篷。從那底下露出來的雙腳像紙一樣薄。

「你大概已經認不得我了。」影子說。

教授沒有預料到是一個女孩的聲音。他企圖辨別聲音的來源，但那聲音很遠，似乎是從很久以前發出的。

「你就是鷹頭貓？」

「前幾天我才上過你的課。那門你每年都開的『文學概論』。

或者因為我坐在角落裡，你便沒有注意到我。不過，你其實應該注意到我，雖然，我已經離開大學很久了，但我們不是有過很深刻的日子嗎？只是，那實在不像是你的課，一切似乎已經徹底改變了。」

「我確實沒有任何印象。」教授幾乎想也沒有想便說。「也許你要找的人不是我。也許你記錯了，走錯了課室。」

「這裡並沒有其他人。你又何必說這些話？我們都知道，真正的課堂不是這樣的，不在那個空間。不在 203 號或 907 號房，而是另外的地方。」

教授以為影子會說出更多，但她只是脫去了外衣，露出一件貼身的芭蕾舞衣。教授注意到那微微隆起的胸部，腰的弧線，然後便是繫在腰間那種很短的，像是被剪去大片幅的傘形紗裙。他的目光落在女孩緊實的腿部線條。即使只是一個影子，但他仍然能看得出那種線條的硬度，必定經過長久的操練才能做到的肌肉狀態。

影子雙腳一下子繾成彎月的形狀，像白鶴那樣曲起一隻腳，重心便落另一隻腳上，旋轉了起來。那是典型的 pirouette，只是旋轉的速度比教授看過的都要快。在一種高速的運動中，影子腳尖就像電鑽，鑽進一個無法量度的深處。當影子躍起重新落下時，那一下一下地撞落地面的聲音如此巨大，呼呼，整座大樓開始顫動起來。這不是教授想像中的芭蕾，那種硬度幾乎就像一種強勁的機器，在工業革命的初期，人們還相信「heat！light！power！」的時候。

「你看來似乎真的已經忘記了。」

影子在一個 Grand Plié 的動作後停了下來。

「在一段時間裡，我們集體進行你帶引的冥想運動，漸漸進入一種你稱為亞睡眠的狀態。如果有人從門口探進頭來課室，準以為我們全都睡着了。只有我們自己知道，我們在『那裡』，那個

我們共同形成的夢裡，你成為了另一個你，我們也各自成為了另一個自己。我們要從身體開始，進行修練。」

「你知道，這些話給別人聽到了，可會帶給我很多麻煩。」

空氣裡有一串突然爆發的笑聲。影子渾身抖動着，直至笑得彎下身子來。

「真不能相信這是你說的話！你不是勸我們不要再相信大學？大學已經成了徹底腐化的體制？真正有想法的人都不再願意留在這裡，真正具突破性的想法無法在這裡產生？這不過是一場資本家的遊戲？我們讀的那些理論只是帶我們在思想的表面打轉，玩弄術語，而到不了任何地方？你說，如果我們真的想要逃離，我們便要進行另一種修練，以圖變成更強大的人……」

「別再說了。」教授打斷了影子的說話。

「我如何相信你？我甚至都看不見你的身體！」

「真的是『看見』就夠了嗎？」蹲在地上的影子說。

「眼見為憑。這不是我們這個時代特徵嗎？」

「但還有更根本的東西，那肉體性的部分。難道，你不想要『不須證據，獨立於足以彰顯於旁人的符號性以外』的『總體性或內在享受』？簡單點說，你不想要摸摸看？」

教授沒有說話。的確，他幾乎已經忘記了，自己對於身體的渴望。他甚至都忘記自己擁有一個身體，除了偶爾的感冒與高熱，帶給他身體的沉重感。現在，想起身體，那就是往下墮的感覺。他如何會不渴慕？一個具有溫度的，具有肉香的，向上飄升的身體？是的，這裡並沒有其他人，他甚至不想思考任何言辭，來假意拒絕。

「閉上眼睛吧。」影子說，教授便閉上了眼睛，並意識到一個溫熱的身體正在逼近。他的手向前摸索，那個軟軟的彎度，大概就是她的脖子，那裡有一個陷進去的地方，連繫一大片更軟的，流奶與蜜之地。教授的手正在進入一個暗黑的隧道。是的，這是

他渴望的，久違了的肉體的感覺。他渾身的毛孔都在擴張，他感到整個人就像棉花一樣軟濕了起來。

教授想要集中精神去感受這個身體，但不知道為甚麼，他的心神如此輕易就渙散。他想起少年時代的一家小賣店，店面掛滿了七彩顏色的玩具汽車和糖果。陽光在背後，看店的老頭有一隻眼已經壞掉，因而笑起來帶着一絲惡作劇的氣息。

少年只有母親給他的，足夠買牛奶的兩塊錢。老頭粗糙的手卻捉住了他的，把它伸向一個粗麻布製的骯髒的摸彩袋。

「想着你要的東西吧，你就會得到。」

於是他鬆開了另一隻手，把那無味兩元硬幣交給了老頭。

在老頭自製的卡紙版上，不同顏色的圓形籌碼通向不同的天堂 —— 頭獎的位置畫着一台洗衣機（沒有人相信那是真的），但二獎的位置貼着一張照片：一輛單車，那一輛純白的單車（少年相信那是真的）。他小心翼翼地把手探進那個通向幸福的袋裡。

老頭笑瞇瞇的看着他問：「你摸到甚麼？」

少年抬起頭來，臉上充滿了疑惑。那個小小的摸彩袋裡，他居然摸到活的東西。他不敢說出來，那是一具肉體，比那個袋子巨大得多的肉體，他摸到如雕塑一樣堅硬清晰的部分，他也摸到了軟如雲霧的世界。

「再往下摸索吧。」老頭似乎看穿了一切，鼓勵他說。少年把手往更深處探，他知道，自己已經非常接近那身體最隱秘之處了。他只是奇怪，為何，那不是突起的，硬硬的東西，灼熱如他自己的身體。

老頭臉上有一種慈悲的笑。他問少年：「怎麼，摸到了嗎？」

「我摸到了，但那不是我需要的東西。」少年說，同時臉上泛起了一片紅。

老頭和少年都知道這是一個謊言，但誰也沒有拆穿它。少年閉上眼睛，而老人卻用他那隻獨眼看到了全部。

老頭看到少年扭曲的臉部，他以為少年正體驗到一種幸福，但事實不是如此，當少年試着把手指頭探進一片神秘的黏稠的海，並準備讓整個人都沉時，他便落入了黑暗的海裡。少年甚麼也找不到，只是感到身體有另一個部分正被撕開。少年意識到，袋裡的身體正是屬於他自己的，一隻異己的手正從外面探進來，正要粗暴地扒開了他的身體，進入到他更深的地方。

　　教授恐懼地張開了他的眼睛。

　　自動感應燈似乎已經失去對他的知覺，現在，走廊是一片暗黑。教授想，如果有甚麼突然闖進來，燈光會被再次觸動，他的身體就會像那些奇異的生物一樣，突然暴露在目光的暴政之中。

原刊《香港文學》2014 年 1 月號

累

一

「根據美國疾病控制與預防中心之定義，患者須全部符合下列兩項。

超過六個月以上，無法解釋的持續或反覆發作的嚴重疲勞，而且疲勞並非因過度勞動所致。疲勞無法經過休息改善，導致明顯下降的活動水平。

下列四項或以上之情況（必須在有疲勞症狀的期間同時發生）

記憶力或注意力缺損

勞動後，極度疲憊

睡眠仍無法改善疲勞

肌肉痠痛

非發炎性之多發關節痛

與以往不同型態或嚴重度之頭痛

重複發生的喉嚨痛

頸部或腋下淋巴結腫痛⋯⋯」（——維基百科）

通識科要求每人交一份「研究報告」，而且要做足一學年，阿晴從來不知何謂「研究」，只知電視上講的都是甚麼大學做的，也不知為何忽然要一個中五生做「研究」。不過，功課嘛就是要做

的，今天通識科變了自修課，阿晴便上網尋找通識功課的材料，邊找邊苦惱着怎樣找個醫生來訪問。黃 Sir 學期初給大家工作紙，叫大家寫下自己「最關心的題目」，而且「研究」過程要做訪問。阿晴之前一晚沒睡好，那天一早又有英文測驗，到了午飯後的通識課已飯氣攻心，黃 Sir 又講外星話，她便不斷在座位上釣魚。忽然，有個大大的陰影在她前方，發出密集的「確確確確確」的聲音，一睜眼是黃 Sir 肥大的肚腩，正在用手指關節敲她桌面，她便拿起筆寫了個「累」字在題目欄中。黃 Sir 頓了一頓，沒神沒氣地嘆了口氣：「那要訪問誰？快寫下吧。」與他敲桌子的威風不成正比，阿晴以為他還要再教訓甚麼，但他已走到後面，去敲另一個睡着了的同學的桌子：「睡到流口水啦陳正健！」全班便趁機大笑起來。今天教通識科的黃 Sir 告了病假，聽說大感冒啞了聲音，通識課變了自修課。教員桌上有代課的 Miss 陳帶來一堆長城一般的習作簿，Miss 陳挺着汽水蓋般大的黑眼圈在改功課，頭壓得低低的，阿晴抬起頭時，剛好看 Miss 陳好像揹起了後面的黑板。

二

電腦的時間儀顯示下午四時半，阿敏心裡慌着，右邊太陽穴開始疼起來。她正努力嘗試在辦公桌上、電腦裡不動聲色地拚命找活幹。倒不是她懶，也不是這份工作真的很輕鬆，只不過，這小型貿易公司的工作，忙亂是一期一期的，忙起來，經常性 OT，半夜也回不了家，但有時，也會準時上下班。辦公室在旺角一棟不大豪華的商廈裡，地方不算大，老闆米高梁、兩位經理、五個小職員們，在四百平方呎的地方，擠在一堆過日子。

米高梁覺得尊卑要分明，所以在這麼小的空間還是要按比例給經理和自己弄個房間。同時，為了人盡其用，便想了個絕招：把自己的和兩個經理的房間全部設計在窗邊，成一半圓圍繞着小

職員們的工作空間。同時，又命人用大玻璃來間房，要求經理不准在玻璃上裝上任何簾子或貼上任何阻礙視線的東西。

米高梁對這個設計十分自豪，並經常在高爾夫球聚時與其他生意夥伴大談管理心得：「辦公室設計得好，比閉路電視管用！只要加上適時的員工聯誼，工作效率一定好！」阿敏與其他同事，一如老闆所預計，總是坐立不安非常自律。不過，米高梁所沒有預測到的是，在工作不是最忙的時期，員工心裡只有更慌。把工作拖慢來做吧，又怕老闆發現；做得快吧，又怕手腳太快，臨收工時顯得太有空，會被認為是冗員，故此，「裝事忙」已成為工作技能的一部分，只是小職員們心照不宣。

可是，今天阿敏卻發現：糟了，失策，上一批單據處理得太快，並已交了給經理，下一批單明天才有，四點半已無事可做了！距離下班時間還有一個半小時，怎辦怎辦怎辦……心裡想得慌，表面上還是故作鎮靜，把幾個文檔開出來，裝出一副認真得不得了的樣子，全神灌注在熒幕上，只祈求背後那個老闆不要無端端走出來視察……

三

放學鐘聲響起。自從新校長決心要把學校從第三類中學變成第一類中學後，所有人都知道放學鐘是假的。不過，大家還是趁補課前的十分鐘，大叫大笑，跑來跑去。學校是偏遠地區屋邨內的第三類中學，地方不大，四處都是石屎玻璃，聲音在硬物之間撞來撞去，像一堆金屬割來割去，副校長在校務處廣播着甚麼，每間課室都聽到，卻又甚麼都聽不到。

阿晴站在窗前，穿着學校那永恆過大的風褸在伸懶腰，心想怎麼每天睡完好像沒睡過，眼前又只有一望無際、一式一樣的大堆公屋，遠處有被不知名工程攔腰切割着的山。不一會英文老師

陳 Sir 慢條斯理走進來，同學們都自然地發出一種低吟。大家都只好又回到那個座位，靜靜坐着。陳 Sir 例牌地從沒精打采瞬間變臉成充滿朝氣地笑着：「大家提起精神，捱多兩小時就完啦！大家加油！」然後便開始，文法文法文法……外邊操場有籃球校隊為明天校際比賽在練習的聲音，球鞋唧唧唧唧的聲音，籃球撞架的聲音，同學叫喧的聲音，每一下都顯得，特別清楚……

四

　　好不容易裝忙裝到六點鐘，以為終於放監了，殊不知老闆的親善活動又來了：「各位同事，今季業績不錯，辛苦大家，我決定今日要請大家打邊爐，聯誼一下嘛，訂好枱了，收工一起去啦！今天星期五，晚飯卡拉 OK 直落！」人人擠出微笑面面相覷，經理 Michelle 跳出來說：「不好意思呢，我姨媽今天生日，我一定要回家呢，大家吃得開心些啦！」其實大家都不知 Michelle 的姨媽是否今天生日，或甚她到底有沒有姨媽，只知，可以脫身的 quota 已被拎走一個了，誰也不敢再說甚麼。阿敏旁邊的戴力鬆一鬆領帶低聲自嘲道：「我是鑽石獨男，一定奉陪到底！」

　　阿敏上一次已祭出「阿妹生日」，今次不敢再推搪老闆的邀請，她望着手提電話，正想着要怎樣跟男友艾力說，男友卻打來了：「敏豬豬……」男友故意拖長第三個字以表親暱，還不等阿敏說話便連珠砲彈：「我今日準備好同你一齊去 keep fit！帶齊了運動衣啦，等一下在銅鑼灣地鐵站等！」阿敏吞吐了半天，便擠出了今天要陪老闆的事情，卻換來：「敏豬豬，你再這樣下去不行了，我都有肚腩了，明年結婚啦，現在我們要一起減肥呀！！你要多做運動才對，怎麼老是找藉口推我呢！」

　　阿敏百辭莫辯，上次的確因為太累而隨便找個藉口推了艾力的「做運動約會」，她兩眼瞪着桌上男友送的圓圓的小仙人掌，

162

心想都是自己不好，上次搞了個「狼來了」，這次怎樣說他才會信自己？正猶豫着，艾力卻已等不及了，卻還是盡量溫柔地道：「算啦！我自己去啦，但是電視都有講啦，這世上沒有醜女人，只有懶女人，我只是想你健康，不想你結婚之前就變了肥師奶，知道嗎豬豬？」

阿敏放下電話，摸着她的小仙人掌，手被刺紮着，眼眶有點濕了起來。這時米高梁站在辦公室門口，高聲催促着同事們起行，阿敏只好拿着手袋站起來，緩緩戴上一個笑容走過去……

五

好不容易捱到真的放學，阿晴已被文法文法文法弄得「神魂顛倒」，陳 Sir 說過甚麼，她明明有去聽但一點也記不住，趴在桌上不想動，安琪卻來拉她：「喂，明天星期六不用交功課，去玩玩才回家吧！」阿晴不想做甚麼決定，便由安琪拉着她去。

其實這區說去「玩」也不過那一、兩個商場，每一個都差不多，店舖都是那些，某一層總有個遊樂場類的東西，夾公仔、扭蛋、射槍、遊戲機，好多好多各種顏色的燈閃閃閃，好多好多各種攻擊與被攻擊的聲音在轟炸，還有這區不同校服差不多年歲的人在四周叫叫笑笑。

阿晴被安琪拉着在轟炸聲中穿梭，望着安琪使勁地玩、努力地玩，彷彿可以玩掉學校的悶氣。安琪則一股勁兒投訴她：「不投入怎會好玩！來！」便握着阿晴的手令她舉起長槍搭在肩上，邊調整阿晴的姿勢邊說：「你最憎誰，就把那個鏢靶當作是那人就可以了！來吧，開槍開槍！」機器發出一個巨大的仿槍聲，隨即也加上安琪誇張的叫聲，和一些奇怪的聲音，阿晴自己都不知自己射到哪裡，安琪卻在跳跳跳：「哇，天才射手呀！快去換禮物！」便旋風一樣拉着阿晴去換禮物。

穿鮮艷服裝的工作人員呆呆地指向身後的櫃，櫃裡有一列列的機械人和毛公仔，比她們早上排隊時更整齊地排列在那裡。阿晴看到櫃邊一隻軟軟的灰兔子，毛和耳朵都長長的蓋着眼睛，好像未睡醒，便指了指那兔子，工作人員便拿到她手裡。她雙手捧着兔子，覺得有點好笑，安琪明顯不太同意她的選擇，邊在咕嚕咕嚕可惜着一隻米奇老鼠或一隻維妮熊。

六

明明是大夏天，縱然有冷氣，火鍋吃下去實在感到非常燥熱。阿敏不斷地喝酒樓提供的那些酸梅湯五花茶，祈求着不要吃出太多暗瘡來。米高梁心裡實在為這季業績沾沾自喜，多喝了幾杯，開始高聲說話，只是酒樓實在吵，其實不太聽到他說甚麼，但他又時不時點名要人回應，大家又只好豎起耳朵，在人海和電視聲中，努力分辨老闆的聲音。

打完邊爐還不能走，還要陪唱 K。米高梁熱愛張學友和陳奕迅，但米高梁天生音域窄，大家只能陪着唱陪着聽，有時老闆還要點唱，要阿敏用她的雞仔聲唱徐小鳳和蔡琴，叫五音不全的大力唱譚詠麟張國榮，又叫鵝公喉的何太唱容祖兒 HotCha……唱了還要乾杯。

暗黑的 K 房裡，大家努力賣唱，我唱得不夠動人你別皺眉，只為人人要供樓交租，你當我是浮誇吧，誇張只因我很怕，有孩子的要供書教學，大家都心裡明白，即使荒腔走板，也只能同心同德地互相容忍，完成任務，為老闆的急口令歌拍掌：殺不死你殺不死你也醫好你切記要爭口氣要爭口氣……唱到不斷「勝利」的時候，阿敏只覺背脊、手腕不知何故，都在發疼……

七

　　唱 K 派對終於在米高梁聲稱送給員工的「每天愛你多一些」的酒氣之中終結。大老遠回到大西北的家，阿敏在電梯裡差點站着睡着了，打開門，便見阿妹抱着一隻毛公仔在沙發上對着粵語殘片睡着了。飯桌上有阿爸留下的字條，說貨櫃碼頭有意外，有同事工傷，不夠人用，今晚又要開通宵，又說，買了阿妹的生日蛋糕放在雪櫃，還留下一封利是，叫阿敏陪阿妹去挑禮物，幫阿爸講聲不好意思……

原刊《香港文學》2014 年 1 月號

時空・少女

◎ 周蜜蜜

門還沒打開，這麼一陣歌聲就飄了過來。這是時下流行的韓國少女歌手組合「少女時代」唱的一首「熱爆」了的歌曲：「這樣的黑夜獨自感受／你溫柔的呼吸／這瞬間溫暖的感覺襲來／傳遞着我所有的顫抖／愛你就是這樣感受你／曾描繪的彷徨戀人的經過／只想着你也讓我變堅強／不要哭泣請幫助我／這瞬間的感覺和你在一起／要表達悲傷的時刻／雖然都散去後只聽得見／閉上眼睛感受吧感動的心／投向你的我的目光／雖然在等待特別的奇跡／擺在眼前的我們經歷的路」

于靖雯在歌聲中踏進家門，就見女兒雲晴晴手拿着一束紅艷艷的玫瑰花，站在收音機前，隨着節拍，且舞且唱。而她身上的衣裝，就只穿了一條內衣底裙，性感得連作為她母親的于靖雯也不好意思直視。忍不住嗔怪：「你這是搞甚麼呀？穿得這麼少！」

晴晴挨過來，撒嬌地扯着于靖雯的衣袖，嗲聲嗲氣說：「嘿，我的媽呀，我這樣才覺得自己最像個女人啊。而且怕甚麼？爸爸今天不回來，家裡沒有男人。」

「還說呢？我正要問你，送花給你的，是個男的，就是那個劍橋生吧？」

「那當然。」晴晴離開靖雯，不悅地說：「這可是我的隱私，請別再問了。」

這麼快就關閉了閘門，靖雯不由得生氣了：「這是甚麼話？我是你媽媽，理所當然要瞭解你的一切！」

「可是，我也長大了，是獨立的一個人了，有權利保留自己的隱私呀。」

「唉，獨立一個人，我的囡囡，你連書還未讀完呢，還是專心一志地完成你的學業，再做別的事情，好不好？」

于靖雯說着，情不自禁地用手撫了一下晴晴鮮嫩的臉龐，眼角的目光同時掃視了一下，無可否認的事實擺在眼前：良好營養的滋潤，令晴晴的身材發育得健美，玲瓏浮凸，別有一種少女的魅力。

「咦呀，媽媽你就不用擔心，我一定會把書讀完、讀好的。可你也不能老把人家當小孩子辦，就給我一點小小的空間，好嗎？」

晴晴把頭歪向靖雯，可這一下正顯現了她的孩子氣。

「傻囡，我不是不給你留空間，只是怕你分了心，影響學業，將來後悔莫及了。」靖雯語重心長。

「得啦，都說人家已經不是小孩子了。」

「還有，更不要互相影響，帶來更多不好的後果。」

靖雯不由得伸手指着那一束看來那麼刺眼的玫瑰花。

晴晴眨眼道：「哎喲，我的媽呀，難道說你不喜歡這花？那我來處理掉吧。」話沒說完，已轉身走入浴室去。

靖雯有些措手不及，急忙跟過去問：「你要怎麼樣？」

「用它來洗一個花香浴呀。」

晴晴把一片片血紅的花瓣摘落到浴缸裡。

「你呀，真會折騰！」

靖雯用手指點着晴晴的額頭，冷不防晴晴把花絮遞到她的眼皮底下來：「媽媽，你看像不像少女的經血？」

「胡說甚麼？少女的經血是很寶貴的，哪能這麼亂比亂糟蹋！」靖雯輕打晴晴的手一下，說。

晴晴俏皮地伸伸舌頭，說：「不敢啦。媽媽，你是多大『破處』的？趁着人少，告訴我呀。」

靖雯一愣，說：「怎麼愈來愈放肆？你是不是已經……」

「絕對沒有，我可是在學校正式接受過性教育的，媽媽你用不着擔我的心，我問你只不過是想取點經驗。怎麼樣？不能說嗎？」

「那……可是我的隱私。不過，我可以告訴你，這些天我瞭解到時下女孩子的一些事。」

靖雯把阿細和秀秀的事，大略地告訴了晴晴，提醒她要小心、警惕。

「還以為援交少女是小說、電影裡才有的事，想不到是真有的呢。媽媽，你的工作真好，可以把真相告訴大家。」

「我就是希望你這樣的觀眾看了，能有所警覺，不要輕心大意再犯錯呀。」

「我的媽呀，我是你的女兒，難道你對我沒信心？」

晴晴把眼睛瞪眼圓溜溜的。

「話不是這麼說，你很快就要走進社會，我這當媽媽的，也必須盡責任的。」

「嘿！我的媽媽是最負責任的，我可是百分之百的信任你，所以我們平等對待就好啦。」晴晴嬉皮笑臉的扶住靖雯的肩膀，「來，我們一起來洗玫瑰花浴，保持我們的潔淨芬芳。」

靖雯哭笑不得，推開晴晴，說，「用不着搞那麼多花樣，你懂得潔身自愛就好。」

「知道啦，我的媽。」

晴晴說着，把浴室的門關上了。

可是，那鮮紅欲滴的玫瑰花瓣，似乎已經留在靖雯的眼簾，揮之不去。

像不像少女的經血？

像，確實是像。晴晴這孩子，眼光利，腦筋快，比當年同齡的靖雯厲害得多了。

說實在的，現今的少女，哪一個不是厲害的角色？做父母的

一下不留神，不在意，都會管不住。那個秀秀，瞅空就溜到社會上去混，以少女的性作本錢，援交援交，交換物質的慾望。

「很快的，我甚麼名牌都能買得到，但就是心裡發虛，覺得這樣的生活也沒有多大意思。」

她木然地對靖雯說，彷彿已經歷盡了人世間的滄桑。

對幾個男人進行過「援交」之後，秀秀賺錢的目標達到了，但對於自己生命的存在價值，卻茫然不解。到頭來，還是社會工作者幫忙，讓她回到學校，回到家庭中去。

靖雯看着秀秀充滿疑慮、似乎沒有對焦的眼光，徒然想起晴晴的話：

「你的工作真好，可以把真相告訴大家。」

她頓時覺得心頭一緊，有種無形的壓力，從四方八面聚集，把她包圍起來。

「于帶隊！于帶隊！快出來！出來！」

有人在門外氣急敗壞地叫嚷。

剛要入睡的于靖雯吃驚地從牀上爬起來，去開門。

只見根叔和兩個揹着步槍的民兵站在門外，一臉焦急的神色。

「于帶隊，馬上過去看看那班知青，怕要出事了！」

根叔的兩眼瞪得像牛眼那麼大，衝着于靖雯一揮手，轉過身就走。

于靖雯雖然似是被潑了一頭霧水，但也只得跟着走，再一路追問。可根叔的舌頭急得就像絞成一團，愈問愈講不清，于靖雯費了很大勁，才知道剛才民兵例行巡邏的時候，經過男知青的宿舍，裡面竟然空無一人。民兵覺得奇怪，深更半夜的，不回來睡覺，人都跑哪裡去了？他趕過去女知青宿舍那邊，五步之外，就聽到裡面人聲喧嘩，但是一走近，即刻就黑了燈，大門緊閉。這裡面在搞甚麼鬼啊？民兵滿腹狐疑，立刻向老根叔彙報。老根叔也覺得這情況十分古怪，但知青的事情，又是在女宿舍裡面鬧的

事，還是要找帶隊幹部來一起查處，所以，就匆匆地把靖雯也找來了。

很快地，他們一行就走到了女知青宿舍，只見門緊閉著，只是不時傳出陣陣歡聲笑語。

靖雯和老根對望一眼，他示意她不動聲色地掩至，他和民兵殿後。靖雯上前去敲門，裡面的人馬上噤了聲。

「開門！快開門！」

靖雯焦急地催促。

老根和民兵躍上前去，也不待裡面的人應門，就一手把門推開了——那門原來並沒有上鎖，只是虛掩而已。

靖雯順勢把燈掣按開，一幅做夢也看不到的「奇景」出現在眼前——

男知青和女知青幾乎全都在這屋子裡面了，三三兩兩的分佈在上上下下的各張架牀，一個個不是衣衫不整，就是……無下裝和光了上半身，太可怕，太噁心了！靖雯簡直不敢直視他們。

「你們、你們這群淫亂的畜牲！禽獸不如！禽獸不如！」

老根咆哮起來。

靖雯兩頰連耳根都火辣辣的赤痛，她的感覺就像是被老根當眾指罵，因為她是「這群淫亂的畜牲」的帶隊幹部，也就是等同於一個集合體的，出了事，就要有罪同當。但此時此刻，她的頭皮發麻，兩眼發直，實在不知道如何是好。

「起來！起來！」

民兵落力地一邊叫喊，一邊動手掀起牀鋪，逼令躺在被窩裡的知青走出來。啊，天哪！靖雯不敢相信自己的眼睛，這麼光脫脫的一對，女的竟是看起來非常孱弱的余秀嬌，而男的……哎呀呀，就是那個陰沉少言的「老」知青吳國良。兩個人一絲不掛的互相交纏，猶如兩尾出水的白鱔魚。

「你這個老知青也來？還這樣的不知羞恥？混蛋！」老根指著

吳國良的鼻尖罵。

「嗚……」

余秀嬌哭了起來。

靖雯忍不住扔過去一條毛巾,想讓吳國良和余秀嬌遮住羞處。

「別給他倆,這些畜牲,都是不知羞恥的,統統給我押到民兵指揮部去!」老根罵罵咧咧的下命令。

民兵即刻執行。

靖雯這才有點像如夢初醒,追上去,低聲對老根說:「太晚了,要不明天再處理?」

「于帶隊,你的腦子怎麼盡進溫吞水?現在已經出事,還等甚麼明天?走!」老根再次咆哮,于靖雯頓覺無地自容。

按照他的指令,民兵把一群醜態百出,狼狽不堪的男女知青,押到民兵指揮部,一些收到消息的農場職工,紛紛趕過來「觀光」。

「妖怪!」

「作孽!」

「他媽的!丟他八輩子祖宗的臉,真不是人!」

叫罵聲此起彼伏,弄得知青們一個個面無人色,抬不起頭。

謾罵、凌辱就像帶毒的利箭,肆無忌憚地向着他們一齊射襲過來,形成了不倫不類的批鬥會,這是于靖雯有生以來也不曾見過的。她不斷地用手揉眼睛,還是不能判定,這究竟一場惡夢,還是正在發生的恐怖實像。

離開電視台,在往家去的路上,于靖雯一直尋思,秀秀的個案,和阿細相比,更有典型性。

家境良好,嬌生慣養,卻對名牌物質的追求慾望特別強烈,以此來填補精神、思想的空虛。這不正是現代都市少女的「通病」嗎?走「援交」之路,是她們一部分人的選擇,達成的就是物慾的暫時滿足。儘管她們付出的是青春、貞潔,和得到的只是區

區物質享受，完全不成比例的。但是這些嬌縱的少女，卻毫不在乎。當真正的悔恨來臨，都已經為時太晚了。像那個秀秀，名牌到手，卻更加感到心靈虛廢，想要重新回家，投入父母的懷抱，就很難很難。

靖雯想到這些，心情沉重，連腳步也沉重了。走到家門口，已是入夜時分。她拿出鑰匙，正要插入匙孔，一個陌生人，臉孔蒼白頭髮金黃的異國青年從暗裡閃出：「Auntie！」

靖雯本能地轉身高聲叫：

「你是誰？叫我嗎？」

「Yes, my name is Ken, I want to see qingqing！」

啊，居然找上門來，離譜！靖雯在心中怒叫，但又十分猶豫，不知道該不該讓他進門。

這時候，偏偏雲朗也拉着簡便的行李回來，開口就道：「怎麼啦，來找我們晴晴？還不進去幹甚麼。」

一句話，就把 Ken 和靖雯都帶進家裡去了。

無可置疑，這就是晴晴・私・自・在外國結交的所謂男朋友，毫無預告的就直闖「香閨」了。真是荒唐！可是靖雯想不到，自己的女兒比他更加荒唐，人不在家，也不知跑去哪裡，電話老是打不通。扔下這麼個不懂世事的小老外給爸媽，讓他們留他也不是，趕他也不是，急得團團轉。

還是雲朗不忍心，招呼那小老外洗浴，吃喝，直忙亂到大半夜，晴晴才打來電話，讓雲朗把小老外打發去附近的青年宿舍，她自己則留在女同學家，不回家住了。還說因為功課緊，從此要聽媽媽話，認真讀書。又叫他們想法勸阿 Ken 快點離開香港回英國，因為他也要應付畢業試的！

這一下，把靖雯和雲朗弄得暈頭轉向，但又無可選擇。他們只好連哄帶推的把小老外送去青年宿舍，安頓好之後，再雙雙回家，幾乎累得趴下了。

「唉，現在的女仔心，怎麼就像五時花，六時變。晴晴前些日子隔着十萬八千里的遠洋，還天天雞啄不斷地和人講電話，現在人找上門來，她就理都不理了？」雲朗躺在牀上，發出嘆息。

「這叫做懸崖勒馬，回頭是岸。」靖雯答得很精簡。

「哦，你是這樣認為的，是不是給晴晴做過甚麼思想工作了？」

「也沒有那麼嚴重，只是談過我們電視台要拍的援交少女的事罷了。」靖雯把那天和晴晴講的話，大略地說了一下，雲朗恍然道：「原來如此，你還是及時從反面提醒了我們的女兒，有效！有效！只是害慘了千里追來的小老外。」

「怎麼是害慘了他呢？倒不如說是曲線挽救了他，讓他趕快回去唸好書再說吧。」接下來雲朗說了些甚麼，靖雯已經聽不到，迷迷糊糊的睡着了。

「雯，你看看！快起來看看！」

朦朧中，靖雯聽到雲朗焦急又激動的叫喚。

她用力睜開眼睛，雲朗手拿着平板電腦，坐在她的身邊。

「怎麼啦？出了甚麼事嗎？」

靖雯嚇得即刻醒來，坐起。

「你看看！是你們準備要拍的人和事嗎？」

雲朗指着平板電腦的屏幕，急促道。

靖雯看見上面正播放着一則「動新聞」，一個瘦小的女孩子，站在一座高層建築的窗台邊緣，下面有消防員，警察，張開了拯救的氣墊牀，自然還有不少旁觀的途人。

報道說，這個女孩子企圖跳樓自殺，被人發現報警，各方面的機構和人士，正在勸說和拯救她。

「是她！阿細！阿細啊！怎麼會這樣？」

靖雯從牀上彈跳起來，抓起電話，才覺得腦子一片空白：現在該怎麼做？怎樣才能阻止阿細自殺？自己有甚麼能力去做？可

以做得到嗎？

「你們都睜大眼看看，這就是這一次知青亂搞事件的禍根！啪！」

「車頭燈」兩眼瞪得大大的，把一本翻得捲起紙邊的筆記簿丟放在桌面上。

他是為了知青女宿舍出的事，代表廠方工會和黨支部，專程來到農場處理的。事實上，那夜晚出事之後，所有參與的男女知青，都幾乎「赤裸裸」地受到審查。不過，那是農場方面的領導自行作出的臨時處理，廠方接報後非常重視，當然，這其中包含了知青家長，也就是工人們的各種反應，多多少少迫使廠方領導不得不派出專人來和農場方面認真商議善後事宜。

眼下，所有在場參加知青工作緊急會議的人們的焦點，都集中在那個「禍根」——一本毫不惹人注目的舊筆記簿上。這是甚麼東西？居然可以引發知青集體作案犯事？

于靖雯的視線快速地掃過那本筆記簿，只見上面有幾個用原子筆寫下的大字：「少女心」。

如同觸動禁果似的，靖雯的心一揪，頓然有種異樣的感覺，啊！少女，這是哪個年代的名詞？她似乎很久很久也沒有聽到人提起過。

「于靖雯，問題是出在你管理的知青宿舍，你的責任最大！這麼污糟邋遢的黃書，就是資本家出身的老知青傳給新知青看的，你得好好查看清楚，他們都中了甚麼毒？為甚麼會做出那樣荒唐可恥的事來？」

「車頭燈」狠狠地拍拍那本筆記簿，再把它丟給了于靖雯。他真的動氣了，連名帶姓地指着她下命令。

除了點頭應是，她想不到還能做甚麼。

「車頭燈」當天晚上就趕回廠裡向上頭彙報了，那本舊得捲了邊的筆記簿，就留在于靖雯手上。

「老知青」吳國良怎麼會有這麼一本「車頭燈」說的「黃書」，實際上是一篇小說的手抄本的？

經過多番盤問，吳國良的答案還是含糊其詞，一會兒說是在路上撿的，一會兒又說是在鎮上的公廁裡拿來的⋯⋯總之，他就是交待不清。民兵們做過幾次筆跡測試，也沒有結果⋯⋯這本手抄小說的筆跡、字樣多變，看來是不止一個人抄寫的。而這書的內容⋯⋯靖雯的眼球被牢牢地吸引住，她從來沒有看過這樣的手抄小說，雖然自從知青宿舍出事以後，她就沒有睡好過，哦，不止了，那是從雲朗來過，和她「親熱」之後，她就沒有一晚睡得安穩的。眼下，又是一個不眠之夜。

這是一本甚麼樣的怪書啊？值得那麼多人去抄寫，去傳閱！奇就奇在靖雯愈看愈想看，愈看愈覺得書裡的人和事，都和自己愈來愈接近！少女心，寫的是少女主角的心事、心理，這小說裡的少女主角，年齡和靖雯根本相差不遠，對一個熱烈地追求她的男孩子動了情，自然而然的，就「上了牀」。

在此之前，靖雯對於「上牀」這種事，只是一種模模糊糊的概念，就知道那是男女之間最私密、最不可告人的勾當，純潔的女子根本不能說，甚至於不能想，那可比時下「鬥私批修」的小資產階級一閃念更為可恥。但眼前的這一本書，卻非常詳盡地、巨細無遺地把少女主角和她的男朋友之間在牀上所做的事體，一一描畫出來。靖雯看着，臉紅耳熱，心跳加速，卻沒法停下來。

怎麼搞的？這不就是雲朗想要和她做，但又做不好的事情嗎？原來天下間少女少男都是這麼樣的！靖雯下意識地伸出手，撫着自己的胸，又順着身體，一直向下面摸索那敏感的部位。啊！原來男女就是這樣交融，人類就是這樣繁衍的。原來，自己一直都很傻很傻！這些日子，她那麼擔心自己和雲朗會「搞出人命」來，天天焦躁不安地期待月事來臨，卻原來和雲朗只是限於性行為之前的親熱階段，完全沒有性接觸，就那麼驚恐萬狀了，

實在是太無知、太白癡了。而這本書的女主角和男主角，無拘無束，水乳交融，得到了男女之間性情交歡的樂趣。

她再也不能平靜下來，心情激動地走向窗邊，外面的星空已透出黎明的亮光。雲朗啊雲朗，你此刻在哪裡？正在做甚麼呢？是否像我一樣無法入眠？你知道我此時多麼想你，想和你好好地「上牀」嗎？

她的目光流盼，不覺落在遠處的知青宿舍去，那屋裡的少女少男們，你們有許多都看到過這手抄本的，和我的想法是不是……

她打了個突，掩臉，搖頭，她不敢想下去，太危險太危險了，她這知青帶隊幹部，和那些困在宿舍裡的男男女女的知青們，感覺上差不多就成為共犯了，她還怎麼能在這裡做得下去呢?!

站在高層大廈的頂端，阿細小小的身子，顯得更加細小，被亂七八糟的電線、接收器刺擊着的暗黑天幕，似乎隨時會把她吞沒。

然而，她此刻成為千萬人注視的焦點。

警察們來了，消防員來了，談判專家來了，各間電台、電視台、電腦網站、報章、雜誌的記者也來了……架高的雲梯，張起的繩網，鋪開的氣墊，還有閃光的攝影機，全都向着她而來。

「為、為甚麼會這樣？有甚、甚麼辦法叫她下來？」

于靖雯氣急敗壞，向着當初介紹阿細見她的社工負責人嘶叫。

對方搖搖頭，艱難地勉強作答：「這個女仔，唉，難搞，一驗出有性病，就完全失控……」

性病？于靖雯被這個刺耳的名詞一炸，頭皮像過電似的一陣發麻。她忍不住用手捧住自己的頭，既是對自己，也是向對方呼叫：「快想法救她！救她……」

「哎呀！她跳下去了！」

「救命！真不敢看啊……」

驚呼聲像波浪掀起，那是在圍看電視的人發出的。于靖雯將兩手捧住的頭強轉過去，心在胸腔幾乎跳出了喉嚨：屏幕上，大廈頂部和阿細的身子都不見了！瞬間一片漆黑——

這不是真的！不是真的！

靖雯的雙手，連同全身，都不由自主顫抖起來。

惡夢，又一個惡夢是吧？

可憐的阿細，慘不忍睹的未成年少女，生命那麼弱小，那麼不可救藥，眼睜睜的就在千萬人的眼前夭折？

天啊！天！可不可以讓人從這樣的惡夢中快快醒過來，醒過來？！

她抖得站不住，站不起，趴倒在社工負責人的辦公桌上：怕只怕這是個醒不過來的惡夢，她發夢也想不到，當初接拍的實況劇，轉眼卻變成現場直播的人間慘劇，她萬萬不能、不該做這齣劇的導演，罪過呀，罪過！但事已至此，悔之已晚……

驟然間，她腦中的所有思緒，彷彿電線短路，甚麼也聽不到，看不見，墮落到茫茫然的白霧之中。

濃霧加重霜，白如初乳，厚似孝幛，瀰漫在岩石、樹木、草叢之間，難怪人們把這座山叫做大霧山。

他們是被當地一個斬柴的農民發現的。

半山陡峭的石崖上下，橫七豎八的亂長着一些些樹根和雜草，這根本不能當柴用，即使燒起來，火也不會旺不耐熱的，而這位置又處在鳥都不做窩的斜坡險峰之間，誰會為那麼些劣質柴草冒死走下去？不值，太不值了。

可怎麼也想不到，偏偏就有這樣的人！那農民無意中見到了：兩個人形物體，動也不動，懸掛在石崖當中橫伸的樹根枝椏上，那險狀嚇得他猛出冷汗！再看看，不得了！一男一女兩個人，手牽着手，仿若一對連體嬰，無知無覺地在一起昏睡。

旁觀的農民大叫幾聲，聽不到回應，即刻跑下山，到民兵指揮部報告。

很快的，民兵上山「救」人。沒過多久，于靖雯就接到老根叔的緊急通知，上大霧山來了。

她看見他們，男的是前晚失蹤的老知青吳國良，女的，是新知青余秀嬌。

自從知青宿舍出事，搜獲那本手抄小說之後，吳國良的嫌疑最大，被民兵扣押審查，但他一直沒有交待手抄本的確切來歷。這個吳國良，下放到農場差不多十年了，父親是個老右派分子，文化革命早期，經不起紅衛兵批鬥，跳樓自殺了。由於出身屬於「黑五類」，吳國良在農場不能像同來的知青那樣參加大學高考，或者是被招工回城。他孤獨地在這裡生活，幾乎被視為「生人勿近」的另類。想不到一本手抄小說，令他接近新來的知青，還搞出那麼大的集體性交醜聞，而這個似乎無知又無辜的余秀嬌，竟然出乎意料地成為他的「陪葬品」。

由於天氣溫度低，吳國良和余秀嬌，雖然死亡多時，但二人的容貌，就像熟睡那樣，和生前沒有多大的改變。他們是互相手拉着手，一齊跳下懸崖的。兩具屍體上，還纏繞着一圈又一圈的彩色皺紙，表達了二人至死也不要分開的意願。

有生以來，于靖雯還是第一次這麼近距離地對着死去的人，她無言地看着這一男一女兩個知青，看不出他倆僵冷的臉上有任何表情，她的心中卻充滿了各種各樣的疑問：這是你們看過手抄小說之後，有些甚麼感覺呢？做了那些事情吧？是快樂？是痛苦？還是兩者都沒有，只覺得滿足？就這樣匆匆走向人生的盡頭，不遲疑，不停步，也不回頭，追求一勞永逸般的解脫？要不然，人們都說死亡最可怕，你們怎麼會選擇這樣的結局，二人一心，那樣坦然？那樣靜默無聲？

死去了的人，當然無語，于靖雯自知永遠也找不到答案。

「嘩！好了！好了！接住了！」

「一天都光曬！那女仔得救啦！」

一陣歡呼聲，把于靖雯腦中的「線路」重新接上，她的三魂五魄似乎就這樣被呼喚回來了。

定睛看，只見電視前的人們在拍手，屏幕上阿細被救護員從氣墊上抬起。

「沒事了，于導演，你可以放心啦。」

社工負責人笑吟吟地輕拍于靖雯的一個肩膀。

沒事了？真的沒事了？靖雯站直了身，汗濕過的背脊涼颼颼的，腦子像被水洗過似的清醒。「我能跟你們的社工到醫院去看阿細嗎？」

靖雯定定地望着對方的眼睛。

「這個……現在不好說，請于導演先回台，我們再聯繫吧。」

對方打官腔作答。

靖雯也不好再說甚麼，就此告退了。

當天下午，她走入林立的辦公室。

那一雙被濃眉壓得很低的眼睛盯視着她，卻無法把她看透。眼睛下被鬍鬚渣圍繞着的嘴巴張開來，說：「今天都上新聞了，你的工作很多阻滯，是嗎？」

靖雯同樣盯視着林立，沉穩回應：「是，不過沒有停頓，還在進行。」

「你與今天凌晨那個案件，究竟有多大牽連？」

「牽連？我不明白你的意思。」

「我就是想知道，那案件和你有甚麼關係？」

「這……怎麼說?!」

靖雯停了一下，再把她初訪阿細以來的前後經過，坦言告之。

「這麼說，你其實和那案件毫無關係！可是，你的表現有點過激，難免引起猜疑。加上節目的題材比較敏感，所以，上頭決定

暫停拍攝。」

「甚麼？暫停拍攝？」

她像捱了當頭一棒，痛苦、吃驚。

「是的。今天的新聞案件，已經引起社會轟動，如果我們還拍攝這樣的節目，難免會受到質疑，那樣的社會責任，並非我們區區的民營電視台所能擔當得起的。所以，上頭剛剛作出停拍的決定。」

「可是，不正因為引起社會轟動，社會關注，我們才更應該深挖這題材，繼續拍攝下去，找出問題的根源真相嗎？林總監，你要知道，我就是經過調查，才瞭解到援交少女問題的嚴重性和迫切性啊！」

靖雯似乎已忘記所有痛苦，將自己與林立視線距離一下子縮短幾分，聲音也提高了幾度。這在林立眼中，實在是有些「反常」，但職務的限制，私利的顧慮，卻偏偏令他不敢在這樣的時候看清楚眼前的這個女子。

「冷靜些，靖雯，你知道我們做這類紀實節目，不能帶任何個人情緒的。我看你這些日子確實太緊張了，太過勞了，應該想法鬆弛一下，再準備拍點別的吧。」

林立用冷冷的語調，把靖雯痛心疾首的表白，一下子全擋回去。

這間醫院實在是很簡陋，甚至可不可以稱為醫院，于靖雯也心中存疑。那些土牆，勉強地刷上了白灰，卻又處處沾染着斑斑點點，說不清是血跡、藥漬還是……尿液、污水……

但這裡有確實有好幾間病房，附帶有手術室，穿着不怎麼白的白制服的醫護人員，進進出出，不停不歇，非常忙碌地為來自三鄉六社的農民和農場員工診療病痛。

她也弄不清自己到這裡有多久了，坐着也不是，站着也不對，不安的感覺像死蛇一樣，爛塌塌地纏繞着她，噁心得很。

這些天她非常難過。驗屍報告證明，余秀嬌已懷孕，與吳國良一齊死，是兩屍三命。更令人髮指的是，當初和余秀嬌難捨難離，在送行儀式時抱頭痛哭的余秀嬌母親，在得知消息後，竟然拒絕來認屍領遺體。「太丟臉了，做出這種事體，不能算是我們家的人，讓領導處理吧。」余秀嬌的家長竟然說出這樣冷血的話來，靖雯聽得耳朵出血，直覺這種人根本不配做父母！

差不多是同時的、被計劃生育委員會帶去驗身的三個女知青，也查出懷上身孕，這可是驚天動地的大事件！縣婦聯和知青辦都派人來了，明令帶隊幹部立刻把她們帶到縣城醫院做人工流產手術！于靖雯職責所在，無可避免的必須收拾爛攤子，自此，她沒有一分鐘好過。

為了防止再有知青自殺的事件發生，這一次的人工流產手術，是絕對保密的。可憐被查出懷了孕的女知青，就像是被判了死刑似的，一個個臉無人色，入院的時候，都是半死的人了。讓她們躺上手術台，就是要她們死去活來，而那第一次和男性結出的種子，不，怎麼說也應是一個小小的生命吧，就這樣永遠地與世隔絕了……于靖雯難以想像，也不敢想像，只覺全身被恐懼的死蛇，冷酷地愈纏愈緊，她下意識地用手環抱起自己的雙肩。

「嗨。」一聲親切的呼喚，雲朗出現在眼前。

靖雯抬頭望着他的臉，儘管預先已知道他會來，但此時此刻，在這樣的環境中見到他，感覺就像劫後重逢，眼淚止不住地流出來。

「怎麼了？情況很壞嗎？」

雲朗伸手想摟抱她，但又覺得不妥，便停止行動，唯有五官緊皺，表情焦灼。

靖雯搖頭，抹淚：「不知道。」

「我一收到你的信，就向報社領導申請採訪，可上頭說這是負面的個別事件，如果報道出來，恐怕會影響知識青年上山下鄉運

181

動的整個大局，不批准我的申請。我只有自行請假過來了。你這麼憔悴，還頂得住嗎？」

雲朗貼近靖雯，把聲音壓得很低。

靖雯竭力控制住自己的情緒，抹掉臉上的淚痕，以同樣的低聲回應：「我沒甚麼，就是看到想到她們難受，還有自殺死了的那一對，不，是三個，真難過，難過……」她哽咽住，淚水又不受控制地湧出來了。

「我瞭解，你是他們的帶頭人，可不要太激動，免得傷心又傷身，那些人，還有很多人都看着你的，尤其是我，還要等着和你結婚的啊！」

終究還是忍不住，雲朗伸手輕拍她的肩。

「結婚?!」

靖雯彷彿被電擊似的，驚詫地看着雲朗，在這樣的時候，這樣的地方，聽他說出這樣的話，比甚麼都令她更加感到震撼！

「是的，結婚。」

雲朗拉着「餘震」未除的靖雯，在過道旁的空櫈坐下來，又貼近她的耳邊說：「自從你告訴我有那麼一本手抄小說，我就想到了這件事，這次也主要是為了這件事來的。我就想着，那書上寫的甚麼性愛，我們也應該好好體會體會。」

「……」

她依然震驚得說不出話來。

「難道你的想法和我不一樣，不想和我結婚嗎？」雲朗的聲音壓得更低，她甚至聽得到伴隨着的他的急而重的呼吸 —— 或是喘氣聲。

「可現實這麼殘酷，看他們這麼痛苦，我不敢想……」她以手掩面，避開他充滿渴望的眼光。

「你不要被嚇倒，不可能永遠是那樣的！」

他小心地拉下她的雙手，無遮無隔地一直看進她包含淚光的

雙眸中去：「這些天我都想過了，她們、他們所受到的對待和遭遇，是非人道的，有違自然、有違天性，再也不應該這樣繼續下去，不能夠！真的不能夠！」

她再一次震驚，腦中電閃雷鳴般一陣白，一陣黑：非人道的、有違自然、有違天性，再也不應該這樣繼續下去！天！他這話說得多麼大膽！多麼透徹，就像雷電擊穿她的靈魂，一瞬間，吳國良冷冷的眼鋒，啊不！是王鐵軍的犀利眼神，彷彿就在雷電中交熾燃燒……有違自然、有違天性……

她彷徨、惘然，瞪大眼回望着他：「我想你、你想的，我也要好好想一想。可你知道嗎？我這些天常常在想，人們老是說知識青年甚麼甚麼的，我們這一群，多年來一直被叫作上山下鄉知識青年的人啊，感覺是那麼怪異，非常的怪異！說實在的，我們這一群人可是真的有知識嗎？不！根本不可能，而是恰恰相反，我們早就已經被剝奪了接受教育，接收知識的權利，雖然身在學校，也不能讀書，或者無書可讀，成為一無所知的無知識青年，甚至連自己是怎麼來到世界上，要往哪裡去也無從知道，就是最簡單的男女人體生理常識也半點不懂，卻偏偏要頂着個冠冕堂皇的『知識青年』之名，這豈不是天大的笑話、絕頂的諷刺嗎?!」

這一回，輪到他震驚、惶惑、瞪眼了，像發現新大陸似的望着她：「你想得很深啊！我明白，這些事太不合常理了！可這年頭，就像你說的，違反人性的荒唐事物層出不窮，大多數的人，卻都顧不上去考究這些。雯，你的想法切中了問題的核心，的確值得認真思考……」

「帶隊同志！請馬上過來！」

手術室走出一個戴着大口罩，衣袖高高捋起的護士，向着靖雯呼叫。

「我進去，你等着。」

靖雯站起來，走向手術室。

電梯在綠色的熒光字閃現時停住。

電梯門打開，走廊傳出一些歡快的笑聲，夾雜着幾聲嬰兒清亮的啼哭。

「是這裡了。」

于靖雯跨出電梯門，雲晴緊隨在後。

沒錯，全間醫院，唯獨這裡是笑聲最多的地方。

她們繞過那些喜氣洋洋的新母親、絡繹不絕的探訪者，一邊走，一邊核對病房的號碼，在確定之後，走進差不多最裡頭的一間。

是她了。半臥半躺在牀上，臉色不大好，兩隻眼睛卻格外明亮，腹部微微隆起，腿伸得很直。一見她們，猛地欠身，但眼中掠過一絲奇怪的神情，包含着意外驚喜，也有着些微的失望落寞。

「你別動啊，秀秀。」

于靖雯伸出手把她穩住在牀上，盡量讓她保持原有的姿勢。

「怎麼勞煩你們來這裡？不是說不拍那電視片了嗎？」

秀秀眼光閃動，充滿疑惑。

「不拍片了，就不能探你了嗎？秀秀，這是我的女兒雲晴，和你同年生的。」

「Hi！」

「Hi！」

雲晴把帶來的一袋蘋果和橙子放到牀櫃上。

「謝謝你們來看我。不過，太尷尬了，看我這醜樣⋯⋯」

「不要這麼說。」

靖雯輕撫她的肩：「這是每個女性都會經歷的，你是來得早了，可也不太壞，你的社工都告訴我了。不要再有甚麼心理負擔，把身體養好才算。」

「你們都是好人，就不曉得我媽我爸能不能接受。出來這麼久，還搞成這樣⋯⋯講真的，我好想回家。肚子裡的這個，要不

要也罷，最怕出來了像我，那就麻煩大，累死人了啊……」

她的兩肩猛烈地抽搐起來，頭深深地垂了下去。

「別傷心。要知道，關心你的人很多很多……」

靖雯沒有說下去，一對和她年紀相近的男女，無言地走了過來，神情緊張地向着她：「囡，囡，你怎麼啦？」

她聞聲抬頭：「爸！媽啊！」

哭泣仿如山洪爆發，一瀉千里。

靖雯和雲晴交換一下眼色，不聲不響，走出病房。

「你先回家吧，我要去電視台一趟。晚上不用等我吃飯。」

靖雯對雲晴說。

「去電視台做甚麼？你不是正放假嗎？」

「我就是要回去銷假。」

「為甚麼要銷假？爸爸不是都訂好郵輪票了嗎？」

「那也要改。我必須說服上頭，重新開拍援交少女紀實片。」

「那行嗎？」

雲晴無法聽到靖雯的回答，母親已經匆匆走遠了。

185

原刊《香港作家》2014 年 1 月號

白房子

◎ 王璞

一天，常一跑來跟我說，他要買一座房子。只是錢不夠，找我湊一點。

那是 1972 年春天的事。那年頭擁有自己房子的人是鳳毛麟角，大多數人住在公租房裡，有宿舍住的人就被視為特權階層，如若有個人說「我住甚麼甚麼宿舍」，我們就會立即對他刮目相看；如若有個人說「我住軍區大院」「我住省委大院」，那不得了了，那我們直接就把他看作首長。我的朋友中，只有李欣住在自家的房子裡，她家解放前是長沙數一數二的雜貨商，公私合營時她爺爺多了個心眼，給自家留下了住房。在北門正街，一溜五間，還帶有閣樓。我去她位於閣樓的閨房住過一夜以後，就不叫她本名了，叫她李幸福。

所以當常一跑來找我商量買房，我簡直不相信自己的耳朵。

那時我跟他正在熱戀中，我們老是為找不到一塊可以獨處的地方而煩惱。我家四口人住在一間十多平米的房子裡，大家低頭不見抬頭見，還不提那些隨時有可能闖了進來的鄰居們。常一家比我家好一點，租住着郊區菜農戶的兩間小屋。不過他媽得了骨結核，整天躺牀上痛苦呻吟，令我坐在屋裡連笑一笑都有罪惡感。

常一和我站在河邊一棵大樹下商討買房大計，陣陣臭氣飄來，這地方離糞碼頭不遠，因而碰到熟人的概率甚低。

「那房子開價兩百元。劉隊長已經幫我講到一百八十五元了。」常一陳述着那房子的種種迷人處，「房主是個孤寡老人，現

在街道上安排她去住幸福院了。街道辦事處工宣隊長老劉，是我老領導，他特欣賞我。你說巧不巧，好幾年沒見了，昨天在韶山路劈面碰到他……對了，那房子在月亮池。很美的地名吧！」

月亮池！我一輩子沒見過如此名實不符的地方，事實上，月亮池這名字簡直是對這房子的嘲諷。不，它根本就算不上房子，它只是四堵牆勉為其難地撐着個房頂而已。站在這個十平米大小的空間裡，舉目便見天空，斑斑駁駁的、支離破碎的天空。從這個意義上看，叫這房子月亮池倒有幾分道理，因為在有月亮的夜晚，月光的確透過破瓦殘垣投射到屋子裡坑坑窪窪的泥巴地上。不過就房子所立身的這條小街來看，這地名就十分滑稽了。那是我們那座南方小城典型的貧民窟，兩三米寬的街道兩旁，東倒西歪地立着一間接一間的泥木棚屋，乍一看去，像是些命垂一線的殘兵敗將，互相攙扶着才能好歹立在那裡。

夏天，傍晚與夜半時段，家家戶戶門口都伸出一些竹鋪子、竹靠椅，以及各種可以讓人躺在上面的物件，中間只留出一道曲裡拐彎的小道，僅容一人側身通過。我在其間走過一次之後，就再也不敢在這一時段到巷子裡來了。我受不了兩邊乘涼人士遠非友好的矚目。

不過，我還是同意注資買下這房子。因為不管怎麼着，它有變成一座房子的可能性。我太需要一間房子了，為了逃離我被困在裡面這麼多年的灰房子，我不惜一切代價。

我給了常一一百元，那是我的全部財產，從五歲起的壓歲錢到這些年作臨時工的積蓄，都在這裡了。常一又找朋友借了八十元，他最後是以一百八十三元成交的。可憐他把他所有的抽屜和衣褲口袋兜底翻，也湊不滿五塊錢。他紅着臉把一百八十三元交給老婆婆，答應下個月一發工資就把欠下的兩元送給她。「算了。」婆婆倒是個爽快人，「看你人蠻誠實的，我也不靠那兩塊錢發財。」

我們開始策劃重建工程。正在一間建築公司學工程預算的劍平給請來作高參。在一個星疏人稀的深夜，我們來到現場視察和測量。常一興高采烈，躊躇滿志，他一肚子的主意，對房子的每一細節都有規劃與設想：

「全部鋪地板」，常一四下走動着指手劃腳，「地板就刷清漆好了，經濟又古樸。吶，這裡要再開一個窗戶，這樣屋子裡光線才充足。牀作成伸縮式的吧，白天是桌子，晚上拉開是張牀，這樣既可節省空間又美觀。牀的上方作上三層閣板，就是我們的書架了。對，這樣晚上靠在牀頭想看書的話一伸手就可以拿到。閣板上裝一盞隱蔽式枱燈。吶，這個牆角可以作個角櫃，一直開到屋頂，下面放雜物，上面放些不常看的書。啊，最主要的是，這房子外牆要刷成白色……」

當常一這樣指點着他的江山時，劍平一直微笑不語，嘴角不時往上一牽，我與她是玩捉迷藏一起長大的老友，當然知道她這一表情的意思：不表茍同，不以為然。

188

果然，她一開口就讓常一傻了眼：「你有多少錢？」她問。

買房已讓我們傾其所有。為了房子的重建工程，常一起頭打了個五十元的會[1]，這意味着他的財政已出現赤字，今後的九個月每月要還五塊錢，對於月工資只有三十九元五毛，還要養個病母的常一，這是一筆巨款。我當然願意繼續注資，但是，還有那筆八十元的債務呢，還得吃飯呢，而我的月工資只有二十六元。

劍平為我們作的工程預算堪為「白手起家」的經典。真不愧兩脅插刀的密友，她為我們省去了大額材料費：去一些剛開工的工地上收集斷瓦殘磚，到河邊去挖沙子，至於水泥、木料和其他零碎材料，她為我們聯繫了一個已完工的工地，以「處理價」買

1 打會：那一年代一種民間集資方式。起會者第一個拿到大家集合的錢，接下來的數月，參與者以抽籤的方式輪流拿這筆錢。每個人都拿到一次錢便完會。

他們的剩料。工程隊則由她與常一的幾名泥木行朋友湊成，他們利用下班時間來賺點外快，工錢當然是「友情價」，常一應承給每人裝一台收音機以表謝忱。

如此這般，地板和兩用收縮牀甚麼的都只好割愛，書架之類也只能「看着辦」，常一的提案中，唯一被保留下來的只有一項，就是「白色的外牆」。

「你是不是從《帶閣樓的房子》得到的創意？」劍平不無意外地問常一，「原來你跟我們一樣也喜歡契訶夫呀！」

劍平和我都是契訶夫迷。我們讀了他所有找得到的作品。讀了阿維洛娃那本《我生活中的契訶夫》之後，我們很激動，發了瘋般跑遍了我們所有書友的家，要找到書中提到的那部劇本《海鷗》，結果找到的是《醋栗》，那是二十九集契訶夫小說集中的一本，其中就有這篇《帶閣樓的房子》。當我們看到小說結尾的那句話「米修司，你在哪兒啊？」我們徹夜無眠，討論着那一場發生在藝術家與那名純真少女之間的愛情，以及小說家的真實生活與其作品之關係，因為我們發現，小說中女主角的愛稱米修司，正是作家現實中戀人的愛稱。啊，那個清純如夢的少女！那場淒美的愛情！那座在一片幽暗中驀地顯現的白房子！

常一沒看過《帶閣樓的房子》，不要緊，我把它抄下來了，我拿手抄本給他看。他也立即愛上了它和它的作者。關於我們自己這座將要重建的房子，我們三個人的設計意見有種種分岐，但終於在這一點上達到了共識：它要是一所白房子。

兩個月後，白房子落成了。沒有超支，沒出問題，沒生變故，一切都在計劃中，一切都在掌控裡，只是，我從來沒有住進去。

不久前，劍平跟我通着通着電話，突然來了一句：「常一的那間房子要拆遷了，你知道嗎？」

「常一？他的房子？」

「白房子呀，在月亮池。」

驀地，透過四十年的歲月，我看見了它，在月光中，在四周殘兵敗將般的破屋爛窟中，在一片污泥濁水中，那座亭亭玉立的白房子孤獨地，幽傷地，閃着怯怯的白光。

常一來通知我白房子落成的那天，我正躺在同學黎方家養傷。一星期前，我跟常一深夜去一位朋友家，在他家門前的馬路上被一輛自行車撞倒，腿上被劃開一條大口子，到醫院裡縫了十多針。出院後之所以住到黎方家而不回自己家，不想讓母親着急是個原因，最主要的原因是，我不想讓母親知道我受傷時跟常一在一起。深更半夜跟個男孩在街上走，這算甚麼行為？主要的是，她反對我跟常一好。

母親不接受常一，這倒不完全因為他家境惡劣。她自己當初與父親自由戀愛，就不在乎父親的出身和家境。結婚的所有費用都是她出的，婚後接奶奶去香港，機票錢也是她拿出來的。「不是我家裡的錢，是我自己工作賺的錢。」每次說到這事她都要這樣追補一句。

母親是真正的新女性，她二十五歲大時與父親相戀，家裡那麼有錢，她卻一定要自己找到了工作，經濟上獨立了才結婚。以至於她結婚時都快三十了，這在當時要算驚世駭俗。所以她對常一的不滿之中，最接受不了的就是他沒有一份正式工作。「你們兩人都沒有正式工作，怎麼可以自立於社會？」母親道，崇尚民主的她，並不強行阻止我與常一來往，但她看到他時惱喪的臉色，使我不想讓常一在家中出現。

然而，我受傷某日，午後的寂靜裡，我一睜開眼睛，就看見了她，我的母親，她憂傷地坐在牀前看着我，說：「我讓小常把家裡那副牀板拿去作門了。」

原來，她早已知道了我們蓋房子的事，當她好幾天不見我回家，就跑去找了劍平。劍平對她講述了那晚發生的事，並告訴她：我們之所以那麼晚去朋友家，是為了一隻板條箱。白房子萬事俱備，就缺一塊門板料。那朋友說他家有個大板條箱，可以拆了作門。他讓我們趁他家人都睡了去抬那隻箱子。

　　「怎麼可以……」母親說，「怎麼可以……」

　　母親搖着頭重複地說着這句話，是說不可以夜半去人家家裡抬箱子，還是說不可以跟常一這樣的人廝守終身？不明確。明確的是，我傷透她的心了。我不敢看她那雙憂傷的眼睛，我怕動搖我的決心。

　　「我知道你是不會聽我的意見的了。」母親起身離去時說，「但你要答應我一件事。你們一定要有正式工作，結了婚，才能一起住到那房子裡。」

　　我用力點頭。

　　我一能下地行走，就跟常一去看白房子。

　　那是個飄着細雨的暗夜，巷道兩邊的乘涼人士不得不將牀啦門板啦撤回到自家門內，我們得以從容穿街過巷。我一反往常，走得很慢，落在常一後面。腿上的傷還隱隱作痛是個原因，主要原因是我刻意要跟常一分開走。那條街上頑童特別多，他們總是跟情侶過不去。

　　我獨自慢慢走着。就要看到我們的新房子了，我心裡為何沒有一絲喜悅？難道我真像常一指責我的，是個天生的右傾悲觀主義分子，「像托洛斯基，季諾維也夫，總是對革命的前途憂心忡忡。要不是列寧高瞻遠矚當機立斷，發動了十月革命，一部國際共運史就要改寫了。」他說。有段時間，一本《聯共（布）黨史》是他除了《毛澤東選集》四卷外唯一的藏書，這使得他對書裡的史料和術語如數家珍，動輒拿裡面的人物事件與現實生活打比。他這人記憶力超群，口才一流。書雖讀得不多，最擅以其中的箴

言妙句點綴自己的言談，往往引得滿座俱驚，笨嘴拙舌的我，更是佩服之至。

冷雨飄到我的臉上，我打起精神朝前看去，驀地，我看見了一小塊白色，在前方黑糊糊的迷濛中，在伸向無限的時間隧道的深處。那便是白房子嗎？白房子迎面而來，愈來愈大，愈來愈清晰。我看見了童話小屋般的錐形屋頂，雪白的牆，雪白的門，雪白的窗，窗玻璃閃閃發光，像是這個白色精靈的眼睛，眨呀、眨地賦予它生命。

「進來呀！」常一站在門口招呼我，將門敞得大開。這時我才看見，他不是一個人，他身邊站着一個、兩個、三個、好幾個人，最醒目的是一名渾身上下圓滾滾的中年女子，常一對她介紹我：「這是我的……朋友。」又對我介紹她：「這是陳組長。我們月亮池的治安組長。」

我望着陳組長，怎麼！這張面孔似曾相識？這似是而非的笑容，這火眼金睛的目光，明明是在哪裡見過的。

「叫甚麼組長呀，叫我陳嬸就好了。」陳組長聲震寰宇地開了腔，「街裡街坊的，吶，我就住在你家對面，吶，這是我弟媳婦，這是我老弟，這是我老妹，」她手一抬，從身後面扯出個半大不小的男孩，「這是我家滿伢子，滿伢子快些叫……嘻嘻，叫甚麼好呢？你們還沒扯結婚證吧？」

當我們終於把房門關上，面面相覷地在屋子裡唯一的家具、一張大牀上坐下來時，我不由得埋怨常一：

「你幹嘛讓他們來？你跟他們說甚麼啦？」

常一一臉無辜：「我怎麼會『讓』他們來？他們還用得着我『讓』？沒辦法，這種地方的人就是這樣的啦，關心他人勝過自己，毫不理己專門煩人，好奇得來，門板都擋不住。不過這位陳嬸倒真的是個熱心人，這些天來泥木師傅的茶水都是她供應的。劉隊長關照過我，說她是個治安骨幹，在這一片蠻有威信的，只

要跟她搞好關係就萬事大吉。我知道你不喜歡這類人，但是，沒得辦法啦，革命總是要在艱難形勢下發展，進一步，退兩步，眼下咱們處於退守階段。」

常一的聲音和表情都怪怪的，跟他平時天馬行空的作派判若兩人。這近乎耳語的音調，這閃爍不定的目光，也似曾相識。

屋子裡散發出一股怪怪的氣味，說不清道不明的氣味，令人沒法安坐的氣味。我站了起來在屋子裡走動着，看看糊了白紙的天花板，看看粗糙的水泥地，看看還散發着油漆味的窗戶，總覺得有甚麼地方不對勁，哪裡不對勁？是我們自己還是這屋子？我走到門口，低頭檢視那張由我家牀板改造的房門，咦，門上怎麼有條縫？我湊近去細看，我伸出手撫摸，我看到了、我摸到了、啊不，我聽到了一種聲音：「悉悉悉……悉悉悉……」似曾相識，不絕如縷，從甚麼地方傳來的？我的心裡？天邊外？四面楚歌！突然間我想到這個成語。退守階段？這房子豈不是座堡壘，我們被圍困其中？我愣了一下，將房門猛地推開：

灰黑的夜色中，幾條飛奔而逃的身影依稀可辨，「嘻嘻嘻！哈哈哈！」粗嘎的笑聲打破了夜的靜寂。

「當然啦，」劍平在電話裡道，「房子現在不是白色的了。」

「我知道，我知道。」我打斷她，「它早就不白了，我知道。」

我不想就白房子的話題深入。這多年了，談起它來仍然令我心痛，經歷了這多風雨，趟過了這多污泥濁水，為甚麼我依然對那座早已名實不符的房子耿耿於懷？

那年秋天，常一住進了白房子。照他的說法，他這算是打頭陣，充當先遣隊，「最高指示，嚴重的問題是教育農民」。他要以無產階級正氣掃蕩掉市井俗眾的歪風邪氣，我便可以住進來了。

那些日子，我們同心協力在母親面前扮演快樂的有產階級角

色。我們將常一的先行入住詮釋為尊重她的意願。常一在月亮池附近的一間街辦廠找了份新工作，從三級工飛躍到六級工，工資一下子漲到五十七元八毛。「我們終於取得了歷史性的突破，」常一模仿着列寧在十月的手勢向我宣佈這一特大喜訊，「國內外反革命勢力的武裝封鎖被我們衝開了一條大口子，帝國主義一天天爛下去，我們一天天好起來」。

那些日子裡，喜訊頻傳，副統帥被揭露是叛國賊暴屍溫都爾汗了，美帝國主義陷入越南人民戰爭的汪洋大海日薄西山了，偉大領袖讓鄧小平出來「抓革命促生產」了。一天晚上，廣播電台在播放了例行音樂《大海航行靠舵手》之後，播放一段抒情的輕音樂，「是瞎子阿炳的《良宵》啊！」我與常一不約而同歡呼。他剛升任副廠長，躊躇滿志，說是這間工廠將在他的帶領下，奮發圖強，艱苦奮鬥，完成從作坊式生產到現代化生產的飛躍，升級為區辦工廠。

這一目標是否能夠實現，我倒不怎麼關心。我的命運也有了突破性改變，我終於結束八年的覓職長跑，進入一間市辦鐘錶修理廠作普工。廠裡安排我看守倉庫，在倉庫樓上那間老鼠橫行的破閣樓裡，我終於找到了夢寐以求的一塊私人空間。就安全感而言，比起那座四面楚歌的白房子好得太多了。倉庫足有兩個籃球場那麼大，除了偶爾來領料的同事，日日夜夜都只有我一個人。

「解放區的天是明朗的天，解放區的人民好喜歡！」夜裡，我站在閣樓裡，對着那個由紙楞包裝箱改製的書架歡唱。現在，即便是晚上我也不去白房子了。我分秒必爭地享受這得來不易的好光景。「四人幫」打倒了，歡呼勝利的遊行隊伍從閣樓下走過。跟着，高考制度恢復了。我決定去考研究生。初中便遭遇文革的我，要對付的考試科目別說沒有學過，有些課程，我連其名稱都聞所未聞。有那麼多的書要讀，有那麼多的東西要背，當我考完最後一門課回到家裡，面對母親探詢的目光，恍若隔世，尤其是

當她跟我提到白房子：

「你應當去白房子看看了。」她憂心忡忡地道，「你都快三十了，常一不可能永遠等下去。」

「怎麼啦？他來跟你說甚麼了？」

「那倒沒有……總之你們不能這樣子下去。」

我在入夜時分走到了吉祥路，那是通往月亮池的必由之路。遠遠地，當我看見月亮池街口那間雜貨店的招牌，才恍然省悟，我有多少日子沒到這裡來過了呀！木製招牌已經改成了霓虹燈：「月—池南—店」，霓虹燈質量很差，「亮」字和「貨」字壞了，讓這招牌顯得比其木製時期更加不堪。街口兩棵大樹上，以前總是懸掛着一條大紅橫幅，上面揮灑着時興的革命口號：「誓將無產階級文化大革命進行到底」、「堅決反擊右傾翻案風」之類，現在，橫幅不見了。取而代之的是一塊木製大橫匾，上書六個大字：月亮池向陽院。

我放慢了腳步。仲春三月，寒氣逼人，街道兩旁的棚屋都關着門，黝黯的燈光像一道道居心叵測的目光，從歪歪斜斜的門洞和窗戶裡透射出來。而在小街深處，影影綽綽的，一團白色的光影從幽昧中浮現，難道這就是我們的白房子？它怎麼這樣小？它像是一葉孤舟，飄浮在蒼茫夜海上，載浮載沉。心中不祥的預感在擴張，我加快了腳步。小屋的形狀漸漸從四周的黝黑中脫穎而出。我看見了那傾斜的屋頂，看見了那張小窗，窗口流露出灰白色的燈光，這麼說他在家，他在等着我！母親說得對，我太不應該了，我太自私了，讓他獨自在這麼個地方孤軍困守。剎那間，事業、理想、遠大前程，這些剛才還那麼強烈的慾望都消逝淨盡，浮名於我何有？前方一豆燈光下的那片溫暖，才是值得我傾畢生之愛去爭取的東西吶！我大步流星，一個箭步衝到白房子前，將門使勁一拉，啊！我愣在了門口。

劍平說着說着，又回到白房子的話題：

「常一真要算是守得住的，這些年來有好些人要跟他買那房子，他都堅決不肯出手。終於，守得明月出青天，你知道這房子可以拿到多少拆遷費嗎？」

「不知道。」

「至少四十萬。」

「哦。」我說。

「哦。」我說。我一腳在門檻裡，一腳在門檻外，望着對坐在屋子裡的他和她。我大張着嘴，弱智人般地呆立。接着，轉身就走。

我認識她，她是常一的徒弟，就住在隔鄰的小街上。是個溫柔安靜的女孩。

「我們正在談工作，」常一追了出來，「你知道，我正在開發一個新產品。對了，她姓米，小米幫我很多忙。廠子能否升級在此一舉……」常一嘮嘮叨叨，語無倫次地說着說着。

我沉默着，不是不想說話，而是不知說甚麼好。「難怪剛才白房子看上去那麼陌生。」我心裡想。

「對了，」常一突然找到救星似的，「不信你去問陳嬸嘛，她剛剛還進來過，還給我們送了薑鹽豆子茶。其實她人蠻好的，還誇小米溫柔大方——哦，她還問到你……」

我們站在月亮池街口那道木匾下。世界驟然冷得像冰窟，我瑟瑟地發着抖，常一的聲音從遙遠的地方飄來，我瞪着他看，沒法將這副眉眼跟那個一向那麼熟悉親近的人聯在一起。越過他的肩頭，我瞥見那道夾在兩列零落燈火中的長街，長街深處，是那一團白，發了黃的白，支離破碎的白，晃晃悠悠，往四周深不見底的幽黑沉陷，終於，不見了。

「喂！喂！你在說甚麼呢？我聽不清你的話了。」劍平在電話那頭呼叫，「你聽見我的話沒有吶？」

「聽見了，聽見了。」我說。

其實我沒聽見，我沉陷在淹沒了白房子的那一片幽昧中，掙扎着，撲打着，想要伸出頭來，想要擺脫那在四面八方把我往下拉的無形之力。我不想死，我想伸出頭來透氣。

我終於伸出頭來了，我發出一聲輕輕的嘆息：米修司，你在哪兒呢？

但電話的那頭，已是一片靜寂。

原刊《城市文藝》2014 年 1-2 月號

尋枕記

◎ 朵拉

她沒有特別喜歡去商場，但一到商場，她就一定要去牀具部。

從前她喜歡換新牀單，人家大多是兩套交替換着用，她卻愛多買常換，親戚朋友看見，好奇提問，她就笑，不能換人，就只好換牀單呀！

近年來她卻不是為牀單去的，她在找枕頭。

「高枕無憂」這老話，她一點也不相信。她就是用高的枕頭，醒來時常感覺頸項痠疼，有時候疼到無法轉動，開車的時候，車子要後退，她的頭轉不過去。

老人家說這叫「跌落枕」，說是人累了，睡覺睡得太沉，頭沒枕在枕頭上，歪一邊沉睡，時間太長，頸項被扭到了。老人家說話語氣輕鬆，似乎僅是件尋常小事，並建議，把枕頭拿去太陽底下曬個半天，頸項馬上就好。

她按老人家的經驗把枕頭放在陽光下，曬一上午，又轉另一邊，直曬到太陽下山以後，再收回來，可是，隔天醒來，發現老人家說的話毫不靈驗，她的頸項仍然痛不可當。

初時沒留意和枕頭有關，以為自己特別容易扭到筋，心裡浮有幽幽的哀傷。因為她跟朋友提起扭到筋了。朋友不以為意地回答，哎呀，年紀愈大，愈容易扭到筋啦。

年紀愈大？怎麼就年紀大了？她本來自以為不在乎歲月流年這回事。但這種聽起來像間接的提醒，當面對鏡子看見額上的皺紋橫生時，她感覺再扭筋的話，就是不得不承認年紀大了。

幸好妹妹問她，是不是枕頭太高了？

妹妹笑着說，你從前在家裡，枕頭比我用的還扁。

她的思路才往這方向忖度。買枕頭時是兩個一起，因為他喜愛高枕，她也就隨意。沒有主見不是問題，問題是她的頸項毫不妥協，一不開心就以扭筋來發出不悅的抗議。

她在旅遊短宿酒店時，遇到軟綿綿的枕頭，就睡得很舒服。有的酒店還貼心地提供兩個，一個枕着一個抱着，那軟軟的感覺叫她生出了溫柔，枕在這樣軟軟的枕頭上，睡進去以後，彷彿會有美麗甜蜜的夢。

可惜入住酒店，通常就是一兩天，最多三天就離店，因此沒機會日日枕着軟枕頭。總是在回家以後，帶點遺憾地回憶那短期相處的軟軟的枕頭。

妹妹又再聽到她頸項扭筋，重複提醒「是否枕頭太高了？以前你的枕頭都是扁扁的呀！」

她心裡的一些過去的歲月裡的喜好被妹妹呼喚出來。小時候看着爺爺睡在一個赤紅色的長方木塊上，周邊還雕刻一些看不懂的圖案，覺得奇怪，有一個下午，趁着爺爺不在家，把木枕頭偷到自己的房間去躺了一下，沒待爺爺回來就放回爺爺的牀上，不明白這硬繃繃的高高長方木枕，雖然中間凹個洞，但枕着的時候，一顆頭顱好像被懸着，爺爺是怎麼入眠的？

在她的印象裡，從小她所有的枕頭都是軟的。難怪她那麼喜歡酒店裡那綿綿軟的枕頭，過去的日子雖然已經過去，但收藏在記憶裡的老生活仍舊美好溫馨。

妹妹聽她訴說回憶裡的往事，笑她：「那你早就試過硬枕頭，早就知道不適合，現在幹嘛還繼續虐待自己？」

不停地扭到頸項的筋的痛苦，叫她終於去買了一個軟枕頭。

在商場挑選時，拿起一個軟枕抱在胸口，她立馬愛上了。

枕邊的人卻奇怪，睡得好好的，怎麼換枕頭了？

這麼多年的相處，她已經知道，所有的訴苦都會像風吹過他耳邊，所以甚麼也沒說。

當天晚上，興致勃勃充滿幻想，醫生曾經告訴她，臨睡前別讓自己過於興奮，也別聯想太多，之前她有時候失眠，別人沉睡時，她的腦海開始上山下海般飛躍。不要胡思亂想，醫生如此勸告，她很難做到，斷斷續續服用安眠藥。

抱着枕頭，她想她應該是解決了失眠的癥結。關鍵很大可能在枕頭！

一想到從此不必再受失眠之苦，她更加高興。

枕着軟軟的枕頭，她以為她會睡個好覺，做個好夢，真正的事實卻是，隔天醒來，她發現頸項比睡了高枕還更痛。

像扭傷了那樣的，無法轉頭看後邊，跌打師傅問，感覺頸項那條筋很緊，對嗎？

她連點頭也不能，忍着快掉下來的淚，說，是。

跌打師傅沒有同情心似地，還能夠笑：小事罷了。不理她痛得淚流不止，很出力地把她的頸扭回來。她似乎聽到「克拉」一聲，頸項的筋歸位了。

這扭筋的頸項，一個月竟有三四次，跌打師傅說她是身體弱，要吃補，賣她從中國進口的冬蟲草、人蔘和其他等等她叫不出來的名貴藥材。痛的時候，思考力轉弱，師傅說甚麼都聽從，重要是讓痛楚快一點消失。

妹妹聽說了，陪她去選枕頭。利落地拿了一個，用手按幾下，吶，就這個。

她拿過來，半軟半硬，不討她喜，可是妹妹說，你從前用的那個，就是這樣子的。

她支支吾吾，猶豫不決，一想到頸項扭筋的痛，最後無可奈何地買回去。

適中的枕頭，果然是一顆最好的安眠藥，從此沒有扭到筋的

疼痛了。

然而，她卻繼續在商場中逛蕩，一定要去牀具部，一個一個枕頭拿過來按一下，抱一下，她還在搜尋一個她喜歡的軟軟的枕頭，而且要讓她睡着以後，醒來不會扭筋的。

妹妹罵她：找到一個好的枕頭，就很好了，你是沒事找事做？

她給妹妹看的臉色是：非常懊惱，沮喪，抑鬱，傷心。

算了吧，人生不如意事，十常八九，一個枕頭，不是甚麼大事啦。妹妹的安慰陸續有來，卻都沒法讓她開心。

難道就要讓一個她不喜歡的枕頭，陪她一生一世嗎？

為甚麼她不能夠睡在她喜歡的軟軟的枕頭上呢？

原刊《香港文學》2014 年 2 月號

荒謬就是
所有荒謬事物存在的條件　◎　鄭炳南

一

　　姬玉貞老師臉色蒼白地衝了進來，伏到書桌上就放聲大哭。

　　教員室裡人人面面相覷，眼下是放學時候，不少人正紛紛收拾東西準備回家，時間不等人，有甚麼委屈回家再說嘛！這地方和光景不應該是教師發洩情緒的空間吧？何況姬玉貞老師一向示人以硬朗性格，待人對事，不假顏色，難得一笑，更不要說有看見她哭的畫面了。

　　大家忐忑不安地相互打眼色詢問，最後，所有的視線都來到賴美蓮身上。因為人所共知，她們倆是出雙入對的「朋黨」，這種親如姊妹的離婚婦人，在職場中是沒人敢多管閒事的下山猛虎。這個時候，她不上前誰敢亂獻殷勤？

　　賴美蓮剛走到了「哥們」身邊，臉色鐵青的訓導主任田少卿就大步走了進來。大家一下子恍然大悟，頓時精神一振：這段日子是訓導主任去校門口配合姬老師維持放學秩序的時間。姬老師辦事習慣一絲不苟，輪到她管轄的日子，放學的時候，家長和學生都要分別站在她劃定的兩條黃線後面排隊，待鐘聲一響後，才能逐一相見。故此，不少家長都向校長和訓導主任反映，有姬老

師在場的日子，校門口秩序井然，大家不用爭先恐後，不但學生安全，家長也心裡舒坦。今天，看來她是在那兒受委屈了。是誰能讓這隻母老虎哭得如此淒涼的？

田少卿打量了十多副表情不一的面孔一會，略為沉吟後，才轉身關上教員室門，鄭重地說道：「必須向各位老師報告，剛才我和姬老師在校門口經歷了一場可大可小的風波⋯⋯」

二

三十五分鐘前，田少卿走去校門口時就皺起眉頭，除了遠處那一簇簇違背常規的熙攘擾亂頭顱，還聽見人聲雜杳，彷彿都是叫囂詈罵的聲音。他問自己，今天是甚麼日子？為甚麼來接小朋友的家長會比往時多了這麼很多？姬老師去了哪裡？忖度間，就聽到人群中傳來一把尖銳稚嫩的男孩子聲音，「⋯⋯死八婆，你知道你在幹甚麼，你用眼神來覷我都沒用，大家作證，她在恐嚇我這個無辜市民！香港是自由地方，我有甚麼過份？只不過要求你立刻向市民解釋，為甚麼家長和學生不能走過你劃下的兩條黃線？為甚麼只有你能跨越黃線？學生和家長的人權和自由呢？大家聽得清楚，這死八婆說不需要跟我解釋，還恐嚇要報警！你叫警察拉我喇？死公安老師，這不是法西斯希特勒嗎？你在搞白色恐怖嗎？我好驚啊⋯⋯」

「甚麼事？甚麼事？」田少卿擠到姬玉貞身邊，一邊朝她打了一個詢問的眼色，一邊問道：「這位同學，有話好說，你有甚麼意見？」

「我不是你的學生，」少年倒退一步，作出對田少卿伸出來的手掌感到驚惶地表情大叫，「你想打我？我只不過是一名從將軍澳來九龍仔公園打籃球的普通香港市民，所謂路見不平，拔刀相助。香港市民都對你這間法西斯學校，使用白色恐怖手段對待學

生和家長的希特勒行為看不過眼喇。」

　　說話間，七嘴八舌的聲音不斷插了進來。一把像小女孩的聲音叫嚷，今天她從大嶼山東涌到九龍城街市替母親買菜，恰巧路過，就目擊這樁白色恐怖，因為不平則鳴是香港人的核心價值！所以感到十分痛心，肯定今天是香港最黑暗的一天……又有幾把忿忿不平聲音，在分別向那些表情畏葸的家長們解釋和呼籲，自由是香港的核心價值，如果大家再不站出來對抗這些公安老師，香港就會被赤化了，徹底淪陷了……

　　田少卿瞇起眼睛，打量着這十多名擺出一副找茬惹事、胡攪蠻纏身體語言的稚嫩青少年，前面這張趾高氣揚的臉蛋還在劈里啪啦地講個不停……怎樣應付這種違悖常情，荒唐無稽場景的念頭只在腦裡縈繞了片刻，他就沉聲解釋，「請冷靜、冷靜，請大家冷靜一下，這位老師只是在維持放學秩序，她劃在地下這兩條黃線是要求家長、學生遵守放學秩序排隊，防止一旦出現爭先恐後的擠迫，可能危害到小朋友的安全……」

　　「✕ 你老母，你說你也是老師？我說 ✕ 你老母你又能怎樣？……」鐵青着臉的少年一下子目眥欲裂嘶吼起來了，食指捅到他鼻尖，警告地說：「你唔好惹我發惱囉！！！」

　　訓導主任當然懂得「你唔好惹我發惱囉。」是在市井生活流氓的粗鄙、庸俗下流言語。在香港的古惑仔電影系列中，通常出現在當黑社會大哥企圖透過暴力手段教訓某人或劈砍某人時，就會如此兇狠地預先警告對方。田少卿乍受如此侮辱，一股無名火陡地騰上腦袋。他真地想撲上去掐住對方的脖子，扭斷他的頸椎。說時遲，那時快，他心裡咯噔了一下，感到心弦緊繃，汗珠就從額頭冒出來了，他警告自己，看來真的是大禍臨頭了？自己一直在擔心的事情出現了！？還在這間學校，在他的面前出現……他當然有自知之明，知道一名背後沒有社團、學者和媒體撐腰的教師，只是廣東市井俗語中的「屙尿都無力」的小人物。所

以，儘管氣得眼睛噴火，想衝口而出的話就這樣鯁在喉嚨裡出不了來……

姬玉貞瞧見他的一副惶惑樣子，忍不住提高聲音，說，「這裡是學校，請不要粗言穢語。」

「死八婆，死公安，你不覺得羞恥？你是香港人的恥辱，你敢說你是香港人？你是蝗蟲！」身材高大的少年更加張狂了，食指又捅到姬玉貞鼻尖上。「你們這間法西斯學校怎樣能這樣對待家長和學生？× 你老母，公安老師……」

頓時間，兩名老師的前後左右飛沙走石，更爆發許多猥褻不堪聲音，「白色恐怖，× 你老母……」

「公安老師……」

「仆街冚家剷老師……」

「仆街八公、八婆……」

剎時間，田少卿瞥見在這些裂眥嚼齒咒罵的青少年前後左右，還有幾名木無表情的人在使用手提電話的拍攝功能，從不同的角度拍攝這個群情洶湧的場面。

他仰頭環視，見到那些神色緊張，竊竊私語的家長們的樣子不是悵悵，就是沮喪，有的人忘記合上嘴巴，有的人嘴唇抿得緊緊地……相同的都是噤若寒蟬。在學校裡面，那些排隊等待放學的小學生們只會瞪大莫名其妙眼睛，驚悸地注視着吵擾的人群。

田少卿感到背脊冷汗直流，他抑制住心裡的紊亂和惶恐，直視小青年的這副狂妄囂張的眼睛，認真地說，「為了維持秩序，希望大家稍為安寧，避免引起不必要的騷亂……」

「對了，我哋好安寧啊……」小青年輕蔑地說道。

「否則，學校恐怕不得不報警求助……」訓導主任一字字說道。

「你繼續講，從頭再講一次，讓我記錄下來……」小青年尋釁打架般從後袋掏出手提電話，故意貼近田少卿面孔拍攝，一邊奚

落地訕笑，「我驚我聽不到公安老師的恐嚇，怕香港市民記不住你這副法西斯希特勒嘴臉唄……」

田少卿斜瞥身邊神情徹底蔫了的姬玉貞一眼，伸手攢住她的手臂轉身就走。

小青年在背後大叫，「八公、八婆，你以為我們會怕你報警？為了公義，為了香港的核心價值，我們不會怕你，你叫公安警察來拉我喇？! 我告訴大家，八公八婆不准我講話，這就是白色恐怖……」

訓導主任忍不住又轉過來沉聲解釋，「姬老師只是要求大家不應該粗言穢語……」

「F××k you！那又怎麼樣？」小青年毫不避諱地使用英語惡狠狠大叫，毒焰在他的眼中燃燒。

在一陣又一陣的歡呼叫好聲中，小青年竄上前，頤指氣使的中指又來到臉孔泛白的姬玉貞老師鼻尖，輕蔑地說，「講粗口又怎樣？報警拉我唄？我告訴你，我不怕蝗蟲，你恐嚇我，要報警拉我？你埋沒良心！」他聲嘶力竭，氣憤填膺地又扯大喉嚨叫了起來，「我 × 你老母，你報警叫公安來拉我喇？你做你醜惡法西斯行為吧！為了社會公義，我唔介意犧牲自己！F××k you！× 你老母……」

田少卿站住了，面向群眾掏出手提電話按撳號碼，電話接通之後提高聲音說，「請找反黑組的胡雨浩督察，我是香港五湖四海商會小學的田少卿老師，對，是一樁非常緊急的事件，我等着……」

訓導主任清清楚楚地聽見自己胸腔裡的心臟在怦怦跳動聲音，盯着眼前那一片模糊的人群，攢緊手機的手掌微微發抖，指骨泛白。他三言兩語地朝在電話另一頭的警務督察解釋了剛發生在校門口的整件事。「……甚麼？你們只需十分鐘就會趕到學校？! 太好了……謝謝……謝謝……」

他聽到督察答應立刻遣派反黑組探員趕來時，剛吁了口氣，就發覺姬玉貞扯了扯自己的衣袖，抬頭一看，須臾間，那些兇神惡煞的小青年都在眼前消失了，校門外恢復了平靜。

訓導主任儘管感到心力交瘁，但還是要勉強提起精神和姬玉貞老師一起維持放學工作。

警察只用七、八分鐘就趕到學校，他們除了跟訓導主任和老師瞭解情況，作出建議，也分別找了幾名目擊事件的校工和家長錄取口供，並答應在最近一段時間會派遣探員到學校門口維持放學的秩序。

三

教員室裡鴉雀無聲，剩下的是聽得見的呼吸聲音。

二十多張臉孔表情迥異：有的看起來呆若木雞，一副惴惴然、憂心忡忡不知如何是好的樣子；有的一直維持着筆挺腰板，正襟危坐、垂眼斂眉表示對人世間這種雞毛蒜皮事情不予置評態度；有的擺出事情與她無關，急於放學回家的身體語言；有的似乎在用雍容微笑、剛正不阿和泱泱大度的為人師表身段，使用炯炯有神的目光，讓訓導主任感到正在被他從中查核其敘述有否誇張失實的成份？有的只管在慢悠悠地轉動着那枝在食指和中指上打圈的原子筆，瞇起的眼睛似乎在幻遊太虛；有的時不時朝已經收斂了情緒，正在修補妝扮的姬玉貞和親切摟着她的賴美蓮瞟去一眼，表示輕蔑地反感……當訓導主任複述到小青年們如何使用粗言穢語辱罵自己的時候，一位人所共知、潔身自愛的女老師，竟然像女孩子一樣摀起耳朵，羞赧地不斷晃動頭顱，表示不想再聽下去了……

過了好一會，應該有十至十二分鐘的時間，才有一位感情充沛的老師打破緘默，抑低聲音，同情地問道：「姬老師，請問您、

您是否曾經得罪了那幾位小青年？……」

姬玉貞聞言又哀傷地嗚咽啜泣起來……

賴美蓮撫摸她的肩膀，俯身到她的耳邊，用大家都聽得見的關切聲音問道：「我認得他們是上星期三，你在校門口轟走的那幾名童黨？」

姬玉貞用紙巾輕輕印拭淚水，點了點頭。

賴美蓮抬起頭解釋，「上星期田老師請假期間，是我和姬老師去校門口維持放學秩序的。接連幾天，我們發覺有一群獐頭鼠目童黨，守候在校門口等候五、六年級的學生放學。後來，姬老師和我分別找了那些曾經被接走的學生談話，瞭解情況，提醒學生應潔身自愛。到星期三，姬老師忍不住了，走出校外警告那些童黨，如果明天再見到他們出現這裡，一定會通知警察反黑組。星期四見不到這幾名童黨蹤影時，我還佩服姬老師做事果斷呢……」

一直維持着雍容微笑的李老師點點頭，「嗯，不出我所料，無惡不作、肆無忌憚的童黨報仇來了！我說過，沒有高人在背後策劃和指揮，十七、八歲童黨一定成不了『小學雞』，看來，這位黑手可不簡單唄！」

滿臉憂懼的司徒老師拍拍桌子，說道：「隱身操控陰謀詭計，儘管是搞事高手，卻非英雄所為。在明眼人看來，不外抄襲那一椿剛剛發生的女教師講粗口辱罵警察的大新聞。」

老實說，在那段日子，身為教師的我一直心驚肉跳，食不知味，睡不安寧。」訓導主任嘆了口氣，語重心長地解釋。「那位自稱從上水到旺角買菜，路見不平，不斷用粗口辱罵、挑釁執法警察的女教師成為新聞焦點後，從她一下子被那些政客、傳媒、學者和專欄作家推崇為人民英雄開始……」

李老師笑呵呵地截進來說，「俺也印象深刻，在那段日子，擁有千萬粉絲的才子除了寫文章為女教師抱不平，還上電台提醒市

民，貴為美國副總統切尼、國務卿克里亦曾在公眾場合講粗口，所以，真正威脅香港的不是講粗口，是公義受到強權的抑制。他說，所以凡是指責女老師的聲音都是文革式抹黑，是小題大作的瘋狂、幼稚、愚蠢的馬戲表演。」

「嗯，」瞇着眼的曾老師繼續轉動着那枝在食指和中指上打圈的原子筆，說道：「我記得有一份報章的通識教育作者寫道，他最欣賞的是女老師的個人表現。在街上路見不平，用粗口大罵警方執法不公，當然是『義人』的表現，他敢說百分之九十九靠『教書搵食』的人沒有這份勇氣……田老師，你在當時的校務會議上，還表示不以為然呢……」

田少卿無可奈何地聳聳肩說，「我說過，我不喜歡他們說甚麼只要不認同就是打壓，打壓的背後目的，就是不擇手段喝令一個心地單純的女老師滅聲。就是阻止捍衛公義，維護自由、民主核心價值的聲音和人士出來抗拒惡勢力，放任邪魔妖怪橫行。還無限上綱上線說，這件事告訴香港人必須覺醒，團結拯救香港核心價值的最實際方法就是號召另一次千萬人上街……」

田少卿及時醒悟到眼下不是敘舊的時候，聰明地捏斷了後面的一大串廢話，說道：「我承認自己個性悲觀，當時看到那些鋪天蓋地的評論，不由不讓我聯想到，如果教師可以在公眾場合沒節制的講粗口，肆無忌憚侮辱警察，而政客、傳媒、學者和專欄作家組成的道德委員會，卻肯定用粗口辱罵警察的教師具備了自動自發的求知精神，具有批判犧牲的思想。還肯定這種懷疑精神乃啟蒙年代最重要的生活態度，又說甚麼只有反抗權威的人才不會相信教條，不會成為奴隸。也有人強調不講粗口的人當不了大機構、大財團的行政總裁等等……我很擔心，如果有一、二名精靈的學生有樣學樣，使用同樣理由，豈不是可以隨時以不滿老師的某一項指導和學校的某一規章，以粗言穢語任意辱罵老師和校長？學校和老師一旦是學生可以輕而侮之對象，情況就會一發不

可收拾。說真的，在那時候我還有一點自私僥倖心理，覺得這種違背情理的荒謬幻想就算成真，也只會出現在中學學校。我們只是一間尋常不過的小學，相信到我退休之前，文明的步伐應該還不會走到小學裡面吧？想不到，就在今天，這個難堪的場面會突然出現在我們這間小學！出現在我們的面前！」

教員室裡又是一片寂然，訓導主任的視線三番四次地掠過那些全寘的臉蛋，卻絕望地從一對對眼睛中，看不到絲毫同情的情感。

他正想再次張口時，一直是憂心忡忡不知如何是好的樣子的趙老師遲疑地說，「我，我有一、一個提議——」

訓導主任手掌一擺示意，「請說——」

「我們這樣猜來估去沒完沒了，只會讓人人心裡不踏實……」

「趙老師說得對，」曾老師若有所思般點頭贊同。「也許這幾個童黨只是報復姬老師多管閒事，玩耍一會，見好就收……」

「不，不，我的意思是、是……」趙老師分辯說，「假如他們背後有黑手，又會把視頻擺上網絡，學校應該準備好怎樣應付辱罵……」

「誰都看到，他們要對付的目標是姬老師！」林老師噗哧一笑，又看了姬玉貞和賴美蓮一眼。「我看賴老師真夠運，田老師只是無辜受累……」

姬玉貞眼睛一瞪，騰地站了起來，厲聲質問「甚麼意思？你想啥？」

林老師神色自若，用帶點無辜的聲音解釋，「不是這麼小氣吧？姬老師。你應該清楚我的為人，面對大是大非，我一向直人直肚，有一句說一句。」

「林老師，」李老師正色說，「你錯了。視頻若被擺上網絡，就不單是田老師和姬老師的問題，整間學校上了風頭浪尖，我看這裡我們每個人都有問題。」

田少卿看見不少人臉上頓時變色，就提高聲音說，「還是趙老師說得好，知己知彼，百戰不殆。請大家自由發揮，如果對方把視頻擺上網絡，我們應該怎樣應付才好？……」

「又錯了，」李老師炯炯有神的目光裡冷酷如冰。「我想趙老師的問題是，倘若對方把視頻放上網絡，瘋癲的輿論和網民將會怎樣辱罵姬老師、田老師和學校的？只有知道對方的招式，我們才可以見招拆招。」

田少卿黯然頷首，表示同意說，「對了，大家都看到前段日子，那些政客、傳媒、學者和專欄作家怎樣斥責，不肯接納女老師公開講粗口罵警察是好人好事市民的。請各位老師以此類推，我和姬老師將會面對怎樣的羞辱？」

又是一番緘默，田少卿無可奈何地示意趙老師，「素珊娜，你先說好嗎？——」

趙老師扭擰地搖頭擺手。

「還是我來帶個頭吧，」李老師又笑呵呵地說，「姬老師，你記得帶頭罵你的童黨姓名嗎？」

「不知道。」姬玉貞冷冷地回答。

李老師說，「乾脆就叫他做小青年吧。」

「是童黨！我懷疑這小子有黑社會背景。」賴美蓮忿忿不平的說道。

李老師裝聾，咧開嘴角說，「我記得那些政客、傳媒、學者和專欄作家是這樣為女教師打不平的，嗯，如果把『女教師』三個字換上『小青年』，『警方』兩字換成『老師』，應該是：我要問香港人，一個小青年的打抱不平，為甚麼會被惡勢力任意抹黑？淪為政治工具的老師將會怎樣繼續威脅和迫害他？小青年的追求公義行為，是香港開埠以來的核心價值。不管女教師還是小青年，凡向沒有公義的制度擲雞蛋和講粗口都是公民的覺醒，是包含愛與和平的公民抗命行動，這在國際上十分常見。這件事讓香

港人看到，一小撮心懷叵測的人在趁機故意抹黑，是何等無恥和下流。」

曾老師讓手指上的原子筆停止轉動，冷冷地接上說，「因激憤講一句粗口是小錯，所謂瑕不掩瑜，他和她應該都是追求公義，捍衛香港正能量的『調理農務蘭花系』政治團體的成員吧？所以，企圖毀滅香港人的願景，抹黑公義，醜化追求自由民主市民才是事件的本質。你們對小青年口誅筆伐，煞有介事，愈高調反駁指責，只能讓公眾愈看到你們的醜惡。」

陳老師趕緊說，「使用卑劣手段，鋪天蓋地對小青年瘋狂打壓，只會令年紀細的學生和家長震驚，非常唔適宜。這應該是香港正能量和大愛受到摧殘的殘酷例子。」

張老師語氣興奮，提高聲音說，「是否要殺一儆百？要消滅不平則鳴的義舉？一個仗義執言小青年的一句粗口，立刻被惡毒攻擊和報復，這種變態社會，不但會禍及下代，肯定是失去希望的社會。」

隱藏在一堆堆書簿後面，一把不知是誰的聲音大聲說，「老師不負責調停糾紛的角色，本身已令人難以理解，選擇性執法，才引發小青年的公義心。所以，明理的人都會明白，事件的發生並非沒有原因，有黑手在背後指揮這兩名傀儡老師，才會演化成不合理的道德悲劇。」

李老師瞪了趙老師一眼，趙老師低聲下氣，不情不願跟着說，「小青年何罪之有？面對強權不卑不亢，於心無愧。」

一下子，七嘴八舌，此起彼落，似乎人人都在爭先恐後的為公義表態。兩名主角的臉孔顏色變幻不定，他們感到眼前的景物開始模糊起來……

激憤的情緒開始一步步熾熱，有人為了加強語氣，舉起拳頭，使用自豪神態高呼，「香港是法治城市，譴責所有對家長和小學生所作的黑社會式滋擾，反對把抹黑批鬥手段搬到香港，對付

一個手無縛雞之力的小青年身上。」

…………

到了有人咬牙切齒的咒罵：「誰沒有講過粗口？誰才能扔出第一塊石頭！指責小青年的人是有意撕裂香港，如果『一句粗口』就要交報告，報告會高過國際金融中心」時，姬玉貞忍不住嘩的一下子放聲大哭起來。

號咷聲讓沉沒在正義氛圍中的老師們回到真實世界，大家睜開眼，都看到鐵青着臉的訓導主任，那一對撐着桌子的手臂窸窸窣窣的不停顫動着。

教員室裡又是鴉雀無聲，過了一會，林老師首先恢復過來，立刻給神魂未定的訓導主任拋去五、六個問號說，「田老師，你心裡有底嗎？能逐一反駁嗎？你的回應能以理服人嗎？如果你連我們都說不清，怎對付得了那些如狼似虎、亦文亦武、能言善辯，能扔雞蛋、物品，還能把預告會朝你扔汽油彈的威嚇，解釋成是溫馨提示的政客、傳媒、學者和專欄作家們呢？」

一直滿臉憂懼的司徒老師提高聲音，說道：「田老師和姬老師應該立刻向麥校長彙報。我建議明天一早，如果學校召開記者會，搶先向傳媒解釋事件……」

「沒用的，」林老師搖搖頭說，「你們知道我們的麥校長從不掩飾他的理想和野心，他希望終有一天能以香港最開明校長的形象，出現在《時代周刊》封面上。所以他老人家的名句是『放開心魔，退一步海闊天空。』我大膽揣測，他為了學校形象和大局着想，會要求兩位老師披麻戴孝，去記者招待會上，向代表香港核心價值的小青年下跪叩頭道歉。」

「如果你們真的招惹了這群比黑社會還厲害萬倍的大蟲，」陳老師的慢悠悠聲音又接了上來，說道：「今天晚上，他們一定會搶先把視頻放上 Facebook、高登討論區和香港討論區的各種各樣網頁中。又會先下手為強，以小青年的名目發表公開聲明，向在場

的家長和小學生道歉。但表示為了捍衛香港的核心價值，永遠不會原諒你們這兩名公安老師，彰顯公義永遠不會向極權屈服的道德立場。然後，政客、傳媒、學者和專欄作家又會聯手借題發揮……」

田少卿和姬玉貞相視一眼，他們不是蠢蛋，不用別人提示，已同時在對方眼裡看到所謂的借題發揮內容：

甚麼「小青年敢於挑戰邪惡老師和警方執法不公，他因為身在校門外，講了一句很普通的粗口受罪，卻表現了無可比擬的道歉勇氣。」

甚麼「有良心的香港人都會肯定小青年很快主動發表道歉聲明的行為，是一種莫大的勇氣。」

還有甚麼，「小青年當天斥責公安老師是路見不平，拔刀相助，因此並無後悔，也不應該後悔。」

再來甚麼，「小青年講粗口罵老師的事件發生後，他自稱因為抱打不平，捍衛公義，出現了焦慮、抑鬱等等創傷後遺症，不得不中止上電視和電台演繹香港核心價值的節目，又無法再去九龍仔公園玩球。家庭醫生擔心情況惡化，決定把他轉介精神科醫生，看來，小青年為捍衛香港精神犧牲了自己啊！」

就在這時候，身處煩惱的兩名主角同時聽到陳老師那把慢悠悠的聲音：「那明天一早，除了田老師和姬老師成為千夫所指的公安老師，學校臭了，校長也臭了，這裡所有的無辜老師也跟着抬不起頭了……」

迷迷糊糊地，田少卿又聽見一把似乎是李老師在用悲天憫人的語調安慰大家，「……也許事情沒有我們所想的這麼嚴重，也許整件事乃陳老師所說，是幾個古惑仔為趕時髦，上演的一場無傷大雅玩耍。大家不要想得太多了，好好睡覺吧！明天很可能是天氣晴朗一天呢？不管怎樣，我的看法是壞事能變好事，這件事給大家上了一課，追求自由民主的潮流浩浩蕩蕩、不可阻擋，身

為教師，千萬不要不自量力，要知道自己的局限，要瞪大眼看到歷史車輪的轉動⋯⋯不要妄想螳臂擋車⋯⋯否則⋯⋯只會頭破血流⋯⋯收場的⋯⋯」

四

　　一個奇怪的揣想兀然插入田少卿那個已亂成漿糊的腦袋，一把聲音告訴他，如果明天之後，他和姬玉貞真的成為千夫所指罪人，是一樁低頭認罪，在等待公義處置懲罰的鐵案。這接連兩次講粗口罵人的社會事件，豈不是成功地重組了粗口的正面意義和形象。

　　既然政客、傳媒、學者和專欄作家都紛紛上電台、電視演繹和解釋，用白紙黑字的文章作證，言之鑿鑿說，在現實世界中，愈成功的大公司高層愈喜歡使用粗口罵人來發洩、平衡情緒，尤其那些在投資銀行、股市和金融界中縱橫捭闔的富豪、大鱷、女強人和精英們，甚至那些相貌愈靚，身材愈好的刑事女律師和金融女律師們，若運用粗口能恰如本份者，談判中的對答就愈有力！所有身居先進文明社會的高層，不管男女，每每是以「Ｆ××ｋ」、「Ｆ××ｋ ｙｏｕ」來與人做生意的。跨國集團在招聘 CEO 和 CFO 列出的首要條件，是看應聘者的講粗口和應付粗口的能力等等。

　　既然賺錢多寡已經是先進文明社會衡量制度的優劣，是個人事業成敗的準則，是聰明和愚笨的分野，是檢驗對錯和社會民心所向的唯一標準。教育局為了保持香港這個得之不易的國際金融中心地位，理所當然的必須與時並進，就應該規定學校在學生必修的通識課程中，把粗言穢語列入正面形象來教化學生了。

　　進一步的，為了實現政客、傳媒、學者和專欄作家指稱的，現代文明社會中的成功人士人人都在說粗口的事實，將來大勢所

趣，就算嬌滴滴，斯文怕羞如素珊娜‧趙這種女教師踏進課室，小學生們一齊站起來後，再不會說，「Good morning Ms Chiu.」，而是集體頌揚道：「F××k you Ms Chiu.」趙老師如果回以，「Good morning class.」乃屬誤人子弟，政治正確的回應是「F××k you class.」

用廣東話說，趙老師每天上課，就要接受小學生問候：「× 你，趙老師。」趙老師也必須以身作則，認真地回答：「× 你，同學們。」

腦裡的第二把聲音插進來反對：不可能，亂彈琴！胡編亂造！胡說八道！若一切如你所說，這、這個社會和世界豈不是全亂套了——

第一把聲音笑了笑說：胡編亂造？胡說八道？你看到的，五十年前，社會上沒有人忌諱那個「四」字。到二十世紀六七十年代，香港跟先進文明社會接軌後，政客、傳媒、學者和專欄作家開始天天講、月月講、年年講，強調只要甩掉封建、落後、愚昧、骯髒、野蠻、暴虐、卑賤的中國文化包袱，跟隨着科技進步和接受先進文明國家的教化，香港人的質素一定會愈來愈具備自信、求知、明理、懷疑、批判的思想精神，培養出反抗權威、不相信教條的獨立人格。所以，四、五十年後的今天，新建樓宇就不見了四樓、十四樓、廿四樓，第四座和十四座這些符號，甚至可以乾脆取消從四十到四十九的十層樓。五十年前，老人家教導兒孫的是朱子家訓和曾國藩家書；但接受了先進文明的香港人卻再不相信甚麼「善有善報，惡有惡報，若還不報，時辰未到」的嘮叨。不管身處何方，人人面無表情，像煞一往直前的原教旨信徒，耷頭盯緊手裡的手機和平板電腦，全心全意撥動手指，癡呆地相信這塊發光的熒幕會帶領自己進入無限自我的理想天堂。看來，你這個花崗岩腦袋的確追不上一日千里的先進文明步伐了！

一股像泥漿一樣厚重的霧霾把田少卿的腦袋填得滿滿的，這

時候，他的樣子真像一名染上末期甲亢病患者，下意識地不斷晃動着腦袋，似乎企圖搖晃出個究竟來。晃了晃、晃了又晃⋯⋯遽然，腦袋裡居然被他晃出了尼采的那句名言：你看到的荒謬不等於不可能存在，荒謬就是所有荒謬事物存在的條件。

噠的一下，他就這樣解開了心裡的那團疙瘩，睜開眼睛，教員室裡一片寂寥，只剩下一位飽含淚水的姬玉貞老師在同情地看着自己。

原刊《香港作家》2014 年 3 月號

217

長壽麵之味

◎ 惟得

　　暗藍色的海面，一艘米黃色的水翼船剪浪而過，似低飛的水鳥。太陽從雲間吐出第一線光，街燈自動熄滅，整座城都笑起來。海旁的公園裡，早起的老人家耍太極，他們氣定神閒，彷彿撥開空氣尋問生命的究竟。猛然四個穿着白色校服的女學生打從他們前面的空地走過，左右四顆紅色鈕釦兜了一點陽光，像曬紅的孩子臉。或者年輕的定義就是一分鐘也不肯安靜下來，穿過馬路時依然彼此追逐，要把從 iPod 裡聽到的好歌塞進對方的耳裡，當然也就不覺察走過身旁的店舖都落下了鐵欄柵。她們嘻嘻哈哈地轉過街角，城市頓時熱鬧起來，候車站擺着長龍，公共巴士、計程車和十四座小巴爭客爭路，一輛貨車顛簸輾過，後尾廂幾盆淡紅康乃馨不堪震盪，從長頸梗伸出來的花蕾迎風點頭，又似親善大使向路旁的子民揮手，緩和劍拔弩張的空氣。電車卻依舊慢條斯理沿着軌道走，偶爾撳鈴叮叮催趕行人讓路。車聲也好，花香也好，何老太的黑髮自顧自轉為白色。

　　何家三妯娌商量要不要把何老太的白髮還原為黑色，染髮一度成了家裡的禁忌，妖風依然吹襲過來，有一天下午，二姑娘的女兒明珠放學回家，頭髮像調色板般紅一片綠一片，明珠平日頗有主見，經不起唆擺，上同學家染了髮，彩虹樣的髮絲像美少女戰士的箭矢射向二姑娘的眼睛，她命令女兒立刻把染髮洗掉，明珠不知道下一天怎樣向同學交待，兩母女爭持不下，找三少奶評理，三少奶開門出來，新燙了頭髮像紅鬃烈馬，還灑上金粉閃

閃生光，兩母女相視而笑，紛爭也就化解。其實明珠染髮之前，三少爺已經暗渡陳倉，別看他過了五十歲，依然是三十多歲的童顏，不是駐顏有術，有一天他不打自招染髮的內幕，還掏出智能手機，google了染髮素的牌子，遞到大少爺面前，邀請他參加。大少爺只是苦笑，自從大少奶嫁入何家後，將近四十年勤儉持家，知道他每三個月要為儀表花費開銷，又多話語，大少爺寧願頭上多翻幾重白浪，勝於耳際縈繞蚊蠅的囉唆。二姑爺倒沒有染髮，年輕時有一天起牀梳洗，竟撥下一大撮髮，下一天再梳理，失髮更多，梳子儼如一隻吃髮獸，飢不擇食。二姑爺三十多歲時，已經是五十歲的容顏。現在每周末上頭髮護理店一次，不見成效，起碼沒有惡化，也算是心靈的按摩。

三兄妹家裡還未安裝電視的小時候，有位大姨每隔一段時候會老遠從新界到來探訪，他們看見大姨，像螞蟻遇見糖。大姨是位說故事的能手，吃過飯後，大家圍繞着她，讓她權充嚮導，帶領他們參觀一個個奇幻的童話王國，不是過年過節，依然充滿喜慶。一個星期很快過去，大姨想要歸家，他們便藏起她的一隻鞋，令她錯過火車班次。青春不也像大姨嗎？何家無論男女老幼，都希望她多逗留兩天。唯一例外是三少爺的兒子望龍，每天放學回家，只顧拿着手機玩遊戲，像二世祖般盡情把青春浪擲，不過他也只得十歲。

大少奶眼看何老太的頭髮在二姑娘的指間擺尾浮游，像白姑魚的顏色，只覺得舒服，所有天然的色素都令她稱意，人工化只代表勞民傷財。前幾年何老太還喜歡搓麻將，經常邀請牌友上門攻打四方城，總需要注重一點儀容。自從她的記憶力衰退，在牌桌上老是算錯胡子，在家人勸勉下戒賭，深居簡出，就算打扮得花枝招展，又有誰人欣賞？

「話可不是這樣說……」二姑娘看見大少奶總把「節省」兩字亮出來當貞節牌坊，有點不服氣。「再過兩星期，是媽媽九十歲大

壽，我打算在酒家擺兩圍酒，邀請親友到來慶賀。她這樣蓬頭垢面，怎樣會客？」

「奶奶已經九十歲？」三少奶睜大眼睛，戲劇化是她最愛擺的姿勢。

「是啊！爺爺和爸爸都過不了八十九這一關，嫲嫲才過了六十歲便壽終正寢，更不用說公公婆婆了，只有媽媽大步跨過門檻。」祖父在生時勤於晨運，外祖父游早泳，父親年輕時經常到健身院舉重，都像候診室的病人，死神一傳召，登時起立報到。母親的時代並不流行瘦身纖體，這些年來，她做的只是麻將桌上的手部運動。四十歲時還診斷到糖尿病，早晚要吃半顆藥片禁制，她卻驍勇地過了一個又一個的年關，病痛也不多，名符其實是美少女戰士。這時候何老太背着陽光坐在客廳的沙發上，面目模糊一片，看不清楚眼耳口鼻，光環像頭箍罩着她的白髮，映得微塵飛舞，她的面目在光暗間穿梭，二姑娘看得入神，只感覺生命的出神入化。

「說來可笑，多年前帶媽媽去算命，占得她的陽壽不過六十歲，三十年下來，算命先生想已作古，她依然健在，老如松柏。」二姑娘湊過去，憐惜地舉手輕拍何老太的臉頰。何老太本來閉着眼睛假寐，被她驚醒，睜開雙眼，憤怒地把她的手撥到一旁：「好端端的為甚麼打人？真沒道理。」何老太身材矮小，發起怒來卻全身充電，像睡火山驀地噴出熔岩，一把年紀，仍然迸發旺盛的生命火花。

「就是小姐脾氣，九十年如一日。」二姑娘無奈地聳肩。

「我們可得到酒樓預訂下星期日的酒席囉！」大少奶故作熱忱，卻可以聽得出她聲音裡的空洞。雖然說酒席費由三兄妹平分，每家人到底要負擔三分一的開銷。

「不是星期日，今年媽媽的陰曆生日落在星期三。」二姑娘更正。

「哎喲！下一天人人都要上班，誰會來慶賀？預早一個星期日擺酒算了。」大少奶趁機抗議，算是洩憤。

「可不成呀！一定要在正日慶祝，那一年我們就是提早給爸爸做生日，結果他就不在了。」將來的事不可逆料，萬一何老太真的有三長兩短，大少奶可擔當不起責任，只好忍氣吞聲。「那就星期三擺酒席吧！」

「為甚麼要擺酒席？」大家七嘴八舌，何老太再趕不上，好容易抽出一絲線索，連忙插嘴加入，她本來就是一位愛熱鬧的人。

「過兩星期你生日，我們擺酒席為你慶祝。」三少奶最有耐性，愛用逗弄孩子的口吻和何老太對話。

「我生日？不是可以收到很多紅包嗎？」近來何老太臉上沒有太多表情，說到「紅包」，倒像搽到她身上的萬靈藥膏，頓時令她身心舒暢。

「她懂得討紅包，還不完全是個老懵懂！」三少奶說了笑話，自顧自哈哈大笑，不負「開心果」的美名。

「紅包對她來說，又有甚麼意義？」大少奶想到過年過節，三兄妹每人會循例給何老太一個紅包平添喜慶，轉頭她已經完全忘記紅包放在哪裡，再給她一張五百元鈔票傍身，她又當廢紙般轉贈女傭。只不過這麼多年何老太習慣把金錢當作護身符，驟然記起，彷彿在迷霧中看到一線光。大少奶頗感到憤憤不平，只是二姑娘和三少奶見何老太高興，都順着她的心意說話，大少奶只好把怨恨吞回肚裡。大家倒同意在壽宴的早晨，找個美容師把何老太的頭髮染黑。

人算不如天算，病痛就像生命裡的不速之客，打亂步伐。何老太與大少爺夫婦同住，生日的一天，二姑娘和三少奶都請了假，打算一早過來和何老太上美容院，她們也做頭髮。大少奶開門讓她們入屋，她們已經聽見何老太的咳嗽聲，大少爺正要解釋，大少奶指一指牆上的時鐘，匆匆把鎖匙交到二姑娘手中，如

獲大赦拖着夫婿出門上班。

　　事情早有徵兆，只是城市人太多雜念，視而不見。近一個月來，何老太養成了發夢囈的習慣。凌晨四時多，躺在牀上自問自答，有點像現代人在耳邊掛個手機大吹大擂，只是在烏燈黑火裡，聲音倍覺淒厲。話題倒很多樣化，有時候向一個小孩子訓話，有時候和新相識大談兒女經，大少爺的房間就在隔壁，兩夫婦到時到候被她吵醒，不勝其擾。大少奶在牀上輾轉反側，老大不高興地說：「也不知道是否冤鬼纏身！」有一晚大少爺終於按捺不住，躡手躡足溜進何老太的睡房。趁着月光，只見她閉着眼睛，側身向着毛毯，像鳥籠裡的畫眉繼續歌唱。大少爺輕輕把她推醒，柔聲說：「夜了！好好地休息吧！」何老太漸漸睜開眼睛，但見人影在她眼前晃動，一股怨氣湧上心頭，厲聲呼喝：「說話也沒有自由嗎？真是蠻不講理！」嚇得大少爺落荒逃回房裡。

　　一家人倒有圍坐商討何老太發夢囈的原因，異口同聲說是早發性認知障礙症。三少爺倒有一位醫生朋友，認為何老太終日悶坐在家，日間腦部活動太少，晚上難免興旺起來。只是何家男女老幼，不是上班就是上學，誰有經濟能力辭職在家陪伴老母親？就算真的當全職保姆在家侍候高堂，何老太最喜好的消遣是廣東大戲，難道每天都陪她往劇場跑？讓慢條斯理的水袖台步催人入夢，出其不意又被鑼鼓敲醒，像遊魂般徘徊在時差間。孝順忽然變成櫥窗裡陳列的奢侈品、哲人寫在古籍裡書法秀麗的兩個字。唯有僱用女傭多陪伴何老太到公園散步。女傭來自印尼，五十多歲，手腳有點緩慢，侍候何老太卻極為周到，上街前看見太陽猛烈，為她戴上遮陽帽，颳風時又為她的頸項圍上絲巾，何老太欺負她長得矮小，動輒向她發脾氣，她也是陪着笑臉，像《愛麗絲夢遊仙境》的咧嘴貓，來香港學會的第一句話是「對不起」，也只會這一句，其他時候與何老太相對無言，何老太日間沒人談心，趁着夜間盡情發洩，弄到唇乾舌燥。

每月初何老太在印尼女傭陪同下，到鄰近的公立醫院檢查身體。她生日的一天，離覆診日期只有兩天，二姑娘特地打電話去醫院請求提前，得到醫生同意，便興高采烈和三少奶截了計程車，浩浩蕩蕩來到醫院。壽辰要到醫院慶祝，本來也犯了二姑娘的忌諱，只是眼見何老太有時咳得死去活來，權衡輕重，也只好向現實低頭。她們打算速去速回，只是事與願違，那天候診的病人特別多，一張張深棕色的長板凳都坐滿了人，偶然一人走開，旁邊站着的候診客慌忙一屁股坐下來，木椅發出咿呀一聲，彷彿不勝負荷，好不容易有熱心人讓座，二姑娘扶着何老太坐下來。旁邊一個少婦抱着胖嘟嘟的嬰兒，等得發癲。年齡愈長，何老太對嬰兒愈有興趣，論理她年輕時幫忙照顧明珠和望龍，應該知足，現在見了嬰兒依然愛不釋手，彷彿遇見同類，看到身旁的胖孩兒，一手抓着他的腿，像鑒賞名瓷般，抬頭對二姑娘說：「真是趣致。」嬰兒眉開眼笑，少婦卻怒目相向，何老太咳嗽一聲，她一把從何老太掌中拔出嬰兒，跑得老遠，寧願站立也不敢接近何老太。一個鐘頭過去，還未輪到何老太，她頻打呵欠，隔五分鐘便問一次：「還要等多久？」為了排遣時間，二姑娘暫且和她演習看醫生，問道：「何老太！你今天覺得哪裡不舒服？」「我精神爽利！身體健康！託賴託賴！」說着何老太又咳嗽起來。「如果你身體健康，為甚麼還要來看醫生？」三少奶笑得彎了腰。

　　「和媽媽排練了十多遍，等到進入診症室，醫生問她覺得哪裡不舒服，她又是老一句：『我精神爽利！身體健康！託賴託賴！』」複述軼事時，二姑娘牽着何老太的手，和夫婿啟程往酒樓。本來約好和三少奶一起去，在醫院裡折騰大半天，她忽然感到不舒服，需要回家休息一會，三少奶每晚都到泳池游泳，身體卻不見得特別好，別人打一個噴嚏，她立刻接收過來，健康真是財富，不可強求。三少爺自然相伴，等她精神好轉才來赴宴。大少爺兩夫婦要到超級市場張羅水果和長壽麵，也要稍後加入。二姑娘不

似三少奶樂天，提起日間也忍不住高聲大笑，惹來何老太睥睨的眼光。二姑爺微笑地聽着，猛然看見迎面走來一位街坊，駐足與他傾談。二姑娘繼續和何老太趕路，走了一會，二姑娘才發覺自己顧着談笑，走過了酒樓也不自知，連忙掉頭回轉。「走來走去，你究竟認不認得路？」何老太雖然昏頭昏腦，也感覺形勢不對，有點不耐煩。「不用擔心，酒樓就在對街，過了馬路便到。」一等交通燈轉成綠人兒，二姑娘急忙率着何老太的手過馬路，誰知走了兩步，何老太忽然說：「我很疲倦，不想走了！」不由分說便蹲到地上。「哎呀！這怎麼可以，我們在馬路中心，怎可以停留？」二姑娘大驚失色，只是何老太立定主意，像隻垮了的騾子跪在地上，決不回轉，人生的路她是走夠了。交通燈號開始變動，一閃一閃像二姑娘撲動的心，放眼又見不到夫婿，她急得幾乎想哭起來。「要不要幫忙？」幾位過路人問，二姑娘連忙點頭，大家合力把何老太扶起來，帶到安全島，總算避過車禍。何老太毫不感激，二姑娘攙扶她時，掌心無意壓着她套在無名指間的玉環，她又哎呀大叫起來。那一刻她不是何老太的骨肉，更像一個仇家。

　　過了馬路，何老太再也不肯走動，路人到附近一間粥麵店借來木櫈，沒有椅背四腳顫抖，也將就着把她安頓下來。經過一番擾攘，何老太的神志更是迷糊，儘管牽着二姑娘的手，望向她的眼神極為呆滯，充其量把她當作一個影子，二姑娘也覺察到了，黯然神傷。這兩個星期她忙着到酒家開菜單，列出賓客名字，逐個打電話邀請，只想為母親的大壽留下美好的印記，母親卻把她的心事當作一張白紙，倒也不是何老太的錯失，生命根本殘酷，早發性認知障礙症只不過是死亡的前奏，到了一個年齡，就算沒有終日被病魔纏繞，也會腰痠腳痛，耳失聰目不明，就是不肯讓人完整無缺安度餘生，何老太亦是不由自主。母親的手柔弱地躺在自己掌中，二姑娘想起年幼時母親初帶她上茶樓，介紹她吃馬拉糕，小學時開始伴她到電影院，留下了多少笑聲淚影。上中學

時又四處奔波陪她考取名校。中學畢業後她第一次見工面試，母親雖然不懂教她怎樣應對，倒為她添置一件像樣的洋裝，然後她結婚生女，想想母親竟陪伴她過了半生。這天二姑娘始終沒有機會帶何老太去染髮，風過處，吹得何老太蓬頭亂髮，二姑娘嘆了一口氣，從手袋裡掏出梳子，小心為何老太撥弄。

等到何老太回了氣，由二姑娘攙扶着上酒樓，壁上的鐘剛過了八時。剛才在樓下，大少爺兩夫婦從二姑娘身旁走過，知道事情的始末，先到酒樓報告。三少爺兩夫婦接踵而來，三少奶見何老太坐在木櫈上搖搖欲墜，哈哈大笑地說：「奶奶你在騎木馬？」等到得悉原委，吐了一下舌頭，扯着夫婿躲進酒樓。二姑爺繞道而來，家人又沒有告知底蘊，一見到二姑娘，抱怨着說：「怎麼遲到？」個多小時的怨氣湧上心頭，二姑娘狠狠地回應：「你就少說廢話！」當務之急倒是應付眼前冷清的場面，二姑娘沒有野心大排筵席，也預備了兩桌酒菜。放眼望去，除了主家席虛應故事，另外一桌完全交白卷。「媽媽身體微恙，不能出席。」大少奶看到二姑娘不悅的神情，連忙報告。「媽咪也有點不舒服。」三少奶應和着，聲音有點怯弱，心知母親只愛搓麻將，沒有牌局，她總找藉口缺席。親家不到本是小事，最令二姑娘詫異的是母親完全失去號召力。何老太向來有人緣，乘巴士和鄰座的陌生人搭訕，也可以在牌桌上建立友誼，熱情與她最有關。生日自然少不了眾星伴月，坐滿五、六桌是等閒事。「媽媽的乾女兒呢？她總是契媽前契媽後，怎麼今天沒有聲氣？」二姑娘質問。乾女兒小時候是他們的鄰居，家裡沒有兄弟姐妹，經常過來找他們作玩伴，一張嘴最會奉承，何老太就是給她從樹上哄下來的小鳥，二姑娘小時候母親買來的新衣服，總在乾女兒身上看到盜印版，不相干的兩女性，竟像雙生姐妹花。後來乾女兒嫁入豪門，再不稀罕人家的恩惠，何老太依然對她厚待。如果二姑娘要挑剔何老太，就是她感情上的濫觴。數十年後二姑娘提起母親的乾女兒，依然帶

着醋意。何老太患上認知障礙症後，有一年乾女兒到來賀壽，何老太完全認不出她，那是二姑娘最欣慰的一刻，折騰了大半生，她終於擺脫了無形的困擾。「今天早上她有電話來，說女兒行將出閣，忙着為她辦嫁妝，分身不暇。看來快將接到另一張喜帖了。」大少奶也滿臉不高興，為的卻是另一個原因。其他親戚朋友都各有藉口。隨着何老太記憶衰退，友誼再不永固。回望大圓桌，除了何家三兄妹和配偶，加上何老太和明珠，也只得八人。二姑娘興起樹倒猢猻散的感慨。「望龍呢？」明珠伶俐，一眼看出不妥。「他說有很多功課做，應付不來！」三少奶連忙替兒子打圓場。「又不是大考期間，哪有多少功課需要溫習？分明躲在家裡打機。」明珠處身同學間可能手忙腳亂，對着弟弟頗有點威儀，望龍有點避忌她，當下明珠掏出手提電話，按了望龍的號碼，向着手機大吼了數聲，望龍嚇得連忙趕了過來，總算填滿主家席的空位，其餘一席只好向酒樓報銷。上了第一道菜，家人正向何老太舉杯，表嫂倒喘着氣趕來。

　　表嫂歉疚地說：「人老了真不中用，從慈雲山乘搭隧道巴士到灣仔天樂里，提醒自己說要轉車，臨時卻又過了站，結果跑了幾個街口才找到巴士站來這裡，真不好意思！」表嫂是壽宴的稀客，大家又怎會責怪她，忙不迭為她斟茶遞水，她卻捧着茶杯掏出紅包來到何老太跟前說：「大姑太，恭祝你福如東海壽比南山。」說着恭敬地舉杯，何老太連聲說好，眼光卻是游離的。表嫂並不介意，一雙眼在水晶燈下閃爍，隱含着淚水。這些年，每次表嫂叩見何老太，總灑下兩滴淚，何老太的娘家對表嫂真的特別厚待嗎？其實又不盡然。二姑娘就記得外婆在生時性情暴躁，經常打罵下人。表嫂十多歲從鄉間出來，舉目無親，和何老太的娘家有點親戚關係，留下來幫傭，少不了受何老太母親的氣，然而表嫂性情溫順，拿起掃帚，把怨恨都撥到牆腳，腦中只裝載何老太母親對她的好。二十五歲的一年，何老太的母親找來年齡與表嫂相

若的堂姪，令她終身有託。堂姪在餅店當掌櫃，工作時間長，一個月又只得兩、三天假期，若要表嫂回望一生，可以用一個「做」字來概括，只是她毫無怨言，認了命。何老太的母親辭世，她哭得最響。何老太的父親百年歸老後，何老太就是表嫂唯一的感情憑藉，每年表嫂依然風雨不改來拜壽，堂姪過身後，也不肯改變習慣。上一代知恩報德，可以像小河淌水般源遠流長。看見表嫂鞠躬盡瘁，二姑娘就意會到何老太熱情的起點，只覺得自己斤斤計較。

酒家本來準備開席，臨時來了個貴賓，亂了陣腳，得到何家首肯，重新上菜。第一碟是冷盤，平時何老太除了雪糕外，只喜歡吃熱的東西，不過開胃的冷盤是酒家循例端出來的第一道菜，約定俗成，大家都沒有異議，碰碰運氣夾了一點凍雞，放到何老太的碗裡，果然，她咬了一口，便像吃了苦瓜般吐出來，皺起眉頭，睥睨地對着雞肉說：「冷冰冰！」第二碟白灼蝦可是熱騰騰，給何老太剝蝦殼時，二姑娘要把燙手的蝦放到碗裡數次，才能完成任務。她用筷子把脫光了衣服的蝦夾起來，放到醬油裡洗一個澡，再放到何老太的碗裡，何老太吃了一口，又把筷子放下來說：「淡而無味！」接着的幾道菜都得不到她的賞識。碗底的碟堆滿她試味後的退貨，最令大少奶可惜。「奶奶！你怎麼可以不吃東西？你已經這麼瘦，還想減肥？」三少奶擔心地說。「她喜歡吃麵，不如吩咐廚師煮一碗長壽麵給她吃，加幾條葱，取個好意頭。」大少奶說着揚手把侍應喚過來，把長壽麵盒交到他手中。一碗長壽麵從廚房捧了出來，噴着熱氣，加了雞肉和葱，隔遠看見也垂涎三尺，何老太可不是這樣想，用筷子撈出一點麵條，輕放到嘴邊，立刻停手說：「不好吃！」一直沉默的望龍忽然不屑地說：「為老不尊！」可能因為手機被明珠沒收，一肚子氣，正好趁機發洩。三少爺兩夫婦向來嬌寵兒子，沒有話說。大少爺兩夫婦可能也有點看何老太不順眼，亦用緘默附和。二姑娘夾在兩家人

之間，不好多話，只好讓明珠出頭，厲聲大喝：「你說甚麼？」望龍這回也不示弱：「不是嗎？嫲嫲年紀這麼大，還像小孩子一般使性子，不是為老不尊是甚麼？」明珠一意充當何老太的辯護律師：「你在字典裡加上『寬容』兩個字好不好？婆婆身體不適，喝了咳藥水，難免影響她的胃口，你好不好設身處地為她想一想？」「她沒事時不是也很挑剔嗎？」「又要你來理會！」明珠懶得再和望龍辯駁，索性以身作則，和母親對調座位，把長壽麵從大碗搬到細碗，送到何老太嘴邊：「婆婆！吃點長壽麵吧！吃了長命百歲！」想想何老太已經九十歲，再增十年也不算好交易，連忙改口說：「長命千歲！」何老太無動於衷，依然一副不屑的嘴臉：「要這麼長命幹甚麼？」今晚大家聚集，就為慶祝她的高壽，聽她這麼一說，微感掃興。長壽真是悅耳的恭維話，然而就算出生時口咬銀匙，路還是會走完的，長壽麵條牽牽絆絆，到頭來不是損手爛腳，也是渾渾噩噩。本來甜的滋味都變得苦澀，還有甚麼幸福快樂可說。只是一家人都不喜歡往壞處想，寧願大吃大喝掩飾心裡的恐慌。

228

　　「大姑太自小就是這個脾氣。」表嫂看見一家人意興闌珊，連忙找些話題打破僵局。「她迷上任劍輝，每逢演出，必定捧場，不止每天都去，而且日場夜場也看，你們外公請外婆勸阻，誰不知她沉迷廣東大戲就是你們外婆教出來的，任劍輝一響鑼，兩母女便買來一疊戲票，總是第八行，親朋戚友都請來看，我也被迫作陪客，一套戲起碼看十多次，看得我也會上台唱起戲來。」明珠噗嗤一聲笑起來，眾人也聽得津津有味。何老太頭腦清醒時，也會提起往事，何家三兄妹倒沒有聽過這段軼事，頓感新鮮，畢竟人都喜歡聽故事，表嫂算是正中下懷。「你們外公以前賣帽，在織造廠製作，拿到自己店舖零沽，利潤總趕不上成本，大姑太懷疑有人作弊，下令放工時搜身，結果從職工的身上找回一大堆布料，你們外公本來已經痛惜她，以後對她更是器重。」表嫂見說

故事受歡迎，乘勝追擊，只是這一段大家倒曾聽過。何老太一生都沒有正式出來工作，輝煌歷史就只得往回看，以前在飯桌上和何老先生鬥嘴，她會提出這件事炫耀，只是表嫂說得高興，大家都不好意思打擾。「你們外公有游早泳的習慣，每天帶着大姑太去，泳客見了都讚不絕口：『令千金出落真標致！』他大言不慚地說：『小女真的值千金。』」這一個笑話也不陌生，只是以前從何老太自誇的角度接收，現在聽表嫂用愛憐和仰慕的口吻說，感覺又不一樣。這時的表嫂令何家三兄妹想起童年時來訪的大姨。大姨早已作古了，幸得表嫂來接棒，儘管主角從森林裡的蛇蟲鼠蟻改換為周遭的人事，聽來更覺親切。本來三兄妹已經超齡，然而童年已是回不去的國度，更惹起一陣鄉愁。牽着配偶和下一代的手，他們都不介意重溫幼年的溫馨。生命千瘡百孔，充滿鄙視、失望與冷落，只換得零碎的歡樂，唯有故事王國安全舒適。

往事或者並不特別滋味，起碼成了碟與碟之間填塞空檔的談話資料，何老太驟然聽得表嫂說任劍輝，想起她與白雪仙的仙鳳鳴，連忙點頭附和：「她們唱的『香夭』真動聽。」表嫂繼續說下去，她卻逐漸失去線索。等到何家三兄妹七嘴八舌追問細節，她更完全找不到紋路，索性把頭枕在椅背，閉目假寐，儘管家人談論自己，她卻完全置身度外，彷彿他們說的只是戲台上搬枱搬櫈的梅香。猛然聽到白雪仙在耳邊唱：「願喪生回謝爹娘……」醒來腮邊竟然有淚。不知誰人在她椅背亂踢，何老太平時最懂得保護自己，無名火起，她憤怒地回顧，準備一場罵戰，卻是一個不足一歲的嬰孩，踢手踢腳。臉色頓時寬容過來，柔聲問：「原來是你，剛睡醒嗎？」抱着嬰孩的少婦說：「騷擾婆婆，快聲說對不起！」嬰兒白白胖胖，宛如搪瓷娃娃，從年畫裡跑出來。何老太簡直愛不釋手：「看你！胖得手圈打截，像套了一個玉環。」說着伸出食指撫摸嬰孩的手背，卻給他一掌抓住了，像捕得獵物，開懷地笑起來，露出沒牙的嘴巴。酒家又上菜了，家人再舉杯向何

老太敬賀，她卻動彈不得，忍不住笑起來：「哎喲！你真的不肯放過我了！」九十年的戾氣剎那間都化解，這時候何老太是一位頭戴光環的慈母。

原刊《香港文學》2014 年 5 月號

兄弟

◎ 周鳳鳴

手機響起，久未來電的她終於回覆了，我看了眼熟睡的父母，打開鐵閘，來到空曠的大堂接電話。

「我們分手吧。」電話的另一邊傳來熟悉的女聲。

我平靜地問：「原因呢？」雖然給出了問題，其實心裡早已有數。

「我們性格不合。」

我心中充滿不屑，鬼話，真要是性格不合，早在剛開始的幾個月便會知道，用不着一年後才發現。

「嗯，我明白了，祝你幸福。」掛上電話，我在褲袋裡拿出一包煙，點燃的香煙在黑夜中發出紅紅的亮光，我深吸了一口再慢慢地呼出來，煙霧朦朧了眼前的景物。

自那天我帶她回家見家長，我就預見到這段關係的告終，由踏入屋邨的第一步，她的話漸漸減少，我自欺欺人地想她一定是緊張了。一進到屋，在只有兩房一廳的狹小屋子吃飯，她的笑容已經僵住，臨走前我送她上車，順便說了句，我父母決定將這公屋留下給我哥，然後她連再見也沒說，那是我們最後一次見面。

電梯打開，大哥扯開領帶，一臉頹喪地走出來，當發現我在大堂，他立即收起表情，像甚麼事也沒有發生過一樣，高興地說：「這麼晚還不睡，不抽一根就睡不着嗎？」

我隨意的回話：「別跟我說戒煙甚麼的廢話，滾回你的被窩去。」

231

大哥笑了笑，突然嘆息道：「只怕我今晚睡不着了。」

我錯愕地望向他，半開玩笑半試探的問：「你該不會把工作弄丟了吧。」

「呸！那是你才對吧。」

我放下心頭大石，家裡的情況不甚好，爸每月的藥費都是我和大哥攤分的，大哥差不多要結婚了，正儲錢擺酒席，家裡的開銷能省則省。大哥說得不錯，我這人的性格火爆衝動，工作時少不免與人發生爭執，因此也丟了好幾份工作。

大哥進屋，我才想起他那句睡不着的話，但既然他走了，我也就不跑去追問，明天要是還記得便關心一下他吧。

未幾，當我抽到第三根煙的時候，他已洗好澡穿着背心短褲，一條肩膀連夾帶抽，將家裡兩把矮小的膠橙搬出來，另一隻手抱在胸前，內裡有好幾罐啤酒。大哥一邊急急放下手上的東西，一邊說：「好冰。臭小子，你還真不來幫一下手。」

我將橙子支好，喀嚓的聲音在空曠的大堂回響，啤酒的冰涼中和了口腔的燥熱。公屋的大堂沒有玻璃，只有密密麻麻的石屎格子牆，外面的光和風透過空隙毫無阻隔地進入大堂。

大哥喝了幾口啤酒，開始像個老人家似的回憶起往事，「還記得嗎？我們以前讀的幼稚園結業，因為我比你大一年，能夠順利畢業，而你卻在二年級的時候，就轉到別的幼稚園。想不到二十多年前就有收生不足的問題呢。」

我說：「別講以前，現在這條邨已經沒有幼稚園了，整條邨快成了老人邨。出出入入都是老人家，害我都覺得這裡很快便去到盡頭。」

大哥看着大堂，感慨地說：「小時侯，我們跟鄰居的孩子一起在大堂玩，紅綠燈、狐狸先生，還有麻鷹捉雞仔，現在卻連鄰居姓甚麼都不知道。」

「為甚麼突然提起這些，你該不會這裡……有甚麼問題吧。」

我指着他的腦袋說。

他拍掉我的手，然後苦笑着說：「不久前，我向她求婚，這事你也知道的吧。」

「當然知道，大嫂不是答應了嗎？怎麼了，錢不夠嗎？」我已經開始盤算着自己為數不多的存款，想着要從哪裡擠出一些來資助大哥。

大哥盯着我看了一會，似乎有甚麼難言之隱似的，最後轉開臉說：「她想我們婚後搬出去住，想想也對，誰會願意一大堆人擠在小小的房子裡。可惜，我連首期也付不起，根本實現不了她的願望。」說完，往嘴裡大大地灌了一口啤酒。

我瞬間陷入沉默，這是我們不得不面對的問題，其實我哥藏起來不說的話，我早就心知肚明。他們結婚了，我遲早都要搬出去的，女人跟家公家婆一起住還可以忍受，沒理由連小叔也摻合在一起，這些道理我還是明白的。

寂靜的空間傳來聲音，「哥，我會搬出去的。」即使是兄弟，總有分開成家立室的一天，童年的快樂如今只能成為回憶。

大哥卻低頭一笑，拍着我的肩膀說：「不用，我跟她完了。」

我震驚得連手中的煙亦滑下，香煙無聲地墜落，孤伶伶地躺在地上。大哥大嫂從大學就在一起，少說也有六年了，婚事也準備得七七八八，怎麼突然就無疾而終呢？

「哥，你有第三者？」男人少不免面對多多少少的誘惑，一時犯錯，只要誠心悔改，女人只要還愛你，最終仍會給你機會的。

「唉，不是這樣的。」大哥苦惱地將頭埋在雙手間，我無法得知他的表情。

悶悶的聲音從雙手間傳來：「一切都是我的錯。婚事愈確定我就愈害怕，很多談戀愛時想到的問題，到了今天真實地擺在眼前，讓我不得不正視，突然間我失去所有的自信，我不再只是肩負起自己的未來，而是整個家的未來，一想到這點我就很彷徨。」

大哥原來自己一個人想了那麼多，一直苦惱着，卻在我們面前強顏歡笑，要是我夠成熟可靠，他便能放下擔子，兄弟二人一起分憂。

　　大哥仍在訴說着：「這個小小的公屋單位是爸媽辛苦工作四十多年，供書教學將我們兩兄弟養大的地方，也是我們成長充滿回憶的地方，對我們一家人來說它不僅僅是一個用來住的單位，而是我們的家。」

　　我的雙眼漸漸濕潤，大哥永遠都是那麼為人着想，重情重義，他是世上最值得幸福的人。

　　「所以……我不想因為自己要結婚，就將爸媽送去滿是陌生人的老人院，將你從家裡趕出去。其實最好的方法，就是我搬出去才對。」

　　聽着大哥的心底話，心頭有說不出的滋味，雙眼第一次認真打量起這個空曠的大堂，曾幾何時它是我心中的遊樂場，現在卻成了每天路過的地方，我想今晚一定是受了大哥影響，也可能是剛跟女友分手，人變得感性起來，竟緬懷起兒時兄弟一起玩耍的時光。

　　今晚我只想大喝一番，舉起啤酒豪氣地喝了幾口，既是責怪又是心痛地說：「哥，你為甚麼不跟我和爸媽商量，大嫂是好女人，你不應該因為我們而錯過她的。」

　　「那你呢？」大哥反問。「你帶回來的女人好像沒有下文。」

　　我裝作瀟灑地說：「正如我介意她不是處女一樣，她也介意我沒房子，心底裡互相瞧不起對方，公平得很。」

　　「你這小子，就不能找個人認真地談戀愛嗎？」大哥語調裡透着一股子疲累：「別讓我再擔心你。」

　　我很想說這跟認不認真全沒關係，要是真的遇到好女人，像大哥那樣，我只怕沒條件留住對方，即使對方不介意，身為男人，我的自尊只會叫我放開那個對的人。或許，兄弟的想法都是

類近的。

「去睡吧，明天還要上班。」大哥率先站起身，他永遠都是最自制的那一位，而我卻較為放縱。

「我還想待久一點。」

「隨你。」

當大哥的手搭在鐵閘，我坐在大堂認真地盯着他，長長的走廊不需大喊，只要一點聲音，便能傳得很遠，往後只要我回憶起這個時刻，我便會十分自豪，因為接下來是我人生中說過最有意義的話：「哥，你放棄她會後悔的，明年喝不到你的喜酒，我們再也不是兄弟。」

大哥甚麼也沒說，便進屋睡覺，而我看着煙盒裡最後的一枝煙，罵了句髒話，然後狠下心對自己說：「最後一枝了，好好享受吧。」做了多年煙民，現在竟然要戒煙，當真生活逼人，不過能花少一分是一分，好早點搬出去，別讓大哥難做。

目光穿個格子牆，俯望輕鐵行駛的軌道，我很快便要離開這裡，心裡倒有幾分不捨。曾經我在心中埋怨過父母，將房子留給大哥，讓我獨自一人面對生活的重擔，然而今晚，我才明白大哥背負的比我預想中的多，也比我認知中的重。

沒房子就沒房子吧，至少我還有一個凡事為我操心的大哥。

原刊《香港作家》2014 年 5 月號

235

語言學

◎ 林淇

三月的雲南，壯碩的亞熱帶植物被熾烈的陽光持續放大，怪物似地張牙舞爪。村落散於林間，總有野獸同人的歌唱交織起伏，聽不懂的言語更添一層寂落，這邊陲的叢林中連歌也是放逐。語言學家林釉帶隊在德宏一個小村莊考察景頗語，她穿一件玫紅掐青桑蠶絲襯衣，黑色真絲闊腿長褲，竹篾三角大沿兒草帽，少有人認得出她遮臉的紗巾是總被人唸錯的法國名牌，這毒日頭裡更沒人知道她剛剛主持過兩場國際會議，掌管六層樓的認知語言中心，每天慕名拜訪者不計其數。實際上她自己也沒在意，自從十六歲離開上海來香港，然後去美國，連拿兩個哈佛博士學位，聲名大起來，日子沒怎麼變過，還是一周五堂課，本科生的練習也在夜晚精挑細琢，每年抽時間帶學生扎實地做些東西，她不覺得日子和二十多年前做講師時有何不同，除了分居的丈夫和愈長大愈叛逆的女兒。若熱帶叢林裡充滿過分的鮮艷和美麗，不知道可不可以把林教授算上，上海似水的媚同香港剛烈的嬌傲，再加上十幾年漂泊異國的鍛煉，五十歲的林釉依然耀眼。

人類的語言種類恰如植物一樣從赤道向兩極遞減，中國西南邊陲小鎮，長滿了奇異的色彩與語言，景頗族有自己的語言文字。同一片土地，文字同民族特色一起消亡已是不可抗拒之實。享受着發展帶來的豐厚利誘，欣然將自己的祖輩珍貴的賜予廉價工藝品一樣包裝轉手，到手的零錢已經能讓一個不諳世事的景頗族小夥子興高采烈好多天。現在能講景頗語的人愈來愈少，少到

林釉不得不推掉好些事盡快來一趟，生怕稍遲些，就甚麼都找不到了。可是消失的又怎能單單是是語言，林釉知道，每時每日，稍不留神或者略微的陰差陽錯，好些東西便沒了蹤影。就算語言被裹上乾屍布放進博物館也還是死的語言。

周吉羽從雙肩包裡取出礦泉水擰開，就像每堂課前遞去一杯新泡的羅漢果茶一樣。林釉仰着頭咕碌碌一連喝了幾口，才抿嘴對周吉羽笑笑。她倆只攜一名翻譯，趕去十五公里外的村子，那裡有一名會唱古老歌謠的婆婆，即便是翻譯也不知她唱的是甚麼。

這個叫「珂欒」的村莊，意為「光明之地」，泥房下堆着豬圈，黝黑健壯的牲畜蜷縮在角落；茅草屋頂像隨時會坍塌下來，儘管有猛烈的陽光照射整個村莊還是掩埋在生澀的土黃裡，和艷麗的服飾，多變的語言那樣參差映照。唱歌的老婆婆去了縣城看望臨產的外孫女兒，問她幾時回來，也只不緊不慢道小娃出世就回了，再問預產期是甚麼時候，抽着水煙的老先生哈哈一笑道「誰知道那個。」便扭過身子不再搭理，只好留下聯繫方式和五十塊錢，請婆婆回來後務必立刻通知。

無功而返使一天更疲憊，周吉羽沒精神整理堆積的資料。平時她會每晚把錄下來的景頗語轉寫為國際音標，這項工作繁瑣而耗神，寫到最後只有叢林裡的野獸還會發出些悲哀的嚎叫。滿天星斗燦爛，索性攜老劉井水裡鎮着的最後一瓶啤酒，去了村南的大樹下。老劉中文名劉義德，英國人，學數學出身，在哈佛學了中文，七年前跟林教授來香港從事語言學研究，那時林釉同丈夫分居兩年。這樣熱氣騰騰的天，又處在遠離塵囂沒有燈火的村落，賞星觀月再適合不過。遠遠看見那棵枝繁葉茂的榕樹夜晚更顯碩壯，彷彿樹裡有座城。樹冠撐起的天幕灑滿星辰，叫人分不清哪塊是天哪塊是樹，或許它們本來就是一回事，這場景像從《阿凡達》裡搬來的。周吉羽觀察了樹幹，自覺有幾分把握爬上去，於是把啤酒塞到帽子裡，手腳不打滑便穩坐粗壯的樹

枝頭上，暗自慶幸小時候爬樹掏鳥窩的功夫還在。喝完酒她拿出手機，擺弄了幾下無事可做，順手便給方和惜發去條短信，說天上的星星很亮。一分鐘後對方丟來個「嗯」字，周吉羽笑笑將手機揣回，後又取出，回覆了條：在樹上看星，村裡沒有燈。這次回「good for you」。周吉羽心想深更半夜獨自一人，到底是一種怎樣的好。路邊半人高的草叢裡時常有些來歷不明的動靜，想着是動物總還好受點，散落的墳塋更是觸目驚心。無心閒坐，便抓着樹幹滑下，不成想心不在焉一腳踩空，跌坐幾分鐘不得動彈。她能給簡單的句子畫出層層樹圖，能將各種方言轉為國際音標，能熟練使用手語，可是卻不知怎樣同方和惜交流。一個天體物理學家思考的是宇宙和人生的意義，他習慣於陳述事實而不是表達感情，或許周吉羽只是他閒暇時的玩伴，何必耗費心力多回幾個字。他們也不過是一起多吃了幾頓飯，她怪自己多事，壞了遊戲規則。

　　周吉羽最怕的事情，莫過於在一群初識的人面前自我介紹。清湯寡水似的三言兩語能講清楚甚麼？不過大部分時候，連這隻言片語都嫌多。乾巴巴的姓名家鄉專業職稱拋出去，盼着快些將這個「擊鼓傳花」的燙手山芋栽贓給下一位。但還是有逃不掉的，每次有人節外生枝「是學甚麼語言的？」，她都要煞費苦心地把語言學不是學習某門具體的語言，而是以人類語言為研究對象的學科，包括語言的結構、聲學表現，運用、社會功能和發展等諸多問題這樣長長的句子重複一遍。甚至在一大串解釋之後，還是有諸如那你是用甚麼語言研究？中文還是英文？這樣的問題。周吉羽覺得好笑，做量子力學用甚麼語言？研究無線通訊用甚麼語言？那麼生物醫學工程呢？語言是人類最精緻的符號和工具，包含了一切可能卻又實在沒甚麼，有發展變化有生有死，和呼吸一樣存在於每個人的生活當中。是你的認知系統，是你的心理變化，是你的行為交際，是你的腦電波和細胞，是你的口腔和呼吸

系統，是你的文化內涵，是你的情感表達，是你的一切又不是一切的你，你怎樣認識它有千差萬別，但你每時每刻都逃避不了去用它。

也有知道語言學是甚麼的，如與方和惜初識。那是一個頗無聊的聚會，甚至她早已記不起聚會稀奇古怪的由頭，也不能解釋為甚麼有些人偏偏出現在那裡，這類的聚會她以前從不去的。那次剛剛說完語言學三個字，人群外就飄來一個淡的不像讚美的聲音，「語言學啊，怪不得粵語講得那麼好。」周吉羽循聲望向左後方，一張她沒甚麼印象的臉，帶着和聲音一樣角落般的微笑，仔細辨認時，卻連那清淺的笑都尋不見了。這讓她想起有次獨自郊外夜行忽遇一樹花香，黑夜裡辨不得哪來的馨香，又不知是哪種花，等白天來尋卻找不到了，於是只得懷疑起這不過是昨晚的一個夢。周吉羽有點臉紅，只好朝那束來自夢裡的馨香微微點頭，也輕到讓人不知那是不是一個動作。所有人急匆匆地說話，擊鼓傳花就轉了一圈，大家四散喝茶聊天。夢裡的花香從旁邊哲學系的小圈子飄來，有個黑臉男孩高談闊論歐陸哲學海德格，似乎他並未開口，又似乎輕輕地吐出一兩個字，夢裡的事總是說不準，卻依稀是帶着笑的。那天的聚會是怎樣潦草收場誰也記不得了，聯繫方式是免不了的，大部分人都是衝着這個目的來的：當場打發掉一些時間，再為以後打發時間做好鋪墊。賣相好的自我介紹便留心些，感興趣的話聽聽，不感興趣沒必要爭執。客居他鄉的人，即使在香港這樣忙得昏天暗地的地方，也總有一些場合可以讓人打發寂寞。

後來同方和惜成了臉書好友，才知道他是材料物理學博士，來港教書三年。社交網路就這點好，你想讓人知道的一切都可以明明白白寫出來，哪裡還用一問三詢來回兜圈子，半句廢話都不需要。後來機緣巧合又見了幾面，不記得總共交談過多少，之後兩人單獨吃過兩次飯，看了場電影，漸漸熟了。兩年過去，周吉

羽唸了博士，方和惜升了副教授。

「地上跌坐的可是周吉羽？」聽到這話她噗哧一聲笑了，除了老劉還有誰這樣特意文縐縐又不討人厭的。

「知道還不快來扶一下。」劉義德三步併兩步跨上來，蹲在地上伸出左手，右手護住周吉羽大半個身子。

「別使勁兒，我們到那邊方櫈坐下，我來看看你的傷。」他架住周吉羽至樹下石櫈，跪着捧起左腳踝，星光裡也看得清楚外側腫起雞蛋大的包，周吉羽哎喲叫痛，然後便不好意思起來，好在深更半夜看不到她臉上片片緋紅。

劉義德手掌頂住左側，示意周吉羽腳向右扭轉，然後反過測驗右側腳踝，在腫起來的關節附近逐一按指詢問，確定是外側韌帶拉傷，要為周吉羽做個繃帶，好通過固定促進復原。

周吉羽並不覺得這是甚麼大事，少活動點，兩天就沒事了。但劉義德的認真實在不讓她討厭，現在少有人像他這樣精細不浮躁。他們認識幾年，偶爾周吉羽會覺得這個英國男人似乎有着古舊優雅的靈魂，也像一個小迷妹一樣對這個瀟灑俊逸的漢學家欣賞艷羨，整個文學院的女學生都為他着迷，雖然他和林釉的故事漫天風傳。

「我夜觀星象，得知有人偷了啤酒，所以循着酒香尾隨而至。」劉義德一本正經的中文來講笑話最合適，摔傷前的陰鬱一掃而光。

「小縣城裡的雜牌啤酒，半點香味都沒，真難為你的狗鼻子。」說着把藏在連帽衫裡的空酒瓶取出，「不好的喝完了，等下次給你弄點好酒。」

劉義德狡黠一笑。他長了張最正派的臉，頗像克林菲爾斯所飾演《傲慢與偏見》裡的達叔，說話文縐縐效果更添一層。「我自有好酒，不過你一會要吃消炎藥，無福消受。」說着變戲法似的從口袋裡拿出拳頭大小黃泥雕花酒罈子，「喝酒傷身，但這黃酒卻

有滋補作用呢。」擰開蓋子，着實香的很。

「這是我去紹興時一位美嬌娘私送的珍藏。」周吉羽信他交友廣泛，有這本事。

「若是美人相送，你不珍藏起來，跟我炫耀幹嘛？」

「正是美人相贈，才不能辜負了一番美意。」說着倒了滿掌酒，輕輕為周吉羽按摩起來，「這是益母草和桃花泡的酒，對你的傷再好不過。」

「你又糊塗了，連我這個外行都知道拉傷後不能按揉，更不可用活血的藥。」

「那是因為他們沒用過我的酒。」靜悄悄的夜裡只剩蟲鳴，月影星輝在劉義德臉上灑一層光，榕樹婆娑，沙沙地撩撥着倒影，他認真敷藥的時候沒了先前的俏皮樣，專注的神情沉在黑漆漆的夜裡，再猛然浮上周吉羽的心頭，周吉羽心頭一緊。

歪歪斜斜走幾步，也沒覺得好多少，周吉羽還是規規矩矩道了謝。

「吉羽，我有沒有告訴過你，你的名字真好。像夢一樣。一場故去又美麗的夢。」劉義德走在她身後，她不敢回頭也不敢答話，妖冶張揚的熱帶植物所醞釀的危險，都釋放在這樣的夜裡，乘着黃酒的香發酵了幾倍。「我想我上輩子一定是個中國人，也許是個穿長衫的民國男子，帶着舊式文人的理想生活在新世界裡。若是那個時候我遇到過你，會不會好一些？我們是同一類人。」

「你是說……」周吉羽還未說完便被劉義德噓斷，任何的聲響都是對這樣夜晚的褻瀆。他們就這樣一路默默，直至屋門，周吉羽的心從未跳得這樣厲害過。

第二天早飯前劉義德送來了自己做的護腕，叮囑周吉羽一天須戴夠十二個小時，語氣輕鬆，彷彿昨晚真是一場夢。護腕拿白毛巾縫的，針腳卻不粗糙，真難為一個英國人怎麼學會的這些，又暗暗讚林釉教授好眼光。其實想想也不奇怪，劉義德的的漢語

底子卻比大部分中國人都扎實，還先後師從幾名崑曲大師，唱了一口好崑山腔，連書法也寫得上兩筆，簡直比中國人還要中國人。

　　林釉傍晚要帶周吉羽再去一次珂欒，唱歌謠的婆婆在她們走後便回來了，翻譯將直接在那裡等她們。十五公里的山路，兩個美麗的女人，想到劉義德時，他們的步履間便暗起了耐人尋味的故事。

　　「吉羽，你來香港三年了對嗎？」林教授的聲音像水磨一樣，張口便是溫柔魅惑網，網住了流逝的時間。「時間過得真快，我十六歲那年到的香港。從小跟誠光舅舅學英文，他中英混血，卻說上海才是家，雖然上海讓他受了太多苦。媽媽去世後，他很傷心，但還是把我送來香港，我當時想同他一起，但他執意守着媽媽，那是他們的城市與回憶。」

　　這是林教授第一次向她談私生活，「他不止是我的舅舅，也是媽媽的愛人。我很想向你講一講他們的故事，但我不覺得你會理解。那個年代的美與無奈，我也是中年以後才有點感觸。在我和嘉寧分開後，遇見 Louis 的這些年才懂誠光舅舅和媽媽，只不過，我和 Louis 沒有一座城來安盛我們的感情。我和他，都是無根之人。」

　　林釉的丈夫莊嘉寧，是香港有名但低調的富商，現在和女兒在加拿大。關於他們的故事周吉羽有所耳聞，他倆是港大同學，畢業便結了婚，一個內地新移民嫁入莊家在當時也轟動一時。女兒出世後林釉辭去港大講師職位去哈佛讀書，同時莊嘉寧的生意愈做愈大，在林釉升了副教授後，他們終於公開分居。

　　周吉羽猜想他們的分開或許真的不是因為劉義德，只是在那個時候，劉義德走近了一個美麗女人四十歲的生命，他那時剛拿到應用數學的博士學位，本來可以好好在美國做科學家，卻選擇來了香港，一切從頭開始。

　　「Louis 和誠光舅舅很像，他們都健談又聰明，甚麼都懂……

Louis 的中文不是我教的，他本科就能說很好的中文了，一直跟我說上輩子也許他是個穿長衫的中國人呢。」

周吉羽心頭一顫，昨夜的場景浮現出來。

「我卻是個中國人，但上海香港美國加拿大，哪裡都沒有一個家。」夕陽給她瓷白的面龐鍍上一層水紅的釉，美得歷久彌新，像一件精美絕倫的瓷器，漫長的命運便是無盡的漂泊和等待。周吉羽忽然很心痛她，林教授這樣的美麗，她的智慧，她的勤奮和低調，她半輩子的風華絕代，並不能讓她快樂，也無法拴住一個小她十二歲的英國男人。

「你和我女兒，一樣大。你比她懂事好多。有時候我真希望，你若是我的女兒多好。可能是因為我離開她的時候還太小，錯失了太多溝通的機會，等到再親近時，已經覆水難收……」林釉鼻頭一哽咽，強大的情感潮水一樣褪去，她又冷靜回來。她抽絲剝繭似的把自己展示給同女兒一樣大的學生，周吉羽怎樣想都覺得危機重重，又不願打斷這樣的機會。畢竟還有兩年才能畢業，雖說是一紙文憑，在這個光怪陸離的城裡，最不缺的就是紙製品：鈔票或文憑，但她目前哪一樣也沒拿到。

「林教授，您不但是我的老師，也是我的偶像，只是不知道您心裡，原來還藏着這麼些苦衷。」

「從未想過會成為誰的偶像，只盼着能擁有最平常的生活，家庭、事業都無愧於心。卻怕是，永遠不可能了。」然後意味深長地望向周吉羽，那一剎那周吉羽懷疑，昨晚的事情她都知道。「我和 Louis 之間隔的豈止是世俗偏見，師生大防，年齡國籍？他比所有中國人都中國人，我又在國外生活了那麼久，但我們還是沒辦法赤誠相待。七年前不能，現在不能，七年後恐怕更不能。我離婚離了七年，七年能拿到香港的永久居民，卻成不了香港人，我從來都不是香港人，Louis 也不是，我們兩個都不知道自己是哪裡人。誠光舅舅在媽媽去世後守了二十年，而 Louis，我們卻連七

年都等不了。我們早已經沒了這份耐性。」

離婚手續辦了七年才辦好，不知經歷了多少腥風血雨，周吉羽明白林釉教授願意經歷這些，一定不完全是為了一個男人。

「你沒有想過和他在一起嗎？我是說，現在你們可以光明正大地在一起，可以結婚。」

林釉搖搖頭，不再說話，整個世界忽然安靜了下來。

難道她是後悔了麼？周吉羽猜不透老師的心思。在周吉羽心裡，老師有學術上的非凡造就與精彩豐盈跌宕起伏的人生，難道還不夠讓這個聰穎過人的美麗女子滿足麼？豪門嫁過，文憑拿過，事業順風順水，連愛情也有個俊美到讓人扼腕讚嘆的劉義德來成全，英倫玫瑰也不過如此，還能期待更傳奇浪漫的人生嗎？周吉羽本以為林釉是她所能期待卻遙不可及的全部夢想，走近看才發現繁華落盡後的酸楚，若是現在給她一場林釉樣的人生，她還會要嗎？

夕陽落盡，藏青色的天上疏懸着幾顆未燃起的星，只等徹底的黑吞沒一切。十五公里的山路，比起兩人的內心洶湧只嫌太短，以後的日子，依然如之前一樣艱難和漫長。從前的悔痛與未來的迷茫，蟄伏在每個人的生命裡，在熾熱的艷陽與清冷的夜晚裡，用來自遠古的歌謠，唱着重複的故事，不忍卒聽。

她們到婆婆家時翻譯還未趕到，婆婆剛餵完豬，正拖着比自己還高的掃帚打掃庭院。見客人來了，甚是歡喜地相讓進屋，又趕忙端來了兩大碗米酒。她的普通話不好，卻不遺餘力地招待着她們，接到翻譯的電話說今晚過不去了，婆婆堅持留她們過夜。屋裡只住了老倆口，年輕人或進城或移居他村，兩人稍作考慮便答應留下。

她們住的是外孫女進城前的屋子，地鋪上是手織彩條麻布牀單和手工縫製的拼接毛毯，屋子裡有個梳妝枱。兩人擠在一張小牀上，彼此的呼吸都打在臉上。月光透過爬滿鐵鏽的窗子灑在地

鋪上，這樣近的距離才看得清楚林釉臉上的皺紋，原來她也會老。

「我打算去美國了，去哈佛做一年的訪問教授，若是可以幫你聯繫到一筆獎學金，倒不妨去那裡做你的論文。」林釉沒有眨眼，但她也可以看到周吉羽的震驚和激動，這又是夢裡才會實現的願望吧。「好了，早點睡吧，這次出來辛苦你了。回香港後還要拜託你繼續整理資料，若是一切順利，我們八月啟程赴美。」周吉羽眼淚都要流出來了，「以後的路還長，年輕的時候，要懂得把握。」

迷迷糊糊中，傳來婆婆的歌唱，咿咿呀呀地拖着夢的尾巴。未來的路還長，年輕的時候去實現自己的夢總是好的，管他未來會發生甚麼呢，如果真的要錯過這些似有似無的情分，那也是沒有辦法的事情，想到這裡，周吉羽便安心睡了。

她也許明天就會知道，也許要好久以後才會知道，也許永遠不會知道，劉義德縫製的護腕，有一首詞夾在其中：江空無畔，凌波何處？月橋邊，青柳朱門。斷鐘殘角，又送黃昏。心中事，眼中淚，意中人。而她可能很快就會知道方和惜月前已同羅兵咸永道的人力資源經理 Isabella 訂了婚，但卻不知道那個強勢的女人昨晚看到自己與未婚夫所發的短信，吵鬧了整晚，以致今天方和惜上課時萎靡不振，此時正備了卡地亞的手錶同燭光晚餐做禮物向太太賠不是。她永遠不會知道她不知道的那些對她意味着甚麼，也永遠不會知道，她錯過的是甚麼。

原刊《城市文藝》2014 年 5-6 月號，經作者修訂。

Hi, Dad

◎ 唐睿

「爸，條路，你仲記唔記得？行出超市，轉左，有排炮仗花。一路直行，有一棵雞蛋花，樹幹滑嘟嘟，最長嗰束樹枝指住對面街條小路。你嚮路邊企好，睇定，冇車，先好過，上落壆時，要好生，年紀唔細，唔禁跌，如果大吉利是辣親，手尾就長。你過咗馬路，見到路口棵龍眼樹，就知冇搵錯地。你沿住嗰幾間貨櫃屋入嚟，行到劏車場，就會見到印巴佬個更亭，側邊有戶人種咗排簕杜鵑，即係，三角梅呢……總之，你沿住條路再行三個門口，就到屋企。門口有你種落嗰棵木棉，左右附近得一棵，樹幹好結手，你見到佢，即係返到屋企嘞。爸，你記實啦嘛？」

家門前，妻子正用刷子沖洗地上的木棉。有些花已然腐壞，往來時不意踏上幾腳，就踩得一團模糊。妻子有氣沒力地沖着，不難體會她的厭惡之情。花落之後，就是棉絮四溢的時節，也就是她在一年之中，最為寢食難安的日子。單是摻上泥和雨的那種絮漿，就已經夠她雞皮疙瘩；至於飄絮引發的鼻敏感，併發的偏頭痛，更叫她痛不欲生，所以，打從木棉首次開花，妻子就已經籌謀要把它遷走或砍掉。

「爸呢？」

「嚮屋入面睇緊電視。」

妻子頭也不回，用手指指院子的玻璃門，繼續沖洗地磚。

「我放工返嚟，見佢企咗嚮門口，嚇咗一跳。」

「佢認得返你？」

妻子搖了搖頭。

「我開咗度門，佢就粒聲唔出，走咗入屋。」

「我送佢返護養院先，過兩日，我再嚟睇你同果果。」

妻子扭上了水管，有氣沒力地說道：「Ana 去咗湊 Apple 就返，Apple 前兩日話好想見爹地，你哋一係就食埋飯先走啦，反正，時候唔早。」

話聲剛落，女傭就帶着五歲的女兒走進巷子。

「Daddy，你返咗嚟啊。你睇，我同 Ana 買咗好多 Seashell for 今晚 dinner。」

所謂晚餐，其實是庭園燒烤，不過，真正動手烤的，只有 Ana。只見她拿着鉗子把燒烤網上的食物翻來覆去，忙得滿頭大汗，而妻子則在廚房裡哼着流行曲，優哉悠哉地煮金寶羅宋湯，拌沙律。

難得見到爸爸和爺爺，果果滿心歡喜地拉我和爸坐上沙發，放她最喜愛的卡通。

首先是 *Tom and Jerry*。

「嘩！黑貓警長！」爸興致勃勃地喊道。

不知道是太專注還是沒聽懂，果果未有在意爸的喊聲。

兩集 *Tom and Jerry* 轉眼放完，播放器跳到下一齣動畫：*Toy Story*。

胡迪和巴斯光年的美式英語開始在大廳迴響。

果果在國際學校上幼稚園，毫無困難就跨進了虛擬的映像世界。至於爸，最初還似懂非懂地盯着屏幕，偶然模仿人物的語音：「隙！隙！」（Quick！Quick！）；「襟！蒲台島！好襟！」（Come！Potato！Oh, come！）；後來，大概漸漸感到納悶，就走向通往園子的玻璃趟門，數算門上的蚊蚋蟲蛾。不知道是由於漫

不經心，還是腦退化漸趨嚴重，爸總是無法順利數到二十以上。

沙發上剩下我和入了定的果果，那股莫名的忐忑感又再瀰漫我全身。

——親子感覺。

教員室裡，剛在年初誕下第二個孩子的同事說，男人，在這方面總像缺了條筋。

「都已經第二胎，仲係怕換片，驚嘔奶，咁嫌棄，當初就咪鬼生啦。」

然而，我對果果的感覺，並非嫌棄或疏離，勉強要說的話，應該是茫然。

比方說，對於完全浸泡在卡通世界的女兒，我該溫柔地將她摟進懷裡，然後有一答沒一答地跟她聊自己毫無興趣的卡通人物？抑或，在明知會敗興的情況下，仍然講求原則，跟女兒說：「囡，你杯果汁嘅『倒汗水』流到成枱都係，滴濕晒張地氈啦。你攞抹枱布抹乾佢先再睇啦。」？

要怎樣飾演果果的父親？每陷入這種迷思，我就只好逃避。

我踮着腳走到園子替 Ana 端菜。

烤爐旁雜亂地擺着幾張膠櫈，爐子下層貯了一層厚厚的炭灰。

「悟係柯偷爛架，係 Madam 嬌柯悟洗執，駒話，in any case，駒哋 fan 過梁一燴哉匿喎。」

妻子還是老樣子。

是因為在圍村長大，還是天性使然？總之，妻子很愛熱鬧——或者，更確切的說：她經不起寂寞。

她總有數不盡的聯誼活動。節日慶生自然不在話下，朋友失業失戀，也可以借題發揮，喧鬧一番。原以為結婚之後，情況會改善，豈料，家裡反成了友伴的聚腳點。甌爐燒烤，桌遊麻將，幾乎天天都在家裡上演。

我晚上留校工作的習慣，也是因她而培育出來的。

「我見有燈，就嚟睇下。」工友立在教員室門口，身後站了個學生，二三年級模樣的男生。

「快餐店經理話，佢嚟餐廳坐咗成晚。問佢野，十問九唔應，唔知佢咩事，又唔知好唔好驚動警察，於是就送佢返嚟。」

「何南藻」第二天，一起在校門當值的同事固定好面上的笑容，就用犬齒縫跟我八卦：「北區學童嘅頭號詛咒——單非。典型老夫少妻 case，悲劇階段一。中港家庭，父母兩地，潮州二胡……你有聽過？歇後語啊——自己顧自己（gegegugege）；等個老婆落咗嚟，就進入階段二：少妻（其實一般都唔細，大多數都有三十歲）做飲食或者清潔養家，在職貧窮；老夫就索性等人養，細路無人管。就琴日，我班個黃鑫揾人，打去約佢阿爸面談，唔得閒喎。放學帶隊經過公園，佢嚮度同人賭緊殘局囉。不過何南藻個 case 再濕滯呴，外省人，細個一路同阿媽生活，舊年先落嚟香港，唔係太識廣東話。嚮邊度嚟？唔……好似係廈門。」

249

「同志，請問一下公園對倒落去？」[1]

爸最近多講了廈門話，醫生說，這是腦退化第二階段的徵狀。

爸隔壁牀的客家老伯也是一樣。聽說，剛住進護養院時，他說話雖帶點口音，但所講的，還是粵語；後來，老伯開始交替使用粵語和客家話；到了近半年，就只講客家話。孫子輩不懂方言，來過幾次，無法溝通，最近也就甚少見到他們的蹤影；至於子女輩，雖然略懂方言，但溝通起來仍然好不吃力。有時子女不懂或者誤解老人家的意思，惹來老人家一陣脾氣，結果，現在除

1　「同志，請問一下公園從哪兒走？」

了大女兒，其他子女，都不怎麼來照看了。

「愈近嘅事，愈難記得，愈遠嘅事，佢哋反而會有印象。有機會，帶佢行下熟悉嘅地方，就冇咁容易忘記之前嘅嘢。」醫生的話說得婉轉，「冇咁容易忘記」不等於「記返」。爸最終還是會忘掉一切，包括我？

爸熟悉的地方？我可謂毫無頭緒。用今天的講法，爸是個園藝工程師，但他那一代人，都只管叫自己「種大樹的」——五點鐘出門，到沒有路燈的地方，乘着日光工作，直到日落。路旁、山邊、新屋苑、新社區，只要平整好地面，他們就去栽種幼苗和樹木，小至隨風飄散的草種，大至上十米的假檳榔。

中學的一個暑假，我曾經試過去幫忙。

——根本就是農夫的工作。不，簡直比種田還辛苦，起碼，種田不用抬幾米高的大樹。我當時跟自己說，以後打死也不要幹這種工作。

「同志，請問一下公園對倒落去？我要去公園食空氣。」[1]

那年之後，我似乎就再沒跟爸單獨出過門。難怪，那天帶爸走回家的路，有一種微妙的感覺——並非嫌棄或疏離，勉強要說的話，應該是茫然。

「爸，條路，你仲記唔記得？……」

媽還在的時候，爸便犯病。後來媽確診肺癌，爸的情況也跟着惡化。媽過世後，爸的病情漸趨嚴重，所以，我才打算接爸來同住。

「請個工人睇住佢咪得囉。」妻子堅決拒絕。

---

1 「同志，請問一下公園從哪兒走？我要去公園吸新鮮空氣。」

妻子在銀行工作，但算術奇差 —— 特別是人情帳本。撇開孝道不說，單講時間、心力和開銷，我們根本就無法讓爸繼續獨居。

「有咩咪同阿爸講囉，佢實幫我哋。」

妻子指的，是岳父。

妻子的性格缺陷，跟岳父不無關係。岳父是原居民，高中畢業後加入警隊，為人機靈乖巧，很快便擢升為警長。多虧當年的公務員福利，妻子自小學起，便得以到英國留學，一直讀到大專，而家族還有許多的物業租務，所以妻子從不知道匱乏為何物。

岳父人生的唯一遺憾，就是只生下了一個女兒。不過，為了顯示自己並非思想閉塞的「圍村佬」，岳父對果果媽媽，乃至果果都溺愛有加。花園獨立屋，是妻子的嫁妝；果果在國際學校就讀的學費，也是岳父給孫女的禮物。局外人對我們欣羨不已，然而，這些非常餽贈，亦能同時招來人的自卑、夫婦間的矛盾鬱結，釀成分居。

「唔通你要我哋同你阿爸一齊去迫公屋，要果果去你學校同埋啲單雙非讀書咩？」

糾結，似乎已無從解開。

最後我們只能勉強得到一個共識：送果果到外國讀書，並讓妻子隨行。這一方面能夠顧全岳父的面子，也可以為果果提供情感緩衝。我已預先搬到外面去住，只待果果母女一走，就把房子退還岳父。

現在，我只剩下爸了 —— 一個可能隨時把我忘掉的爸。

「汝要食甚麼？魚丸湯好嗎？要揸甚麼飲料？可樂？雪碧？」

剛到香港的第一頓飯，也是在粉麵店打發的。

在兒子的童年缺席了整整七年，爸當時對我也有茫然感嗎？

母親來港前的三年間，爸甚少跟我說話，主要都是教我一些粵語用詞。

「汝要食甚麼？魚丸湯好唔？要揀甚麼飲料？可樂？雪碧？」

起初，我只是想鍛煉一下久違的方言，沒想到，跟南藻在課後會面，漸漸就習慣了。

「三碗半牛腩麵。」

「咁多？」南藻懷疑自己聽錯，瞪大眼睛看着我。

「唔係點錢，係廣東話嘅六聲，你記住以後有用。」

南藻似懂非懂地點點頭，撥弄起筷子筒裡的筷子。

「老師，我想，爸爸唔鍾意我。」

我苦笑了一下說：「南藻，你係咪想講『我諗，爸爸唔鍾意我』？廣東話有兩個字都係普通話『想』嘅意思，一個係『諗』，係『認為』、『覺得』嘅意思；另一個就係『想』，係『要』嘅意思。」

「唉啊，香港人真多野想，早知留嚮廈門。」

家長日當天，南藻父親來晚了足足兩小時。這位六十來歲的夜更小巴司機聲音很大，他的話，隔着三間教室，也能清楚聽到。

「摵時，我都想睇住個仔，但搵食真係無計喇喎。」

「有時我同人調日更，咪叫佢嚮街等埋我先返囉。冇必要我都唔畀揪鎖匙佢，你知啦，細路哥好百厭，冇人睇住，容乜易玩火燒晒成間屋。」

「我有擺低錢畀佢㗎……或者，只係有一兩日唔記得啫。講真，我對佢都算係咁。其實，我都唔知係咪佢嘅哎呀老豆。雖然話佢老母係鄉下妹啫，但都唔一定要嫁我㗎？結婚無耐就畀我『一擊即中』，買馬又唔見咁好彩。係…係…Soli，我口快快。不過，我都唔諗得咁多，反正第時我走咗，有個人同自己擔幡買水就得啦……」

聽着聽着，我的後背不禁冒起冷汗。

認識南濤一年多，那是我最希望他聽不懂粵語的一天。

有一件事，一直藏在我心裡，難以釋懷。

確診癌症後的一個早上，母親跟從前的同事飲茶，回家之後，面上竟難得帶着微笑：「事頭婆個囝嚟外國返咗嚟，幾靚囝架，阿媽想介紹你識。如果啱啱，咪睇下有冇機會囉，你都三十幾歲人，阿媽如果真係要走，都想飲埋杯新抱茶先走。」

父母的病雖為那年添了陰霾，但除此之外，可謂諸事順暢。我跟妻子認識一月後迅速結婚，並誕下了果果。果果比預產期早了一個多月出生，但仍有七磅多重。

「似爸爸咁壯健呢！」跟岳父相識多年的顧問醫生煞有介事地說。

　—— 那只是句尋常的祝賀語吧？

突如其來的電話剪斷了我的思緒。

世界的另一端傳來明媚的鳥聲，和一把陌生的聲音。

「Hi, Dad！」

原刊《字花》2014 年 5-6 月號

17 juillet, 2014

à Hong Kong

護河人

◎ 蓬草

　　「這個東西很危險，要是一個赤腳的踏上去……！誰丟的？真沒有陰德喲！」陶大伯咕唧着，彎了身，用戴着手套的右手撿起地上的半個玻璃瓶，放進垃圾袋中。隨着，他要站直身子，背突然一陣疼痛，他不禁「哎喲」的叫出聲來，定了神，叫自己站穩，裝作沒事兒，腦中卻不禁想起兒子阿偉悻悻然說的話：「七十多歲的人總得要替自己的健康想想，怎麼還要出外撿垃圾？再說別人看着不像樣，不懂事情真相的一定以為兒女忤逆，把老父趕出屋子，由他撿垃圾去了。甚麼公德行動？我就是不懂！」

　　七十多歲！就明說他有七十八歲吧！又怎樣？陶大伯想起十年前他有一次去看醫生（他總認為醫生雖然有存在的必要，但卻是盡可能要避免接觸的人物。一生中，他數得出一共看了多少次醫生，有小毛病，他自己調理。那一回去找醫生，不是因生病，而是他決定購買人壽保險，保險公司向他索取體格證明書），對方望聞問切一番之後，讚賞陶大伯：「好身體！好身體！和年輕人差不多！」他樂不可支，有點自豪、更有點自傲，當然沒想到「差不多」這個詞有廣泛至模糊的意思。如今他可明白了，人家問候他：「陶大伯好嗎？退休了，享福過日子了！」他總是回答說：「差不多！」他到底是「好」還是「不好」，「享福」還是「不享福」，實在難說得清楚，想着問候的人不過是隨便的問一下，他只要說一聲「差不多」便夠了。

　　六年前，老伴去世，陶大伯實在意料不到，還以為自己會比

她先走的，一般情況是女人比男人長壽嘛。當年他買人壽保險便是為了老伴，以為把錢留給她，想不到她只是在門檻處跌了一跤，站不起來，不能言語，給送進醫院，才三天便走了。獨居的生活，不好受也得要接受，阿偉一家三口住得遠，不能經常回來探望他。在屋子內從一扇窗走往對牆的另一扇窗，有陽光的角落給照得過分的空白，陰暗的角落卻滿是墳墓的淒涼，太多的回憶，從四方八面重重的壓下來，陶大伯的頭昏沉沉……猛然一抖身子，他走出屋外，走到河邊。

河旁有一條供人行走的小路，河堤高的地方便有一大排石階通下水裡，讓人坐在石級上看風景，偶爾也有人釣魚，石級上便放着魚竿瓶兒網兒一大堆的，很隆重其事。人走了，有留下雜物的，廢紙香煙頭破瓶爛罐塑膠袋……河旁的小路像是公眾的垃圾箱。陶大伯的腳不留神踢上一個空罐頭，鐵罐子鏗鏗鏘鏘的滾下石階，直滾進河，激烈的濺起水花，打破了河的平靜。陶大伯皺了眉頭，長長嘆了一口氣，突然作出決定：他要每天來河邊撿垃圾，使河旁的小路乾淨，使河水不受污染，這個決定，令他一下子快樂起來，生活像有了意義和目的，有事可做了，不用在家中從早晨呆坐至夜深。他便積極的行動起來，買了手套，垃圾袋，每天，不管暑熱或嚴寒，他總要拿着清潔工具，走出屋外，走到河邊。

路旁過者，有用驚疑的目光看着一個撿垃圾的老人：灰白色的頭髮，藍色的塑膠手套，黑色的塑膠垃圾袋，但老人沒穿工作制服，肯定了他不是公務員，再說即使是公務員也該退休了。老人是誰？他在做甚麼呢？懷疑之餘，把原本要爽利丟在地上的香煙包揉皺了，放回衣袋中，看見白髮的老人撿垃圾，自己到底是有點不好意思隨地丟廢物。今年初，有一個年輕人，忍不住，本着年輕人的冒失和勇氣，走上前問他：「阿伯，你在幹甚麼？」陶大伯看着他，覺得有指導後生的必要，微微一笑，「我在撿垃圾，

這是公德行動，我不要報酬，只要河旁清潔！」看見年輕人似懂不懂，卻不走開，便問他：「你呢，下課了？」年輕人聳聳肩。

年輕人的名字是劉羽，實在年輕，才十六歲，應說他仍未成年，但他早已不是孩童，有着被母親認為不聽話、被老師認為反叛的性情，有些老師甚至把劉羽列入「問題少年」這一類。關於他的不聽話，母親常提一個例子：劉羽小時，母親帶他到超級市場，購物完畢，正在排隊付錢，母親突然想起忘記買蘿蔔，叫劉羽守着購物推車，別走開，要霸着位置。幾分鐘過後，拿着一條大蘿蔔的母親回來了，卻看不到兒子，購物推車早被其他排隊付錢的人扔過一旁，母親又生氣又心慌，在商店裡到處找劉羽，找了半天，來到圖書文具部門，看見兒子蹲在地上一角看連環圖，沒事人兒的樣子。

他上學，是老師不會喜歡的那類學生。老師講課，他一手托着臉頰，讓一絡頭髮遮了半隻眼睛，愛聽不聽的樣子。但有時他會突然發言，使四座一驚。像有一次，老師在黑板上寫了「客似雲來」四個字，他卻高聲唸，故意從相反的方向唸過去：「來雲似客」，同學們嘩笑了，老師笑不出，心中一動，知道「來雲似客」的意象確實有詩意，但就是不喜歡劉羽的狂妄。成績表上，劉羽總被老師評作「功課未盡全力，態度需要改善」諸如此類，使母親傷透了心，教訓他嗎？他不作聲，沒反應，待等說話的人已無話可說，他退守回房，把門關上。在學校，品學兼優的同學不與他為伴，他自己又看不起那些畏縮的愚蠢的，結果他常是獨個兒，十六歲，身子長高了，手長了，腳也長了，心卻是空空的，一天下來，很想找人說說話，但和誰說？

那天他跟着陶大伯，走了幾步路，提議說：「讓我替你拿垃圾袋！」大概想着袋子已有一定的份量，陶大伯便把垃圾袋交給他，很自然的樣子，像雙方早已認識了。一老一少，在河邊走。有人作伴，這個感覺很好，作伴的人話語不多，那更好。很多時

二人只是默默地走着路，劉羽會無意的踢掙了地上的小石塊，才發出一些聲響來，偶然陶大伯撿起一個仍盛着一些殘餘食物的午餐盒，劉羽便打開垃圾袋，讓他把盒子放進去。陶大伯並非只管撿垃圾，他沒忘記看風景，他告訴劉羽一些花草樹木的名字，望着樹梢頂，「綠葉芽長出了！」低下頭，「這兒，再過幾天，便會開遍黃色的水仙。」或指着遠方，「看，那一隻鸕鷀！」劉羽看到了，鳥兒站在河中的一條木栓上，披着黑色的羽毛，動也不動，像入定了的老僧，在守候着魚兒吧。劉羽想：這隻鳥，獨個兒，看來悠然篤定，但牠是否真的天性孤獨，不需要同伴呢？

劉羽開始說話了，不是一盤子倒翻了的說，而是困難的、一次只說一點點，這是長時間沒人與他交談的結果。他說他沒有父親，「聽媽說他跑掉了，和另一個女人跑得遠遠，不知去了哪兒？就這麼樣的失蹤了，那一年我十歲，看着媽整天哭，我受不了！」

有一回，他對陶大伯說：「為甚麼我不願留在家中？就是忍受不了媽從早到晚囑咐：要我奮勇向上，將來名成利就，替她爭一口氣。」

另一回，他說：「有時候我真想離家出走……」陶大伯向他搖搖頭，擺擺手，劉羽便笑了，「我只是說着玩罷了！」

從此，劉羽在放學後，如不想直接回家，便走來河邊，很多時會碰上陶大伯，二人打過招呼後，共同走一段路，偶然說一些和鳥兒魚兒及花草等有關的話，或乾脆的甚麼也不說。只是這一天，陶大伯的神情有點不安，只因昨天孟區長突然來到他的家，問候及寒暄過後，喝了一口陶大伯遞上的普洱茶，終於說出來意，希望陶大伯停止在河邊撿垃圾。

「為甚麼？」陶大伯愕然了。

區長有點難為的說：「這是公務員的工作，每天不是有人清理垃圾的嗎？外來的人看到你撿垃圾，還以為區內沒有清潔工人，我怎麼解釋？」

陶大伯放下茶碗，垂眉閉目了一會兒，睜開眼睛，神平氣定的、但也十分堅決的說：「一：我是義務工作，不取報酬；二：我自己掏錢買撿垃圾的工具，不花費公家的一分錢；三：清潔工人早上工作，我是在中午才到河邊，我不會影響或阻礙他做工。你說，我做錯了甚麼事，要被禁止？」

區長乾咳了一聲，強笑着：「言重了，言重了！誰說禁止？不是這個意思，我們只是為你着想，你的健康……」

陶大伯中斷了對方的話，微笑着說，「我的健康嗎？那是我本人的問題，告訴你：暫時沒問題，要是有一天我倒下來，我當然會自動停止。」說到這兒，陶大伯站起身來，儼然是送客了。

為甚麼陶大伯要把這件事告訴劉羽？他可是不大清楚的，事前也沒有想過，既對劉羽說了，也便算了，但他沒有和兒子阿偉提起，大概知道兒子會站過區長那一方。

劉羽瞅他一眼，說，「你不會倒下來的。」語調卻是有點猶豫。

陶大伯點點頭，點頭的意思不是因為他能肯定，只是他要鼓勵自己，給自己打氣而已。

陶大伯沒有倒下來，但他走路的步伐更緩慢了，膝蓋愈來愈不爭氣，力不從心，上落階級之前他先得找扶手，然後左腳拖着右腳的一步一步走上或踏下。頭常鬧昏眩，好幾次，他的眼前突然閃動光影：藍色的黑色的白色的混亂一片，他搖搖晃晃，站不穩了，幸好他在家中，離牆不遠，他趕忙把身子靠着牆，閉上眼睛，慢慢的呼吸着，好久好久，才回過神來。

有一次，阿偉和妻子來探望他，便碰上這一幕，阿偉大驚，「爸爸，你怎麼了？」扶着臉色全白、搖搖欲墜的陶大伯，一定要他躺下來，媳婦明珠到處找藥油，找到了，塗了他一額一腮，還鬧着要打電話叫醫生上門，陶大伯可掙過來了，連連搖手，「不，不用找醫生，沒事了。」明珠聽他這樣說，向阿偉示意，二人走

出房外，細聲研討了半天。

他們把研討的結果告訴陶大伯，認為他不能再這樣的獨個兒生活下去，如發生意外，沒人知曉，他們忍着不說出口的是：死了也沒有人知道呢！他們曾聽到一則新聞，一個獨身的老人，整整死了三個月，因屍體發臭，才給鄰居發覺。阿偉說陶大伯應住入老人院，有醫生和看護照顧，更有同年齡的人作伴，「其實我們早便替你打聽了，有兩間實在不錯，一間在招川市另一間在南商市。下一次我把它們的說明書帶給你看，你可以研究考慮一番，比較一下。」陶大伯愕然了，不想聽的話卻聽了，心很酸，他側身望着另一邊的牆，牆上仍貼着那幅楊柳青年畫「蓮年有餘」，當年妻子選購的，堅持說那個胖娃娃像極了小時的阿偉。歲月使胖娃娃灰暗了臉，原來金紅色的大鯉魚和粉紅色的蓮花早失掉光澤，畫紙的邊沿更被扯破了不少，原本是喜氣的年畫，因殘了舊了，如今看來不僅過時，甚至有點嘲諷的味道。陶大伯回過頭來，「這座房子……？」明珠搶着說：「我們會幫你忙，把房子出售，賣得的錢，存放在銀行，便可以每月支付老人院的費用。」阿偉同聲連氣的說，「爸，你看，從此你可以放心了！」

他們早安排好了，陶大伯悽然地想。

要面對現實啊，生命快已走到盡頭，兒媳的顧慮不是完全沒有道理，似乎已沒有抗議的必要，但陶大伯的口中仍舊微弱的咕嚕着：「河邊的垃圾，誰去撿呢？」阿偉和明珠想不到他說出這句話，相看一眼，哭笑不得。阿偉靈光一閃，突然有了好主意，「爸，別擔心，我們會和孟區長商量。」

兒媳二人見了孟區長，大家嘆着氣，均認為陶大伯愈老愈固執，不好和他理論，只能順着他的意。「我們曾經是同事，我也希望他安心去住老人院，要想一個妥善的辦法……」孟區長沉吟着，搔搔頭，又擦了鼻子。

他們終於想出一個好辦法，告訴陶大伯，陶大伯聽了，先不

言語，孟區長正擔心他會不同意，誰知他沉默一刻之後卻點點頭，平靜的說，「好的，就這樣安排吧！」孟區長呼了一口氣，阿偉和明珠更開心地笑了，臨走前不忘勸告他，「再也不要到河邊撿垃圾了，想想，你如昏倒，掉進水中⋯⋯，多危險！」

但陶大伯仍舊走出去了，滿滿的一腔心事，載不住，怎能呆獸在家中？他要找人說話吧，所以當他在河邊碰上劉羽時，便對他說了。孟區長的計劃是為陶大伯舉辦一個儀式，贈送他一張名為「護河人」的獎狀，多謝他多年來義務工作，雖然如今因健康問題，陶大伯要進老人院，但他的榜樣，值得仿效。孟區長說陶大伯可以安心，因為後繼有人，他已找到一個要做義工的年輕小夥子，願意在工餘時間到河旁撿垃圾。儀式的亮點是陶大伯把撿垃圾的工具交給新人，大家拍照留念一番。日期已選好了，下月十號。

劉羽在腦中飛快的一計算，那便是兩個星期之後的事，他驚惶地問，「你真的要進老人院？在南商市，那麼遠！你不會再來這兒的了。」

陶大伯反問他：「你看我像是願意在老人院等死的人嗎？」

劉羽搖搖頭，「那麼你為甚麼要答應呢？」

沒有回答，陶大伯不想回答，有些話，可以對一個十來歲的少年說，但有些話，便不想說給他聽了。青春應是歡樂的、無愁的吧？劉羽的臉上卻顯着不安，陶大伯想：難道他對自己真的有點不捨？反過來安慰他，「你放心，我不會去老人院的，怎可能住在那種又像監獄又像醫院的地方？何況南商市沒有河，我怎能住在一個沒有河的城市呢？」說到這裡，停了腳步，他望進河水，像在等待河給他一個指示。河水只管平靜的流動，太陽照着時一閃一閃的發着光。

陶大伯想起他的童年，晚飯後，父親和母親會拉着他的手，走往河邊散步⋯⋯他更想起很多很多年以前，有一天，他在河邊

釣魚，碰上一個溫柔的姑娘，後來她做了他的妻子……「我不會離開這條河的，」陶大伯肯定的說。劉羽是愈聽愈不明白了，看着老人的臉上竟有一種奇異的、像已下了決心的神色，莫名的他有點恐慌。

儀式是舉行了，但不是快樂的「護河人」新舊交替儀式，而是悲哀的陶大伯的喪禮。誰可以預測到：就在「護河人」儀式之前三天，陶大伯失足掉進河中，雖說遠遠的給一個過路人看見，他跳進水中搶救，把陶大伯拖上岸，做了人工呼吸，但陶大伯還是死了。

阿偉哭得很傷心，妻子一邊安慰丈夫一邊嘀嘀咕咕的說，「早勸他不要到河邊撿垃圾的，總是不聽，又不能把他關起來，只差三天，他便可以住進老人院，便不會發生這種意外……」，她忍着口沒說出來的是：「他，就是沒福氣安享晚年！」

孟區長連連嘆氣，想起自己費了一番心事，安排了「護河人」儀式，禮堂已選定，獎狀已印好，也邀請了地方報紙的新聞記者來採訪，他更準備了演講辭，如今，全要取消，心中不好受，想着：差的只是三天，陶大伯實在是不夠運，三天也等不了，我也是不夠運呢，白忙了一場……從此孟區長更相信「生死有定」這一句話了。

只有一個人不相信陶大伯的死是「意外」。劉羽忘不了最後一次見陶大伯時他臉上的奇異的神色，還有他對劉羽說了的莫名其妙的話。劉羽想：河中的那一只鸕鷀，應是事件的目擊者：那一天，鳥兒看着一個老人平靜的走下水中，走進河裡，他一點也沒有恐懼，他穿戴整齊，頭臉修飾清潔，像是去赴一個重要的約會。

劉羽的想法，是屬於他自己的，他沒和別人說，何況誰也不知道他和陶大伯曾有的一段交往。三個月後，劉羽的母親改嫁了，搬往四十公里外的另一個城市，劉羽和後父合不來，不久，

他真的離家出走，就如昔日他對陶大伯說了的那麼樣。

原刊《香港文學》2014 年 6 月號

失去聯絡

◎ 鄒文律

　　大學畢業禮的那一天，阿昇曾經期待在這樣的藍天麗日，她頂着別了粉紅色絲帶的太陽草帽，在蟬鳴不止的林蔭大道上姍姍而來，從人潮中向他投以親切的笑容，與他合照一幀留念。畢業後數載，阿昇在空調冷得讓人發抖的咖啡室，想像她坐在角落，憑着午後陽光細閱文件。如果不是那個不經意的、輕托眼鏡的動作引起驚動，阿昇絕無可能把她認出。近日，阿昇夜裡總是加班至深宵。那雙紅筋蔓生的眼睛，彷彿好幾次在朋友信手貼上臉書的照片，碰見笑得滿懷心事的她。當阿昇在地鐵月台聽見不明來歷的簡訊聲響，他總疑心口袋裡的智能電話收到一個陌生號碼發來信息，上面有一句輕聲細語：「你好嗎？」只要循着來電顯示撥回，話筒彼端必然是一把熟悉、簡潔、甜膩而低音量的聲線。

　　一別經年，阿昇和她從未聯絡。她的電話號碼早就連同手機在某年丟失，即使阿昇的手機號碼始終如一。茫茫人海，二人不再相遇實屬等閒。社交網站興起，千里尋親不再是大海撈針，多年不見的老朋友就像出土文物般一一被重新翻出、擺正——每副曾經失散的臉容連同當下生活，只待你的手指撫觸點擊，立時圖文並茂躍現眼前。阿昇禁不住想，他們在網絡時代依舊無法連線，全因為他們都未曾思量好重逢後該說的第一句話。

　　或許，重逢總在計算以外，統統都屬不期而遇。阿昇從沒想過，他們竟然在如此疲憊的黃昏重逢。在人潮音浪無法扭細的九龍塘鐵路站。阿昇停在販賣健康飲料的連鎖店裡，在兩款顏色殊

異的飲料前猶豫。身旁的女子頭髮過肩，尾端燙成咖啡金色的波浪。她低着頭，默默地在凍櫃前閱讀塑料瓶上的說明。也許是那個專注閱讀的神情，阿昇認出了精緻妝容下的她。無論在教室外的長椅、圖書館內的沙發，她捧書閱讀的神情，像極陶醉於音樂世界的歌手，旁若無人。大學時代阿昇和她同屆不同系。二人在宿生會共事過，阿昇是副主席而她是文書。每次開會，阿昇都特別喜歡看她白皙細緻的側臉，看那優雅拍翅的睫毛，看那翦水瞳仁。有一次，她好像察覺阿昇的視線溫度上升，停下抄寫會議紀錄的手，抬眼與阿昇四目交投。阿昇連忙挪開眼睛，扭開蒸餾水的瓶蓋猛灌一口。系內系外都有好些男生對她有好感，只是沒有誰敢採取主動。她太安靜了，安靜得彷彿受不了一點點驚動。同學鮮少聽見她說話持續超過五句，而且每句都有指定功能。比方說，當大家討論宿生會辦書展應該找哪家書店合作，她只會說：「秋葉堂。各系課堂的指定用書那兒都有。」她的話老是簡潔得沒有一字多餘，而且聲量無法調高。在人多聲雜的飯堂，她的話常常消融於空氣中。唯有阿昇好像調準了某個秘密頻道，能夠與她有一句沒一句地聊下去，偶然更能憑二三冷笑話，逗得她嫣然一笑。某年秋末的晚上，阿昇在圖書館前碰見她，與她並肩走回宿舍。沒有月亮的晚上只能靠街燈照看前路，阿昇和她並排而行，一路上都安安靜靜，直到阿昇的手碰觸到她的手背，有些東西從此碎掉。在那影子拉得長長綽綽的夜，他感覺到她的手倏地往後一縮。

後來一切就像甚麼都沒有發生，彷彿那個晚上盡皆錯覺。她看見阿昇時沒有尷尬，至少從表面上看不出來。朋友不停鼓勵阿昇勇敢表白，乾坤一擲。但每次阿昇低頭看着自己的手，總害怕水中撈月，不單撈不住月亮，還兀自把漣漪翩翩的池水攪混，最後連遠遠欣賞水中月的機會也失掉。

驚鴻一瞥，待阿昇回過神來，她早已轉身離去，甚麼都沒

有買。

　　阿昇急步尾隨，唯恐她像躍入江水的魚兒，再次沉沒於視線之外。通往又一城的廊道被下班的人潮熏得暖和，阿昇躲在一對牽着手的情侶後面，盯着那罩在米色蕾絲繡花連衣裙下的清瘦背影。背影隨着人流沒入廣袤的商場裡，時而駐足在裝飾得明亮艷麗的櫥窗外，時而追隨扶手電梯流淌至另一樓層，最後走進意大利餐廳旁的書店。

　　書店窗明几淨，有淡黃的燈光在書架之間散落。大學時代的阿昇常常在此留連，享受那份被書本環繞的寧靜和秩序感。那是一個電子化閱讀尚未普及的時代，阿昇在書架上隨意挑選，翻着讀着往往就是整個下午。隨着大學畢業，這種奢侈的時光自然遠去。今天，在她的引領下，阿昇有種重遊舊地的緬懷之情。此時此刻，她在一排高及肩膀的書架前停下，仔細打量書脊上的名字，然後以纖長的手指取下一本封面素淨的小說，讀得入神；渾然沒有察覺到遠處有一對癡望的眼睛。

　　未幾，她把小說放回原位，手勢純熟得像圖書館管理員。她逕自步往廊道盡頭的書桌，低頭翻撿那些陳列的書，好像在尋找某張熟悉的臉。阿昇走到她剛才停駐的位置，憑着七分印象三分直覺，在排立成行的書裡，掏出那本《莫失莫忘》。

　　莫失莫忘。這些年阿昇還是斷斷續續從舊日同窗口中得知她的音訊。聽說她畢業後到了某大學圖書館工作。聽說她當上某出版集團的總裁秘書。聽說⋯⋯那些在同學聚會上零星閃現的片斷，就像考古遺址上的一塊塊陶瓷碎片，上面的紋理足以讓人浮想聯翩，以想像力拼湊出往昔的生活面貌。

　　莫失莫忘。難道這是她刻意留下的叮嚀？阿昇不禁思潮湧動。

　　她在毫無預兆下回首，與阿昇打個照面。阿昇下意識地向她微笑，動作很小地揮了揮手。她不知道是有意還是無心，視而不見地拿着兩本企管書走到收銀櫃台。阿昇心頭有種被拒的刺痛，

卻不願放棄。他還是想確認她是否記得他，縱然他搞不清楚自己基於甚麼動機。他帶着手上的《莫失莫忘》，跟在她身後。付款後職員問她是否要膠袋，她擺一擺手說：「不用了。我買書從來不要膠袋。」就在這兩句話之間，阿昇發現了她原來不是她。女子眉眼的那份漂亮確實與她相像，只是聲線不對。阿昇就像站在海關櫃台前的人，倏然發現手上的護照並不屬於自己。「先生，請問你要這本書嗎？」職員定睛看着阿昇，阿昇尷尬地搖搖頭，心裡匆匆掠過如斯念頭：原來我們從未相遇，所謂的重逢不過是海市蜃樓。

步出書店，商場燈光明媚。阿昇感到兩手有些冷。阿昇下意識地掏出手機，屏幕上有一串陌生的號碼，顯示為「未接來電」。

可洛：〈失去聯絡〉

或者之後我們失去聯絡，直到多年後
在街上遇到一張類似的臉孔而想起對方

今晚的空氣很暖和，一個人走過馬路
對着曾被拒絕的手在發呆
並想起你也獨個走在路上
櫥窗裡面伸手可及的美麗
我們從來都擅長錯過，一先一後去觸摸
然後不約而同地縮手，讓時間溜走
抬頭不見月亮，天空像水晶閃爍又迷離
我沉默像盞街燈，照亮道路直至你安然回家
才退去

或者之後我們失去聯絡，直到多年後

在街上遇到一張類似的臉孔而想起對方
上網習慣、電話號碼甚至連地址也忘掉
我們還有沒有可以重遇的地方？

後記：

　　讀可洛的詩集《幻聽樹》時，覺得這首詩特別適合發展成一個故事。思前想後，寫成這篇故事，望與詩意相互闡發。

2014 年 5 月 20 日

原刊《城市文藝》2014 年 7-8 月號

世界上最虔誠的眼神　　　◎　許榮輝

　　像一條長龍般，一輛又一輛的鐵車仔，十多輛，由魚檔的職員推着，浩浩蕩蕩走向公眾碼頭。鐵車仔上各載着幾個偌大的膠桶，膠桶裡裝着各種肥美的鮮魚，還有蟹蝦。

　　這樣少見的壯觀場合哪能輕易放過？

　　姜昕舉起手機，拍下。

　　主持放生儀式的法師走在最前頭，黃褐色法袍在海風吹拂下飄逸無比。尾隨的數十個善男信女，用與平時迥異的虔敬步伐行走。姜昕舉起手機，拍下。

　　膠桶從鐵車仔搬了下來，整整齊齊排列成正方形。善男信女圍繞着膠桶陣，排列成大大的圓圈，像在守護着。

　　姜昕忙着把每一個膠桶裡肥美的鮮魚拍下。每拍下一張，都要以少女天真的微笑，揮一揮手，向快要獲得新生的鮮魚話別。有個膠桶只裝了一尾特大的魚，當她低垂手機，準備拍個近鏡時，魚尾突然擺動了一下，濺起好大的水花，驚嚇之下，姜昕的手機幾乎掉到水裡去。魚擺動魚尾後，轉動魚身，魚嘴露出水面，像要對她說些甚麼，姜昕及時舉起手機，拍下。

　　五十來歲、身材發福得很有威儀的法師，開始誦經，眾信跟着合什，低首祈禱。然後，在法師的帶領下，眾信圍繞着膠桶，慢慢轉圈。

　　姜昕一一拍下。

　　眾多環節，組成了一個完美的放生儀式。姜昕無法知道哪個

環節最重要，但她知道哪個環節最好玩。每個人都有機會用盆子，魚網，或是其他盛器，親手把鮮魚放生到海裡去。再笨拙，或是再尊貴的人，在這樣的時候都不會怠慢。

一個個排着隊，在魚檔職員的幫助下，從膠桶撈起鮮魚，到近水處，把鮮魚放走。

姜昕呢，雖是忙於拍照，也不會錯過親手放生的機會。

媽媽千叮萬囑說，一定要親自放生。

姜昕在親手放生時，以少女敏捷的身手，盡可能把每一個放生的動作都拍下，讓母親看了放心。

放生原來很好玩，不是想像中的沉悶。

姜昕不知道在整個放生儀看來已完美結束後，所發生的事情，是否也算是儀式的最後一個環節，或者只不過是個補充部分。或者最可能甚麼都不是，是純然突發的。

確實很有驚嚇效果！

幾乎所有參加放生儀式的人，都近乎狂熱地捲入這個突然出現的轟動裡去。這個突發事件所具的魅力，甚至極可能比放生儀式本身更大。加入者除了很多像姜昕母親那個年紀的善男信女外，還有很多像她這樣年紀的少女。事後姜昕想起，也許就因為有了她們這些可愛的、活潑少女的加入，轟動效應才會形成。

是誰引發了這場轟動的呢？一定是那個特別虔誠的信徒，臨時向法師提出合照要求，希望因此而能留個特別紀念。這個要求合理，法師應允了。姜昕恍惚記得，就是那個形貌憔悴的中年婦女。

隨後，一切都亂了套了。

首先衝到法師身邊要求拍合照的，清一色是少女。她們有優勢，全都能以輕盈的步伐，捷足先登。速度之快，法師簡直來不及反應，合照已被一一拍了下來。

法師所能做的，只能是合什，微笑，站着一動不動。像佈

景板。

　　要求拍合照的人，在活潑少女之後，輪到姐姐級的，最後媽媽級的也加入了。

　　極似狂熱的樂迷想跟偶像拍照，前呼後擁的氣氛，完全可以互相感染。姜昕當然是不會錯過的。也許母親看了自己跟法師的合照，會倍加高興。

　　一個又一個善信跑到法師身邊拍合照的時候，姜昕留意到身邊一個白髮蒼蒼的老婦人，看得完全入神了。

　　到底是哪條神經突然觸動了姜昕一下？總之她突然用手肘捅了一下老婦人，第一下沒有反應，她再輕輕捅了一下，這一下老婦人有反應了，微微轉過頭來，姜昕連忙輕聲對她說：「你也去拍一張？」

　　姜昕直覺上認定這位老婦人一定不肯。事實上她的這一問在潛意識裡應當全然出於好玩心理。

　　但是，在老婦人的微妙反應中，就是年紀輕輕的她，也看出了老婦人有着很濃烈的期待，只需要別人再鼓動一下。

　　應該是一個少女天真未泯所起的良性作用，憑着她少女的敏捷和機靈，覷了一個空檔，在還沒有人上前之前，已大聲叫喊：「我們來了。」然後委託身邊的人代拍照，自己扶着老婦人向前。

　　一個活力十足的少女，很快就把放生的事忘得一乾二淨。

　　幾天後的一個晚上，當媽媽知道她把放生的過程拍了下來，就要求一起觀看。

　　重溫了以後，姜昕才察覺到，她所拍到的，都是很搞笑的。

　　直至看到了最後一個鏡頭，她的嬉笑聲突然停止了。

　　姜昕看到了一張臉，和一雙合什的手。

　　整張臉是如此虔誠！但虔誠只是一層透明的薄膜，底下才是真正的內容，那是無邊無際的無助。

　　姜昕看到老婦人臉上的每一條條紋，都像是一雙合什祈禱的

手，姜昕由此好像看到了老婦人這一生無窮無盡的苦難和委屈。老婦人所有的苦難和辛酸都捂在她的合什雙手裡了。

老婦人，從她在照片中的神情來看，一定相信，有了法師在身邊，這些苦難從此都可以化解在合什的雙手裡。但老婦人合什的雙手實在盛不下這整整一生所承受到的磨難，溢出手心，同時又表現在臉上，於是讓姜昕看到了。

姜昕真的看到了，在照片拍下的剎那，老婦人一定在作最虔誠的祈禱，而且感覺到都應驗了。於是姜昕發現老婦人本來老得很模糊的面目，變得清晰了。世界上沒有哪個人比她更虔誠了，而且在那滿臉的苦相中，一點一點的寬慰神態慢慢流露了出來。

一個多複雜的神情，姜昕真的可以看到臉上所蘊含的虔誠、無助，還有最後的寬慰。

姜昕連忙轉過頭去，害怕母親看見她莫名其妙淌下的淚水。

姜昕非常相信，自己的成熟，就是從老婦人的這個神情開始的。她一直把手機拍照當是情趣，即使是跟友伴去吃一頓飯，也習慣把滿枱的菜式拍下來。

現在她覺得這樣做真的有點幼稚，她的心應當裝點較正經的事了。

一切機遇都是那麼神奇，而且又是那麼不可思議，最虔誠的神情是老婦人給她的，然而要不是她的那個心血來潮，就沒有機會看到這個神情。那麼，這又是她自己撿來的，是自己的善心給的機會。

原刊《城市文藝》2014 年 7-8 月號

墊子

◎　阿谷

「他是誰，在哪兒見過？」

他坐在我的對面，隔着一張大木桌，在藝術系辦公室。

大學剛開辦，正在招兵買馬。誰會來做開荒牛？且看各系開出的條件，和系主任的本事和魅力。

我原本並不打算來任教，特別是參觀了龐大的建築群、沾滿了一身油漆氣味之後（我敢打賭，氣味一個學期也不會完全散去）。但我仍然跟系主任進到他的辦公室面談。

系主任好生面熟，要是想不起，我倒不願就此離去。

「怎麼樣？某某先生，你對合約還有甚麼意見？」

他開腔了。一張情感豐富的俊臉，眼睛閃爍，雙唇又薄又蒼白，天生能言善道。

明明一張能夠吸引人注意的臉，但，他就坐我對面，木訥寡言，令人困惑。

「他是誰？」

我支吾以對。他靜靜聆聽。

有人敲門進來，一拐一拐，捧着一大疊文件，是一名行動不便的職員。系主任立刻走出去迎接 —— 本來隔着木桌和我對望的位置，騰下一張有餘溫的扶手椅，上面一個礙眼的靠墊。熒光藍白布條織出格子墊面，心形，滾着大荷葉藍色圍花；時下，不會隨便在一個摩登家庭的客廳中出現，很老套很小器的一款。布條明顯曾經遭破壞 —— 被人在心胸處狠狠割了幾刀，然後小心翼翼

縫合搶救回來。

墊子！謎團迅即破解，人登時清明，記憶馬上接軌，飛去二十年前，一個佈滿塵煙的早上。

車子堵在人滿之患的古老城市，馬路上列起長長的車隊，人車完全給擋住了，連牛和大象都給塞住，太陽灰濛濛，千年都不會洗乾淨。鐵皮車一把年紀了，七八個乘客對排而坐，趕往市中心的火車站。

「沒有要趕的了，我明白，我知道。」青年嘴唇又薄又白，約摸三十歲，身子斜斜挨在我的對面，輕浮地說着話。他絮絮不休了好一段時候，數落這座城市 —— 當然有人附和他的經驗 —— 他為此也不吝嗇炫耀自己 —— 他是藝術系的高材生，通曉音律，特別是弦樂，幾乎一學就懂……不，他最擅長的不是弦樂，而是撥弄感情 —— 每一位姑娘，只要他願意，就能用不同的樂章來感動，俘虜芳心 ——「為甚麼？」車上有人問，語調既羨慕又不滿。

「讓人得到快樂。」青年立刻回答，可能，是他自己思量已久的答案，「當然，姑娘們要付上少許代價，或許更多。」

「不過，有時善心不一定得到善報。」這時，青年揚一揚手上的墊子，嘴唇不屑的動了一下，「就像這礙眼的東西，是一位過了婚齡已久的姑娘臨別的饋贈，珍而重之地。」藍白條子的墊子的確礙眼，我們一早就注意到了，它全程躺在青年的懷裡。

「她親手」—— 青年語音未了，「卡嚓」兩聲，突然，兩邊車門同時給人拉開，走上兩名大漢。

「打劫！」聲音左右兩邊響起。這城市真的亮出點子來了。

我們紛紛按指示舉起雙手。賊人一個持刀，一個拿着大木棍，頭上綁了滿佈汗漬的布巾，面上全是鬍髭，叫人不知道誰是誰。掄着木棍的匪徒右肩掛了一個大布袋，各人身上的財物都給攉進大布袋內。

「只有這些？」輪到青年，在他身上只搜到幾枚硬幣和一張單

程火車票。青年聳肩，豐富的面部表情足以說明一切，又揚一揚墊子，「這個最貴重……」賊人一手搶過墊子，掟到地上，使勁踩了一腳，

一顆蒙污的心！

賊人走了，前後不到五分鐘。

「我不是說了，我不是早告誡你們？」青年鬆開衣領，扯低領帶，從夾縫中取出一撮現鈔，得意地晃一晃，然後又塞回夾縫中。

「所以說，騙人堪稱是一種善行；你騙人多了，自然生活得十分有警覺性。」大家無話可說，或許不願搭理，一個農夫打扮的壯漢坐在他的隔壁怒目相向。

過一會兒，有人醒起要報警。「現在下車？那麼更一無所有了！」當大家開始議論紛紛時，車門又被打開！

剛才兩名賊人跳回車上。「有巡邏。」並且一邊一個，迅速坐到條板上，假扮乘客。

「你，拾起墊子。」假乘客喝令青年。

青年不情不願，俯身 —— 車板骯髒，墊子背部弄污了一大塊，加上正面的鞋印，更不堪入目了，青年兩手夾住荷葉邊。

「他是個大騙子！可能大額現鈔藏在墊子內。」是農夫打扮壯漢跟賊人說。

賊人一聽，不理巡邏隨時現身的危險，奪過墊子。

「嗤 —— 嗤 ——」幾下，手起刀落，棉絮紛飛，墊子心口給割出洞 —— 棉絮後面，露出透明塑膠袋的一角。

扯出來，脹鼓鼓，塞滿一百元大鈔！大家都傻了眼，賊人喜出望外。

裡面還有一張摺成蝴蝶結的字條。

「你拆開，讀來聽。」指着面孔發白的墊子主人。

青年雙手顫抖。

「我所愛：這是我全部所有，全數給你。你說去一去就回，

但我知道，你是一去不返了。我們是永別了。我多麼希望，你會信守你的謊言我和結婚，好讓我一生一世守護你。只要想到，你能用這筆款子安定下來，不再流浪度日，我便心滿意足了。我保證，不會有人追究。永遠屬你的，所愛。」

青年更慘白了，面上表情比演戲更真實。

我知道眼前的系主任是誰了！

系主任接過文件，放到桌子上，又坐回椅子上。

先小心整理靠墊，然後挨上去，椅墊發出僅可用靈敏耳朵偷聽到的「唉——」的一下。

系主任舉目，靜靜的望着我。用一雙眼睛，裡面閃出很大改變的光輝，他默不作聲，將發球權拋到我的這邊。

「我急不及待和你合作，主任，在這所大學和你並肩作戰。」我聽見自己肯定的聲音道。

原刊《阡陌》2014 年 11 月創刊號

照相

◎ 葛亮

這一年開春，天還寒涼，卻也算有了萬象更新的意思。街上的人事，彷彿都清爽了許多。

昭如帶着笙哥兒，往城南的「天祥」照相館去。若說照相館，自打從廣州傳了來，在襄城也不算是個稀罕玩意兒。可這「天祥」卻有些來歷，開舖面的原是天津梁時泰照相館的一個攝影師。追溯起來便了不得，前清洋務大臣李鴻章和美國總統的一張照相，便是出自梁時泰之手。襄城人，內裡對京津總有些心嚮往之。何況昭如過去這一年，原本也見過許多世面。知道了甚麼是好，便愈覺得本地攝影師的笨拙。這一回去「天祥」，卻也因美國的一個奶粉公司叫「貝恩寧」的，舉辦了一個比賽，給中國五歲以下的孩子。愛兒當如母，昭如見報紙上這個叫「健康吾兒」的比賽，辦得是如火如荼。又附上了每期冠軍的照片。可那些小孩子，鮮嫩肥胖，卻沒有一個神采入眼的。昭如便終於有些不服氣，便給笙哥兒報了名。並要交一張報名照，便想起了「天祥」來。

黃包車剛剛停穩，人還沒下來。便有個年輕人奔過來塞給他們一張傳單。仔細一看，是「榮和班」的一張戲報。印得不甚好，上面的人倒是逐一都認得出。其中一人沒見過，是個叫「賽慧貞」的青衣，昭如卻覺得眼熟得很。昭如想起，在天津的一樁憾事，就是始終沒聽上梅老闆的一齣戲。報上說他已然去了美國，演了《刺虎》與《劍舞》，博了洋人的滿堂彩，還給大學授了博士。美國人說是「五萬萬人歡迎的藝術家」。昭如思忖，這五萬萬人裡

終究有自己一個，就又有些高興了。

推開照相館的門，裡面倒分外清淨，昭如正奇怪着。就見掌櫃的疾步出來，說：「盧夫人光臨，有失遠迎。我着人到府上去，誰知還是慢了一步，抱歉得很。」

昭如便道：「這倒沒甚麼，約好的日子，我們自己來不打緊。」

掌櫃的便一陣躊躇，終於說：「夫人說的是。只是今天攝影師給文亭街馮家的三老爺請去了。兩個時辰了，還沒回來呢。」

昭如嘆一口氣，說：「馮家的排場自然一向是很大的，上門去，莫不是要拍一張全家福。」

掌櫃應道：「是年底四老爺新添了一位小姐，這不剛滿了百日。要照相紀念。」

昭如微微皺一下眉頭，說：「如此用得了兩個時辰嗎？」

一個小夥計，正用雞毛撣子撣一隻景泰藍花瓶。聽見了，手沒閒着，跟上了一句嘴說：「盧夫人說的是，不過是生了個丫頭，哪怕是個千金又如何？多幾個馮家，我們照相館的生意也不用做了。」

掌櫃的狠狠瞪他一眼，喝止住他，正對昭如陪上笑臉。這時候自鳴鐘「噹」地響了一聲，昭如便起身對掌櫃的說：「不如我改日再來吧。」

掌櫃連忙說：「夫人若不嫌棄館內寒素，便多候片刻，我估摸着也快回來了。這過了年，我新添置了些背景。都是着人在上海製的，前兩天剛剛到。夫人也移駕隨我揀選一二，看有沒有襯得上咱小公子的。」

昭如便踩着樓梯，跟他上樓去。笙哥兒一聲不響，緊緊抓着她的手。她就將孩子抱起來。掌櫃回頭看一看，說：「小公子生得真好。」昭如便說：「就是不太說話。」掌櫃說：「水靜流深。我們家那小子，說話跟鼓點子一樣，敲得我腦仁兒都疼。」昭如聽了便笑了，不過做起生意來，能多說幾句總歸是好的。

上了樓來，先是陰黑的，因為蒙着厚厚的絲絨窗簾。沒拉緊，一縷很細的光柱落在地板上，跳躍了一下。光柱裡看得見稀薄的塵在飛舞。掌櫃走到角落裡，拉開了燈。這下豁然開朗了。

三面牆上，各自一個佈景。迎臉是很大的一面青天白日滿地紅的旗幟，旗幟下掛着先總理孫文先生的畫像，還有一張「三民主義」的橫幅。底下是大理石面兒的辦公桌和椅子，桌上擺着毛筆，公事架和電話。卻都是小了一號的。掌櫃引笙哥兒過去坐下，恰恰好。笙哥兒倒有些發怯，手放在桌子上，摸一摸玻璃鎮紙，又拿下來。掌櫃就捧來一套衣服，先將一頂大蓋帽卡到他頭上。帽子有些大，遮住了半隻眼睛。又繫上了一領麻綠色的斗篷。昭如看見是上好的呢絨質地，兩邊綴着黃色的金屬肩章。笙哥兒看上去，就有些威風起來。掌櫃的將斗篷給他緊一緊，說：「小公子，待會兒打起些精神來，咱們要拍一張『將軍相』」。

昭如便輕聲說：「我兒子的脾性，恐怕是當不了將軍的。」掌櫃就笑了：「往後的事誰又知道，商場如沙場，令郎恐怕也少不了一番馳騁。」

另一面牆上的房屋又繽紛些，遠處繪着一片荒黃，是遼遠的沙漠。近處則立着硬紙塑成高大的仙人掌。掌櫃的走過去，從仙人掌後牽出一隻駱駝來。原來仙人掌下面有一道鐵軌。這駱駝步出來，模樣十分逼真。頸上覆着細細的鬃毛，頭可上下點動。掌櫃就將笙哥兒抱起來，讓他在兩個駝峰之間坐着。笙哥兒執起韁繩，坐得很穩，神情是自如怡然的，頗有高瞻遠矚的樣子。掌櫃便道：「我就說，小公子的膽識在後面。」

他們說話間，沒留神笙哥兒已經落下來。待回過神，才看見這孩子正對着第三面佈景，已經看了良久。昭如見佈景上是鱗次櫛比的大廈，有一道大橋，又有一個舉着火炬的洋女人。知道是外國的風景。昭如便問：「這是哪裡？」掌櫃便說：「美國，紐約」。昭如心裡便一陣悸動，脫口道：「便是梅老闆去的地方了。

看來真是富麗得很。」掌櫃便說：「其實這兩年國運有些不景氣，不過餓死的駱駝比馬大，氣勢還是足的。」

笙哥兒抬頭仰望了一處紙板的建築。看上去像一支筆，在樓宇中鶴立雞群，接天入雲。掌櫃便彎下身子，在他耳邊說：「小公子，這就是世界第一高樓，叫帝國大廈。要說還沒建成，咱先把它搬了來，拍一張相。趕明兒你自個兒站在這一百多層的樓頂，再拍上一張。拿回來給咱瞅一眼，到時候，怕我老得腿腳都不利索了。」

昭如便在旁邊笑，有些讚嘆，說：「人家的照相館都是梅蘭竹菊、龍鳳呈祥。你們店裡倒真是自有一番氣象。」掌櫃的就擺擺手，謙虛道：「夫人言重。現在都講究個與國際接軌，我們『天祥』是不落人後罷了。」

就這麼聊着，大半個時辰過去了。外頭還沒有甚麼動靜。掌櫃的便說：「耽誤了夫人這許多功夫，怕是攝影師困住了手腳。」昭如心情已然鬆快，說：「這倒沒甚麼，和掌櫃的談了許多，我婦人家倒見了世面，周遊了世界一番。時候的確不早了，不如我帶着笙哥兒先回去。往後日子長，再來也不遲，只是這孩子長得太快了。」

掌櫃總是舒一口氣，嘴裡不停賠着罪。就這樣謙讓着，昭如母子也就走出了照相館。

原刊《明報‧明藝》2014 年 11 月 8 日

279

海豚街上的穿牆貓

◎ 李梓榮

一

穿牆貓終於回來了。

說穿牆貓「回來」，其實這是我第一次親眼看見牠的形狀與體態。這有分別嗎？一切也這麼熟悉，尾巴翹高的角度是那麼的理所當然。我根本不會再次訝異牠姿態的優美。

房間十分陰暗，潮濕的空氣像發黃報紙般沉重。每吸一口氣都像海魚擱淺般深而慢，鼻翼的擴張與收縮成為視覺焦點。藍貓站在茶几上，身體微微拱起，如玻璃碎片的綠眼穿透我的腦袋。

我就這樣站在家門與牠對峙。擱淺的還有時鐘，每一秒都清晰可聽又拖泥帶水。拖了我的混濁呼吸聲，還有偶爾的嘴唇微跳，都是日常不會留意到的表情痙攣。異常清脆的銀月在窗後，把窗前一切的影子投射到灰白的水泥地板上，就像一幅存在主義式電影的黑白海報。

——慢，慢着。當中有某個錯誤，某種不協調。這個房間裡，有甚麼東西是一種<u>根源性</u>的錯位。

我立刻意識到當中的矛盾了。地上只有拉得很長很長的茶几的黑影，沒有貓的。

二

跟隨着光束的旋轉，我們來到這被囚禁的記憶場所。

由於全年降雨充足、陽光猛烈，熱帶雨林的植物可達 40 米以上。於是我們更能理解眼前的頂天商廈。環球貿易廣場，484 米，比起獲頂級天然資源的植物高 —— 12 倍。中銀大廈，由著名設計師貝聿銘設計，367.4 米。其外型取自竹筍，象徵力量、生機與茁壯的精神。367.4 米的竹筍的「生機」緣自甚麼地方呢？徹底的自由經濟。這裡是資本主義的完美鏡像、未來理想的投射。我們執着氫氣球的線，浮到最高最高，最高，沒有更高了。我們並不提倡資本主義，我們就是資本主義。

據眼前看見的中環，我們發現半夜的資本主義原來是，空的。空城。

我們省掉無趣，飄過空城，如飛行垃圾般隨着柏油路上展。五光十色並不足以形容這街道，以天空的顏色為界，入黑後嘈吵地從旁邊的商廈暫時接管世界最繁華的美譽。白天板着臉孔的上班族易容成金髮少年，不時看到壯健的男人往穿着迷你短裙的外國模特兒的耳邊送氣。扭成一團的肉在鼓動耳膜的電子音樂下顯得格外平常。

現實，是無數哈哈鏡做成的迷宮；黑夜，是規則破裂的契機。這裡就是哈哈鏡粉碎後，被扭曲的影子與被折射的光束釋放的場所。四彩五彩的光束轉呀轉，六彩七彩的衣服轉呀轉，於是我們的視覺也轉呀轉呀轉。其實在晚上，蘭桂坊就是一處不斷轉像 UFO 的地方。

在這樣混雜的背景下，我們的視線選擇光線特別暗淡的一個角落，對準焦點，朝那邊虛弱而確定地飄過去。

於是，我們到了 Green Dolphin Street。

三

二十一歲的白站在 Green Dolphin Street 門前，考慮要進去，還是不。

白對於自己的窩囊既羞窘又焦躁。既然都走到酒吧的門前，竟然下不了決心進去。更令他臉紅的是，這可不是甚麼影響一生的決定，只是一所普通的酒吧。

事實上無論一個決定多麼微小，我們都不知道那一個是較好的。我們既不能與前生的經驗比較，亦沒有下一生可以重選，故此每一個決定都是影響一生的。人生存的方式就像潑墨畫——先潑了再說，往後再美化、修正或放棄。然而修改的過程要求我們重複回到亂潑的墨，故此每個決定也是永劫回歸的。當下意識只是自我的一部分，自我的內容比它要廣大得多。但是隨着每個決定，人都給了他的整體自我一個方向。

白緊握拳頭，緊得指甲在手掌留下深藍的印，揭開橄欖綠色的帳幔，踏進了 Green Dolphin Street。

沒有人注意到白的出現。

白打了個哆嗦，裡面並不冷，但他總有一種打擾了甚麼神秘聚會的奇怪感覺。白像貓一樣涉步走到吧台，盡量不發出一絲聲響，以免震盪起空氣的漣漪，喚醒了甚麼在意識以前已經存在的巨大生物。

坐下後酒保逕直走到他面前。

「Bloody Mary！」白反射性地回答，卻被自己的口水嗆了一下。酒保並無留意他的羞態，目無表情地一邊擦拭高腳紅酒杯一邊走開。

無論從外表或內在來看，這間酒吧都讓人心生疑惑。為了減緩心中的不安感，他輪流以左邊屁股與右邊屁股發力，好安撫焦

躁的身體。為甚麼自己會進來了這間酒吧呢？白把玩着手裡的十元硬幣，隨着手指的轉動聚精會神，嘗試回溯事情的脈絡。

首先，與父親吵了一架後我逃了出來。白很確定地對自己說。

凌晨一時十五分，他記得離開家門後立即查看自己的 Casio 塑膠手錶。為免引起巡警的懷疑，他必須找到一處在深夜人影不被排斥的地方。

付錢後下了的士，白漫無目的地走在街上。他其實並不懂喝酒，且還沒有正式戀愛過，更加不用談性愛的事。他從一條路徘徊到另一條路，在小巷中左穿右插。想到父親強逼他畢業後繼續升讀 PCLL（法律深造文憑課程），他的雙腿就不能停下來，完全沒有留意自己走到哪裡。他一面走一面整理腦袋裡雜亂無章的想法，關於自己身處的情況、關於父母對就業的「建議」，白決定這一次要為自己作主。他與父母的關係就像保齡球與球樽，注定要擊倒對方。

白很滿意掙脫後的自由，抬頭深深吸了一口深夜的氧氣，肺部隨之擴張。

他發覺自己走到了路的盡頭。

回望身後，是一條完全沒有路燈的窄長小巷。兩邊的水泥牆畫滿了浮雕噴漆。他背後涼了一截，感覺像在不知情的情況下踩着鋼線走過了大峽谷。

眼前唯一的建築物掛着慘綠的燈，寫着 Green Dolphin Street: Bar and Restaurant。

走進這間酒吧，有點像預先安排的。

一個只穿着一塊小黑布的性感女子坐在長髮男子的大腿上。男子或許在她耳邊說了些情話，或許只是吹了口氣，她吃吃地笑了起來。一個身穿黑禮服戴禮帽打了鮮紅領結的老男人，喉頭的肉已經鬆下來了，像火雞般。他緊緊捉着木拐杖，臉色灰冷地

瞪着酒杯後兩吋的地方。還有一個頭髮剃得清爽的年輕男孩埋首寫作。

整個感覺雖然安靜，但極端怪異。事物的輪廓雖然十分實在，但可能空氣的折射問題，反倒像海市蜃樓般讓人懷疑。

白敲敲桌子，是真的。

「真奇怪……真奇怪」白搖搖頭，口裡喃喃唸着。

「甚麼奇怪？」一把沙啞的女性聲音在白身後響起，透露出濃厚的好奇。

白嚇得兩邊屁股也彈了起來。「呃……沒有奇怪的。不！呃……我說的是音樂……」

「音樂？這一首是 Bill Evans 的 You and the Night and the Music，不喜歡爵士鋼琴嗎？」女子伸起兩隻手臂，指向白指向自己然後指向天花板的音響，笑着說。

「不是不喜歡，只是第一次聽有點呃……不習慣。」白的臉忽然漲紅了。

「我還以為你是為了他來的。沒有人會那麼閒，無事鑽進那條恐怖的小巷呀！」

是很恐怖沒錯，但白沒有力氣解釋一切的緣起，也不敢說寧願從來沒有踏進這裡。他心裡有一股巨大的直覺，甚至是壓迫的恐懼，在理智來得及阻止前就脫口而出了：「妳一直在等我嗎？」

「等，等你？」她修長的手指捲着長髮，沒有半點尷尬的意思。「我是在等人吶，但那個不一定是你喔。」她側頭，對白淺淺的笑了笑。

「啊！抱歉問了這麼粗魯的問題。」白雖然很惱怒自己真的問了出口，但他心裡仍然覺得由坐下的一刻開始，這個女子就一直注視自己。

酒保一聲不響地把酒放在白的面前，然後帶着不悅的神情消失於門後。

「品味很遜喔！」女子指着血紅的酒杯。「你要阿福工作，他這個月不知道有沒有調過一杯酒，這裡的顧客都習慣整瓶自己喝的。」

「要一起嗎？」她拿起自己的一瓶說。

「沒甚麼所謂。」白聳聳背。「但你不是在等人嗎？」

「他今天不會來的。」女子優雅地坐在白的旁邊。椅子很高，即使身材高大的男子都得借力撐上去。與其說她是坐上去的，倒不如說是飄上去的。動作輕盈清脆，令白想要重複多看幾遍。

白仔細打量旁邊這位陌生女子。她穿着深藍連身裙，上面印有仔細觀察才能看見的黑色暗花。裙擺剛好在膝上的三分之一吋，感覺是仔細量度後的結果。除了瘦長的皮製腰帶外，身上並沒有多餘的飾物。翹起的腿十分修長，但沒有比例不均的感覺。小巧的兩片唇塗了玫瑰口紅，像奶油蛋糕配上櫻桃。看上隨意，卻連最微小的細節也恰到好處。

唯獨她戴着的一頂牛仔藍棒球帽，與她整個裝束和氣質異常不配，像是強行依附在她的存在上的寄生物。

女子低頭，在黑皮革肩袋中拿出長方型銀盒，抽出一枝幼長的煙再把盒拋回袋子。看來呆滯對她的身體是絕對禁止的。如果有一天教科書決定將「優雅」列入教學內容，她必定可成為標準教材。

她右手夾住煙，同時按着貼有刺眼標誌（Camus cognac, VSOP）的酒，左手微微舉起，向出現時間剛好的酒保示意：兩個酒杯。

「請再次原諒我，但酒吧裡應該是禁煙的吧！」

「胡說！酒吧禁煙是最荒謬的事，我管他的。」

看到白嚇得有點呆的臉，女子笑着補了一句：「手上沒有煙，喝酒總不暢快。你知道海頓嗎？」

「貝……貝多芬的老師？」

「他不戴上假髮就作不了曲喔！現代人說那是偏執狂，是心理病，只要經過嚴厲的糾正就能康復的。說得好像是真的那樣。」女子加重語氣強調康復二字，輕蔑的笑了笑。這一笑在她臉上釋放了一道陰影。白想仔細看時卻已經回復正常。

「對了，你叫甚麼名字？」女子把酒倒進玻璃酒杯裡，把其中一個推給白，他下意識地舉起手臂防衛。

「嘿，你這麼繃緊幹嘛？我又不是騙子，你隨便給我一個稱呼就行了。假的也沒所謂，反正名字這回事根本沒真假之分。」女子仰天一口喝光了酒。

「喔，叫我白可以了。」他拿起酒杯打算說謊，就像進酒吧前下定決心的，但他沒有。他緊張的呷了一口，彷彿告訴自己這沒甚麼大不了。

「白色的白？」女子露出與吸煙者不相襯的亮白牙齒，戲劇性地挨後，環顧酒吧一周，彷彿小丑等待觀眾捧腹大笑。可惜只有在寫作的男子注意到他們，他搔着剃得光光的頭頂，向女子傻笑。

「怎麼說？」白有點反感。

「嘖嘖嘖！」女子的煙左右搖擺，輕輕責備男孩的無知：「假設現在真的是黑夜，那麼早上、中午和下午是甚麼？」

「甚麼假設的，現在真的是黑夜吧！至於那個問題，黑夜的相對不就是白天？」

「Bingo。但早上、中午和下午其實是灰的。」

「灰的？」

「不就是？你甚麼時候在所謂的白天看見白色？天空不是藍的就是灰的。相同道理，黑夜也不是黑的，是藍的才對，像法語說的 bleu nuit 一夜藍。」她攤開雙手瞪着白。他無話可說。

「在觀念與事實之間隔着一道很深很深的狹谷。你把石頭掉下去，回音可能這一生也不會出現喔。我們以為自己走過對面了，其實影子還滯留在另一邊呢！我們還以為自己很瞭解自己，很明

白世界。」女子併起兩隻食指，然後馬上分開，半認真半說笑地解釋。

我不置可否地搖搖頭。

「還有啊，你知道『白』這個漢字的甲骨文嗎？」

「甲‧骨‧文？」白啞然地反問。是他聽錯嗎？

「對呀，甲骨文。『白』其實是骷髏骨頭的圖形，很諷刺對嗎？」女子用煙在空中畫了一個類似骨頭的圖形，其實也不太像，只好伸出舌頭裝了個鬼臉。

「既然你叫白，那我叫做藍就好了！」她雙手抱腰，嘴巴發出玩具鋼琴般清脆的笑聲，連那頂在她的存在以外的帽子也差點弄翻了。

四

抽筋了，腹部愈來愈緊，肚子開始抽筋了。游了多久？你不知道，只意識到身體機械性地重複擺手、撐腿、擺手、撐腿……你甚至想不起為甚麼要游，但你就是知道要游至彼岸。可是，你肚子開始抽筋了。你以為再活動一下，身體就會習慣的。但沒有，腹部愈來愈緊。你整個身體一翻，酸臭的嘔吐物衝過喉嚨。

你拚命睜開眼睛，卻只有嘴巴不受控制地張合，像瀕死的海魚。喉嚨仍有奶白的泡沫，要是不管它的話甚至可能窒息。你下意識地用衣袖擦乾嘴角，張望左右朦糊的景象。

看起來，你是在麥當勞。

周圍滿是樣貌差不多的人穿着差不多的西裝差不多的姿勢在吃差不多的早餐。一個穿着黑色制服的老女人拿着地拖匆匆抹好地板，再狠狠的踢你一下，然後若無其事地離去。看來這間麥當勞經常有宿醉的流浪漢醒來吧，你想。感謝這一踢，你的視線清晰多了。

你開始打量自己的衣服，雖然襯衫看起來凌亂不堪，但基本上還是齊全的，沒有被打劫的跡象。一切正常。

桌上有東西在轉動，吸引了你的眼球。

你眯眼細看，是三個日式木製陀螺在一個打開了的木盒內高速轉動。是你在嚴重的宿醉中動手令它們轉動的嗎？

說實在，你不確定。

把木盒蓋上後響起陀螺跌落的聲音。旁邊還有一個銀盒，你笨拙地在上面摩挲，細微的凹凸在你遲鈍旳皮膚上也能感覺到。裡面有一枝幼長的煙，上面寫着：Carpi，手腕。女子抽的那種。還有一個閃電形狀的玻璃瓶，裡面還有三分之一的酒。

一張黑膠唱片墊在最底。封面被稀薄的綠霧籠罩着。背景的河道提示你這是一道橋。有一個很小的人跟着另一個很小的人在過橋。

Bill Evans 的 On Green Dolphin Street 沒聽過。

這堆東西屬於你的嗎？煙和酒是你自己消耗掉的嗎？為甚麼在中環的二十四小時麥當勞睡着並醒來呢？你拿起面前的這堆東西回家，沒有追問自己，沒有回答任何問題。

所有事情如沙石失去動力，沉至最深、最深的海溝，沒有更深了。

五

「這樣的話，剛才在下面喝酒的人全都住在這裡？」白相當驚訝地問。

「對呀，我們連同阿福都是住在酒吧上面。怎麼了？」藍坐在白色牀單上反問。

喝了一點酒後白的頭毫無預警地劇痛，藍唯有扶他到自己的房間休息。白雖然沒有離家經驗，但也足夠理解住在酒吧上是相

當奇怪的。

　　意外的是房間很舒適。內部相當寬大，天花板相當高，木地板雖不光亮但非常清潔。擺設簡單，只有一張木製單人牀、一張中學用的寫字桌和一部 Pleyel 法國鋼琴。只是牆壁斑斑駁駁，像空氣中有某種腐蝕性的酸。

　　「為甚麼？」我好奇地問。

　　「我們都在等待。」她的嘴角神經質地露出微笑，然後消失。她站起來，慢慢走到桌子前，步調有點凌亂。她從銀盒子抽出一枝修長的煙，翹起二郎腿坐在桌子上。長度剛好的裙子因為角度的關係變得很短。白留意到她露出的皮膚是如此的白皙，近乎透明。

　　「一個離開的契機。」

　　「所以你們是囚禁在這裡的？」白感覺自己進入了荷李活的電影世界。

　　「你可以這樣說，但這完全是出於我們自己的選擇。看樣子，你應該還是大學生？」她任由煙灰掉在地上。

　　「嗯，讀法律的。」白想起自己出走的原因，像被拉回現實般洩氣。

　　「父親和母親都是律師，所以……」白咕嚕自言自語。

　　「讀法律不是可以伸張正義嗎！」

　　「哼！這只是電視劇集塑造的刻板形象！一個律師能夠提供的只是合約和保證。你到中環走走，四處的商廈和企業看起來都獨立高傲，但律師將它們連結，慢慢織成一張無形的網。它無處不在，而且不斷擴張。最後這個世界的人不是被黏着動彈不得，就是被驅逐出境！」白將心裡無以名狀的憂鬱一次過轉化成語言，愈說愈激動。

　　「原來是這樣的。」很難說藍是否真的明白。她側頭若有所思：「這樣說也很有道理，想來這裡的人都是主動或被動驅逐出境

的。」

藍輕躍下來，把煙屁股留在煙灰缸內。她再抽出一枝新的修長的煙，這次沒有點上。她夾着煙走到白坐着的扶手椅旁，彎腰在旁的小木櫃搜尋甚麼。

往前彎的時候領口看得見她並不算豐滿但幾近乎透明的乳房。可能太過缺乏真實感，白沒有感受到任何血管的收縮。彷彿在此刻，乳房只是乳房。

藍遞給白一個殘舊的木盒。白將它打開，三個靜靜躺着的日式陀螺。形狀像小甘栗的玩具散發着幽幽的童年氣息。

「好美啊！」白由衷讚嘆陀螺的美麗。

「來，把它們放到地上轉轉看。」藍的聲音充滿期待。

白逐一將陀螺放到地上，用力地使其轉動。移動的慣性使陀螺平穩地直立旋轉，展現出分毫不差的精準。

「沒有比轉動中的陀螺更有詭異的魔力了！這就是年輕的力量，能夠將自己的身影徹底地隱藏起來。」

白看得着迷，眼球緊隨着陀螺轉動，腦髓漸漸被吸進轉動的幻彩中⋯⋯

呼！藍猛力用手將陀螺拍停。白嚇得整個身軀往後跌，像在高速公路坐車時突然被煞停。

「這就是現實喔。年輕是很脆弱的東西，來自外在的壓力實在太大了。融入社會時，既要防衛，又要全心投入，那就會造成肌肉痙攣，就像臉部扭曲一樣。」藍指着牆上的一幅現代畫，狡猾地笑着說：「看看 Paul Klee 這幅畫的臉孔。」

白依然身處震驚之中。畫中的臉孔被分成幾何形狀，他虛弱地說：「就像馬賽克一樣。」

「說得不錯。在社會生活愈久，臉孔每一塊碎片就會慢慢移位。直至很多年後的一刻，你會突然震驚自己的臉孔經已扭作一團、面目全非了。」

她重新回到窗前的桌子上。此時月光正好在窗後顯現，銀光把窗前一切的影子投射到木地板上。影子很美，但當中有某種白說不出的不協調。

為了轉移沉默的尷尬，白翻開鋼琴。

鋼琴表面積聚了厚厚的一層灰塵，而且琴鍵都變黃了。白隨意彈了一個小節，完全不行，每次敲鍵都有等量的琴弦摩擦聲。

「這台鋼琴走調了，很久沒有碰過嗎？」白的問題劃破沉默，柔弱的聲音竟然顯得尖銳。

藍依然坐在桌子上，沒有任何反應。她左手拿着煙，蒼白的臉孔低頭注視着右手。

「很久沒有碰過鋼琴嗎？」白不確地重複一次，這次他確實感覺到空氣的漣漪正在擴散。

她神經質地微笑。

「上一次已經在七年前了，就在我殺掉丈夫的那一天。」

白全身震動，整個手臂壓在琴鍵上，發出一下含糊而明確的巨響。

「要聽嗎？」

白整個身軀緊緊的挨在鋼琴上。

「十三年前我在音樂學院畢業，認識了作為小說家已經十分有名的他。三個月後我們就決定結婚了。雖然他的年紀稍大，但成就既高，人亦溫柔。朋友家人都羨慕我們是天作之合，至少我們也如此認為。我們共同將熱情貫注於各自的興趣中。我會聆聽他寫好的東西，他亦會聆聽我的演奏。這樣美好的生活你能理解嗎？」

「嗯，我想我能理解。」白勉強從喉嚨擠出蚊子般的聲音。

「但和諧的生活過了一年多，問題就慢慢浮現了。」

「你們發覺彼此的性格原來很不合，對嗎？」原來是普通的通俗劇，白想。

「正好相反。我們發覺與對方太相似了，簡直就像分身一

樣。」

「分身？」白提起興趣，稍微抬頭。

「你試過在電話的另一端聽見自己的聲音嗎？重新讀以往寫下的日記？你能夠想像自己睡覺的姿態嗎？和他一起就像看一齣以自己為主題的紀錄片般尷尬和恐怖。」

「我不明白，意思是你和他談天的時候就像自言自語？」

「不只如此，連做愛也像自慰一樣。他所有動作、表情甚至想法都是可預期的。」

「當所有事情都是可預期的，規律就會開始失控。就像在熒幕面前擋着投影機的光。你揮手，熒幕上的黑影就會跟隨你揮手。即使你動得再快，影子也絲毫不會落後。你可以歇斯底里地舞動你的身體，但影子的狂舞甚至比你更為精準。最後你即使累得不能再動，影子依然活力充沛，模仿你彎腰的姿態，嘲笑你，不願意聽你的指揮。這是全世界最恐怖的事情。」

「浮躁慢慢溢出鋼琴和紙張，延展至我們的生活。我們刻意叛離理智，在每一件小事上最微小的地方都挑剔對方。」

白雖然不明白夫婦相處的感覺，但他面對父母的矛盾與藍所說的相當類似。有時候他照着鏡子，隱約看出父與母的重疊，他就好有衝動用剃鬚刀劃破整塊臉。

「在擺脫影子的過程中，身體的力量會慢慢消失，影子的力量卻相對變強。我感到一點點、一點點被吸進熒幕中，取代了影子的位置。這種絕望摧毀我僅剩的理智。我知道不能夠再忍受了。一天獨自在聽 Bill Evans，暴怒完全掌控了我的身體，我將黑膠唱片折成兩半。」

「你打算用唱片謀殺你丈夫？」白難以置信地問。

「他不會抵抗，我知道他完、全、不、會。」

「那天我們吃過沉默的晚飯後，我刻意批評他用牙籤挑牙的姿態多麼讓人討厭，他亦絲毫不落後地嘲笑我的坐姿簡直像老蕩

婦。我刻意挑釁他的情緒，暗暗希望他用拳頭狠狠重擊我的太陽穴。於是我就可以毫不悔疚地拿起黑膠唱片，一刀一刀的劃破他的臉，割斷他的動脈。可惜在我繪形繪色地嘲笑他的性愛技術比猴子更差時，他忽然完全閉上了嘴。」

「他察覺到你的意圖嗎？」

「我不知道，他像一隻變色龍般動也不動地瞪着我。我羞怒地吼叫，他的沉默就像空洞的樹幹，震耳的罵聲傳回我的耳朵，我忽然意識到自己的愚蠢。但這並沒有令我停下來。我全身漲紅發熱，撕破喉嚨地狂吼，將手邊所有的東西都摔到地上。不斷流淚、不斷尖叫、不斷拉扯頭髮、不斷流淚、不斷尖……」她的聲音愈來愈小，拿着煙的左手輕輕撫摸右手。

「這瘋狂的狀態不知延續了多久。在回復意識後，他就不見了。我躺在地上，空洞的眼睛純粹地張開。」

「你不是說你殺了你丈夫嗎？」白愈聽愈覺得故事很不合理。

「數天後，鄰居告訴我那夜凌晨他在街上遊蕩時，被一個跳樓的菲傭壓死了。」

白不自控地晃動了一下。

「我臉上隱約出現了一些表情，可能是痛苦、迷茫或平靜。表情每有稍微轉變時，耳朵都聽見齒輪轉動的聲音。我的意識跟隨着齒輪原地轉啊轉，身體卻自動坐在鋼琴前，寫了一首曲，演奏指令要重複彈奏八百四十次。我就這樣完全沒有休息地彈了十八小時。在第八百三十九次時，我的右手忽然動彈不得。我另一隻手用力想將它扳開，但沒有辦法，完全僵硬。」她的右手忽然僵直，看上去不像有機的生物。

「然後他就出現了。」

「你丈夫？」

「嗯。」

「是鬼魂嗎？」白不安地四圍張望。

「不管他的形態是甚麼，但我很確定那就是他。他走到我面前，輕輕的吻了我的右手，然後我又能動了。那觸感既溫暖又冰冷，很矛盾。」藍像安慰小狗般撫摸着右手。

「我虛弱地微笑，站起來想要擁抱他。但就在我們幾乎觸碰的一剎那，他變成了掛在衣架上的一頂棒球帽。」藍下意識地舉高手，觸碰了那頂奇怪的帽。

「我把他戴上。然後我突然意識到，我的臉正隨着齒輪轉動的規律而扭曲。」

「但你現在看上來好好的喔？」白瞄了一眼她的臉，突然覺得不太確定。

藍拱着帽苦笑：「這是來了 Green Dolphin Street 以後的事。他像一隻野狗般引領我來到這裡。在我踏進這裡的一刻，扭曲便停止了。」

「那麼，他們都是因為臉部扭曲而逃到這裡？」白若有所思的摸了摸長出鬚根的臉頰。

「是的。」

「那有離開的方法嗎？」

藍詭異地笑了一笑。「你還記得剛進來這裡的直覺嗎？」

「嗯。」

「現在我可以肯定地回覆你，是的，我在等你。我們相遇是命中注定的，你就是我離開的契機。」

「我可以幫助你離開？」

藍從鋼琴頂上拿出一張綠色的黑膠唱片，打開封套。白已經預先感到一切。

「我想你用這個，割破我右手的大動脈，然後用濃酸抹去我的臉孔。」

「你為甚麼不一直在這裡住下去？」白平靜地問。

「脫離外面的世界可以阻止臉孔扭曲，但那是有代價的。在這

裡待得愈久，皮膚就會愈薄，顏色愈來愈透明，最後完全融化在這間酒吧裡。你正在呼吸的每口氣都是他們的思緒。」

「我殺死你，就是你離開的契機。」

「是的，鮮血噴飛，面目模糊。」

「然後呢？」白有一種極度不安的預感，與謀殺無關。

藍怔了一怔。

「然後你就取代我，在這房間住下來，這是規則。」

「為甚麼是我？」

「這我可不知道。會來到這裡的原因，我想你應該比我更加清楚。我唯一肯定的是，既然你能夠進來這裡，不管你現在決定如何，你總有一天會回來的。在時機適合的時候，酒吧會向你發出信息，提醒你不屬於外面的世界。」

藍拉開琴椅，輕逸地坐上去。

「你有八百三十九首歌曲的時間考慮。」藍轉身莞爾一笑，幸福洋溢。第一個音符響起。

六

你發覺只要妥協，平靜唾手可得。雖然要放下堅持難免令人痛苦，但學懂與世界妥協就是長大的唯一條件。你答應父親會努力攻讀 PCLL。就這樣你過了相當平靜的一個月，然後你無意識讀到報紙上的謀殺案。

死者是一名中年女子，手腕的動脈被不明利器割斷，伏屍於蘭桂坊極為偏僻的一條小巷中。案件讓警方棘手的原因大致有以下幾點：

1. 死者衣着整齊，經鑒定後確認死前未受人侵犯

2. 身上並無可辨別身份的證件與線索

3. 臉容被強酸腐蝕至無法辨認特徵

你對謀殺案的細節並無興趣，吸引你的是一張兇殺現場的照片。經濃酸腐蝕後的臉孔即使打上格子，仍能看見血肉的模糊。對此你依然沒有感覺。

你在意的是屍體旁邊的一頂棒球帽。雖然不知道女子生前的動作與樣貌，但你肯定那頂帽子並不屬於她。可能是情人送的禮物、可能是別人路過時拋下的。為甚麼有如此荒謬的感覺呢？你不知道。

雖然如此，那頂帽子依然挑動你心裡陰暗一角的某些東西。你很確定有甚麼曾經發生過，但那實際是甚麼卻連概念也沒有。就像站在岸邊聆聽水底演奏的命運交響曲，既震撼，又含糊；既遙遠，又實在。

你忽然想起甚麼並重看一次報導。找到了，死亡時間推測為一星期前。你放鬆地呼了一口氣。你心血來潮拿出當天帶回的物品，一切如常。你若無其事地打開木盒。

其中一隻陀螺不見了。只剩下兩隻。

那天深夜是你第一次遇上穿牆貓。

牠在你的住處進出自如，門窗乃至牆壁都擋牠不住。牠每次都緊緊依靠着你的腿。那種感覺既溫暖，又冰涼。你不敢看牠，生怕會重複犯下不可回頭的奧菲歐的錯誤，在四目交投的一刻立刻灰飛煙滅。

其實你還未曾真正的見過牠，牠總是夜半來，天明去。皮膚的接觸會讓人產生情感上的依賴，姑且先喚牠作穿牆貓。

一星期後的一個晚上，你通宵溫習 PCLL 的筆試，累得開着燈睡在書桌上。翌日考完試後，你記起穿牆貓沒有再來了。你並不認為發生了重要的事，只是覺得自己的一部分被帶走了，像牙齒原本的位置突然空洞了，靜悄悄的。

你把東西從牀底拿出來。

你倦怠地聳聳肩。

其中一只陀螺不見了，只剩下一隻。

七

我立刻就明白了，穿牆貓就是我的影子。

影子當然不會有影子，或者說，我就是牠的影子。

我並不記得我曾經發生過任何重要至影響一生的事情，或者這類的事根本沒有發生過。但這和真的發生了很重要很重要的事有分別嗎？分別還是有的，就是火車和電車的分別。

銀月經已被烏雲遮蓋了，家具的影子被黑暗吞噬，只剩下穿牆貓的眼睛閃着幽蔽的光。我任由黑暗掌控不大亦不小的公寓，外面萬家燈火，遠看根本沒差別。

我拿出煙盒、酒瓶、唱片與木盒。我把黑膠唱片從封套拿出來，令我訝異的是黑膠唱片竟然是完好的。

荒謬。黑膠唱片原本不就是完好的嗎？

我不知道。

把唱片放到播放機後，我整個軀體交給搖搖欲墜又異常平穩的扶手椅。藍貓走到我的腳邊，輕輕摩挲。我抽出盒內最後的一根修長的煙，呷了一口十三年前的酒。

第一個音符響起了，緊接第二個音符。藍貓抬頭，亮綠的瞳孔對上我的。那一刻，我們完全融合成一體，低音大提琴熱烈地回應鋼琴的主旋律。

在牠瞳孔的倒影中，我的臉孔像馬賽克逐片逐片被推倒般慢慢移位。

木盒裡面空無一物。三個陀螺全部都消失了。

僅剩空氣。

香港公共圖書館 2014 年中文文學創作獎小說組冠軍

搭棚的一代

一

　　竹林交織，彷彿一排綠意盎然的籬子，和煦的陽光從縫隙間攝身而過，把露水曾經走訪的草莖微微烤熱。風，晃動着葉子，使碎落的陽光在浮移的影子裡變得閃爍，宛如散落一地的鑽石。竹林裡滯留了整晚的霧靄都漸次離去，如詩句矗立的青竹漸漸露出青春的臉容，默立不語，等待着季節無聲的收割。

　　祖屋旁的老橡樹不知何時開始掛滿暗啞的黃絲帶，異國傳來的隱喻，向遠行未歸的親人招魂。

　　踏着濕軟的山路，割竹的鄉人擔挑着裝滿收割工具的籮筐，正前往昨天未完成收割的竹林深處。他尾隨老邁的祖父，在斧鋸敲鑿的竹林裡穿梭，敏捷的身手轉眼就爬上竹頂，在竹林間忽東忽西探頭仰望，看見同一片天空，時而蔚藍疏朗，時而烏雲密佈，那不同版本的天空就此烙印在他童年的記憶裡。偶爾飄過幾片雲朵，裡面有他不見多時的父母。

　　那年他只有十三歲，常常餓着肚子，閱讀竹林每一處細節。

　　縱橫交錯的棚架差不多搭建到天台的高度，他從三樓的大廈外牆不慎把纏在腰間的尼龍篾掉落，慶幸沒有擊中走在石水渠街上的途人。才定過神來，他便小心挪移身子，面向藍色的樓宇外牆，掏出口袋裡紅雙囍香煙，點了一根，然後背貼竹棚偷偷在

抽，把那不穩的心跳平服過來。剛掉落的尼龍篾披散一地，一陣風吹起，隱約看見女人亮麗的頭髮在水面般的街道上淒淒浮晃。

眼前蘆葦綿延的河灘擴闊視景，昨夜豪雨如注，潮汛向兩岸翻湧，立於邊境八尺高的鐵絲網也被淹沒至僅餘尺許露出水面。隨着潮水退去，一具少婦的屍體連同緊貼其背的小孩從河中浮起，載浮載沉地流向後海灣。好像不久之前淒厲的號叫和掙脫山洪吞噬的手腳交疊成的悲慘畫面還未消逝，在潮濕的陰涼處重播。一切都看在藏身於叢林的眼裡，來不及沉澱的情緒，年輕的他伺機新一次的突圍⋯⋯

烈日把光芒推移到穹蒼的正中，爬過密集的建築群，一抹灼熱的光剛好從縫隙間登陸內街，像向戶勞動的工人通告膳食時間已抵達的消息。

仿如棚架上牽掛的臘鴨臘鵝被送進午飯時光，他更牽掛着稅務局剛寄來的信函，收信人是已失去聯絡的女兒。

以前的搭棚業有很多禁忌，譬如遇見披頭散髮的女子，是日不工作；筷子掉了，是日不工作；遇見和尚，是日不工作⋯⋯

紅褲子出身的他如同一隻「地鴿」，於師徒制還未取締時在棚架下匆忙地傳遞工具。那時狗臂架還未盛行，搭就懸空式的棚架只靠石屎槍打釘固定。後來，他親睹帶他入行的師傅在某幢殖民政府建築物的龍獅盾徽前高處墮下，身首異處而亡。他大概忘記了師傅的樣貌，但在架好的棚架上他牢記着每一步都被告知不能胡來，每一步都必須按指示而行。這種傳統成為他日後教授新人的態度。若生懷疑，往往被視為不敬，未敢質問竹棚箇中的可變結構。

師傅墮斃當天，他看見一位披頭散髮的女子在眼底走過。

二

　　這已不是他一星期裡首次把東西從高處掉落，他腼腆地向工友解釋：「這外牆很藍，令我想起家鄉裡竹林剪裁過的天空。」跟他相熟的工友當然認為這牽強的理由又是另一個藉口。因為居高臨下，築棚工人的視野比別人看得更多，更易分神的或許是在眼底晃過的每一對乳房。

　　一根竹枝被扔在街角而發出的清脆響音就把他們送進午飯的時光。踏出曾經是港九搭棚同敬會會址的石水渠街，轉入皇后大道東，他跟入職只有數天的青年一邊討論築棚技巧一邊向那光顧多年的飯店邁步。隨着時代的變奏，沿路商舖已面目全非了，唯獨這飯店屹立不搖於繁華鬧市中。「看你都是讀書不成，才入這行吧！」言談間，才知道一身羸弱無力的青年原來是土木工程系大學畢業生，為着理想跑來當搭棚工，說甚麼宏大工程必先從微細的部件做起，又說竹棚在柏林揚威如何吸引，要延續童年時在繩網陣攀來攀去的興奮云云。入行超過四十年了，看着青年，他心裡有一份虛榮感，像雲霧衝湧腳底，托起了文化水平低的自卑身份。

　　多值得炫耀一番，連大學生也要當他的學徒，任重道遠，在他身上承傳南方即將失傳的築棚技藝。儘管對於某些力學原理實然完全摸不着腦袋，但礙於與青年討論時而被無形扣上的光環持續葆有令人艷羨的光澤，他勉強東拉西扯，將自己的經驗歸納、整合、建構，甚至捏造成一套無法證偽的搭棚哲學。在眾人面前與青年理論，他的神態比平日顯得滿有自信，話音格外嘹亮，彷彿要向附近走過的人宣告：「我是專業搭棚的。」

　　好幾回被他如真似假的理論說得目瞪口呆，青年只好把話題岔開。

　　「Sca……Scaffolding，這是棚架的英文發音。」

「廁格……廁格浮定？」他跟着發音，大笑，因為那模擬得相似的發音卻附帶一個新奇的意義而覺得滑稽好笑。

「工字不出頭啊！你學歷高卻往回走？父母不罵你嗎？」

「我是瞞着父母偷偷走來學師的。」青年一邊吃着排骨蒸飯一邊回答。

「理想？理想可以當飯吃嗎？你懂得飢餓的真正滋味嗎？」

他想起這番說話也曾跟女兒說過，便沉默起來。再開口，便是送到嘴邊的一匙飯。他咀嚼着，以為口裡含着的是當年大饑荒時的雙蒸飯，一度想將吃過的一逕嘔吐出來。突然想起袋裡的信函，便遞到桌前，請求青年翻譯信中令他迷惘的英文。

三

晨霧迷離，露水積攢整個夜晚，把樹林裡每一處都黏附着寒意。半掩的木門在清晨被推開，一對中年男女在大霧中徘徊，復走進屋內。他醒來時覺得疑惑，在朦朧中看見若隱若現的父母把輕便的行囊擱在前廳，氣喘的身影在竊竊私語中逐漸沒入啞默。他未敢呼喚父母，繼續裝睡，如身處夢境，他感覺霧氣被急促的腳步從外邊順帶進來，使屋內瀰漫着一種若即若離的不安。

趨光的燈蛾率先撲翅飛入叢林，天隨即降下陰冷毛雨。

之後父母也沒有再回來了。那個哆嗦的清晨，他被輕輕的關門聲喚醒，在他開眼追尋聲音的源頭時，燈影隱約的晃動便從屋內消失。他尾隨在後，看見父母的身影在煙雨朦朧的前方若隱若現。稍頃，腳下枯枝的折斷聲讓他驚覺自己已來到草澤畔，一隻木伐往煙雨中隱去。水底有離情暗湧，父母在大霧中浮動，在遠處揮手道別，母親流着淚喊向岸邊的叮嚀：「到了那邊，安頓好便帶你過來。回去，緊記聽祖父……」他不忍告別，只向前方一片朦朧的視野揮手。

他不斷揮手，向岸邊老邁的祖父告別。一晃就三年了，父母仍音訊全無。佇立於逝遠的木伐上，幾年間鍛煉成的強壯體魄，骨節已猛然抽長，過去不辨男女的嗓音此刻變得低沉，醞釀多時的躁動一直等待一條可供疾奔的出路。白天收藏暗處的地圖冊總在夜間燈火稀落處小心攤開，在資訊貧乏的年代，他牢記每一個地理位置，口中唸唸有詞，手裡比畫着香港、深圳、山、河、密林……

他視自己為父母的延續，沿途模擬甚至親身經驗，當然他渴望被草葉割傷的血痕，尚存餘溫於父母的牽手裡，在香港某處結疤，總比陳屍半途的宿命幸運。

年少輕狂的年代，稻穗飛快抽高，靠近邊境的村莊，及腰的稻子剛好隱蔽每一個偷渡的身影。連結香港與羅湖的深圳河，在他身邊無聲地流淌着。隔着鐵絲網，在米字旗飄搖不定的碉堡上，傳來英國兵執槍走動的沉重皮鞋聲。但巡邏的邊防軍力有限，只要防線騰出空位，只要稻田與黑夜合謀，就可以直奔深圳河下水。

那夜，他拚着力氣，一躍而下，朝南岸游去……

香港啊香港！當年湧過邊界的洪流，一代人車水馬龍的勞苦，把出水顫抖的腳步扶穩。肩負延續原鄉脈絡的重責，被時代選中的他們，只不過借南方一塊奇石苟延殘喘，未曾想過日後的繁榮，成為了原鄉的替身，順理成章，或已經變成唯一的家，唯一的根源。

報章刊載：「深圳河畔難民異鄉魂斷」、「邊境軍警搜捕亦疲於奔命」、「尖鼻咀蛇頭集團木屋禁錮人蛇」……

習慣穿梭竹林的肉身甫到埗，便落籍於那燈紅酒綠的急促城市，其實沒有困難，只要秉承填飽肚腹的態度，不問左右紅藍，屬於外國或祖國，一逕在建築物外部攀爬、搭棚、竣工、出糧，一氣呵成。即使落難如一名依靠外牆存活的寄生者，當一個異地

住久了，總會變為一種親切的記憶，謀食便以明哲保身為守則，穩住生活至上。因為他蒼涼的骨架曾經乘着「大串連」的潮湧，跟着群眾揮動手上小紅書到處遊歷，卻深諳在歷史裡置中的真諦，避過其中過度擠擁的發燒情緒。為倖免於時代的風暴，他學會沉默。

到底卻逃不了飢餓裡微弱的心跳，尚以垂死掙扎的起伏躍過邊界。

竹棚架起了又復拆卸，在枯萎和興盛的樓宇之間不斷重複自己，他在大小地盤遇見同鄉，總要彼此相認，問候近況，也談及祖鄉的沿革，變化的人脈。哪家的兒子娶妻成家立室、哪家的祖母辦完喪事、哪家的大宅……而被同鄉問及：「你的祖輩已離世了，為何還寄錢回去？」他總是淡然回答：「算是一種感恩，飲水思源吧！」其實他心裡有更複雜的情感，是原鄉人的血必須流返原鄉，才會停止沸騰。未必衣錦還鄉，但覺得遠行的父母總會回來，至少能盡一點愚孝。委實原動力只是他簡單的為了遠離那種難堪的飢餓和漂泊罷了。

安全帶、油壓鑽、竹枝、狗臂架早兩天還在灣仔次第爬過陌生人家的窗口，這星期卻漂洋過海到了石硤尾的青年旅舍，進行新一項維修工程。原本一身青綠的竹枝自脫離了泥土，嫁接到異地城市，漂泊的本質便被賦予了某種承托及翻新的使命。

四

眼前是他剛偷渡來港輾轉住過的徙置區，在這裡邂逅、婚姻、產子，一場大火推出逐客的手，把他的妻子從大坑西的木屋驅趕至現在碩果僅存的石硤尾邨美荷樓。而他當年居住的 38 座鄰近山坡，因為山泥傾瀉而被拆卸了。他被編配到現在的居所，彷彿第二次離鄉別井，心裡有說不出的苦。但新居的窗台仍擺滿與

竹有關的盆栽，在他眼裡，壓縮的竹林是變奏式的家鄉。定時灑水、施肥、普照陽光，總覺得那鄉關的情感紐帶，便能葆有活人的溫度。

這次因搭棚重訪故地，他腦裡勾起很多人和事，卻苦無傾訴的渠道，眼看尾隨的青年學徒出生於九十年代後，便覺空有懷緬過去的遐想。

「甚麼是雙行竹棚架？」青年指着窗外剛築好的棚架問。

「內棚叫『批盪架』，外棚則叫『排柵』。」

「那竹枝之間的紮結呢？」他伸手從衣衫截取一些線頭當作尼龍篾，筷子當作竹枝，然後在青年面前即席示範把線頭在兩枝筷子來回繞緊五個圈，再把兩端交叉編成一個梢，之後穿過紮結……

青年看着，覺得有趣，接過筷子和線頭，跟着練習每一個步驟。

飯後一趟生活館的參觀，仿製的冰室、士多，它們所保存的只不過是一些與訪客無關的往事，在相片裡空有人情味的餘韻，在借來的回憶裡並沒有真摯情感的延續，只是後來的人偶然來到，隨心消費罷了。

但他在勉強稱得上家鄉的徙置大廈裡重遇舊街坊歡姐，意義就截然不同了。再度經驗那些熟悉的聲音、微笑、往事，彷彿為瀕危的軀殼進行一輪心肺復甦，把那些冰封的舊日時光激活起來，重新發出那熱情的體溫。

他情感裡落滿灰塵的角落突然亮起徙置大廈獨有的萬家燈火。他清楚記得令人憶苦思甜的不是那參照監獄而設計的建築特色，而是那些熟悉的鄰人在生活的日常實踐中建立而來的感知空間。一代人的記憶得以更新，意識得以抬頭，多少要靠一個公共空間，在裡面運動。

雖然青年旅舍已變成充滿現代感的建築，但他仍清楚記得七

層高相連兩座徙置大廈的中間位置 —— 公眾的浴室、廁所、「水喉腳」貫通了流言蜚語的同時，也交織了同舟共濟的情感。那些年，大家活在貧苦當中，守望相助是互相依存的默契。黃昏時的飯餸飄香，聚攏了左鄰右舍，所謂「游擊飯」，加雙筷添隻碗恩及加班的鄰舍或遠道而來的親朋，伙食費全免，結果斗室變得熱鬧，一餐飯吃成十幾二十人。他趕及明月皎潔時，總把那張曾經盛行的摺合式尼龍牀放在橫騎樓上抖擻精神。實情人群擠擁，卻少有爭位的不愉快，想必是中間契通的親切感在不知不覺間潤澤了人際的枯燥。

看見青年把梯棚上以美荷樓為背景的自拍照上載臉書分享，他便不客氣地向青年請教使用臉書的方法。「你先上臉書的網頁，然後開設帳戶，加入一些新朋友……」青年不厭其煩，向他講解每個細節。那夜，他人生中首次把收藏昔日在徙置區所拍的舊照上載到臉書分享。他驚詫竟有多人讚好。

為一個普通住宅搭建一個維修吊棚，不用半天便可竣工。越過港深的邊界後，他的人生便以經濟掛帥為方針。為了賺多一點錢，多年來早出晚歸，回家倒頭便睡，與家人的關係異常疏離。

棚竹漂泊的一生，在城市不同的角落重複出現又消失。好像那天，他安排早上到深水埗某幢唐樓搭建梯棚，緊接下午便到大潭的紅山半島搭建吊棚。生活像水不停忙着湧流。

這也算得上房間？連棺材也不如，卻正正稱為「棺材房」。

只花一小時，他已把棚架搭就到二樓的高度。他隔着窗子向內窺看，裡面沒有晨光的探訪，牆壁日久失修，滿眼浮塵，積存了一室陰涼。那臥牀的婆婆一個緩慢的轉身，又把剛降落的塵埃揚起。屋內的淒涼令他泛起一些他一直不敢靠近的情感，好幾回他以為牀上的婆婆就是自己下落不明的母親，欲開口呼喚卻又怯於與一種親情相認，而不忍繼續注視。他早年也住過劏房，生活的攤展壓縮成斗室狹隘的空間。彷彿把僅有的時光提早安葬在

墓穴般的房間，從此與世隔絕，外面的陰晴圓缺一律與她無關。若不是爬上棚架窺視尚存的氣息，恐怕婆婆在這裡死去也沒有人知道。

及後大潭道的灣路飄移，往紅山半島的搭棚車比平日快，他欲以速度鬆開心裡由獨居婆婆喚起的情感。多年來他以積累財富來消解那種漂泊離散和人情冷暖的寂寥。靠攏異常平靜的邊陲，他身處臨海的大宅，心裡油然生起一種挫敗感。他也想過購置大屋，四十年過去卻一事無成。歲月催人，曾經璀璨流金的青春都敵不過體內不穩的氣候，總在翻風時，濕重的關節被打得痠痛。竹枝難得在大宅裡裡外外來來回回，他羨慕大宅內的傭人至少在主人缺席時坐擁眼前日落西沉。即使主人同在，屋內寬敞的空間，跟與世隔絕的桃花源無異，外面的紛擾彷彿與他們無關，況且大宅的主人多數來自外國，文化上又多了一重安舒的隔離。

自紅山半島某大宅的吊棚築好後，青年再沒有出現。青年大概被大宅打開了眼界，甚至打通了任督二脈，感到自卑而另謀更好前途。搭棚的工作只做了三星期，不可理喻的是連工資也沒有拿就驀然離開。他卻早猜到青年只是三分鐘熱度，滿口理想只不過是空談而已。他想起以前交通不便，每每聽到要徒手搬運竹枝到半山區，心裡便發毛。但那些艱苦的日子始終在汗水淋漓中捱過去，相比新的一代，他搖頭嘆息，無言以對。青年的失蹤，卻令他想起女兒。他掏出智能電話，把眼前的豪宅景觀自拍成相片上載到臉書。他奢想女兒在臉書裡會偶然看見一個想念自己的父親。

五

青年失蹤後，這陣子幾項搭棚工程都在堅尼地城的唐樓進行。但近日學生佔領金鐘一帶的馬路帶給他交通不便的同時亦令

他一臉愕然。催淚彈在一群人的歡呼與另一群人的愁苦中此起彼落。電視直播的片段帶給他無法理解的不安。

中秋才剛過去，天氣悶熱的一個晚上，他接到青年的來電，還以為他追討欠薪，誰不知開口便說：「師傅，外面形勢緊急，可以來為我築棚嗎？」

他貫徹始終，為着金錢，走到現場。馬路上人潮湧湧，他向相約的地點邁步，沿途看見的風光於他而言有一種既陌生又熟悉的感情。有素未謀面的人免費遞上樽裝水、口罩、毛巾、真摯的笑容，有人拿着黑色的膠袋進行癈物回收。這裡彷彿就是他們的家一樣，即使無瓦遮頭，他們卻留守了好幾個夜晚。沿途貼滿各式各樣的標語、圖畫、文章、裝置藝術品，彷彿在建構另一種空間、歷史。「怎樣才幫到那思想不通的人？」路邊有學者公開講授：「Instructional scaffolding is......」，他認出其中的英文卻忘了在哪裡聽過。「勿忘初衷」的標語總在幾步之遙映進他眼裡。當年越過邊界，即使同時觸犯兩地法律，連與父母團聚的希望都落空了，但一心只顧避開日灑雨淋、饑饉的坎坷，他的初衷是如何於香港安居樂業而已。

他發現青年曾嘗試搭建的竹棚被擱置地上，仔細檢查其中不穩的結構後，叫青年合力把竹棚逐一修正。待築成路障的棚架完成後，如雷貫耳的掌聲便從四周圍觀的人群裡不絕地送進他的耳裡，有學生手執記事簿走來採訪，他覺得自己變成了名人。幾十年以來要不是餬口，早就轉行了，往往被問及職業，心裡有說不出的羞愧。此際被年輕一代圍住，從未試過被人聆聽的感受，他內心有一股莫名的興奮，樂意為人群介紹棚架的種種：

「直桿叫『針』，橫桿叫『牽』，而斜撐則叫『倡』。像社會結構一樣，而穩固的關鍵在於設法把主要立桿牢固，以抵禦導致棚架傾側的拉力。要是中間有半步出錯，整個棚架便可能頃刻潰散。」

纏着腰間染黃了的尾巴彷彿使他變成品種稀有的猴子，在繫

滿黃色竹篾的棚架上輕巧地移動。他雙腿扣緊竹竿，宛若佇足於家鄉的老橡樹上，憑高眺遠，前方的群眾晃動着猶如燭光的手機電筒，他一度以為自己處身於邊境的梧桐山山頂，在飢餓與恐慌交織中，張望南邊天空如同繁星的光芒，原來那是來自彼岸香港的萬家燈火。看着人群，他心裡泛起了一種親切的體會，不禁想起那些曾經在上水華山一些感動落淚的往事：

他把長途跋涉的疲憊飢餓寄放於長滿亞熱帶樹林的華山中稍作喘息。衣衫襤褸的越境者像步步為營的鹿群藏身於灌木中、小路上、草叢裡，等待熟睡在廣廈千百間的親人聞訊趕來接走。突然幢幢黑影忽明忽暗地從叢林拖曳出幾十人，一聲聲斥喝和不捨親人的呼喊混雜在草葉因與軍警糾纏而擦響的沙沙聲。他怕被發現，隱匿樹後不敢作聲，默默等候抓捕行動的結束。沒多久，視景廣角度攤開，親人聞訊而來。市區裡有工人放下鐵鉗、有老闆關掉店門、有菜農扔掉籮筐，帶同物資趕赴華山去。他在一片尋親的呼喊聲中，看見兩岸的人血脈交融。偶有失散的親人有幸重聚，在親人痛哭擁抱中，連殺氣騰騰的警棍都鬆開唯命是從的嚴肅，轉身變顏，逕自落淚……

廣場傳來少年激動的沙啞聲：「香港的未來是屬於你、你、你，你們每一個啊！」

他閉上眼，聽見人群的聲浪止息，忍了四十多年的淚水終於潸然落下，隨着少年的話音在馬路上激勵迴盪，那種漂泊感終於降落到溫情滿溢的群眾裡。再開眼，他看見遠方一位披頭散髮的女子拿着擴音器在人群中演講，正想認清那人是否自己的女兒時，人群呼應剛奏響的歌聲一同舉起雨傘。天空沒有下雨，但地下可能被眼淚打濕。

他立在遠方尋親的視線瞬間被隔離在一片傘海以外。

香港浸會大學第八屆大學文學獎小說組冠軍

南歸貨車

◎ 王証恆

　　窗縫吹來森冷的風帶走香煙的火屑，紅色的光飛揚片刻便即熄滅；煙將燒盡，火光照紅了兩指，隔着粗糙的繭，仍感到灼熱。輝多抽了最後一口煙，把煙蒂從窗縫拋出。煙蒂和星火飛至不遠處，瞬間掉落在路旁稠稠的污水溏中，沒擊起半點起穀紋。白日藏於山後，遠方微弱的光隨之消散，湛藍天色漸漸變成黑魆魆的；卻不見星。漫長而筆直的公路終為夜所覆蓋，貨車待在油站旁的停車處。他再次啟動引擎，關上了窗。風被隔於窗外，車廂頓時暖和起來。他呵了一口氣在乾燥的手，手心稍稍濕潤，便抓住軑盤，調正椅背，駕車上路去。

　　路燈疲弱，只有車頭燈所照及的一小範圍能見得清晰，光明所及之處，除了凝冷的瀝青路和微微反光的、被磨蝕得不清不楚的路線標記，可謂空無一物。遠方一點一點熹微的燈光勾劃出煙囪的輪廓，龐然巨物潛伏暗處，靜默不動。車一直行駛着，路燈後退。他感到有點睏，抽出煙，含在嘴角，在窗前拿火機，點火，用力的抽了一口，口腔麻痺，彷彿有許多小蟲四處逃竄；苦澀的煙湧上鼻腔，白煙從鼻孔湧出。他開了唱機，放着鄧麗君的甜嗓子，調和南海煙熬人的苦澀。在大陸的公路，無論如何也不能下車，就算煙癮起，也要在車上抽；就算是見到死屍或傷者，也要當作看不見。這番話，是他初開中港貨車時，德哥在東莞的小香江酒吧告訴他的。那天他雖然半醉，但仍把這句話牢牢的記住。德哥把背心掀起了，只見青龍刺青之下有一道凸出的疤。被

人偷去了內臟嗎？輝笑說。白癡，偷了內臟還能活嗎？他放下了衣，抽了口煙。那天我見到一個男人倒在公路旁，旁邊有一個女人蹲着。我下了車，走近去看，哪知我一走近，男人便站起來，拿刀指着我，女的用繩把我的手綁着。他們把車上值錢的也都搶去，然後便逃跑。德哥問他：你知道後來發生甚麼事嗎？輝喝了一口酒，邊搖頭，一邊看着杯中瀠回的冰塊。然後那個女的問了一句，他會記得我們的樣子嗎？那男人便回身刺了我一刀。德哥狠狠的抽了一口中華煙。又說，那是個菜鳥，那刀刺得不深。但那個女的眼睛很漂亮，德哥冷冷的笑了笑，嘴角的紋理在暗黃燈光下顯得特別深刻。說罷，德哥便跑到大電視前，擁着兩個豐腴的北妹，用廣東話唱劉華的《忘情水》。彩燈迷醉，投映在北妹的貼身白裙之上；德哥的手慢慢挪移，一手往上放，一手往下放；兩女跳着嬌媚的舞，腰肢如水，彷彿會隨彩光瀉在地上。輝獨自看着酒吧搖曳的身影，喝着冰冷的龍舌蘭。那時只要說廣東話時夾雜幾句 ok、thank you，腰間掛着諾基亞，女人總是不缺的。

前路漠然，霧隨夜色驟來。燈光投在霧水，形成兩道光柱，光柱之中，水點恍惚不定。偶然有車從鄰線掠過，風颯然而響。小鄧的歌聲柔和如水，輝以沙啞的聲音唱和着，如巨石投在靜水。德哥的道理是對的，但他忘了，除了公路之外，東莞也是個不可駐足的地方。德哥之後和一個北妹冰拍了拖，打得火熱，有次更把她灌醉了，藏她在貨櫃，運回香港，又把她運回東莞。後來冰出了軌，德哥拿了一柄豬肉刀去尋仇。誰知仇家是當公安的，見德一亮刀，便從腰間抽出一柄黑星手槍，把德哥轟斃了。事後有夥計去了驗屍，見到他的頭蓋被削去了一片。黑星真屬害，把故事說完後，德哥的夥計補充了一句。輝和他的妻去了德哥的喪禮。他進了禮堂，看見德哥的遺照，笑容燦爛；但相片必是經過修改的，他一排被煙熏黃的牙齒，竟潔白如雪。他和妻向德哥的遺照鞠躬後，便想上前慰問德哥的妻；那是一個色衰

的婦人，眼角的皺紋如縱橫的、乾涸的河道，這是多少妝容也不能掩飾的；輝愈走近她，便愈加見其老態；但他驀然發現，她有點像冰，尤其是她的眼睛；德哥搞婚外情，原來也是一種懷舊。我是德哥的夥計阿輝，輝對德哥的妻說。就是你帶壞了他的嗎？輝的面上一辣。德哥的兒女拉開了母親。輝的妻摸摸他的泛紅的臉頰。痛嗎？問道。輝輕輕撥開妻的手。阿嫂，節哀，輕聲說過後，便和妻走了。門前，有兩個孩子將金銀衣紙丟進火爐，火光照得他們紅彤彤的。他順手丟了一包中華煙在爐中，橘紅色的包裝立刻萎縮、熏黑。一路好走，輝看着爐火說。他的妻也跟着他說，好走了，眼中有灼灼的火光。那是一個炎夏的晚上，離開殯儀館後，他便駕着新買的二手車回家去。他從倒後鏡看着妻，她的眼中帶着淚光，雙手安放在大腿之上，靜謐、悲傷。這年來，生活習慣嗎？他問妻。嗯。她點頭。她看着妻的眼睛反映着窗外的流光。你可以回香港工作嗎？妻問道。輝的左手從軚盤鬆開，撫住她年青的、沒脂肪的背。我老了，在香港找不到工作，輝說。他的妻沉默了一會，又說：你不是說你的朋友在香港當巴士司機嗎？他沒說話，專心開車，看着無數的路燈；他發現他的眼睛也濕了，燈光幻化成游移不定的飛蟲，意欲飛，卻只能蠢蠢欲動，停滯不前。前方是明亮的小鎮，暗黑的公路將盡；寒夜卻似是無盡，不住生長，不曾中止。過了這裡，便很快到深圳了，他心想。

　　小香江酒吧便是坐落在這東莞邊陲的小鎮，如今，小香江似是一種諷刺。他駛進小鎮，從前的一街酒吧、舞廳不是結業了，便是敗落無人。原本的洶湧人潮，男男女女，不復再現。霓虹燈仍舊亮着，只是間或有一盞兩盞壞掉了，卻無人修理。他的心悄悄一搐，想起自己在九六年曾獨自到荔園走了一趟，兒時覺得巨大無比的機動遊戲，今已覺躋足不堪，那本已消瘦的大象已經不復存在，他隨意玩了幾個無聊遊戲，便離去了。那年，也是他父

親去世的一年，他告訴父親，荔園拆了。父親喃喃自語，沒人知他在說甚麼。他放慢了車速，路上，有不少完成了一半的建築；前方有一黑壓壓的巨影，他曾聽別人說，如果它建成了，便將是鎮上最大的商場；華麗的外牆只建了一半，便不再建下去，聽說當老闆得知鄰近的商場的舖位沒人租，便帶着資金潛逃。他曾跟一個開工廠的商人老陳聊天，他那晚在小香江和他喝酒，他跟輝說東莞不行了，人工太高。那你打算怎樣？輝問他。去越南，越南的女人漂亮，老陳他笑說。輝不曾相信，這城市會這麼好下去；但也不曾相信，它會這麼快終結。工廠在地上兀然冒生，使農村成了風煙之地；工廠丟空，熱鬧便過去，一切復歸平靜。昔曾和輝一同在東莞吃喝玩樂的同行、朋友，現在大多都回到香港工作，有的更是患了重病，長臥在牀。

　　不用十分鐘，便駛到小鎮的邊陲。被廢氣熏得灰黑的房子的底層，有一家明亮的小店。他下了車，關上門，逆着冷冽的風，踽踽走進便利店去買煙。他走到櫃枱前，拿了十二包裝的香煙，放了一張一百蚊人民幣在枱面，毛主席的臉上寫上了數目字，好像是電話號碼。回香港嗎？店員用廣東話說道。本地人嗎？輝反問。她點頭，找給他零錢。真想到香港走一遍，當年他的妻子跟他說。想看大城市嗎？輝問他，她點頭。那時她在工廠工作，在便利店當兼職；她不算是一個漂亮的女子，臉上並無妝容，但一雙靈動的眼睛，以及豐腴的嘴唇，卻教人深刻。他從此每次經過小鎮，都會到這裡，看看她在不在，和她聊天、開玩笑。有時她在，有時不在。後來他約她到了一家餐廳見面，他給了她一個諾基亞，說可以隨時找到她；她把諾基亞推回給他。我不要，我不想讓我的同事見到，她說。他把電話放回袋中。她說：有空，寄信給我，好嗎？好的。他說。那天他牽着她的手回去宿舍，那是一雙粗糙的小手；他決定不再讓她在工廠打工。她走後，他也駕車走了，他看見工廠有一道高聳的煙囪，噴發着廢氣裊裊。工廠

仍亮着燈，到底她是回去工作，抑或睡覺？往後，他寄了幾張明信片給她，明信片上印着的，全是香港的繁華之景。

　　他上了車，點了煙，開車；死氣喉排出和煦但有毒的空氣，他告別了後方破敗的小鎮。不久，又走上了公路，小鎮被拋在後方，在倒後鏡上化為細小的光暈。他的妻來到香港後，本來生活得不錯，但不知從哪刻起，她便日漸消瘦，臉龐凹陷，終日坐在窗前，看着後山。他不知道她因何而悲傷，她彷彿進入了無形的密室之中，走不出來。他們住在細小而安穩的單位，不過四百多呎，但他花了一筆錢去裝修房子，使房子精緻非常，他還特意為他的妻在廣州訂造了一張梳妝枱，但他的妻卻從來沒在那面鏡子前妝扮過。他們的房間向着後山，有時風大，後山的樹起伏如浪，就如直立的海。他回到家時，看見家中只亮了一盞暗燈，他的妻坐在窗前，看着後山；燈火照射在她臉上，使她面色泛黃。我回來了，他說。她點了頭，擠出微笑。熱風從窗外吹進來，帶來了燠熱的空氣，以及夜的沉默。我先洗澡，他說。她又是點頭，彷彿失去了說話的能力。他把燈亮了，只見她一臉蒼白，上身穿着一件不合身的、滿是皺褶的襯衣，下身則是一條過於寬鬆的褲子，露出無力、瘦削的雙腿。他心情一沉，思量着她的無形的病；他看着窗，憂心她有天會從窗子一躍而下。我已在香港找到了工作，當的士司機，人工少了一截。他說時，裝作事前已作細思。他把上衣脫掉，坐在牀沿。他的背脊有一個老虎刺青，他中年體胖，使老虎兇猛的面相變得寬容。他驀然感到身後有一微暖的身體緊緊貼着他，一層薄布之後，是貧弱的乳房、嶙峋的胸骨。他轉身，抱住了她，掃着她沒半點肌肉的背。我們去洗澡，好嗎？她說。她的手圈着他的背，手掌放在老虎的刺青上。她的手已不再粗糙，彷彿換上了新的皮膚，只是異常的冰冷。他感到他的背為她的淚水所濕，他知道，就算他回香港工作，她仍是不會快樂，他覺得她已進了無盡的、幽暗的隧道，走不出來；然後

他也哭了，有些晶瑩的淚水卡了在他的鬍鬚上。

這也許是他最後一次走這一段路了，今日後，他便要把車賣掉，當的士司機。這趟路程好像比以往的長。他想快一點到深圳，便把車開得更快；路燈不住後退，被車速拖拉成一道斷斷續續的線。小鄧的精選已經放完了，引擎發出粗糙的聲音；車已經老了，將它賣掉，也只賣得二十萬，但幸好，也夠他買一輛二手的士。他手執着被他握得平滑的軚盤，忽而感觸。他忽然有點掛念德哥，掛念那一段風光而自由的日子；但人總要停下來，總不能一直走下去，好像德哥，四十多歲還去搞婚外情；自己的女人離開他後，還要去尋仇。他記得德哥死前的一晚，和他在小香江喝酒，那時東莞已經變了，工廠大多遷移，而坐落於小鎮的工廠，也即將結業。輝拿着酒杯，看着杯中燈光的倒影。我和冰分手了，德哥說。節哀順變，輝笑說。那時他沒料到德哥對那段感情是認真的。德哥喝了一口白蘭地，把杯放在枱上；冰下沉，又浮升。他看着大電視中九十年代的 MV。德哥的眼睛泛起淚光。輝沒有見過德哥悲傷，更沒有見過他哭，德哥一直也很開朗，風流成性。德哥那天仍是抽着中華煙，抽得很用力，使煙蒂的紅火明亮得像一顆早星。他那晚異常沉默，頭髮凌亂，沒悉心打扮，眼睛流露出一種異樣的光。翌天，輝收到電話，德哥被人轟死了，輝收到這消息後，默不作聲，掛了線；他開始幻想，如果他的妻離他而去，該怎麼辦？

德哥一走了，他們本來要好的一幫朋友也散掉了，而整個東莞，也彷彿從此頹敗不起，工廠結業，女工去了當妓女，城市只剩下黃色事業；整個城市也彷彿失去了未來，霓虹燈照樣亮着，所有人也都忘記了時間的存在，夜夜笙歌，沒人會意，不經不覺間城市的邊沿已慢慢壞死。輝只想守住在香港的小小的家；輝自覺老了，他需要溫暖的身體，以及平淡的關係。四周的車愈來愈多，快到深圳了；縱是深夜，前方的大廈仍然燈火通明，為夜空

中的雲勾劃出清晰的輪廓；雲慢慢的移動，由此地飄到他方。他想起了自己第一次走這段路，是德哥帶他走的，他坐在德哥旁，看見前方有光，便問道：是日出嗎？不，那是深圳。德哥用低沉的聲音說道。德哥駕車時，總不嬉笑，凝神於前方單調的公路；那時四大天王還雄霸樂壇，德哥最喜歡劉華和學友，他駕車時，間或哼着張學友的《吻別》。輝曾問過德哥，他吻別過多少個女人，德哥笑了笑，說忘了。輝又問德哥，你上過那麼多女人，哪個令你最難忘。德哥說是他的妻，因為，那是他的初戀。德哥說起他的妻時，臉上的肌肉微微的抽搐着，似在壓抑自己的情感，彷彿青年喝第一口啤酒時，總是繃緊着臉，不讓別人知道自己害怕苦澀。輝總覺得，德哥心頭中有難解的結；而這結，在他駕車時，又或是微醉時，才看到端倪。

　　輝駛進了深圳市中心；街上只剩下買醉的人，佇立或漫遊，像鬼魂一般，沒有目的地，旨在停留於冷夜，不想邁向早晨。夜雖寧靜，但亮得刺眼的閃爍的招牌卻彷彿一直發着一種使人噪動的的雜音；在這招牌下的高門之後，定必仍舊有人跳着熾熱的舞，喝着烈酒，又或做愛；但一切鎖在門後，隱秘不宣。輝自娶了妻後，已很少到這種地方；這又不是因為他怕老婆罵，而是因為他再沒氣力去填塞狂歡過後的空洞；這種生活，只要停下來了，便不重蹈。他和他的妻交往了不久之後，在深圳買了一套房。她的妻總是等他回家。他有一段日子沒回香港睡，後來更退租了香港的房，直接住在深圳。等待是奇妙的事情，離去了又回來的微妙感覺，是他之前未曾嚐過的。他一開門，便和她擁抱。年青的肉身藏着無盡的慾念，他每一次也盡力滿足她。他已經四十多歲了，不能再以體力去取悅這芳華正茂的女子，去把她心中那小小的獸弄得疲憊乏力；他只能以多年以來在女人和女人之間磨煉得來的技巧去取悅她；有時他甚至不是以他的陽具，而是以他男性的、尚算靈活的手。他開始發覺，自己的快感不在於那

一刻，而在於她呼吸的聲音，以及她用不標準的廣東話喊着他輝哥的時候。德哥說過，這便是愛情。做過愛後，他們便吃飯。他買這套房時，特意買了一張精緻的玻璃飯桌，因為他的妻煮得一手好菜。兩個人的家寧靜得很，疏落的對話如石墜落，但這樣的生活，自有一種幸福。輝很享受那時的生活，但他明白，他的妻所求的不止於此；她想到香港，她想結婚；他為之隱隱不安。

輝向她求婚那天，在做愛以後。那個炎夏，他們開了空調；室內瀰漫着使人失去慾望的潔淨的空氣。他們也都疲累，臥在牀上。他拿出了紅色的盒子給她；她拿起紅盒子，打開了它；牀頭的一盞小燈照着那顆不大不小的鑽石，折射出淡黃的光。他把指環套在她的指上。站起來，他說。她只穿內褲，白皙而年青的軀體，襯着指上的光點；微光之下，她像一個寧靜的雕像，那不大不小的乳房就像微風堆成的沙丘。他們擁抱，他緩慢的跪下，他的長着鬍鬚的臉，磨擦過她的臉龐、頸項、乳房；最後他用耳朵貼着她的小腹。他問，一切會改變嗎？不會的，她說。他忽而想起，他昔日在小香江聽過的不同的故事，本來安好的關係，只要一來到香港，便摧毀。你可以和我回一次韶關嗎？去見我的父母，她問。他撫着她的脊骨。他說好。輝一輩子也只去過一次韶關，他不知以後還會不會去。

大巴駛離了深圳，上了公路，到韶關去。韶關其實在哪裡？他問他的妻。不太遠，他的妻說。

她的妻靠着他的肩睡，睡得很酣。他也睡着了。從前的大巴放鄧麗君，現在放周杰倫，輝根本聽不到他在唱甚麼。睡時，他多次夢見自己已到達韶關，但醒來，卻見妻仍在他身邊酣睡，帶着香氣，像沐浴後，潔淨的孩子。他們到了韶關，又在一個車站等車，到偏遠的鄉村去。那是衰落已久的鄉村，沒有新建的房，大多是青磚瓦頂的屋子。老人還在務農。那是個帶霧的清晨，薄霧使路朦朧不清。甚麼也沒有改變，她說。你多久沒有回來過？

輝問她。這是我離去之後，第一次回來。她帶點感慨地說。他牽着她的手，走一段逶迤的路。黑土沾上了他的皮鞋。她又熟稔的走了一段曲折的路，來到家門之前。她把老舊的木門推開，門沒有上鎖。室內是一室簡樸的家具，籐椅木桌；牆上的揮春過了年後沒有撕下；牆的中心有一個木架，木架之上是電視，電視上是神柸，供奉着毛主席和土地公公。他們又走進她的房間，房間仍是少女時的陳設，教科書仍排在案上，衣服還在衣櫃之內。她離去已久，房間卻一塵不染。

　　她的父母在傍晚才回來，他們的皮膚黝黑，個子不高。她向前走，抱着他們，說着方言。他上前和他們握手，他們的手很粗糙。那晚他們在村口開了幾席酒，村裡的年青人也都到城市工作，只有老人和小孩。晚宴放着老調子；小孩在外邊追逐着；老人說着陌生的語言，喝着悶酒。那晚他們有點醉，十二時便回到房間去睡。四周漆黑一片，他們擁抱着。你知道嗎？我小時候很想離開這裡，她說。他將她抱得很緊。她又說，小時候，有一個從城市來的老師，初時我們也覺得他很好人。但後來他跟我和我最好的朋友說，如果誰脫衣給他看，便帶她到城市去。後來你有沒有給他看？輝問過後，即伸手進她的衣內，捏着她的乳房。沒有，但我的朋友後來和他去了城市，她說。那他倒沒騙你們，輝說。但城市沒有我們想像中那麼美好，城市也會衰落。他吻她，她不能說下去。她的房間沒有門，只掛着一片薄布，他們只能很靜很靜的做愛，不讓別人聽見。

　　貨車快要回到香港了，忽而下起細雨。前方是一個光明的城市，雨點凝聚了光，使整個城市收納於水點之內；他開動水撥，幻影瞬間破滅。他記得有一個晚上，他回到家，那時他的妻初到香港。他把門打開，只見一片漆黑。已是深夜，家中無人。他打電話找她，電話鈴聲響起，她把電話遺在家中。他到街上找她，走過了立交橋、隧道、商場、公園。最後，他在街上遇到她，他

從後擁抱着她，她轉身，跟他說：我迷路了，這裡到處也是大廈，我辨不清方向。輝說：下次別忘了帶電話。她說好。然後他們便乘最後一班輕鐵回家，車廂中只有他們，他們互相靠依。街上無人，他們彷彿成了城市中最後的人。她轉而靠着窗戶，看着無星的天空。她的眼淚倏忽間掉下。她說她流浪了許久。他說：現在這裡便是你的家了。他撫着她的耳垂，一個埋合已久的耳洞。

驀然有藍色、紅色的燈從右方傳來。他把車泊在路旁。從抽櫃中拿出了一包駱駝煙下車。德哥跟他說過，如果帶私貨，被公安截停了，他們會通報海關，但一般一包駱駝煙可以了事，給他們煙，他們便沒查得那麼緊。為甚麼不送長城煙？輝問道。那樣太明顯了，誰也知道你做壞事，德哥說。輝穿了外套，便下車。寒風凜冽，細雨綿綿，陰風如冷手冉冉伸進衣內。幾個穿着湛藍外套的公安站在他前面，燈光照不到他們的臉龐。輝的手在發抖。真冷，輝笑說。然後把一根駱駝煙拿出來抽，他用手蓋住煙，擋住雨水。他抹掉手中的水才打火，打了好幾次，才能燃起火種。點火；輕輕的一抽一吐；大概因為天氣冷，噴出來的煙特別的濃。拿根煙來抽可以麼？左方的公安笑說。沒問題。他拿出三根煙，放在他們的手中。他們將之放在嘴唇之間，輝拿打火機為他們點火；微弱的火光稍稍照亮了他們的輪廓。貨櫃裡的東西是甚麼來的？其中一個公安問道。也都是木材，輝說。打開來看看可以嗎？其中一個公安說。輝說沒有問題，帶他們到車尾，把櫃門打開。門開了，只見一綑一綑的木條。不怕木材弄濕嗎？其中一個公安說。那我先關門了，輝說。好的，沒其他事了，公安說。他們徐步回到公安車上，開車走了。

輝回到車上，舒了一口氣。在木材之後，其實全是走私香煙；他覺得走這最後的一趟，必須要賺一筆錢。他又開了唱機，放小鄧的曲。煙還沒抽完，卻原來已被雨水弄濕。他又燃點了一根新的駱駝煙，他決定要好好的細味這根煙。這個夜晚，大概只

有小鄧的歌聲和煙蒂是暖和的。他忽然有點害怕自己的妻會去偷情，去和年青的男人作愛；但他更害怕回到家後，他的妻仍舊抑鬱無言。快要到關口了，他決定卸下貨物後，要回家好好的幹一趟他的妻，最好，能夠誕一個孩子，他覺得，這是他們唯一的出路。他多抽了一口煙，便把煙蒂掉到外邊；他口中滿是香純的煙草味，他不忍吞嚥唾液，好讓濕冷無盡的夜，有一點味道。

香港城市大學 2014 年城市文學創作獎小說組冠軍

擠迫之城的戀愛方法　◎ 黃怡

WHEN：東方之珠輪椅

Robert 覺得即使坐輪椅過紅隧都比坐巴士快。在這城內每天塞兩次車的上班族們都如霍金般隨身攜帶各種大小的熒光幕，好讓自己身處的車龍以比輪椅更慢的龜速蠕動時能和密實如密實盒的車廂外的世界有那麼一點點的接觸；而今早趕上巴士才發現忘了帶手機的 Robert 被卡在紅隧口、身旁的 OL 正在車上用眼線筆和假睫毛開眼、對面的肥婆把免費報紙舉在他面前一呎外，Robert 想：這實在是比一般的塞車更像那個霍金還是愛因斯坦還是莎士比亞所說的度日如年。

Emily 把附有 LED 燈的化妝鏡舉至眼前，用 Roadshow 廣告正在推銷的眼線筆把臉上的兩道細縫畫成如埃及壁畫人像般的鮮明大眼。她聽說日本太太因為能在丈夫起牀前完成畫皮而聞名於世，而在我城坐辦公椅的光鮮美艷的女子，則有在各自的巴士座椅上整理儀容讓自己由裸體變得體的超能力。反正在早上的 rush hour 即使不遙遠的車程都總漫長，而誰都不想放棄太多賴牀的時間；她知道哪裡一定會塞車、讓她有時間打開一瓶又一瓶的液體消毒雙手戴大眼 con，在哪些路段有足夠的光線讓她修眉和剃鬍子，而甚麼時候會顛簸得無法用噴霧式 dry shampoo 洗頭。這也是我城比日本厲害的地方：連日本都還未發明真正的多啦 A 夢，我

320

們的 OL 早就知道如何把所有化妝品收納在優雅而矜貴的半月型手袋裡。

每次在下班的車上看見一個身穿美容師制服的女子把半月型小手袋放在身邊的位子上，她就知道她將在這比密實盒更密實的巴士車廂困住超過九十分鐘。Emily 知道那是在某幾班塞車特別嚴重的巴士上提供 gel 甲服務的女子，在那些徬晚她見過美甲師從那小手袋裡取出三十幾種不同顏色的指甲油給同車 OL 的指甲上色鑲鑽，在塞一程車的期間賺到的工資居然是 Emily 時薪的四倍：「如果我在每天下班塞車時練習修甲，或許我也能在巴士上秘撈吧？」在這個照常塞車的早上，Emily 邊用在公司聖誕抽獎裡抽到的便攜式電動牙刷刷牙邊想。

在這繁忙的城內節省時間與賺錢於誰都是無比重要的，所以 Joseph 在星期一至五隨便某個塞車的早上上 Youtube 聽些如藝人般的著名牧師講道，那些本來規定得上教堂的星期日早上就能用來幫中學生補習賺錢、而死後仍能上天堂。Joseph 總愛把時間如俄羅斯方塊般移動堆疊，比如用上班的時間打電話安排秘撈、把早餐和午餐一次過吃掉，以及用 Instagram 發佈食物圖片代替飯前禱告：他信仰全能的上主並追求只比神無能一點的萬能錢財，在這兩方面他可是個虔誠地依信仰而活的好教徒。

於是他開始在巴士上向經常同車的中學生提供補習服務：反正大家每天都得困在同一輛比颱風移動更緩慢的車上，倒不如好好利用這樣的時間超前其他同學吧，Joseph 如此對那些跨區上學的名校生說。他深信他對時間如此珍視的性格來自遺傳：Joseph 的的士司機父親也是個信仰省時勤勞的男子，於是 Joseph 自小便熟習各種不必離開座位也能整潔地大小便的秘技。雖然大學畢業的 Joseph 不必在辦公椅上使用這些秘技（反正他會在辦公時間上廁所的同時用手機炒股票），但在不得不留在某個座位上時爭取時間賺錢這一點他倒是一直堅守。他聽說當年他父親用那輛喜慶

的大紅的士載母親去大會堂註冊時還順便載了個客人過海，那的確有點過份；到了這個浪漫必先不切實際的年代，Joseph 也只不過是打算把女友的生日和拍拖紀念日和情人節都在反正都得放假的聖誕節長假期一次過慶祝罷了，至少那時候，他會專心。

Mary 聽說以前的水手會在每個停靠的港口養一個情人，方便在終於能和異性相處的日子裡隨時都有油潤的雙臂可抱。而不貪心的她也只不過是在上下班的巴士上各約會一位情人，到終於能回到不會移動的地面時則走向第三名男友的家吧。大概沒有甚麼比在巴士上和情人幽會更安全的了。早晚的 rush hour 是城內每個人都不得不被困在各自的 traffic jam 裡的兩個時段，誰都無法分身去窺視別人的不忠貞；而且車內的乘客往往把頭頸如向日葵般固定在朝向某個發光熒幕的角度，即使他們都在場，也不會看見甚麼。

而 Mary 和跟她同名但比她有名的貞女瑪利亞一樣，實在不是會和多於一名男子上牀的女子。正被卡在紅隧口的她把頭枕在男伴的肩上，細白的手指和厚實的大手交織，她想起的並非這具溫暖身軀的名字或聲音，而是那和她同居的男友的睡臉：她知道她對男友的愛足以容許他以疼痛和嬰兒貫穿她的身體，可是她始終眷戀這種在車上無聲地和溫柔男子並肩的親密，漫長、安靜、不為甚麼，比在睡房裡纏綿明亮，比特地外遊輕易，但始終無法和在城的另一端上班的男友分享。她特意送給三位情人一樣的香水：她只要閉上眼，就無法認出陪她上下班每天塞三小時車的，並非那個在家裡累得無法坐直的、但偷偷買了鑽戒準備求婚的溫柔男人。

Joanne 把看完的免費報紙摺起來塞在座椅的旁邊，然後取出手袋裡的打字機。經過上次的慘劇後她決定了不再在車上畫水彩畫：某個忽然修路的路段上閃出一輛單車讓司機急剎車，她的洗筆水和別的乘客的爆谷和汽水和碎粉和湯麵一起便自車廂各處爆

發四濺。雖然 Joanne 懂得在車上化妝而化妝也不過是畫畫的一種，可是她還是覺得把那工具太多的藝術形式留在家裡比較好。

於是她選擇在巴士上寫詩。她明白寫詩的環境和工具對語言的質感非常重要，使用電腦或手機或筆甚至墨水筆和原子筆都有分別，在找到最適合她的打字機時她幾乎哭了，在等淘寶把她的寶貝運到這城以前，她曾經三次想拿回鄉證跑過邊境去把它接來 —— 她記得當年接到大學哲學系的入學取錄時她曾經如此雀躍過，但這樣的激動在她成為銀行的小職員後已經不曾遇過。數字無法如文字般讓她呼吸加速，正如男人的手總不如女人的體貼入微，她在獨居的唐樓劏房裡撫摸着打字機嘆息如灼熱的呻吟，如契合的比喻貼切的動詞。有了它以後即使紅隧口塞車塞至日落她也不會在意：圓圓的指頭在利落的按鈕上堅定的壓動，從此她再聽不見車上的八卦或 Roadshow 的低能節目，她聽見的，只有那些流利的、借異國的語言轉世的，詩。

對面的肥婆居然用放在膝上的打字機打了三頁紙，而巴士還是不曾挪動。Robert 實在無法再忍受這城的塞車了。他決定一回到家就買那個 US$7.99 的三個月學會商業英語的 App，好讓自己可以去外國打工，比如美國或英國，就能徹底擺脫這像他那長期便秘的屁股的隧道口。他聽說英國的長途巴士上都有廁所，至少他每天塞車那兩三小時可以在車上大便或便秘：那樣的願景實在比他現在的處境好太多了。在外國塞車比卡在紅隧口愉快太多了。在這個如常地塞車的早上，忘了帶手機的 Robert 找到了他的夢想。

WHERE：寸金尺土愛巢

所以租下他們家的戀人們，正在做甚麼呢，阿明輕輕的說。他挪動環住阿娟肩頭的右臂，邊用鼻子磨蹭阿娟的頸脖邊把右手

探進着蓋住他們腰下的被子：你猜她們會這樣、和這樣嗎，阿娟在他耳邊朗朗地笑着，像故意推倒了半袋肉乾的幼犬。可是這並不是阿明與阿娟的雙人牀，這是 IKEA 的陳列室——於是阿明的手又爬回阿娟的肩上，像是自知只是寵物的小狗，明白自己總得坐好才能得到餵飼。

阿明和阿娟共同購買的四百呎（實用面積二百七）小房子還有二十四年才供完，去年阿娟發現阿明和她每天塞完車上完班吃完飯看完戲逛完街才只在這昂貴的愛巢待八小時，另外三分二的時間不就要他倆白白供款十六年？於是在他們往日本慶祝結婚周年時，阿娟試着把空出幾天的房子租給她的舊同學，換到了兩餐在異地的晚餐花費。阿明知道阿娟的舊同學那幾天和她的女朋友一起在房子裡看電影、做飯、做他不知道沒有男人能怎樣做的事；可是既然他喜歡讓房子賺錢供自己，阿娟也不介意她們用房子的方法，阿明和阿娟便把房子自早上八時到晚上十時租給這對會擁吻的女子，然後在不眠的商場裡纏綿至夜深。

（親愛的，妳知道嗎，妳是第一個讓我想到未來的人，我們的，共同的未來。妳讓我想到要在我們頭上蓋起一座堅實的房子，把黑色暴雨、疫病和八婆們都擋在外面，我們可以養一隻常常心情不好的長毛貓，在彼此的臂裡慵懶地睡到周末午後，然後一起煮些或美麗或扭曲的水煮蛋。旅行時妳總愛挑在海邊有窗的民宿，夜裡月光映在妳眼裡時美得讓我要對妳起誓讓我們擁有只屬於我們的房間，可是我們終將要回去的那座城就算收下我們預支的三十年廉價勞力，也換不來能讓我們安居的房子：我的愛情、許諾，以及我的神明，在樓價面前都完全無能。）

而這城裡的商場都如此的開闊明亮，彷彿電視劇裡那些放得下三張沙發讓角色和角色的戀人和角色的母親和角色的朋友坐在一起吃糖水的客廳。阿明本來也不習慣把自己的愛巢租給外人，畢竟房子屬於自己的證據就是自己能隨時進出；可是當他想到自

己那連沙發都放不下的客廳正在賺取租金而他正在 IKEA 免費使用超過三十張不同的沙發，阿明就不再覺得把城市當作自家客廳有甚麼反智之處。他甚至懷疑為甚麼其他住在這城的人不像他和阿娟般懂得善用空間，不必供款交租交水電煤差餉地租的空間：只要把自己的房子當作一所四百呎（實用面積二百七）的睡房連浴室，整座城市就是一間附帶郊野公園、戲院和快餐店的巨大客廳。

（只要無法負擔一所獨居的處所、以及每件巨大或微小的家具及開銷，我們在各自的家裡和家人的距離就不比和別的巴士乘客遠。我甚至無法把妳帶回家裡 —— 在這年頭，當行街睇戲食飯的場所都開闊明亮、而我的房間甚至不比 Pacific Place 的廁格開揚，誰又能把戀愛對象以外的人帶到如此不得體的家裡？妳知道我的家人偷偷幫我存了嫁妝、並以為我在中學以後已經「重回」喜歡男性的「正軌」，而當深夜的巴士開往妳和妳家人的房子，我多渴望我也能隨妳上樓抱着妳入睡、讓妳的家人終於明白妳為何從來沒有男友。我知道妳在難眠的晚上孤獨得偷偷流淚的聲音，在每程送妳回家的顛簸車程裡我也得忍住不哭 —— 到底這城的哪個角落才能容納並不驕傲亦不富有的我們？）

這樣的想法實在是沒有任何問題的：他們有填滿城市的商場裡填滿商場的餐廳供應食物，也有乾淨而免費的商場廁所可以使用。到處的 Starbucks 都有免費電源、每人的手機裡都有流動數據，整座互聯網上的玩意便在阿娟的手袋裡隨身攜帶。如果阿娟想和他一起躺着摟抱，他們可以去 IKEA、遊巴士河、佔領書店裡面的地板與長櫈，只要不做會讓路人錄影放上高登的事，並沒有人會干涉他和阿娟拍拖的方法，一如只要那對租下他們愛巢的女子會讓他們的聯名戶口每個月增加四千元，他也不會干涉她們的愛慾情事。

（我們甚至沒有辦法像別的戀人般在巴士上依偎擁吻：太多的

戀人同性或異性，都因為在公眾場合表現得太親昵而被滿城的網民批判。除了被堅實的四壁圍起來的房子以外，我們又能在哪裡讓隱藏的愛情如幼貓般自由跑跳？我知道妳的薪金必需用以供奉那座被妳家人稱為「家」的房子，而我的自由業從來沒有可以長久信賴的收入，租不起獨居的房間也無法候得公屋。當這城的房子貴得讓我們無法長久遠離家人獨居，要躲到哪裡，才能讓妳靜靜的躺着讓我像暖毯般覆蓋在妳身上，溫柔並堅定地重複我對妳的癡迷和愛慾當我們各自的家人在我們細小的家裡等着和我們討論結婚生子的話題，而街上的目光刺人？）

所以，你覺得妳們會這樣，或是這樣嗎，阿明的手又在 IKEA 的被子下遊走起來。阿娟有點心不在焉地說她在網上看見別人也開始像他們般把房子短暫外借、讓情侶或援交少女當作偷情的空間；所以呢我們一定要把我的舊同學留下來，不然她們改租別人的房子，我們就收不到房租了喔，阿娟撫着阿明的臉頰說。阿明笑着親了她的手心一下，說：你話點就點好啦，老婆豬。

（我愛妳。我愛妳。我從來未試過如此的渴慕一個人，我甚至不知道自己可以陷入如此深重的迷戀 —— 而就只有妳，讓我無法走遠，彷彿你把我的心打了個洞用纜繩穿着，除了妳以外，並無讓我靜止的定點，在這狹窄擠擁得幾乎容不下愛情的城裡。所以請妳不必再懷疑或感到不安：阿娟會免費把房子借給我們用，完全與我和她以前的戀情無關。）

WHO：購物天堂戀人

一開始是煙味。不帶薄荷的，直徑不適合幼小手指和指甲油的，濃烈如精液的醇萬（1）。隨着第一泡煙自妳唇間升起和妳一起在公司樓下抽煙的女人們掐熄了話題。妳知道她們在等甚麼。妳把那樣的期待和不熟悉的煙一起吞入然後吐出：「我男友沒時間

把他在這裡買的煙抽完。」妳幾乎可以聽見妳的話在女人們的腦裡燃起了更多的好奇，可是妳不打算填充它們。妳決定讓它們繼續滋長，以沉默，及適當的養分。

例如這份：「嗯！這果然還是在英國才比較能下嚥。」然後妳隨手把煙丟在地上踏扁，再點起自己慣常的幼身薄荷煙（2），輕蔑在嘴角順流成絲。

【「一包醇萬一包薄卡，畀八達通。」上星期在 7-11，妳說。】

妳知道妳可以開始在睡眠不足的日子對同事抱怨妳和戀人之間的時差太大 —— 時差實在是個無法控制只能諒解的 little arsehole，啊！妳也可以開始把一些英國口音的單字如「darling」和「cuppa」和「wanker」取代那些充斥辦公室的美國口音「like seriously」和「oh my god」和「bitch」。妳在茶水間泡過的各種 Twining's 茶包（3）取代了其他女人們喜歡的燒脂咖啡（4），妳知道她們對妳的興趣只停留於妳有沒有變肥和妳的男朋友有沒有錢，這麼兩項。對此妳可以輕鬆的咬着每個英國人都愛吃的香橙口味朱古力 jaffa cakes（5）說：「我這種身型在那邊其實是太瘦。」

【「收唔收 EPS？」那天放工後在 Marks and Spenser，妳說。】

改變飲食習慣或許是戀愛對於女子的其中一種影響，上一任男友在妳大學畢業後不久就和妳分手，可是妳仍記得他帶過妳去的那些蘇豪餐廳（6）、九龍城食店（7）和大學附近的糖水舖（8），分手以後妳常常獨自回到那間糖水舖 order 你們吃過的那些 tiramisu 和楊枝甘露，妳知道老闆以為妳男友死了並化成只有妳看得到的靈體，妳把各吃完一半的甜品放在對面的座位上對老闆咧嘴而笑，妳知道其實妳只是不想承認自己再次單身而糖水舖不久後執笠並非與你無關。這次呢，妳倒沒有玩看不見的戀人這種把戲，雖然妳那身在英國的遠距離戀人的確無法被這城的人旁觀：妳對邀妳一起午飯的女同事說「I'm terribly sorry，不過我男友是 vegetarian，他不喜歡我吃肉」，然後捧着那盤 spinach and ricotta ravioli（9）以最美的構圖自拍。

【「Table for one please.」在那間妳終將在三天後介紹給同事的
vegetarian restaurant 裡，妳說。】

　　妳知道那些女人們都很想探問妳那未曾讓大家見過面的英國
紳士，有幾個起哄說想看照片想知道他的身世，妳總是笑着說要
得到他同意才可以把相片公開，這是妳在他的朋友間學到的禮
貌：英國人不像這城的戀人或女子般喜歡自拍，而且比起迷人的
外表他更喜歡妳的性格、比起透過鏡頭他更喜歡直接用視網膜看
妳，他總是這樣說。所以妳最終會嫁過去嗎？她們說。妳的笑容
被他所喜愛的鮮紅色唇膏（10）鑲起：如果他終於求婚成功的話
吧，嘿嘿。她們問起妳左手上戴着的戒指（11），那樣復古的歐洲
款式不像是這城的現代商品：妳抿了抿唇，說，他說這不是很貴
可是我不相信。

【「平啲得唔得？」在那個文藝少女與獨特首飾聚集的跳蚤市
場裡，妳說。】

　　在別人看不見的地方也有他留下的證據。有時候妳會穿那件
深藍色的男裝襯衣（12）入睡，在那些寂寞而寒冷的冬夜裡；有
時候房間的角落裡會有落單的男裝襪子（13），妳會想起它們被
肢體填滿的模樣，然後妳會在獨居的房間裡傻笑。小浴室裡除了
妳常用的牙刷以外還有一枝大號刷頭的敏感牙齒用牙刷（14），
於是每晚臨睡前妳都會想起那個誰都不曾見過的戀人。愛情是
一種如此虛無的情感，幻化自並不更加具體的靈魂但幸好能寄生
在肉身，以及被各種物理上實在得能被標上價錢作實際交易的物
件，如香檳（15）、熊啤啤（16）和他自英國帶來的 Burt's Bees 潤
唇膏（17）。

【「潤唇膏係咪買兩枝有九折？」將近收舖時分在屋企樓下的
萬寧裡，妳說。】

　　而更明確的就是，那在情人節把所有被愛的女子都標記出來

的花束。速遞員穿過整個辦公室把大束紅玫瑰連同朱古力（18）送到妳面前時，妳知道這束花甚至比妳的女上司自老公處收到的更大束——可是妳的戀人是外國人嘛，外國人自體型至性格都總是如此的浮誇，當女人們像蜜蜂群般圍着花束哄妳把卡片上的訊息讀出，妳以自 YouTube 上的英國綜藝節目裡學到的 British accent 把妳自網上搜尋來英文情話唸出：「I encounter millions of bodies in my life; of these millions, I may desire some hundreds; but of these hundreds, I love only one.」妳知道這是《戀人絮語》（19）裡的節錄，但不看書的女人們都以為妳的男朋友是情聖：不要緊，只有妳知道，她們已經在妳身邊的物件裡，見過這虛擬男友的一切肉身。

【shop list：（1&2）7-11（3）百佳（4）stylist's own（5）Marks & Spencer（6）Flying Pan（7）清真牛肉館（8）森記糖水（9）VEGETARIAN（10）Bobbi Brown（11）stylist's own（12）Fred Perry（13）GAP（14）stylist's own（15）stylist's own（16）stylist's own（17）stylist's own（18）stylist's own（19）stylist's own】

香港公共圖書館 2014 年中文文學創作獎小說組亞軍

編者簡介

潘步釗

　　潘步釗，廣東梅縣人，生於香港。香港大學哲學博士及碩士，中山大學文學碩士，香港浸會大學文學士，現職中學校長，並出任教育局課程發展議會委員及公共圖書館諮詢委員會委員等公職。曾擔任康樂及文化事務署中文文學創作獎、大學文學獎及青年文學獎等比賽評審，現為中國作家協會會員及香港浸會大學語文中心「香港文學推廣平台」顧問。創作以散文為主，兼及新詩和短篇小說，散見於各文學報刊。曾獲康文署中文文學創作獎散文獎，部分散文作品被收錄在不同地方香港文學作品選集及中學中國語文科教科書。已出版作品包括《今夜巴黎看不見日落》、《方寸之間》、《邯鄲記》、《不老的叮嚀》、《脂粉與顏色 —— 散文寫作技巧談》、《明十大家詞選》、《跟名家學寫作》、《五十年欄杆拍遍 —— 唐滌生粵劇劇本文學探微》、《描寫文選讀》、《一本讀懂中國文學史》、《香港短篇小說選 2006-2007》、《美哉少年》、《讀書種子》及《傳家之寶》等十多種。

作者簡介

羅貴祥

　　現為香港浸會大學創意及專業寫作課程主任。文學創作有詩集《記憶暫時收藏》、小說集《欲望肚臍眼》、散文集《非虛構作業》、劇本創作《三級女子殺人事件》及翻譯劇《我們互不相認的一小時》等。

王良和

　　原籍浙江紹興，在香港出生。香港中文大學榮譽文學士，香港大學哲學碩士，香港浸會大學哲學博士，現任香港教育大學文學及文化學系副教授。曾獲青年文學獎、中文文學創作獎、大拇指詩獎、香港中文文學雙年獎、香港藝術發展局文學獎。著有詩集《樹根頌》、《尚未誕生》、《時間問題》；散文集《山水之間》、《魚話》、《女馬人與城堡》；小說集《魚咒》、《破地獄》、《蟑螂變》；論著《余光中、黃國彬論》等。

韓麗珠

　　香港出生，著有《空臉》、《失去洞穴》、《離心帶》、《縫身》、《灰花》、《風箏家族》、《輸水管森林》、《寧靜的獸》及《Hard Copies》（合集）。曾獲香港書獎、2008 年中國時報開卷十大好書中文創作類、2008 及 2009 亞洲週刊中文十大小說、香港中文文學

雙年獎小說組推薦獎、第二十屆聯合文學小說新人獎中篇小說首獎。長篇小說《灰花》獲第三屆紅樓夢文學獎推薦獎。2012 年與謝曉虹合作出版《雙城辭典》（1、2 冊）。

潘國靈

　　1997 年正式發表文學作品，著有長篇小說《寫托邦與消失咒》、小說集《存在之難》、《靜人活物》、《親密距離》、《失落園》、《病忘書》、《傷城記》；散文集《消失物誌》、《七個封印》、《靈魂獨舞》、《愛琉璃》、詩集《無有紀年》、城市論集《第三個紐約》、《城市學 2》、《城市學》等。曾獲青年文學獎小說高級組冠軍、中文文學創作獎、香港中文文學雙年獎小說推薦獎、香港書獎等；2011 年獲香港藝術發展局頒發「年度最佳藝術家獎（文學藝術）」。

陳惠英

　　香港出生。畢業於香港大學中文系。曾在電視台、報館工作，現任教於嶺南大學中文系。過去曾長期於報章上撰寫專欄。散文及小說創作，散見於各文學刊物，亦曾出版成書。

梁科慶

　　加拿大 Dalhousie University 圖書館學碩士、香港嶺南大學文學碩士、香港浸會大學人文及創作系哲學博士。現於香港分區圖書館工作。著有《大時代裡的小雜誌：新兒童半月刊研究 1941-1949》、《低調的吶喊：突破雜誌研究 1974-1999》。小說系列《Q 版特工》作品曾獲第十二屆香港中文文學雙年獎、第四屆全國偵探小說大賽「最佳懸疑獎」、第六屆全國偵探小說大賽三等獎。

海　靜

　　香港大學畢業，著有《車程》。

蔡益懷

筆名南山，暨南大學文藝學博士，作家、文學評論家。著作有：小說集《前塵風月》、《情網》、《隨風而逝》、《裸舞》、《東行電車》，文學論文集《港人敘事》、《想像香港的方法》、《拂去心鏡的塵埃》、《本土內外》，文藝學專著《小說，開門》、《妙筆生花》等。短篇小說《香港的最後一夜》曾獲香港青年文學獎，中篇小說《塘西風情》曾獲《四川文學》優秀文學作品獎，散文《師道》獲首屆全球豐子愷散文獎。

朗　天

寫字的人，策劃的人；近年致力推廣論述。在實在論和觀念論之間，始終選擇了後者。近作包括：《行者之錯步 —— 誤解老子．悟解老學》、《永遠不能明白的經典電影》、《心色密碼》（小說）、《懺者其誰 —— 感觸莊子心靈自由》、《香港有我 —— 主體性與香港電影》、《傘悔錄 —— 八九一代的懺思》、《五十自述：真實的理想主義》等。

吳美筠

從事文學創作、藝評、策展、學術等工作。澳洲雪梨大學中文研究哲學博士。先後擔任《香港文藝季刊》、《九分壹》、《詩雙月刊》、《詩網絡》等文藝刊物之編委；編或譯《藝術資訊》、《藝術行政備忘錄》、《香港藝術發展策略報告書》、《香港藝術指南》等。任香港藝術發展局民選委員、藝術支援委員會及文學組主席（2014-2016）、國際演藝評論家協會（香港分會）創會董事、香港文學評論學會創會主席。任香港書獎、中文文學獎、青年文學獎、湯清文藝獎、基督教金書獎評判。於香港大學、香港浸會學院（現為香港浸會大學）、嶺南大學、香港公開大學、香港教育學院（現為香港教育大學）等大專院校曾任教語文、文學及創

作。曾與現代式單位合作流動觀眾的跨媒體實驗劇場「前前後後左左右右」，擔任文本創作。出版包括《第四個上午》、《愛情卡拉 OK》、《時間的靜止》、《天使頭上的小木屑》、《雷明 9876》等。

張婉雯

喜歡寫作，關心動物。曾獲第二十五屆聯合文學新人小說獎（中篇）與第三十六屆中國時報文學評審獎（短篇小說）。已出版作品包括《微塵記》、《我跟流浪貓學到的十六堂課》、《甜蜜蜜》、《極點》等。

陳　汗

原名陳錦昌，廣東南海人。畢業於香港中文大學中文系，副修藝術。曾任教師、編輯、記者等職。擔任第一屆青年作者協會主席、工人文學獎評判等。從事電影工作多年，任電影導演、編劇，1990 年以《飛越黃昏》獲香港電影金像獎最佳編劇，1999 年以《愛情 best before 7.97》獲台灣新聞局「十大優秀劇本獎」，作品《劊子手張霸》則獲香港編劇家協會第一屆「全港電影劇本大賽」冠軍。

1994 年開始執導。包括短片《達賴活佛之母》、16mm 電視電影《破碎中國》、35mm 劇情片《告別有情天》、《陽性反應》及電視廣告。詩集《佛釘十字》獲第六屆香港中文文學雙年獎詩獎，《滴水觀音》獲第九屆香港中文文學雙年獎小說獎。曾為吳宇森執導的《赤壁》及周潤發主演的《孔子》擔任編劇。

陳德錦

廣東新會人，生於澳門。曾任教於嶺南大學中文系。近年專事寫作。著有新詩、散文、小說集多種。《愛島的人》曾獲第三屆香港中文文學雙年獎散文首獎。《盛開的桃金孃》獲第九屆香港中

文文學雙年獎小說推薦獎。近著有寫作論述《易悟寫作法》及推理小說集《獵貓者》。

鍾國強

香港出生及成長，香港大學文學院畢業。曾獲第十二、第十三屆青年文學獎新詩高級組冠軍、香港中文文學創作獎、香港藝術發展獎藝術家年獎（文學藝術）等獎項。著有詩集《圈定》、《路上風景》、《門窗風雨》、《城市浮游》、《生長的房子》、《只道尋常》、《開在馬路上的雨傘》、《雨餘中一座明亮的房子》，散文集《兩個城市》、《記憶有樹》、《字如初見》，小說集《有時或忘》，文學評論集《浮想漫讀》等；其中《門窗風雨》、《城市浮游》、《開在馬路上的雨傘》分獲第六、第七、第十四屆香港文學雙年獎新詩組推薦獎，《生長的房子》、《只道尋常》分獲第八、第十二屆香港文學雙年獎新詩組首獎。

謝曉虹

1997 年開始寫作，作品屢獲港台兩地文學大獎，曾被收入兩岸三地之小說及散文選集。曾獲第十五屆聯合文學小說新人獎首獎，2004 年度香港中文文學創作獎小說組冠軍、第八屆香港中文文學雙年獎。著有小說《好黑》、手造書《月事》、《雙城辭典》（與韓麗珠合著）。

李維怡

北京出生，香港長大。現為影像藝術團體「影行者」藝術總監、香港理工大學應用社會科學系兼任導師。2000 年意外獲得聯合文學小說新人獎首獎，散文、小說與詩歌散見於《字花》、《文學世紀》、《明報》、《捌 a 報》。這幾年與不同的市民一起共同創作一系列人文關懷的紀錄片，包括有關灣仔利東街人民規劃運

動的《黃幡翻飛處》、有關 2005 年反世貿抗爭的《沉重而絢爛的十二月》、有關紮鐵工人罷工的《紮草根・鐵生花》、有關貨櫃車司機生活的《Dog and Butterfly》、有關行將消失的嘉咸街市集的《嘉咸・女情》、有關保衛天星、皇后碼頭運動的《碼頭與彼岸》、有關都市貧民反迫遷抗爭的《順寧道・走下去》等。結集或與他人合集出版的書寫習作有《行路難》（2009）、《走瞧》（2010）、《沉香》（2011）。

周蜜蜜

又名周密密，香港著名兒童文學作家，曾任電台、電視編劇，專題電影節目編導，影評人協會理事，報刊、雜誌執行總編輯，出版社副總編輯。

1980 年開始寫作，作品在海內外發表，至今已出版一百多本著作及多部兒童電視劇、電視節目，其中部分作品被選入中、小學教科書。現為中國作家協會會員、香港作家協會副會長、香港作家出版社副總編輯、兒童文學藝術聯會會長、香港藝術發展局文學委員會評審員、「護苗基金」教育委員、世界華文文學聯會理事、香港電台節目顧問。

曾獲多個文學獎項，包括香港中文文學創作獎雙年獎、中國張天翼童話獎、中華文化盃優秀小說獎以及中國冰心兒童圖書獎。

王　璞

生於香港，長於內地。上海華東師範大學文學博士。1989 年定居香港。先後任職報社編輯和大學教師。2005 年辭去大學教職回內地讀書寫作。主要作品有短篇小說集《女人的故事》、《嘉年華會》、《送父親回故鄉》；散文集《呢喃細語》、《整理抽屜》、《圖書館怪獸》、《小屋大夢》；長篇傳記《項美麗在上海》；文學評論《一個孤獨的講故事人》、《散文十二講》、《小說寫作十二講》；長

篇小說《幺舅傳奇》、《家事》、《我爸爸是好人》、《貓部落》、長篇系列散文《紅房子灰房子》等。

朵　拉

原名林月絲，專業作家、畫家。祖籍福建惠安。出版個人集共四十八本。

鄭炳南

原名鄭楚帆，曾用筆名鄭宜迅等，廣東潮州人，作品有長篇小說《懸浮之城》、《香港風雲》（1、2）、《冬至無雨》和《金錢遊戲》；另有「石勒探案」刑偵小說系列五集：《多情未必不丈夫》、《聰明反被聰明誤》、《謀殺方程式》、《打掃房間》和結局篇《食物鏈》。另中篇小說《局中人》；短篇小說集《玻璃》和《鄭炳南短篇小說集》；隨筆《毛澤東、中國、人生》；電影編劇創作範本《死裡求生》等。曾在 2016 年全國第六屆偵探小說大賽中獲頒發特別貢獻獎，褒獎作家對偵探推理小說寫作精神廣度、哲學深度的追索與嘗試。2007 年全國第四屆偵探小說大賽獲優秀獎；2004 年全國第三屆偵探小說大賽最佳長篇小說獎；首屆先覺盃全國文學大獎賽優秀獎；2002 年香港中文文學創作獎；2000 年全國第二屆偵探小說大賽最佳中篇小說獎；1999 年《啄木鳥》文學獎（石家莊盃）佳作獎和 1998 年首屆全國偵探小說大賽新作獎等獎項。

惟　得

散文及小說作者，亦從事翻譯，現居溫哥華，近年創作多發表於《香港文學》、《城市文藝》、《大頭菜文藝月刊》和《別字》，著有短篇小說集《請坐》、《亦蜿蜒》，散文集《字的華爾滋》、電影散文集《戲謔麥加芬》。

周鳳鳴

女，八十後，生於香港。2013 年開始創作，作品有《后羿求藥》（《明報》2014 年）、《罪》（《大公報》2014 年）。

林　淇

家鄉有一條河，叫淇河，在《詩經》中被反覆吟誦，樸素又真摯，希望寫出的故事如淇水悠悠，不哀不怨，中正平和。女子有行，漂泊十年，前媒體人，現從事金融行業。

唐　睿

香港教育學院薪傳文社社員。第一、二屆大學文學獎（詩、小說獎）及第二十九屆青年文學獎（散文、兒童文學獎）。

香港教育學院學士，主修美術。巴黎第三大學 —— 新索邦大學法國文學學士，比較文學碩士，復旦大學中文系博士。曾任教於香港公開大學創意寫作及電影藝術課程、浸會大學語文中心。現為香港浸會大學人文及創作系助理教授。

首部長篇小說《Footnotes》（簡體版：《腳註》）獲第十屆香港中文文學雙年獎（小說獎）。

蓬　草

原名馮淑燕，原籍廣東，在香港出生，畢業於柏立基教育學院英文系，在港時曾從事教職及編務。

1975 年赴法國巴黎，先後畢業於巴黎第三大學及法國國立高等翻譯學院，著作有長篇小說《婚禮》；短篇小說集《蓬草小說自選集》、《頂樓上的黑貓》、《北飛的人》、《森林》、《老實人的假期》、《出走的妻子》，散文集《親愛的蘇珊娜》、《櫻桃時節》、《還山秋蔓長》、《七色馬》，編譯有《蕭邦傳》、《不聽話孩子的故事 —— 世界文壇大師童話選》等，撰有劇本《花城》、《傾城之戀》。

鄒文律

　　香港高等教育科技學院語文及通識教育學院助理教授，香港中文大學中國語言及文學系哲學博士。著有小說《籠子裡的天鵝》（2014）、《N地之旅》（2010）、詩集《刺繡鳥》（2008）等共九本。曾獲城市文學創作獎小說組冠軍（2005）、大學文學獎新詩及小說組亞軍（2005）、香港青年文學獎新詩高級組冠軍（2004）等多個文學創作獎獎項。從2008年開始擔任香港青年文學獎新詩初級組評判至今，2010年獲香港藝術發展局文學新秀獎（文學藝術組別）。

許榮輝

　　1949年出生，曾長期從事新聞工作，主要翻譯國際新聞和經濟。餘暇仍創造小說。

阿　谷

　　多年從事出版文化工作，現職出版社顧問，阿湯圖書義務社長（恩與美文化基金）。著作三十餘本，《戲衣》獲「基督教優秀文學獎」。《書籤裡的愛》獲「中學生好書龍虎榜」獎。近作為一系列推理小說《以眼還眼》、《十七歲》等。

葛　亮

　　香港大學中文系博士畢業，現任香港浸會大學副教授。文字發表於兩岸三地，著有小說《北鳶》、《朱雀》、《七聲》、《戲年》、《謎鴉》、《浣熊》，文化隨筆《繪色》、《小山河》，學術論著《此心安處亦吾鄉》等。

　　長篇小說《朱雀》獲選2015年亞洲週刊華文十大小說，2016年以《北鳶》再獲此榮譽。曾獲首屆香港書獎、香港藝術發展獎、台灣聯合文學小說獎首獎、台灣梁實秋文學獎等獎項。作品

入選「當代小說家書系」、「二十一世紀中國文學大系」、「2008、2009、2015 中國小說排行榜」、「2015 年度誠品中文選書」。

李梓榮

九十後寫者。

呂少龍

1985 年生於香港，先後畢業於香港城市大學心理學系及香港大學文學院。故作神秘，與時代嚴重脫節。信主，除祂以外沒有別的神明。曾獲大學文學獎、城市文學獎、中文文學創作獎、李聖華現代詩青年獎。

王証恆

中文系畢業，曾任教師。

黃　怡

九十後作家、《字花》編輯、寫作班導師，著有小說集《據報有人寫小說》（2010）、《補丁之家》（2015）。香港大學心理學及比較文學一級榮譽社會科學學士、英國倫敦大學國王學院英語文學碩士畢業。曾獲青年文學獎、大學文學獎、中文文學創作獎等小說獎項。曾任《明報周刊》、《明報·星期日生活》、《字花》、《linepaper》專欄作家，作品獲收錄於《聲音與象限——字花十年選小說卷》、台灣《印刻文學生活誌》2013 年 10 月號「超新星」黃怡小輯、《印刻文學生活誌》2011 年 4 月號「香港文學作品選讀」單元等。